读客® 知识小说文库

读小说，学知识

# 论语密码

冶文彪 著

江苏凤凰文艺出版社
JIANGSU PHOENIX LITERATURE AND ART PUBLISHING

**图书在版编目（CIP）数据**

论语密码 / 冶文彪著 . -- 南京 : 江苏凤凰文艺出版社 , 2022.1
ISBN 978-7-5594-4696-1

Ⅰ . ①论… Ⅱ . ①冶… Ⅲ . ①长篇小说 – 中国 – 当代 Ⅳ . ① I247.5

中国版本图书馆 CIP 数据核字 (2020) 第 049900 号

# 论语密码

冶文彪 著


| | |
|---|---|
| 责任编辑 | 丁小卉 |
| 特约编辑 | 李亚茹　　李晓宇 |
| 装帧设计 | 章婉蓓 |
| 责任印制 | 刘　巍 |
| 出版发行 | 江苏凤凰文艺出版社 |
| | 南京市中央路 165 号，邮编：210009 |
| 网　　址 | http://www.jswenyi.com |
| 印　　刷 | 嘉业印刷（天津）有限公司 |
| 开　　本 | 710 毫米 ×990 毫米 1/16 |
| 印　　张 | 28 |
| 字　　数 | 417 千字 |
| 版　　次 | 2022 年 1 月第 1 版 |
| 印　　次 | 2022 年 1 月第 1 次印刷 |
| 标准书号 | ISBN 978-7-5594-4696-1 |
| 定　　价 | 69.00 元 |

“于汝安乎？”

“安。”

“汝安，则为之。”

——《论语·阳货第十七》

# 目录

# 第一章
# 汗血托孤

“宫中汗血马被盗！”

杜周[1]听到急报，面上不动声色，嘴角却不禁微微抽搐。

去年，汉军西征大宛，夺得的汗血宝马一共才十匹，[2]天子爱如珍宝。

杜周身为执金吾[3]，掌管京城巡逻防盗，自然首当其责。他略一沉思，随即吩咐：“关城门，搜。”

左丞[4]刘敢领命下去，急传口谕，调遣人马。

杜周则独坐府中，拈住一根胡须，不停扯动，令其微微生痛。他胡须本就稀疏，身体发肤受之父母，但每逢大事，倘若没办好，就揪掉一根，引以为戒。好在为官多年，一共只拔掉几根，都存在一个盒子里，妻子都不知晓。

不久，卫尉与太仆[5]一起赶到。两人失责更重，无比惶急。杜周平素

1 杜周：汉武帝时期著名酷吏，参见《史记·酷吏列传》。

2 太初元年（公元前104年）汉武帝因遣使赴大宛购马被拒，先后两次发兵西征大宛，历时四年，大胜，夺得汗血宝马数十匹，中等以下三千匹。

3 执金吾（yù）：担负京城巡察、禁暴、督奸、防盗等任务的官吏。

4 丞：丞是佐官，辅助之职，汉代中央和地方官吏的副职。执金吾有两丞。

5 《汉书·百官公卿表》中记载，卫尉，掌宫门卫屯兵。太仆，掌舆马。

不爱多语，仕途之上，多讲一个字，便多一分危险。见二人失了方寸，他微有些鄙夷，更知道这马若追不回来，两人必定会推诿罪责，因此越发不愿多语，只道了句："莫慌，等信。"便请两人坐下，静待消息。

不多时，信报纷至沓来——

"十二座城门尽都关闭！"

"长安八街九区、一百六十闾里，尽数封闭，已在挨户搜查！[1]"

"盗马者为未央宫大宛厩马卒，名叫朱安世。"

"朱安世盗取了宫中符节，才得以带马出宫。"

"西安门城墙下发现汗血马御制鞍辔！"

"西安门门值报称：清晨城门才开，有一军吏身着戎装，单骑出城！那马浑身泥污，但身高颈细，脚步轻捷。"

"四年前，朱安世因盗掘皇陵，被捕下狱，适逢征发囚徒，西征大宛，朱安世免于死罪，随军出征。他因善驯烈马，被选为天马侍者，护养汗血宝马。大军凯旋回京，宫中新增大宛厩，朱安世留在大宛厩中为马卒，仍旧护养汗血宝马。"

* * * * * *

天汉元年[2]，秋。

天色渐晚，扶风[3]街市上人渐散去，只见天烧暮云、风扫黄叶。

市西头，蒋家客店楼上，朱安世被一声马嘶吵醒，他是个魁梧的汉子，年过三十，两道浓眉，一脸络腮浓须。

听得出是自己那匹马，朱安世忙跳起身，扒到窗边，透过窗棂四下查看：街市上一片寂静，稀落几个路人；客店里却人声喧哗，正是暮食时分。再看马厩边，并无人影，厩里十几匹马，其他马三五聚在一处，低头

1 《汉书·武帝纪》中记载："（天汉元年）秋，闭城门大搜。"闾里：平民聚居的街巷。

2 天汉元年："天汉"是汉武帝刘彻年号。天汉元年为公元前100年。

3 扶风：位于今陕西省宝鸡市东部漳河流域，西汉时为京畿右扶风辖区治所。

吃草料，唯有他的马傲然不群，独在一边，虽然满身泥污，却昂首奋尾、四蹄踢踏，看来已经恢复了元气。

朱安世伸出拇指，在唇髭上一划，朝那马点头笑笑，才放心回去穿衣。

前日，刘彘试乘汗血马，选的便是这一匹。当时这马金鞍玉勒、锦妆绣饰，身负刘彘，列在马队之首，身后百余名乐府骑吹乐工，击鼓吹箫，奏角鸣笳，高唱刘彘所作《西极天马歌》[1]，威震宫苑，声动天地：

天马徕兮从西极，经万里兮归有德。
承灵威兮降外国，涉流沙兮四夷服……

两侧臣僚、护卫、黄门、宫人列队侍从，上千人尽都恭肃屏息，除歌乐声和马蹄声，听不到半点其他杂响。朱安世平生第一次亲历这等皇宫威仪，如同身陷一派汪洋，顿时茫然自失。

汗血马性烈认生，所以才命朱安世在一旁牵着缰绳、安抚天马，护从天子。他距离刘彘只有咫尺距离，能嗅到刘彘身上熏的香气。然而，他的头竟也像所有其他侍从，一直低垂着，颈背像是被人施了咒，根本直不起来。这是他生平从未有过的事，第一次感到权势逼人竟如此森然可怖。

心里一股傲气激起，他才回过一点神，眼角偷瞥了刘彘一眼：这个身为天子的人，骑在马上，高昂着头，须眉稀疏、双眼凹陷，不过是一个年近六旬的寻常之人。但不知为何，浑身似乎罩着一层无形之气，让人如临绝壁，似履危岩，浩荡寒风，扑面而至。尤其是那目光，幽深漆黑，竟隐隐发烫，越过宫殿苑宇，远眺前方，像是在巡视世外无人能见的某处奇渺之所。

回想起这目光，朱安世心中一阵翻涌。他之所以留在宫中做马卒，本是想等这一机会刺杀刘彘，然而真的到了那一日，身临其境，四面八方尽是庄肃之气，将这念头逼得无影无踪，直到骑游快结束，才猛然记起。这时，距歇马之处只有十几步，几个黄门已经躬身候在天子下马用的脚榻边。

朱安世深吸一口气，攥紧缰绳，准备动手，心却猛地狂跳起来，比

1 《汉书·武帝纪》中记载："（太初）四年春，贰师将军广利斩大宛王首，获汗血马来。作《西极天马之歌》。"

乐工的鼓声更加震响，胸口起伏、呼吸急重，更不由自主大大咽了一口唾沫，声音响得恐怕连马上的刘彘都听得到。他一向自负无所畏惧，以前听人讲荆轲刺秦王，燕国勇士秦武阳慨然随行。秦武阳十二岁就曾杀人，目光凶悍，无人敢和他对视，及至见到秦王，却恐惧变色。朱安世曾对此嘲鄙不已，此刻感同身受，才终于明白，当日荆轲从容应对之气概古今少有，让他由衷叹服，自愧远远不及。

稍一迟疑，距离歇马处只有八九步了。

* * * * * *

杜周立即下令，骁骑出城，急速追赶。

他想：汗血宝马身形俊逸、引人注目，这朱安世是积年大盗，必定涂饰伪装过，又假扮军吏，可免于盘查。盗贼狡猾，事关重大，他不敢信任何人，随即吩咐左丞刘敢在城中严搜细查，又命人备驾，自己亲自出城追击。

平日，杜周出行巡城时，缇绮二百人，持戟五百人，威仪煊赫，声震道路。今天，他只挑了五十名精干吏士，精选快马，轻车上路。

卫尉与太仆一起送至城门外，两人连声道谢，将全部身家寄于杜周。杜周越发烦腻，此刻这两人看似手足无措、毫无张致，一旦与己无关，能置身事外时，则又是一番模样，能不脚下使绊、背后蜇刺，已是大仁大义。因此，他仍只淡然道了句“好说”，随即下令驱车急赶。

出西安门不久，先遣巡查就来回报：向东二里驿道边，一处水洼里发现几个马蹄泥印，隐约可辨天马革鞮[1]形状。

杜周即命前往，到了那里，他下车来到水洼边，泥中果然有几个蹄印。昨夜下过秋雨，清晨路上又少有人行，故而这蹄印异常醒目。他俯身细看，见这蹄印果然不同，周遭隐现虬龙纹样，中间则依稀可见“天马”字样。天子珍爱汗血宝马，命人特制犀鞮，裹护马掌。

杜周站起身，正要上车，忽觉不对，又回身细看，猛然想起：朱安世

1 鞮（dī）：皮革所制的鞋。

为逃避追赶，自然是快马疾驶，马踏泥洼，泥水必定四处飞溅，蹄印也应前深后浅、左右不匀。但现在泥中这几个蹄印，深浅一致、左右匀称、边沿齐整。马速极慢，才能留印如此。显见是朱安世有意留下，以为误导。

杜周立即上车，命人掉头反向，往西追赶，同时又遣快马在前面先行查看。

果然，没走多远，另一处泥洼里又见半个蹄印，虽然印迹模糊，仍能隐约辨认出革鞮印迹，蹄印是自东向西。杜周下车过去一看，“哼”了一声，这才是贼人不小心留下的。因这滩泥洼太宽，占满半边路，贼人虽然小心闪避，但还是留下这半个蹄印。

杜周立即命令四个得力骑卫急速西追，自己也随即率人向西急行。一路上，又相继发现几处踪迹，一直追向扶风城。

* * * * * *

朱安世穿好衣服，下了楼，来到客店前堂。

七八张席案坐满了人，大半是汉地客商，小半是西域商贩。案上樽盂杯箸、羔豚鸡鱼，席间胡语汉音、大呼小叫。只有靠门侧一张食案还空着，朱安世便过去坐下，要了一壶酒、二斤狗肉，边吃边饮，边暗暗算计：他清晨离开长安，午时赶到这里，睡了两个时辰，若是杜周亲自追查，再过一两个时辰，追兵大致就该到了。

很快，一壶酒喝尽，他欲开口再要，想了想，还是忍住，只吩咐店家备些胡饼、干肉包好，放在手边，预备带走。又要了一碗麦饭，蘸着豉酱，吃剩下的狗肉。不时望着门外，等约定之人。

不久，客店门外走进一位老人，牵着一个小童。

老人来到门边，先打眼向里张望，一眼看见朱安世，便脱了麻履，[1]又弯腰帮小童脱掉鞋子，牵着小童走进来。店主上前招呼，老人像没听见，径直走到朱安世面前，弯腰低声问道：“请问可是朱先生？”

1 汉代居室内铺席，席地而坐，进屋普遍脱鞋穿袜。

朱安世听他汉话里杂着羌音，抬眼打量：老人头戴旧葛帻，身着破葛袍，一手提着一个小包袱，一手紧紧牵着身边小童，神色警惕。小童七八岁，发辫散乱，衣裳脏烂，神色困倦。两人布袜都已磨破，露出脚趾，满是尘垢，看得出长途奔波、一路劳顿。

见他们满脸尘灰、衣衫敝旧，朱安世有些诧异。日前受故人之托，顺路接了这件差事，说是付重金送一样东西，所以二百里犯险赶过来。看老人这副穷寒模样，应该不是事主，但为何又能说出自己的姓？他点点头："是我，你是？"

店主跟过来，又招呼老人。老人照旧像没听见，又小心问道："这里说话不便，可否找个僻静处？"

店主听见，识趣走开。朱安世又问："是你找我送东西？"

老人回头环顾店里，偷偷指指手中包袱，低声道："酬金已经带来，还有一些事要交代，请先生移步店外说话。"

朱安世越发纳闷，但还是站起身："那就去楼上。"

"也好。"

朱安世起身，引着老人和小童上楼，进到客房，关了门。

"你要我送什么东西？"

"这孩子。"

朱安世更是诧异，低头向童子望去，童子也正望向他，脸上神色虽困倦，却眼睛黑亮，目光如冰，像是要将他看穿。盯得朱安世有些不自在，便扭过头，又问："送到哪里？"

"京城，御史大夫[1]兒宽[2]。"

"御史大夫？京城？"

1 御史大夫：官名。《汉书·百官公卿表》谓"副丞相"。秦代始置，负责监察百官，代皇帝起草诏命、接受百官奏事，管理国家重要图册典籍等。与丞相、太尉合称三公，官秩为中二千石。

2 兒（ní）宽：西汉名臣，官至御史大夫，卒于太初二年（公元前103年）。生平参见《汉书·兒宽传》。

听到“御史大夫”四字，朱安世心里一刺，再想到“京城”，又忍不住笑起来。

老人不解其意，满眼惶惑。

朱安世不愿多说，收起笑：“这孩子这么贵重？送一下就付那么多酬金？你莫非是在耍笑？”

老人忙打开手中包袱，里面一个漆盒，揭开盖子，整齐排放着四枚大金饼，一斤一枚；六枚小金饼，一两一枚。

老人小心道：“信里说定五斤。倾尽全力，只凑到这四斤六两。还请朱先生宽缓一步，日后定当补齐。”

见老人居然能拿出这么多金子，朱安世很是意外：“这是谁家孩子？到底什么来路？”

“朱先生还是不知道为好。”

“此去长安不远，你为什么不自己送过去？”

“这孩子不能再继续跟着我，我也找不到其他可信之人，才写信求告樊先生。樊先生举荐了朱先生，他举荐的人自然也是义士名侠。老朽恳请朱先生仗义援手、施恩救助，送这孩子去长安——”说着，老人俯身便要跪下。

朱安世忙伸手扶住：“老人家万莫要这样，若在平日，这不过是顺手之劳。只是有一件，我还有急事在身，不能马上进京。”

老人为难起来，低头想了半晌，才道：“先生办事能否带他一起去？只要离开此地，保他安全，晚几日到京城倒也无妨。不过，必须亲见到御史大人，当面交付。”

朱安世见老人满眼殷切，又看那孩子瘦弱可怜，便点头道：“成。”

老人如释重负，盖好漆盒，包起来递给朱安世。

朱安世知道这些金子得之不易，忙谢绝：“这点小事，费不了什么力气。这钱你还是自己留着。”

老人执意道：“这是早已说定的，怎么能改？况且这点钱算得了什么！先生若能将孩子安全送到，大恩胜过黄金万两。”

朱安世推拒不过，只得接过，随手放到案上。

老人转过身，轻抚小童双肩，又替他掠齐额头鬓角乱发，温声嘱咐道："驩[1]儿，我不能再陪你了，你自己要当心留意，凡事要听朱先生安排，不要违拗他，到了兒大人府上，你就安全了。"

小童一边听一边不住点头，泪珠大颗大颗滚下来。

老人也忍不住落下泪来，哽咽半晌，才强忍住，在小童耳边轻声又交代了几句，朱安世知道他这些话不愿被人听到，便转身到窗边，向外张望。

这时霞红将褪，暮色渐临，扶风城里，到处炊烟冉冉，四下越发寂静。

一阵风过，凉意瘆人，朱安世不由得打了个冷战。

汪汪汪！

东边市口忽然传来一阵狗吠，接着便是一串马蹄声，相邻的狗也接连叫起来。

朱安世忙向东边窥望，隐约见一队人马正穿过市门，急急奔来。再仔细辨认，依稀可见马上人皆穿官府捕吏之服。

* * * * * *

落霞，长安城。

秋风如水，刷洗这座繁华富丽之城。

一片黄叶飘飞，落在司马迁肩上，他却浑然不觉。

他立在自己宅子后院，看着卫真埋书。卫真是他的侍书童仆，正手执铁锹，弯着腰在院中那棵大枣树下挖土。挖好一个方方正正的小坑后，卫真放下铁锹，双手捧起坑边一个木盒，小心放进坑里，然后又拿起铁锹，铲土掩埋。

那木盒中，放着一卷竹简，是司马迁刚刚写就的一篇史记[2]。

一颗枣子忽然落下，砸在卫真头上，弹到地下，卫真看见，笑道："枣子都熟了，得赶紧收了。"

这棵枣树是司马迁新婚那年所种，他得知妻子爱吃枣，就托人从河间

---

1 驩（huān）：通"歡"，现统一简化为"欢"。本书保留人名用法。

2 司马迁《史记》最初命名学界至今未有定论。"史记"本是古代史书通称，从三国开始，才由通称逐渐成为《史记》的专称。为小说叙述方便，文中采用通称。

捎来一棵枣树苗，亲手种下，如今这棵枣树已经十分粗壮茂盛，每年都要结不少枣子。

司马迁抬头望着树上枣子，正在沉想，妻子柳氏忽然疾步走出来道：“外面有人在敲门！”

“哦？全城都在大搜，这时辰会是什么人？”司马迁一惊，忙催促卫真道，“我出去看看，你赶紧埋好！”

他走到前院，外面有人正在叩门，声音很轻，御夫伍德站在门边侧耳听着，司马迁示意开门，伍德忙拔开门闩，拉开了门。

门外一个年轻男子，看衣着是个仆役，神色略有些紧张。

伍德问：“你有何贵干？”

那人道：“我是御史大夫延广家人，有事求见太史令大人。”

司马迁忙走到门边：“找我何事？”

那仆人忙道：“我家主公让我来送一件东西。”

“什么东西？”

那仆人左右望望，道：“大人能否让我进去？”

司马迁心中纳闷，便让他进来，伍德忙关起门。

“我家主公命小人将这个交给大人。”那仆人从怀中取出一个小帛卷儿，双手呈给司马迁。

司马迁接过，展开一看，是一方帛书，只有巴掌大小，上写着几行小字：

星辰下，书卷空
高陵上，文学燔
九河枯，日华熄
九江涌，天地黯
鼎淮间，师道亡
啼婴处，文脉悬

司马迁读了几遍，只觉词气悲慨，却不解其意，纳闷道：“这是什么？该当何解？”

"小人不知。主公只说务必要亲手交给大人。"

"他为何要送这个给我？"

"主公没说。"

******

杜周先遣骑尉一路疾赶，黄昏时到了扶风。

进城之后，直奔府寺[1]，参见右扶风[2]减宣[3]。

减宣听了骑尉急报，心下大惊：天下这么大，这贼别处不逃，偏偏逃到我这里！何况又事关汗血马，再想到杜周这头老狼，越发悚然。本来事发长安，是杜周失职，现在这贼逃到扶风，正好给杜周卸罪的由头。自己与杜周暗斗多年，虽说互有输赢，但杜周比自己更能沉得住气，始终隐隐占上风。

他忙问："执金吾现在哪里？"

骑尉道："也正赶往扶风。"

减宣一听，才稍安心，既然杜周亲自来追查，他就脱不掉干系。虽然这晦气来得冤，但事已至此，只有尽力而为。两人合手协力，料必能捉到那盗马贼，只要捉到，彼此也就相安无事。

于是他抛开疑虑，立即下令关闭城门，同时急召贼曹掾史[4]成信，吩咐道："那盗马贼若仍在扶风，料必会藏身在两个地方——或去民宅区投靠朋友，或在市中客店歇脚。你将手下分为三拨：一拨去民宅区通告所有里长，分别搜查各自里巷；你自己率领一拨，速去市中搜查，那盗马贼见四处大搜，必定要设法逃出城；第三拨人去城墙周围寻堵出城秘道。"

---

1 寺：古代官署的名称。秦汉以官员任职之所，通称为寺。

2 右扶风：汉时长安京畿划为三区，分设京兆尹、左冯翊、右扶风三个官职，合称三辅。

3 减宣：汉武帝时期著名酷吏，参见《史记·酷吏列传》。

4 贼曹掾史：官名，主捕盗贼。汉代中央及各郡县皆置掾史，分曹治事。曹：分科办事的官署；掾（yuàn）原为佐助的意思，后为官署属员的通称；掾为各曹之正，史为副，合称掾史。

成信领命出来，急忙分派人手，自己率人赶往市[1]中。

到了市东门，成信唤来门值询问。但这一整天，市里来往人流不断，那门值想了半天，也想不出是否有个骑了匹棕色好马的军吏。倒是一个市吏闻声赶过来，说在市西的蒋家客店见到一匹马，虽然浑身肮脏，但毛色应该是棕色，头小颈长、身形俊逸，他最爱马，一眼看到，便知是匹极好的马，过目难忘。不过没见到马主人，不知是不是逃犯。

成信闻言，即命市吏关闭四门，自己带人急急赶向市西蒋家客店。

* * * * * *

朱安世从窗口看到捕吏飞马奔来，忙道："来得这么快！我们得马上离开！"

老人听到，顿时慌张起来，不由得伸臂护住小童，小童也满眼惊惧。

朱安世一愣，他们也在逃避官府追捕？但此时已经无暇细问，便向小童伸出手，小童却紧紧抓住老人，向后缩着。

老人安慰道："驩儿莫怕，朱先生是信得过的人，公公才把你交给他。"说着，把小童送到朱安世身边。

"朱先生，孩子就托付给你了。"

"放心。"

他俯身抱起小童，向老人点点头，开门快步下楼，奔到前堂，从囊中抓了一把钱，扔给店主，急急穿上靴子，小童自己也飞快蹬好鞋。朱安世挟着小童，奔到马厩，牵出马，将小童抱上马背，随即自己翻身上马，吆喝一声，驱马来到院前。

这时，外面马蹄声越来越近，很快将到门前。

朱安世拍马就要向门外冲，这时老人也已经赶下来，顾不上穿鞋，竟气喘吁吁奔出来阻拦，险些被马撞翻，幸好朱安世急勒住了马。

"朱先生，前门已经不能出了！"

1 市：集市，市场。汉时，各商铺集中在城中一处，以围墙圈起，有市吏督管，早晚定时开关。

“不怕，我这马快！”

“被捕吏看到，终究麻烦。我走前门引开他们，你们走后门！”

“公公！”小童叫起来。

老人没有答话，只是望着小童慈爱一笑。

朱安世看老人神情坦然，心中顿生敬佩，但事情紧急，不容争执，便揽缰掉头，店主也跑到门首来看。

朱安世大声问道：“后门在哪里？”

店主一时惶急，说不出话，只用手向身后指指。

朱安世拍马就冲进前堂，临进门，一眼瞥见老人强挣着奔向马厩，顾不得多想，径直带马跃进前堂，接连踢翻几张案席，踢倒几个客商，一路杯盘翻滚，汤汁四溅，店里一阵惊叫。转眼之间，穿过厨房，越过后厅，来到后院，院门闩着。朱安世跳下马，打开门，牵马出去，带好门，左右看看，一条窄巷，寂无人影，便又翻身上马，打马向西疾奔。

到了巷口，左转回到正街，客店那边传来阵阵蹄声和呼喝之声，朱安世无暇细看，催马疾速奔向市西门。

# 第二章
# 石渠天禄

成信赶到客店街口时，暮色已昏，一人骑马从客店中急奔出来，见到捕吏，带马便逃。成信见其可疑，急忙率人追赶。追到市南门，市门已关，贼人见无法逃脱，竟拔出剑，先向自己脸上左右连割几剑，而后横向脖颈，意欲自刎。

成信见到，忙将手中的剑一把掷过去，击中那人手腕，那人手中之剑随之脱手。其他捕吏立即赶过去，将那人一把掀下马，将他生擒。

这时才看清是个老人，追错了人，成信大怒，朝那老人重重踢了一脚，命人押他回去，自己又带人急奔回客店。

盘问了店主，才知道有一军吏刚才从后门逃出。成信忙命人分头赶往市四门，确认贼人是否出了市门，并调人挨户细搜，又将店主及店中所有客商羁押归案。

* * * * * *

朱安世赶到市西门时，见门已经关闭。

远远看见两个人影在门边张望，应是门吏，想来是听到了动静。朱安世放缓马速，徐驰到门边。

门吏拦上来："市门已关，要出，明早吧。"

朱安世赔笑说："多贪了两杯酒，误了时辰，请两位行个方便。"

"过时禁出入，触了禁律，方便了你，受罚的是我们。"

朱安世翻身下马，从囊中掏出两串铜钱，塞到两个门吏手中，笑着说："两位辛劳了这一天，也该买点酒解解乏。"

两个门吏互相看看，又见朱安世身着军吏戎装，就没多推却。

其中一个看到马上的小童，问道："这小儿是谁？"

朱安世笑道："是我老友之子，老友醉倒在客店里，动弹不了，就睡在客店里，他怕家里妻子担忧，托我送这孩子回去，顺道传个口信。"

门吏转问道："小儿，你家住哪里？"

朱安世没防备这一问，正要开口遮掩，没想到小童竟不慌不忙回答道："午井乡，高望里。"

"午井乡出南门更近，为何要走西门？"

朱安世忙道："本要走南门，刚巧碰到一队捕吏往南门追人，怕扰了公干，就避开走这边了。"

"追什么人？"

"像是个胡人，违例偷买了些铁器，藏在布帛中，想私带出关外。[1]"

"怪道刚才嚷声一片。"

门吏不再多问，打开了门，朱安世连声道谢，牵马走了出去，随即翻身上马，加速向西奔去。

到西城门时，天色已黑。

城门已关，一队兵吏，擎火执械，在门楼下巡守，看来已接到京城诏捕令。

* * * * * *

长安城，未央宫。

1 汉代为防匈奴兵力，禁止铁器出关。

司马迁自北阙缓步走进未央宫[1]，书侍卫真紧随身后。

进了宫，迎面便是天禄阁，其西相隔二十余丈，则是石渠阁。

抬头南望，椒房殿、温室殿、清凉殿、宣室殿……四十三座殿阁[2]，一殿高过一殿，重轩叠阁、雕金砌玉。红日在檐下，楼台在云中。

“这未央宫建成到今年，居然正巧一百年了呢。[3]”卫真忽然道。

司马迁点头笑了笑，卫真这些年倒也读了些书、记了些史。

卫真见左右无人，压低声音：“当年是萧何督造的未央宫，他也是一代贤臣，那时，高祖称帝才两年，战乱未休、成败未定，天下凋敝、百姓困穷，未央宫却建得如此奢华……”

司马迁叹息道：“萧何也算一片苦心，他正是怕后世奢侈，特意使未央宫之壮丽无以复加，一次建成，让后继帝王无须再费财力。[4]”

“可见贫者不知富者心。当年瞧着奢华已极，到了当今天子，却嫌它窄陋，增饰了多少回了。高门、武台、麒麟、凤凰、白虎、玉堂、金华，这些殿都是后来增修，更不用说未央宫外，又新建北宫、桂宫、明光宫、建章宫……还有上林苑、昆明池，到处的离宫别馆……”

司马迁忙喝止，卫真也立即警觉，吓得伸伸舌头，赶紧闭嘴。

司马迁长喟一声，心想：高祖既把天下视为自家产业，[5]当今天子穷奢极欲，也只当是花销自家私财而已，又可奈何？

他不愿多想，向西行至石渠阁，拾级而上。

石渠阁下，流水潺潺。

---

1 北阙：未央宫北面门楼，是大臣等候朝见或上书奏事之处。《汉书·高帝纪》颜师古注：“未央宫虽南向，而上书、奏事、谒见之徒皆诣北阙。”

2 据《西京杂记》记载，未央宫“周回二十二里，九十五步五尺。街道周回七十里。台殿四十三……宫池十三，山六，池一，山一，亦在后宫。门闼凡九十五”。

3 未央宫建成于汉高祖七年（公元前200年），于汉惠帝时基本建成。

4 据《汉书·高帝纪》记载，萧何营建未央宫，刘邦见其壮丽，大怒，萧何说：“天子以四海为家，非令壮丽亡以重威，且亡令后世有以加也。”

5 据《汉书·高帝纪》记载，刘邦年轻时为无赖，其父常责骂他不能治产业，刘邦登基后，反问其父：“现在我的产业和你相比，谁的多？”

当年，秦始皇为灭天下异心，杜绝诸子百家之学，禁民藏书，遍搜天下书籍，大都付之一炬，少数藏于皇宫内府，天下文献灭绝殆尽。高祖攻入秦都咸阳，诸将都去争抢金帛财物，唯有萧何收藏图书律令。营造未央宫时，萧何又特建了石渠阁、天禄阁，专藏文献典籍，才算保住一线文脉。

建石渠阁时，下凿石渠，引入宫外滈水，环绕阁下，因名“石渠阁”[1]。

司马迁不由得感叹：这石渠当是为防火灾，便于就近取水。萧何惜护典籍之心，可谓深细。

登上台基，凭栏四望：未央宫里到处金玉炫耀、红紫纷扰，宫人穿梭、黄门往来。唯有天禄阁和石渠阁，地处最北，平日极少有人出入，此时秋风寂寂、落叶窸窸，越发显得萧疏隔绝。但两阁毕竟深蕴文翰之气，清寂中自具一派庄重穆然。

卫真又小声说：“当年阿房宫和这未央宫相比，不知道哪个更甚？”

司马迁不答言，但心想：当年秦始皇发七十万人建三百里阿房宫，殿未及成，而身死国灭；他钳民口、焚典籍，欲塞万民之心，到如今，却图书重现，文道复兴。可见有万世不灭之道义，无千年不朽之基业。

未央宫又何尝不是如此？看眼前虽繁盛无比，若干年后，恐怕也难免枯朽灰败，无迹可寻。而天理人心，则千古相续，永难磨灭。

想到此，司马迁豪情顿生，卫真见他面露笑意，有些纳闷，又不敢问。

司马迁转身走向阁门，迎面见几个文吏护拥着一个官员出来。

那官员年近六旬，枯瘦矮小，却精干矍铄，一双眼精光锐利，如一只老瘦秃鹫，是光禄勋[2]吕步舒。

司马迁与吕步舒都曾师从名儒董仲舒，但两人年纪相隔近三十岁，吕步舒又官高位重，因此从未说过一句话。司马迁忙退到路侧，躬身侍立，

---

1 《三辅黄图·阁》中记载：“石渠阁，萧何造。其下砻石为渠以导水，若今御沟，因为阁名。所藏入关所得秦之图籍。”

2 光禄勋：官名。本名郎中令，秦已设置。汉武帝太初元年（公元前104年），改名光禄勋，为九卿之一，掌守卫宫殿门户，后逐渐演变为专掌宫廷杂务之官。

吕步舒并未停步，鼻中似乎“哼”了一声，算作答礼。

等吕步舒下了阁走远，司马迁才举步走进石渠阁。

******

天黑时，杜周车骑赶到扶风。

扶风有减宣在，让他略为安心。他与减宣故交多年，曾共事于张汤[1]门下十数年，二人为官效法张汤，都以严刑敢杀著称。减宣尤其精于深究细查，张汤被诬自杀、淮南王刘安谋反等大案，都是由减宣查办，曾官至御史。和自己一样，减宣也经过宦海浮沉、几度升降，年前被废，新近重又升至右扶风。

杜周在车上暗想：盗马贼逃到扶风，倒是帮了我，这样便稍有了些转圜余地。减宣查案最为精细，只要盗马贼还在城中，减宣必能捉到；就算捉不到，盗马贼是在扶风逃走，正可借此转些罪责在减宣头上，再加上卫尉与太仆失责于前，或者可以免去死罪……

车驾刚到东城门下，如杜周所料，城门打开，减宣果然亲自率众出来迎接。

杜周特意端坐着，并不急于下车，减宣步行来到车前，深深躬身，拱手致礼：“减宣拜迎执金吾大人。”

两年前，减宣身为御史，是杜周称减宣为“大人”，而减宣称杜周为“杜兄”。现在杜周官秩虽略高于减宣，[2]但仍属平级，杜周见他如此恭敬，知道他已有防备，有意做出这番姿态。当务之急，是要同心协力捉住那盗马贼。于是，他等减宣拜了一半时，才急忙下车，伸手搀住，脸上扯出些笑意：“你我之间，何必多礼？汗血马失窃，事关重大，还望减兄能鼎力相助。”

---

1 张汤：汉武帝时期著名酷吏。官至御史大夫，用法严酷，但为人清廉简朴，后被诬陷获罪，被逼自杀。

2 汉代官秩以粮食计算，执金吾为中二千石，每月一百八十斛；右扶风为中二千石，每月一百八十斛。（参见唐代杜佑《通典·职官》）

减宣忙道：“此是卑职职分所在，当然该尽心竭力，不敢有丝毫懈怠。”

两人相视点头，心照不宣。

减宣随即道：“盗马贼还在城中，正在细搜。已捉到一个与那盗马贼相识之人。请大人上车，进城亲审。”

两人进城到了府中，杜周顾不得劳累，马上命人掌灯，同减宣提犯人审讯。

犯人提上来，杜周一看，只见犯人脸上血肉模糊，纵横几道剑伤，犹在滴血，满襟血水湿漉。虽然如此，却挺身而立，并无惧意。

减宣道：“这老贼怕被认出身份，先割伤自己脸面，然后才要自刎。”

“搜出什么没有？”

“只有一个水囊，几块干粮，两串铜钱。”

杜周转头吩咐身边长史：“衣物再细查。”

减宣听见，忙命吏役将老人浑身上下剥光，全都交给杜周长史。

老人披头散发、赤身露体，跪在地上，木然低首，听之任之。

杜周随行令丞知道惯例，一向是先打再问，便命道：“笞五十！”

吏役将老人俯按在地上，压住手足，刑人手执五尺竹笞，挥起便抽。这刑人是惯熟了的，知道这五十笞是用来威慑犯人、逼其就范，所以并不用全力，只寻最怕痛处，笞笞触骨。那老人却始终忍痛不叫，只在喉咙里发出闷哼之声。

五十数满，令丞等老人缓过气来，问道：“你和那朱安世可是旧识？你们在客店会面所为何事？”

老人趴在地上，闭着眼睛，喘着粗气，像是没有听见。

令丞问了几遍，怒道：“再笞五十！”

刑人举笞又抽，这次下手加力，招招狠准，务使极痛，又不要他命。老人再忍不住，痛叫出声，却并不求饶。

五十笞又完，老人已疼昏过去。

减宣令人将老人抬回狱房，又命提客店店主与客商审问。店主、客商都惊慌至极，搜肠刮肚，把所见的一切细枝末节尽数交代。

众人退下，减宣独与杜周商议："看来老儿与盗马贼并不相识。"

杜周点头不语，心里沉思：朱安世已犯了滔天大罪，逃命唯恐不及，怎么还有工夫在这里约见老儿？

"那店主偷听到老儿有东西托朱安世护送，什么物件这么贵重，值得舍命？"

"不是物件，是人。"

"那小儿？"

"嗯。"

"那老儿豁出性命要保住秘密，那小儿恐怕干系不小。"

*******

司马迁脱履进了石渠阁。

这一向，他都在天禄阁查书，有半月余没到石渠阁。进门后，却不见书监阜辜，一名黄门[1]内官迎上来，身穿书监衣冠，却从未见过。

那个黄门躬身行礼："卑职段建参见太史。"

司马迁一愣："又换人了？"

段建低头答了声："是。"

当今天子继位以来，连丞相、御史都频繁更替，更莫论宫内宦官。八年来两阁书监已经各换了五六回。

司马迁不再多言，问声好，便径直朝书库走去。段建忙跟随在后。来到书库内门前，旁边司钥小黄门躬身迎候，司马迁一看，也换了人。小黄门掏出钥匙，打开铜锁，用力推开石门。随即取来一盏朱雀宫灯，躬身呈上，卫真接过。

石渠阁书库全部用石材密闭建成，所以又称"石室"。书库之内，齐整排列着数百个铜柜，称为"金匮"，都上了锁。

卫真举灯照路，司马迁大步走进书库，段建和小黄门也各擎了一盏灯

1 黄门：宦官。《通典·职官三》："凡禁门黄闼，故号黄门。"皇宫门漆为黄色，故用"黄门"代称宦官。

跟随进来。

司马迁今日是来找秦宫古本《论语》[1]。

穿过前面几排铜柜，来到诸子典籍处，孔子书柜居于列首。司马迁吩咐小黄门拿钥匙打开柜锁，小黄门尚不熟谙，一串钥匙试了很多把，慌得一头大汗，才算找对。

柜门打开，司马迁就着灯光一看，里面简册排放似乎和旧日不同，再细看，果然被重新排放过。

“这里书卷动过？”

段建忙说：“库内图书重新点检过，不知太史要找什么书？”

“哦？”

司马迁微有些纳闷：两阁藏书各归其类，石渠阁中所藏都是当年秦宫典籍图册，汉以来所献之书都收在天禄阁。献书时有增补，且版本纷乱、真伪混杂，因此天禄阁图书需要书官定期检阅重排，而石渠阁秦宫图书则早已编订完备，再无新增，为何重新点检？

段建看出他的疑惑，忙解释道：“并非卑职所为，是前任书监。”

司马迁一卷一卷小心翻检，找遍铜柜里所有书卷，都没找到《论语》。

“《论语》去哪里了？”

“卑职初来乍到，也不清楚，请太史稍候，卑职去拿图书簿录。”

司马迁又细细找了一遍，仍然没有，又叫小黄门打开相邻的铜柜，和卫真分别找遍儒学类、诸子类几个铜柜，都不见《论语》。正在纳闷，段建捧着石渠图书簿录来了。司马迁接过一看，图书簿录是新的。

“这簿录也重新写录过了？”

“前任书监交给卑职时便是这样。”

司马迁忙到旁边石案上展开，在灯影下一条条查看，连找三四遍，居然找不到《论语》条目。

段建小心问道：“敢是太史记错了？”

---

1 《论语》书名的确定和通用时限至今尚有争议，据王充《论衡·正说篇》言：“孔子孙孔安国以教鲁人扶卿……始曰《论语》”，这一书名至少到汉武帝时期已经确定。因此，本文将其统称为《论语》。

“我岂会记错！”

******

扶风城内，兵卫执炬提灯，沿街巡逻，挨户搜查，到处敲门破户、鸡飞狗叫。

朱安世见势不妙，忙取出备好的皮垫，将汗血马四只蹄子包住，以掩蹄声，然后循着暗影，悄悄向城边躲移。

他一人脱身不难，但多了一匹马、一个小童，行动不便，躲不了几时。这马得来不易，他断舍不得丢弃；至于小童，就算没有酬金，也不该有负所托。况且看那老人神色，小童怕是罪人之后，也正在被追捕，小小年纪，更不能让他落入官府之手。他回头看了看马上小童，小童也望向他，眼中竟毫无慌惧，朱安世暗暗纳罕。

看到处火光闪动，四下里不时传来士卒们呼喝叫骂之声，他心里顿时腾起一股怒火。

为了一匹马，弄出这么大阵仗，而万千百姓饥寒而死、征战而死、冤屈而死，却只如蝼蚁一般，谁曾挂怀？谁曾过问？

念及此，他不由得暗暗后悔，那日为何不刺死刘彘？

当时，眼看就要到歇马处，朱安世手中缰绳拧得咯吱吱直响，却心神昏乱，犹豫再三。耳侧刘彘咳嗽了一声，他一惊，才略微清醒。行刺的步骤他早已仔细想熟、反复演练。西征大宛往返途中，他亲眼目睹不少士卒被军吏套住脖颈，拖在马后凌虐处死，恨怒一直聚在心里，他要让刘彘也尝尝这等苦楚：用马缰当绳套，回身抛向刘彘，套住他的脖颈，一把拽下，绳子缠绕三圈，勒紧，跳上马背，驱马疾奔……

他偷眼扫视，两边虽然宫卫密列、戈戟如林，但片刻之间，他就能处死刘彘，宫卫们都在半丈之外，根本来不及阻止。然而，他的手却抖个不停。

他一直纳闷荆轲剑术精熟，近身刺杀秦王，却居然失手，此刻也才明白：人处此境，再有胆略，也难免心浮意乱，身手不及常日一半。他手中并无兵刃，缰绳必须一套即中，不容丝毫闪失。

这时，距离歇马处只有五六步。

再不动手，良机恐怕永难再有。

勒死刘龑之后，自己也休想逃脱一死。对此，朱安世早已想过无数次。他自幼便立誓要刺杀刘龑，以一命换一命，遂了平生之志，又有何憾？何况，能为西征军中那几万枉死士卒雪恨，更为天下苍生除掉这个暴君，能得如此一死，千值万值……

一阵马蹄声打断朱安世思绪，是一队骑卫从前面大街上急急奔过。

他忙回过神，勒停了马，躲在暗影中，心想：无论如何，都得逃出城去，不能如此轻易便让刘龑舒心快意。

他断了杂想，盘算对策：只有先将小童和马藏到一个隐秘安稳之处，自己才好寻找出路。

他曾到过扶风，知道南城门左侧有一处营区，心想虽然满城大搜，营区当不会细查。他小心绕到营区附近，张眼一看，果然只有十几个兵卒值夜。朱安世牵马绕到营房后，营房贴城墙而建，房侧一丛树林，只有两个兵卒巡守。朱安世趁那两个兵卒巡到另一边，忙牵马轻步钻进树丛。城墙角落有块巨石，他将马牵到石后，轻拍马背，这马本就灵性乖觉，又经调教多时，早已心意相通，立即停住脚，静静站立。这时草丛间霜冷露重，朱安世又从背囊中取出皮毡，铺在石边马侧，抱下小童，让他靠石坐好。

“你在这里等着，我去找条出路。”

小童点点头。

“别发出声响，惊动那边守卫。”

小童又点点头。

“你一个人怕不怕？”

小童摇摇头。

朱安世伸手拍了拍小童肩膀，以示赞赏。他又轻抚马鬃，那马只是微微转头，仍然静静站着，连个响鼻都未打。朱安世这才放了心，起身悄悄离开。

# 第三章
# 潜越七星

扶风牢狱。

昏黑中，老人被一阵哀号吵醒，听声音，年纪似乎很小。

老人忍着浑身痛问道："孩子，你怎么了？"

"疼啊！疼死我了！"

老人挣扎着爬过去，见墙边趴着一个少年，背上衣衫一道道裂开，黑湿一片，应是血痕。

老人小声问道："你父母在哪里？什么缘故被打成这样？"

少年只是一味哭叫，哭够了，才断续道："我爹娘都在蒋家客店做杂役，傍晚一队官军忽然冲进来，把店里所有人都捆起来。我正好到客店后院，去娘那里取东西，和爹娘一起被捉到这里，他们一个一个拷打，我爹和我娘都被打得动不了，不知道被拖到哪里去了，然后他们就拷打我，呜呜……"

"你一个小孩子，他们拷问你什么？"

"说是客店里来了个老人，带了个小孩，交给一个军士，他们问我那个军士到哪里去了，我什么也没看见，什么都不知道，可他们就是不信，偏说我就是那个小孩！"

老人沉默半晌，愧道："竟然是我连累了你……"

"你就是那个老人？公公，求求你，快告诉他们，我不是你带的那个小孩！”

老人忙高声喊来狱卒：“你们快放了这孩子，他不是我带的那个孩子！”

一个胖壮狱卒闻声过来，厉声说：“老儿乱叫什么！你个死囚囊，管得到该放谁？”

“我的孩儿才七岁，这孩子……”

少年忙抢道：“我已经十三岁了！”

狱卒叱道：“再不闭嘴，休怪老子手毒！”

“他只是个民家少年，有何罪过？”

“既然他不是，你带的小孩在哪里？”

“客店店主、客商都曾见我带孩子进店，他们可以作证这孩子不是我家孩儿。”

“我管不了这许多，除非你说出你家孩子下落，我才敢去禀报上头。”

老人顿时沉默不语。

少年又哭起来：“公公！求求你，救救我！”

狱吏骂道：“好狠毒的老儿！为保自家孩子，竟要别人孩子的命！”

老人低头伤叹。

狱吏便骂着转身离开：“既然不说，休要再嚷！”

少年继续苦苦哀求，老人说不出话，低头垂泪。

少年止住哭道：“公公，你别伤心，你说店主和客商都看到那个孩子了，他们只要审问过，就会放了我。”

“孩子，难为你了……”

“这没啥，我爹常说善人有善报。我比你家孩子大多了，替他吃点苦没啥。你家孩子的下落千万别告诉他们，他们一旦逮到他，两下就把他打死了。公公，你家孩子叫什么？”

“这个——”

少年忙道：“对了，不能说，说出来被人听到就不好了。”

停了片刻，少年又拉拉杂杂说起来。老人见他乖觉可怜，便陪着他说话，但只要触及自己身世由来，便立即闭口，只字不提。

少年说得累了，呼呼睡去，梦中被一声重响惊醒，睁眼却不见身边老人，黑暗里四处乱摸，在墙角摸到老人身子，问话拍打，均无反应，再往前一摸，老人头下一片湿滑，是血。

少年忙扯着嗓子向外面喊道：“朱三！快来，这老贼撞墙自尽了！”

刚才那个胖壮狱卒急急赶来，打开了门。

* * * * * *

朱安世沿着城墙潜行，一路避开巡查，寻找出城的缺口密洞。

绕城一周，凡是可逃之处，都有重兵把守，而城内搜查仍然紧密。他不放心，又回到营区，偷偷观望，见营房后两个兵卒仍在巡守，并无异样，知道小童安全，便不担心，坐在暗影里，边休息边想计策。

思忖良久，他忽然笑起来：天下各城，都有盗贼惯偷。尤其当今之世，逼而为盗者四处纷起。这扶风城里自然也少不了盗贼。今夜全城大搜，那些盗贼自然个个惶惧、人人自危。城里惯贼必定早备有逃城之法，只要找到这些惯贼，自然就能找到出城秘道。

朱安世以盗心推测，扶风城内最佳出城秘道当在七星河。七星河穿城而过，上游北口是扶风武库所在，防守严密，不易穿越，但下游南口是一片田地，地阔人稀，便于潜匿。

于是，他避开路上巡查，辗转来到七星河下游，见两岸各有一队兵卫执炬巡守。朱安世小心挪到城墙边，寻了个黝黑角落，躲在草丛里观望，想等个盗贼出来引路，但许久都不见动静。城里搜捕已经有半个时辰，盗贼要逃恐怕也早已逃了。现在岸边有巡卫，就算有盗贼，也不敢出来。

朱安世又等了一阵，仍然不见动静，便等岸边巡卫走开，乘着空当，悄悄梭到岸边，长吸一口气，轻身滑入水中，潜游到城墙下，黑暗中，头碰到硬物，伸手一摸，前面有铁栅封挡。他上下左右细细摸寻，到处铁栏坚固，并没有松动断裂处。一口气用尽，只得浮出水面，躲在黑影里，一边喘气一边琢磨：下面水门周边都用砖石厚砌，刚才摸遍，并无缺漏，唯一可能之处，应在河床。

他又长吸一口气，一头潜到水底，在泥中乱摸，摸到水门附近的河床中央，手触到一根绳索，用力一扯，似有坠物，循绳摸去，河泥中有一石盘，径约三尺，厚约两寸，盘边对凿两个孔，所摸绳头系于一孔，另一孔用绳索拴在铁栏根部。朱安世大喜，用力扯绳，石盘竖起，伸手一探，石盘下有一洞穴，应是通至栅外。

朱安世又浮上水面，深换口气，重又潜到河底洞穴，拉起石盘，伸手探头，向里游去，洞穴先是陡斜向下，接着平直前行，而后又向上斜伸。游了数步，顶上被堵死，伸手一摸，又是一块石盘，便推开石盘，出了洞口，到达河床。他向上急游，浮到水面，一口气恰好用尽，回头看时，铁栅已在身后。

* * * * * *

石渠、天禄两阁藏书，只有太常[1]、太史、博士[2]方可查阅。

八年前，司马迁官封太史令，第一件事便是进到未央宫，登天禄、观石渠。

当日，见天下典籍堆积如山、古今图书尽在手边，他喜不自禁，几乎手舞足蹈，心想：天子坐拥天下之乐，也莫过于此。

八年来，司马迁无数次穿梭出入于天禄阁和石渠阁，比自己家中还熟稔。阁中图书虽未遍读，但簿录却不知翻阅过多少遍，藏书名类数量，历历在目。

这几年，他所查阅的多是历代史籍，《论语》只是大略翻看过，未及细读。

现在写史写到《孔子列传》，需要参酌《论语》，天禄阁里所藏《论

1 太常：官名，九卿之首。掌宗庙礼仪等事。官秩中两千石，属官有太乐、太祝、太宰、太史、太卜、太医六令及丞，博士及诸陵园也受其管辖。

2 博士：最早是一种官名，始见于战国，负责保管文献档案，编撰著述，传授学问。秦朝时，有博士七十人，掌管全国古今史事以及书籍典章。汉初沿置，官秩为比六百石，属太常。汉武帝时，设立了五经博士，博士成为专门传授儒家经学的学官。

语》残缺不全，多个版本互相龃龉。石渠阁《论语》是秦宫所藏古本，是用先秦籀文书写，时人称之为蝌蚪文，艰深难辨，极少人能识。司马迁少时曾学过古字，大致能认得，所以才来石渠阁查阅。

没想到这秦本《论语》竟凭空消失。

司马迁猛然想到：父亲司马谈在世时亦为太史令，就曾发觉两阁书目在减少，所少的多是先秦诸子之书，司马谈曾数次上报此事，天子命御史查案，几位掌管图籍的官吏因此送命，所失图书却都无下落。

司马迁又忙看图书总数，还好，只缺《论语》一部。于是转身问书监段建："前书监现在哪里？"

段建忙低首轻声道："卑职不知。"

司马迁想：若无御史中丞[1]应允，石渠阁书监无权重新编排阁中图书。便不再多言，转身走出书库，下了石渠阁。

御史中丞掌管图籍秘书，官署在宫中兰台。

司马迁沿宫道，南行二里，来到兰台，却见内外皆有许多宫卫执械把守，不许进出。司马迁命卫真上前打问，原来御史中丞获罪被拘，廷尉正在查抄兰台，至于所犯何罪，并不清楚。

卫真小声说："难道是因为《论语》？中丞有罪，该不会牵涉到御史大夫？"

近年来，一人获罪，往往祸延周边，少则牵连几人、几十人，多则几百、几千，甚至上万。

现任御史大夫延广升任不到三年，司马迁与他并不相熟，只因延广精于《春秋》，多年前游学齐鲁时，曾向他求教过一次，此外并无私交过往。但司马迁一向深敬延广为人诚朴、处事端谨，断不会有什么渎职妄举。御史中丞为御史大夫佐官，下属有罪，延广至少也难辞失察之过。

延广今早忽然命人传送那封帛书给他，必定事出有因。

司马迁心中暗忧，只得原路返回，出了北阙。

1 御史中丞：御史大夫佐官，《汉书·百官公卿表上》中记载："中丞，在殿中兰台，掌图籍秘书。"

他的皂布盖轺车[1]停在宫门外，却不见御夫伍德。转头一看，不远处停着一辆轺车，两幡朱红、皂缯华盖，车上坐着一个御夫，衣冠华贵。而伍德正躬着身、仰着脸，立在那辆车边，车上那御夫斜着眼不知道在说什么，伍德不住点着头。

卫真叫了一声，伍德听见，忙向那御夫施礼道别，这才转身跑过来。

见他满面春风，卫真嘲道："和大人物攀扯上了？"

伍德偷眼看看司马迁，不敢答言，只是嘿嘿笑了一声："是光禄勋吕步舒大人的御夫。"说着忙扶司马迁上车。

司马迁心中不快，却也不好说什么，便道："先去御史府。"

轺车启动，卫真骑马跟随。过了直城门大街，到北阙外王侯官员甲第区，远远就见御史大夫府前竟也是重兵环卫，等走近些时，只见御史大夫延广及合家男女老幼被拘押而出，哭声一片。

司马迁大为吃惊，却不敢靠近，命伍德停车，眼望延广合族被押走，只能摇头叹息。

这时，天上忽然落起白毛[2]，丝丝缕缕，漫天飘摇，长尺许，如同千万匹天马在云端摇首，落下无数银鬃。

四下里人们都惊呼起来，司马迁也觉惊诧，伸手去接，见白毛轻如蛛丝，沾粘于手，嗅之有铁腥味。

卫真小声问："难道是天谴？莫非御史有冤？"

司马迁向来不信这些，并不答言，但心中狐疑、恍然若失。

* * * * * *

得知那老儿自杀，减宣大怒，杜周也嘴角微搐。

狱中那少年及狱吏、狱卒都跪伏于地，全身颤抖，连声求饶。

---

1 轺车：一匹马驾的轻便车。汉代按官秩对官员车驾装饰进行严格等级区别，详见《后汉书·舆服志》。

2 《资治通鉴·汉纪十三》中记载，（天汉元年）"天雨白氂"。这种自然现象在历代史书中多有记载。

那少年其实是减宣府中小吏，已经十七岁，因长得瘦纤，又声音清亮、犹带童音，看上去只有十三四岁。

杜周将他重笞一顿，投进老儿牢房内，命他设法探察老儿底细。

减宣不放心，又选了手下一个精干文吏，也扮作囚犯，关入老人囚室隔壁，旁听动静。

那文吏小心禀告道："倒也并非一无所获，据卑职旁听，那老儿一口淮南口音，其间夹杂着些西北声调词语，应是南人北迁，在西北居住多年。至于西北何处，恕卑职无力分辨。"

减宣忙命人找寻精通西北口音的人来。片刻，找来一个老吏，他曾代人服役，在西北各处戍守多年。杜周命那文吏复述老人话语，那文吏擅长模仿，一句一句道来，竟有七八分像，小吏也在一边提醒旁证。

老吏细细听了，禀告道："据小人听来，此人应在金城[1]以西、湟水[2]一带住过些年头。"

杜周问道："确否？"

"话语中夹着一些西羌口音，别处俱无，只有湟水一带，汉羌杂居，才有这种口音。"

"要多少年，才会带这种西羌口音？"

"刚才听来，羌音用得自然熟络，内地北人要脱口说出，至少三五年，至于南人，恐怕得七八年以上。"

杜周与减宣商议："淮南之人去湟水羌地，概有三种：一是戍卒，二是商人，三是逃犯。"

减宣道："边地战事频繁，汉地商人大多只是行商，绝少定居；逃犯行踪不定，即便定居，也必改名换姓，难以追查；只有戍卒，有簿记可查。"

杜周微微点头，心中细想：戍卒分两种——服役或谪戍。男子自二十三岁至五十六岁，一共只须服兵役两年，无久居边地之理。唯有获罪

---

1 金城：今甘肃省兰州市。

2 湟水：黄河上游支流，位于青海省东部。

被谪之人，常驻屯边，戍无定期，更有合家男女老幼一起被谪者，才会定居。看那老儿情状，当是谪戍屯田的犯人。

于是，他即命长史急传快信回长安，命左丞刘敢去查历年簿记，找出西征湟水军士名册。

长史领命，同时禀报道："方才二位大人所论，与卑职所查正好相符。"

杜周目光一亮："哦？"

"卑职奉命查验老儿衣物，其佩剑上有铭文'淮南国'，而水囊上则有工坊识记'金城牛氏'。另外，老儿袋中还有一把炒熟青稞，以及几片沙枣皮屑，青稞乃羌人主食，沙枣则是河湟特产。"

减宣喜道："这老儿果然来自湟水一带。剑上铭文更加可疑，当年淮南王谋反，事败自杀，淮南国也早已被除。难道这老儿竟与此事有关？二十年前，盐铁就已收归官营，民间不得私自铸卖铁器，兵器更加要紧，只有专任铁官方可督造，这剑恐怕是当年淮南王私造的兵器。"

长史道："卑职一并传信与左丞，去查当年簿记。"

减宣道："若这老儿真是淮南王反贼余孽，倒也可以将功补过，略抵一些失马之罪。"

杜周沉思不语。

* * * * * *

朱安世原路返回，潜行回到营房后面。

小童背靠石头坐在毡上，并没睡着，月光下双目炯炯。

"找到出路了，跟我走。"朱安世牵起小童，收拾皮毡，转身就走。

小童见他不牵马，轻声问："马怎么办？"

"马先留在这里。"朱安世伸手抚摸马鬃，那个河下洞穴，这马是万万穿不过去的，来的路上他已想好一个带马出城的法子，只是今夜得暂时舍弃。

那马仍静卧不动，但像是明白主人意思，扭过脖颈，将头贴近朱安世。朱安世拍拍马颈，轻声道："明早我来接你，等我召唤。"

说罢，朱安世牵着小童，转身离开，避开巡卫，一路躲闪，来到七星河岸边。

******

杜周和减宣坐候扶风府寺。

贼曹掾史成信来报："城中民宅均已挨户细搜，官宅各家自行搜查，出入要道都布兵把守，各荒僻角落也逐一密查过，但均未见贼人下落。"

杜周沉着脸看了看减宣，减宣叱道："官宅也要搜查！那朱安世积年盗贼，你所查之处，正是他要避开之处，你想不到的，才是他藏身逃脱之所。城中可藏可逃之处都搜遍了？"

"城北河边有一片乱石滩，东门有一处密林，城墙东南角有一处残缺……这几处都已派兵把守，贼人绝逃不出去，另外七星河穿城而过，不过城墙下都有铁栅阻挡，卑职怕有疏忽，派人潜到水中查过，南北水栅均牢固无损……"

杜周不待听完，转头问减宣："狱中可关有城中惯贼？"

减宣不明其意，忙传狱吏。狱吏报上名目，城内所捕大小贼共有二十几人。

杜周命狱吏将这些贼全都提来，押跪在庭中，先选了其中一个头目，并不问话，只下令重笞五十。刑人发狠用力，那头目连声惨叫，此时夜深寂静，几条街外都能听到哀号之声。

笞罢，杜周问他出城秘道，那头目刚说了句"没有"，杜周命再重笞一百。笞罢又问，那头目哭叫"不知道"，杜周见刑人已累，命换刑人再加笞一百。[1]

那头目哭号着求饶，杜周只问他知与不知，那头目哭道："小人实在

1 汉文帝为政清静仁慈，废除肉刑，用笞刑代替。汉景帝继位后，见笞刑三百以上，多有死于笞下者，又减了笞刑数量，并且定下律令，笞刑途中不得更换刑人。汉武帝刘彻登基以来，重用酷吏，放任酷刑，景帝所定律令渐渐废弃。

不知……”

杜周只说一个字：“笞！”

新换的刑人发力便抽，到七八十下，那头目已喊不出声，一百笞罢，人趴在地上，已不动弹，不知死活。

杜周命人将其拖到一边，又在贼中选了另一个头目，不等发话，那个贼头已不住磕头，连声哀叫：“城南墙角有一个缺洞，小人平日都是从那里钻出去，此外再不知道有什么出城秘道，大人饶命！”

杜周只吩咐换捶刑，先捶一百。那贼头始终不知，几轮捶完，也昏死过去。

杜周拿眼扫视庭中，众贼全都魂破胆裂。没等杜周开口，其中一个贼喊道：“大人饶命，我知道有条秘道。”

杜周嘴角一撇，冷冷一哼。

那个贼招供：“七星河南城墙下，河床中间有个石盘，盖住一个洞口，下面是条隧道穿过铁栅……”

## 第四章
# 星辰书卷

朱安世小声问那小童："你会不会游水？"

小童摇摇头。

朱安世犯起难来，但看小童身子瘦小，回想河底洞穴，大致容得下两人同行，便嘱咐道："我们要潜水，下水前，吸足一口气。"

小童点点头，但看那河水幽深，眼中微露惧意。

朱安世拍拍他的小肩膀："跟着我，莫怕！"

小童点点头，小声说："我不怕。"

朱安世俯身让小童趴在自己背上，用衣带紧紧捆牢，等巡卫离开，急趋过去，下到河里，扭头说声："吸气！"

小童忙用力吸气，却因为惶急，呛到喉咙，咳嗽起来，幸好自己及时捂住了嘴，才免被巡卫察觉。

朱安世一扭头，见岸上远处隐隐闪动一串火点，并飞快移向这边，随即听到一阵马蹄声，是一队人马打着火把。捕吏一定是知道了这个出城秘道，不容再耽搁！

朱安世伸手到后面拍了拍小童，小童也见到了那些火把，猛吸了一口气。朱安世觉到，也深吸一口，随即潜入水中。到了水底，他拉开石盘，钻进洞穴，急速前游，还未出洞，便觉背上小童手足乱挣，已经支撑不住。这时已容不得多想，朱安世拼命加速，钻出洞穴，急浮上水面，这时，背上小童已不再动弹。

朱安世忙向岸边急游，飞快上岸，解开衣带，将小童平放到河滩上，只见小童双眼紧闭，一动不动。

* * * * * *

“孔子生鲁昌平乡陬邑。其先宋人也，曰孔防叔。防叔生伯夏，伯夏生叔梁纥。纥与颜氏女野合而生孔子，祷于尼丘得孔子。鲁襄公二十二年而孔子生。生而首上圩顶，故因名曰丘云。字仲尼，姓孔氏……”[1]

司马迁端坐于书案前，铺展新简，提笔凝神，开始写《孔子列传》[2]，才写了一段，卫真急冲冲进来：

“御史大夫延广畏罪自杀了！[3]”

司马迁大惊抬头：“所因何罪？”

“诬上。”

“又是腹诽……”司马迁叹息一声，低头不语。

当今天子即位之初，还能宽怀纳谏，自从任用酷吏张汤，法令日苛，刑狱日酷。连张汤自己也莫能幸免，最终冤死于诬告。尤其是十七年前，天子造新币，大农令颜异只微微撇了撇嘴，便因“腹诽”之罪被诛。从此，公卿大夫上朝议事，连五官都不敢乱动，更莫论口出异议。[4]

卫真又道：“御史手下中丞也已被处斩。两家亲族被谪徙五原戍边屯田。”

司马迁听后，心中郁郁，不由得从怀中取出延广所留帛书。这两天，

---

1 引自《史记·孔子世家》。

2 《史记》中为《孔子世家》，此处写为《孔子列传》，原因见后文。

3 延广生平仅见于《汉书》中一句“（太初三年）正月，胶东太守延广为御史大夫”。值得注意的是，《汉书·百官公卿表下》中，历任御史大夫任免死亡，均有明确记载，独缺延广记录。

4 《史记·平准书》中记载：“（张）汤奏（颜）当异九卿见令不便，不入言，而腹诽，论死。自是之后，有腹诽之法，以此而公卿大夫多谄谀取容矣。”

他反复琢磨上面那几句话，却始终不解其意。只觉得那字迹看着眼熟，却又想不起是谁的手笔。

卫真瞅着帛书，猜道："这帛书莫非和《论语》遗失有关？延广才把帛书送上门，我们就发觉《论语》遗失，接着他就被拘押，今天又自杀。他留的这几句话难道就是在说这事？"

"石渠阁书籍由内府监守，图书丢失，内府首当其责，御史大夫即便有过，也罪不至死。此外，我和延广并无私交，他为何要传这封帛书给我？"

"希望主公为他申冤？"

"我官职卑微，只管文史星历，不问政事，如何能替他申冤？"

"御史大夫死得不明不白，至少主公您可以借史笔写出真相，还其清誉，使他瞑目。"

"我写史记，乃是私举，从未告诉他人，延广如何得知？"

"主公当年探察史迹、游学天下，又曾求教于延广，讲论过《春秋》[1]。主公虽然不说，但延广精于识人，察言观志，也能判断出主公有修史之志。"

"这倒不无可能，我与延广虽然只有一夕言谈，但彼此志趣相投、胸臆相通，他确有可能猜到我之志愿。不过，我将古本《论语》遗失一事上奏太常时，太常已经先知此事，并说有司也已在查办，如果延广确因此事获罪，为何不等案情查明就仓促自杀？"

"莫非古本《论语》正是被他盗走？"卫真话刚出口，随即又道，"不对，《论语》随处可得，盗之何用？"

"那并非普通《论语》，乃是现存唯一古本。"

"古本再珍贵，也不过是竹简，又不是金玉宝物，和今本区别难道那么大？"

"你哪里知道古文之珍！古代典籍经历了始皇焚书、楚汉战火，书卷残灭殆尽。民间书籍虽有幸存，大多残缺不全，加之儒家常遭贬抑，及

1 《春秋》：中国最早的编年体史书，相传由孔子整理修订而成，记载自公元前722年至前481年间历史。汉武帝时期定为儒家"五经"之一。

至今上继位，尊扬儒术，儒家经籍才稍稍复出。这时距秦亡汉兴，已逾百年，历五六代人，房梁木柱都已经朽蚀，何况书简？现存各种经籍，版本杂乱、真伪难辨，即便同一版本，也各主其说，互相争讦。有了古本，才能辨明真伪。”

“难怪当今儒学这派那派争个不停。不过，主公从来不理会这些派争，延广没道理让您知道啊。我看帛书上头一句是‘星辰’二字，难道和主公执掌天文星历有关？”

“星历与图书有何关系？”

“《论语》是圣人之言，《论语》遗失，也许上应天象，是个凶兆，延广被拘那日天雨白毛，莫非他预感不祥，想让您查出其中征兆？”

“更加胡说！千年之前，周人已知‘敬天’在于‘保民’，深明‘天听自我民听，天视自我民视’[1]。五百年前，孔子也曾道‘未知事人，焉知事鬼’，长叹‘天何言哉’[2]！今人反倒不如古人，求神拜仙，巫鬼横行。董仲舒虽然是我恩师，我却不得不说这全是他开的恶头，迷信阴阳，妄说灾异，惑乱人心，流毒日盛！”

卫真吓得不敢再说，转过话题道：“延广留下这几句话，难道是暗指《论语》下落？”

“他为何不上报朝廷，为自己脱罪，反倒留些暗语，让人乱猜？”

“难道其中另有隐情？”

司马迁小心卷起那方帛书：“延广煞费苦心，并为之送命，如果真有隐情，这隐情恐怕干系不小。”

卫真怕起来：“这事大有古怪，主公您最好不要牵涉进去。”

司马迁未及答言，夫人柳氏走进来：“卫真说得是，御史大夫都因此受祸，这事非同寻常。夫君怎么反要撞上去？”

司马迁看妻子满面忧虑，安慰道：“不必担心，我知道。”

---

1 引自《尚书·周书》。

2 两句均引自世传《论语》。

* * * * * * *

月光下，小童脸色苍白，气息全无。

朱安世大惊，忙伸掌在小童胸口用力按压，良久，小童猛呛一声，一口水喷出，总算醒转。

朱安世这才放心，刚咧嘴要笑，只听对岸忽然传来“哐啷吱呀”一阵声响，城门随之打开，吊桥急急放下，一队骑卫打着火把奔出门来。

不好！朱安世忙一把背起小童，几步蹿进旁边的草丛，奔了数百步后，听见后面骑卫已赶到自己刚才上岸处，有人大喊：“岸边有水迹！”

“这里有脚印！是朝那边去了！”

朱安世听到，放轻脚步，加快行速，忽左忽右，在荒草中绕行数十步，确信足迹已经混乱，见前面有棵大树，便奔过去，又用衣带捆牢背上小童，手足并用，爬上了那棵树，攀到树顶枝叶最密的一根粗杈上，趴伏起来。

很快，那队骑卫便赶了过来，他们果然追丢了脚印，在下面四处乱寻，随后便分头去找。

朱安世等骑卫蹄声都已奔远，才溜下大树，回头小声问背上小童：“你怎么样了？”

“我没事。”小童声音虽低，气息却也平顺。朱安世放了心，回手拍了拍小童，心想城西山塬纵横，容易藏身，便迈步向西急奔。

他避开大道，只走田间小径，一个多时辰后，行至无路处，在土塬中找到一处洞穴，取出火盒，用火刀击火石，点燃火绒，向里照看。洞内空空，只有几处小兽粪便，早已干透，便放心走进去。

两人浑身湿透，一路秋夜风凉，小童冻得不住打战。朱安世去洞外捡了些柴火，又用树枝密密封住洞口，以挡火光，然后点着柴火，叫小童脱下衣服，自己也脱了，都搭在火边晾烤。又在地下铺好皮毡，从囊中取出一件长袍，两人躺下盖好，困乏睡去。

* * * * * *

成信又硬着头皮前去回报："七星河南口城墙下果然有条秘道，卑职出了城门到护城河对岸去查看，见岸边有一摊水迹和一串脚印，便带人去追，不过……"

减宣骂道："蠢！蠢！蠢！河底秘道人能过，马不能过，汗血马一定还在城里，不许开城门，继续在城里细搜，何时搜到何时再开！"

杜周却想：那朱安世冒死盗马，定难轻弃。他要带马出城，只有从城门出。贼人藏匿隐秘，搜了一夜，都不见踪影，再搜也未必找得到。与其徒劳费力搜寻，不如诱其自出。便道："不必，打开城门。"

减宣一愣，但略一想，随即明白："大人高见！那盗马贼就算逃走，一定还会回来设法取马，还得从城门出去，汗血马身形特异，再作伪装，也不难辨认。"

于是他下令撤回城中搜捕人马，打开城门，守卫只照平时安排，只严查出城之马。又挑了百名精于识马的士卒，扮作平民，在出城要道暗查，城门外暗伏人手，以作堵截。

* * * * * *

太常遣信使又来催问"天雨白毛"之事。

当今天子崇信鬼神，愈老愈甚。前日天雨白毛，急命太常查究天意，太常吩咐司马迁呈报。司马迁一向不喜这些灾异之论，尤其遍读古史，见善者穷困寿夭、恶徒富贵善终，比比皆是，不可胜数。何曾见天道，哪里有赏罚？因此，每逢受命解说灾异征兆，总是拖延迟怠，常遭太常斥责。

此事太常已经催过两次，信使进门就冷沉着脸，听说仍未完成，辞色更加不堪，司马迁只得躬身赔罪，说此事离奇，仓促难以查明，需要参研古往记录。

信使冷冷丢下一句话："日落之前，还见不到呈报，休怪太常大人无情！"随即转身就走。

司马迁见不能再拖延，只得带了卫真，去石渠阁查阅古时天象记录。

到石渠阁，仍是书监段建接引进去，打开金柜，找到周秦天象簿记，卫真一一搬运到案上，司马迁一卷一卷细查，查遍了也未找到相似记载，司马迁犯起难来。

卫真见段建离开，便小声说："找不到记载更好。无可查证，正好随意编纂。皇上崇信鬼神，爱听吉言，就编几句好话，他听了欢心，主公也交了差事，岂不皆大欢喜？"

司马迁却摇头道："不好。"但上司催逼紧迫，要交差事，没奈何，只得提起笔，依照物理，勉强应付几句，关于福祸，却只字不肯提及。

卫真在一边读了，劝道："这样恐怕过不了关。"

"我只能言我所见、道我所知，至于过不过关，只能由他去，岂能为了交差乱造谀辞？"

卫真不敢再说，偷偷摇头叹息，抱起书卷，一一放回原处。

司马迁心头闷闷，望着灯焰出神，忽然听到身后一阵金石相磨之声，接着卫真叫道："主公，快来看！"

司马迁闻声转头，见卫真趴在一个铜柜前，柜里书卷全堆在外面，卫真擎着一盏灯，头伸在书柜中。司马迁过去一看，书柜底部竟有一个黑洞！洞里架着一副梯子！

司马迁瞠目结舌，遍体生寒：这里为何会有一个洞？看梯子，应是有人从此上下，下面通到哪里？洞口藏在书柜里，难道是条秘道？

卫真小声道："这是拉环。"

他伸手指向柜内右侧，底边中间有个铜环。握住铜环，用力一拉，一块铜板从柜底应手滑出，再一拉，铜板盖住洞口，与柜底四边密合，完好如初。铜板边上一圈凹槽，卫真按下铜环，铜环正好扣在那圈凹槽中，严丝合缝，乍一看，是铜板上所刻环状凹纹。唯有环顶，有一处半圆凹陷，指顶大小，仿佛浇铸时误留残迹，卫真伸指在那凹陷处，轻轻一抠，便又抠起铜环。

司马迁大惊，卫真又笑着指指柜顶铜牌，铜牌上是书柜藏书编目，上刻"秦·星历"。

两人异口同声，念出延广帛书第一句：“星辰下，书卷空！”

******

朱安世醒来时，天已微亮。

他爬起来到洞口探看，外面一片薄雾，近处荒草凋零，并无人迹，远处是农田，时辰尚早，未见农夫踪影，于是他回身放心穿衣。小童也随即醒来，穿好衣裳，坐着不说话，只拿眼望着朱安世。

朱安世这才仔细打量小童：睡了一夜，小童比昨日精神了许多，一双圆眼，眸子黑亮，脸晒得黝黑，牙咬着下唇。小小年纪，神色中竟透着老成沧桑。灵动处看还是个孩子，倔强处却像是经过了许多挫磨。

朱安世心里涌起一阵怜爱，从背囊里取出水囊，倒了些水在手帕上，凑近小童要帮他擦脸，小童却慌忙说：“我自己来。”伸手接过手帕，认真把脸擦净，而后将手帕拧干，起身过来，拔开水囊木塞，一手抓起水囊，一手握着手帕，小心往手帕上浇水。水囊有些重，抓不稳，他的小手一直在颤，水却没有洒到地上。手帕浇湿后，他盖好水囊，将手帕递给朱安世：“朱叔叔，你也擦一把。”

朱安世一直看着，心里暗暗赞叹，忙笑着接过手帕：“你几岁了？”

“七岁零三个月。”

“比我儿子还小两个月。”

朱安世一边擦脸，一边想，儿子可不会帮我做这事。分别几年，那小毛头见了自己，恐怕都有些认生了。

他想着和儿子见面的情形，心里暗道：他要是敢不大声叫我“爹”，我就狠狠拧他的脸蛋，嘿嘿……他们茂陵宅院里有棵槐树，有雀儿在树上搭了个窝。有一日，儿子听到树上小雀仔啾啾鸣叫，闹着要捉下来玩，妻子郦袖不许，儿子一向怕他娘，不敢再说，嘟着嘴生闷气。朱安世逗他，只轻轻拧了下他的脸蛋，儿子借故顿时大哭起来，无论如何都哄不住。朱安世只得求告郦袖，去捉了几条虫子，背着儿子爬上槐树，让他喂那几只小雀仔。儿子乐得了不得，正在喂小雀仔，老雀飞回来了，见到他们，立即振翅叫着，朝他们扑啄，朱安世忙抱着儿子溜下树，老雀不依不饶，又追叫了一阵，才飞回巢中。儿子小脸唬得煞白……这小毛头，嘿嘿……

那小童见朱安世笑，有些吃惊。

朱安世忙回过神，笑着问："我听那老丈叫你'欢儿'，是欢喜之'欢'吗？"

小童边穿衣裳边摇摇头："我娘说，是马儿欢腾的'驩'。"

"你姓什么？"

"我不能说。"

朱安世一愣，看他一本正经，不由得笑起来，又问："那老丈是你什么人？"

"不知道。"

"不知道？"

"我是楚公公转托给他的，以前从没见过。"

"楚公公是你什么人？"

"不知道。"

"又不知道？"

"是姜叔叔把我转托给楚公公，以前也从没见过。"

"你一共被转托了几人？"

"四个人。"

"你最早是跟谁在一起？"

"我娘。"

"你娘现在哪里？"

驩儿不再言语，垂下头，眼中忽然涌出泪来。

朱安世看这情形，猜想其母已经过世，不由得长叹口气，伸手在他小肩膀上拍了拍，转身去囊中取食物。刚打开背囊，忽然发觉一事，忍不住叫了一声。

驩儿忙擦掉眼泪问："怎么了？"

朱安世忙道："哦，没什么。"

驩儿却向背囊里望了望，随即道："公公给你的酬金忘在客店里了？"

朱安世见他猜破，不好说什么，只是笑了笑。

他一直自视豪侠，想做出些惊天动地的壮举，这次行刺刘彘未果，让他黯然自失，发觉自己既非荆轲也非豫让，第一就先舍不下妻儿，恐怕做不了什么英雄豪杰。

心灰之余，却也定下主意，从此不再任意胡为，找见妻儿，从此一家人安稳度日。只是这两年做马卒，没有多少积蓄，他本可以去巨富之家轻松盗些钱财，但妻子郦袖始终不喜他为盗，他想用正道得来的钱，买些礼物向妻儿赔罪，再置些产业以作营生。因为酬金丰厚，所以才接了这桩生意，结果却居然……他苦笑了一声。

正在思寻，驩儿忽然道："你不用生气，酬金丢了，你就不用管我了。我自己去长安，我也正好不想再连累别人。"

朱安世看驩儿一脸稚气，却神色倔强，不由得笑起来。

驩儿眼中却又闪泪光，他忙用袖子擦掉眼泪说："几位叔伯都为我死了，公公也必定已经……谢谢你救我出城，我走了。"说着便向洞外走去。

朱安世忙起身拦住："我既受你公公之托，哪能这样了事？岂不坏了我名声！"

驩儿站住，低头不说话。

朱安世取出干粮和水囊，递给驩儿。驩儿却迟疑不接，不料肚子咕咕叫起来，大大咽了声口水，顿时红了脸。朱安世笑起来，强塞到他手中，驩儿才低低道声谢，接过去，却不吃，放在毡上，坐下来，闭起眼睛，口中忽然念念有词。

朱安世不知道他在做什么，也不好问，便自己拿了块干粮，坐到一边，边嚼边看。驩儿一直在念，叽叽咕咕，他听了半天，没听清一句。

大半个时辰，驩儿才停了嘴，睁开眼，又伸出右手手指，在左手手心里画了一番，之后才拿起干粮，低着头慢慢吃起来。

"你刚才在念什么？"

"我不能说。"

## 第五章
# 秘道夜探

“我去取马，你在洞里等我。”

“城里现在到处是官兵啊。”

“不怕，我自有办法。你不要出去，在这里等我。”

“我知道，朱叔叔，你小心。”

朱安世不带行囊，轻身徒步，向扶风回走。

远远看见城门大开，行人出入，一切如常，心里有些诧异，略想了想，又不禁笑起来：他们料定汗血马仍留在城里，我舍不得马，一定会回来取，所以故意设下陷阱。

城南护城河外不远，有一处高坡，朱安世便舍了大路，穿进小径，绕道上到坡顶，这时朝阳初升，俯视城外，见大道两侧密林丛中，果然隐隐有刀光闪耀。他目测距离，自坡顶到城墙，果然大致不差。又左右望望，仔细想好退路。

盘算已定，他伸出拇指，在唇髭上一划，运一口气，撮口作声，音出舌端，发出一声长啸，声音嘹远，清透云霄，回响四野。

片刻之后，城门内隐隐传来马嘶声和嚷叫声，转眼，只见城门洞中奔出那匹汗血马，扬鬃奋尾，冲过守卫，翻蹄亮掌，风一般奔出城门，跃上河桥。

几个守卫一边急追，一边大喊：“吊起桥！吊起桥！”

汗血马才奔到桥中间，桥板忽然拉起。朱安世远远看见，暗叫“不好！”

汗血马却并不停蹄，继续前奔，桥板不断升高，奔了十几步，快到桥头时，桥板已经十分陡斜，桥头离地已有一丈多高，汗血马前蹄一滑，险些蹶倒。朱安世不由得又惊呼起来。那马长嘶一声，身子一挣，两只前蹄先后搭住桥头，纵身一跃，凌空而起，飞落到岸边。

朱安世大喜，响响打了个呼哨，汗血马身子一挫，将头一偏，沿着河岸朝着土坡飞奔过来。

吊桥也随即重新落下，城内一队骁骑紧随而出，城外林中伏兵也闻声而动，疾奔过来。

朱安世忙奔下土坡，赶到坡底，汗血马一声长嘶，已骤立在眼前。朱安世翻身上马，拍拍马颈，赞了一声，随即带马飞奔。后面骁骑紧紧追赶。到了城角，朱安世拍马向北折转，继续疾奔，身后追兵虽落后几丈，却紧随不舍，朱安世知道他们顾惜汗血马，不敢放箭，所以放心奔驰。

疾奔一里路后，追兵渐渐被甩开，又奔一里多路时，穿过一片树林，回头已看不到追兵。朱安世这才放慢马速，掉转马头，拣了条小路，向南绕行。不到半个时辰，回到山洞。

驩儿听到马蹄声，在洞口悄悄探头，见是朱安世，叫着跑出来：“你真的救出它来了！”

朱安世跳下马，得意道：“吾乃朱安世也。”

驩儿睁大眼睛，用力点头，朱安世第一次见他露出笑容，现出孩童样儿，不由得伸出手摸摸他的头，笑着进洞，收拾行囊，很快出来，抱驩儿上马，穿过田野，沿一条山路，向西奔行。

* * * * * *

司马迁和卫真离开了石渠阁。

卫真小声感叹：“难道《论语》真是从那个地洞被盗走的？谁这么大胆，敢在石渠阁挖秘道？”

司马迁见前面有黄门走来，忙制止：“回去再说。先去太常那里交差。”

见了太常，司马迁呈上文卷，太常展开一看，见只有寥寥数语，且全是猜测，不见定论，免不了又一番责骂。

司马迁唯唯谢罪，不敢分辩，因念着心事，顺口问道：“不知《论语》遗失一事可有下落？”

太常叱道：“干你何事？还不退下！”

回去的路上。

卫真纳闷道：“什么人会偷《论语》？”

司马迁叹道：“如今，孔子之学，通一经，就能为官受禄，儒家经籍，早已成为富贵之梯，人人争攀。”

“但朝廷只设了《诗经》《尚书》《礼记》《易经》《春秋》这五经博士[1]，学这五经才有前途，并没听说有谁学《论语》得官禄的。”

“《论语》是孔子亲身教授弟子之言，比那五经更真切深透。用《论语》解五经，才是正道。只可惜我当年师从孔安国[2]时，年轻无知，只学了《尚书》，未请教《论语》。后来恩师去世，现在悔时，已经晚矣。”

“主公学《论语》是为求真知，他人却未必这样，卫真虽然见识短浅，但遍观满朝人物，多是阿附主上、求荣谋利，有几个真学者？有几人求正道？他们要《论语》何用？”

“正因如此，他们才要引经据典，借孔子之言，自树正统，排除异己。想当初公孙弘与董仲舒同得天子赏识，两人主张不同，互不相容。公孙弘更加得宠，一路扶摇直升，官至丞相，犹嫉恨董仲舒学问高过自己，最终逼其免官归乡。学问之争，从此变成权势之争。”

---

1 《汉书·百官公卿表》中记载：“武帝建元五年（公元前136年）初置《五经》博士。”

2 孔安国：孔子十一代孙，西汉经学家。司马迁曾师从于孔安国学习古文。《汉书·儒林传》中记载：“安国为谏大夫，授都尉朝，而司马迁亦从安国问故。迁书载《尧典》《禹贡》《洪范》《微子》《金縢》诸篇，多古文说。”（陆德明《经典·序录》作十二世孙，此据史记）。

“话虽如此，可谁敢冒险到石渠阁盗书？不要命了？”

“我也想不太明白。不过当今之世，人心大乱，利令智昏，前日竟有人盗走宫中汗血马。”

“有人宫中盗马，有人秘阁偷书，这天下真是大乱了。主公刚才见太常，为何不禀报秘道一事？”

“我才要说，就先被太常喝止，不许我管这事。”

“这倒也是，这事无关主公职任，还是远避为好。”

“实录史事是我平生仅有之志，此事非同小可，既然察觉，怎能装作不知？何况延广临死寄语，必是望我能查明真相。”

“主公执意要查，有一言卫真必须说。这桩事大悖常情，凶险难测，要查也只能秘密行事，万万不能让他人知晓。”

“我知道。”

* * * * * *

汗血马逃逸出城，杜周嘴角连连抽搐。

他曾任廷尉，掌管天下刑狱，几年间，捕逮犯人六七万人，吏员因之增加十余万，稍有牵连者，尽闻风避逃，何曾有人敢在他眼皮之下公然逃窜？

但他毕竟久经风浪，心中虽然怒火腾烧，面上却始终冷沉如冰，他定神沉思：封死河底秘道前，这马贼就先已逃出城了。亡命之徒，自顾不暇，未必会带那小儿一起出逃。于是问道：“那小儿可有下落？”

贼曹掾史成信忙禀告说：“那客店店主及客商昨夜就已分为四拨，分押在四门，查认出城孩童，至今未见小儿出城。”

杜周道：“继续严查。”

成信领命出去。

减宣在一旁道：“缉捕公文已经发出，各路都派了骑卫巡查，料这马贼逃不出扶风辖境。”

杜周摇头道：“未必。”

“这贼人骑了汗血马，必不敢招摇过市，定得找个藏匿之处。何况汗血马迥异常马，虽然盗得，大路之上不能公然骑乘，卖与人，恐怕也无人敢买。盗汗血马纯属自找罪受，无异于顶个大大的‘贼’字招牌四处行走。这贼盗马，不能以常理断之，必定有个原委，查出这原委，才能获知他的去向。”

二人正在商议，杜周手下左丞刘敢从长安遣人来报：“经四处盘查，逐一追索那盗马贼在长安时所交往之人，已系押十余人，正在拷问，一有消息，即刻来报。”

减宣赞道：“大人调教的好下属。”

杜周只动了下嘴角，算作一笑，心中却在暗想：现在汗血马已逃出扶风，能否追回，已无把握，我不能再留在扶风，得设法尽早离开，这样才好移罪给减宣。

* * * * * *

朱安世找了一片隐秘树丛，和驩儿下了马，取出食水，坐下充饥休息。

驩儿接了饼仍先放在一边，又闭起眼念诵起来。朱安世细听了一阵，仍听不清，便不去管他，心里细细思忖。

这孩子看着虽然古怪，模样举止却让人怜爱，而且定是吃了不少苦头。那老人拼了性命要将他送到长安，交给御史大夫。御史大夫位列三公，官职仅次于丞相。这老少二人看衣着，十分贫寒，怎么会和御史大夫有瓜葛？他能拿出那许多金子，难道是乔装成穷人？这孩子年纪虽小，却言语从容、举止有度，也不像出自一般小户人家。不过既然识得御史大夫，为何又会害怕官府捕吏？

朱安世想来想去，也想不明白，只得搁下，又盘算去路：自己眼下恐怕是天下第一号要犯，带着这孩子，行走更加不方便，一旦被捉，反倒会害了他。那老人慷慨重义，豁出性命引开捕吏，定已被捉。他虽说是为这孩子，却也是救了自己一命，就凭这一点，也不能有负于老人家，一定得把孩子安全送到。

妻子郦袖若在，也定会极力要他救助这孩子。就连儿子，虽然有些顽劣，却生来就有一点小豪气，最爱拿自家东西分赠给邻家小儿。此事若办不好，见到他们母子，怎好开口？

扶风左近的槐里和郿县，他都有故交好友，倒是可以把孩子转托给他们，但自己盗了汗血马，这孩子又牵涉到御史大夫，稍有不慎，便会遗祸给朋友。

想了良久，并无良策，这时驩儿已经念完、画完，拿起饼低头默默吃起来。朱安世看着驩儿，忽然想到：大人容易被人认出，小孩子容貌还没长醒，谁能记得那么清？

他顿时想到一个主意，等驩儿吃罢，将水囊递给他，等他喝完，才道："我身负重罪，恐怕不能亲自带你进京。"

"我知道。"驩儿毫无惊讶。

"我想了个办法，不知你愿不愿意？"

"愿意。"

"我还没说，你怎么就愿意？"

"我信你。"

朱安世笑起来："这个法子应能平安送你到长安。"

"只要不连累别人就成。"

"你一个小孩子，操那么多心做什么？"

"志士仁人，无求生以害仁。"

朱安世听他说出这等老成话语，一愣："你从哪里学来的？"

"我娘教的。"

朱安世忍不住笑起来。

驩儿有些着恼："我娘教得不对吗？"

"很对，很对！你娘很好，很会教。"

"你娘当年不教你这些？"

朱安世笑容顿时有些僵。他已经许久没有想起过自己的娘，连模样都已经记不太清，只记得娘总穿着素色衣衫，说话轻声细语，嘴角常含着一丝温温笑意。临别那日，娘揽着他，在他耳边柔声道："世儿，等你长大了，不要学你爹，也不要行商，更不要去做官，就做个农夫，安安分分过活。你一定要记着娘的话……”娘轻抚着他的头，嘴角仍含着笑，眼里却不住地滚下泪珠。

朱安世并没有忘记娘的嘱咐，却没有听娘的话，不由自主，仍走上了父亲的旧路。念及此，他不由得长叹一声。

驩儿觉察，立即慌起来：“我说错话了，对不起。”

朱安世笑了笑，站起身：“你在这里躲一会儿，我去办点事。”

他钻出树丛，沿着山塬小路，走了不到二里，找到一片村庄，农夫都在田间收割，儿童也去拾穗，村里寂静无人，偶尔几声鸡鸣犬吠。朱安世潜入村中，查看门户庭院，选了一户看着殷实些的人家，进到房里，于柜中搜出一大一小两套半旧秋服，放了二百钱在柜中，包好衣服，怕人望见，便从后门出去，由村后绕路回去。

朱安世和驩儿各自换了村服，都大致合身。朱安世将驩儿旧衣埋在土中，自己戎装包入囊中备用。骑了马，寻路向驿道。

路上，他细细叮嘱驩儿：“等会儿我在路上截一个可靠的过路人，使些钱，托他带你去长安。你该吃就吃，该睡就睡，你一个小孩家，别人料不会起疑，只是不要轻易乱说话，应能保无事。到了长安，送你到我故友处，就是你公公写信给他的那个樊仲子。你拿这把匕首给他看，他就知道是我，自会悉心待你。”

驩儿将匕首贴身藏在腰间，一路听，一路点头答应。朱安世见他如此乖觉，竟有些不舍。

半个时辰，来到驿道，朱安世将马藏在林中，与驩儿隐在路边树后观望。驿道之上，不时有官差、客商、役卒往来，朱安世一一仔细观察，相了十几个，皆不中意。后来见有一马一车自西缓缓而来，马上一位中年男子，车上一仆夫执辔，上坐一中年妇人和一个五六岁男童，车后满载箱柜包裹。看神情相貌、衣着货物，应是一户三口、中产人家，男子妇人都本分面善。

朱安世便牵着驩儿上前拦住，拱手拜问：“敢问先生要去哪里？”

马上男子有些诧异：“长安，你问这做什么？”

“有件事要劳烦先生。”

“什么事？”

“这是我家邻人之子，父母都得病死了，其父临死前将孩子托付给我，求我送他去长安舅舅家，我又要应差服役，明日就要启程去张掖。先生正好顺路，能否施恩，携带这孩子到长安？”朱安世说着从怀里取出一个小绢包，里面三个小金饼，共三两金子，“这是孩子父母留下的，正好作先生护送酬金。”

马上男子本不情愿，见了金子，有些心动，回头看看妻子，车上妇人微微点头，又听朱安世说了些好话，便点头答应：“孩子舅舅在长安哪里？”

朱安世连声道谢：“他舅舅是卖酒的，名叫樊仲子，在长安西市横门大街有家店叫‘春醴坊’，一打听便知。他舅舅为人最慷慨，孩子送到，定还有重谢。”

朱安世又蹲下身子，揽住驩儿双肩，低声嘱咐了一番，驩儿咬着下唇，只是点头，不说话。

朱安世想起一事，又向马上男子道：“这孩子有个古怪毛病，每次吃饭前都要闭眼念叨一阵子，先生见了不要怪责。”

马上男子道：“我知道了，你放心。”

朱安世将驩儿抱上马车，笑着道别，驩儿也笑了笑。

车马启动，驩儿不住回头，朱安世看车马远去，才回到林中，骑了马，寻了条小路，隔着田野，追上那夫妇车马，远远跟行，一直盯望。

东去长安，必经扶风。快到扶风时，朱安世不敢大意，先把马藏在一片林子里，而后步行，小跑着继续探看。一路果然无事，也不见巡捕，那车马缓缓驶进扶风西城门，门卒也没有阻拦。

朱安世不能再跟进，便躲在一棵大树后，远远望着，驩儿一直定定坐在车后，隔得远，看不清脸面。

等了一阵，不见异常，朱安世才原路回去，寻到马，穿过林野，绕道来到扶风东门外，躲进林子里，下马靠着一棵大树坐着歇息，等待天黑。心始终悬着，坐不住，又站起身，汗血马正在一边吃草，他走过去抚弄着马鬃，不由得想起郦袖常笑他的那句话——“你呀，总是沉不住气。”

他性情中有一股莽撞激切之气，虽然自己也清楚，却始终无法根治。家里郦袖管教儿子一直很严，他常和儿子一起背着郦袖做些“坏事”，每次儿子都能装得住，他却反倒总是要露出些马脚来，被郦袖看破。就像有次他带儿子去长安，临走前，郦袖告诫说最多只能给儿子买一样吃食、一件玩物。到了长安市上，他一时兴起，让儿子尽情吃了个欢心，又买了一大抱玩物。回到家，儿子就开始闹肚子，他只得骗郦袖说碰到樊仲子等一班朋友，纷纷买给儿子，不好推却，并一样一样指名道姓。话还没说完，郦袖轻轻道：“樊大哥今天到茂陵，来家里找过你——”

今天这事不会有什么不妥吧？

他忙一条一条细细回想，想着想着，忽然大叫一声：“不好！”

酬金给得过多了！

那三两金子是他这两年所攒军俸，为打动那对夫妇，保驩儿平安，他倾囊而酬。本意虽好，却过犹不及。三两金值两千钱，可购两亩地。只是顺路带人，酬劳根本不必这么多，何况他和驩儿身穿农家衣服，出手更不应如此阔绰，那对夫妇难免生疑。

现扶风城内搜捕正急，那对夫妇一旦起疑，或胆小惧祸，或贪图赏金，都会害了驩儿那孩子！

******

司马迁与卫真细细商议后，黄昏时分，又登石渠阁。

段建见了，有些诧异：“太史这时辰还来查书？”

“前日天雨白毛，我受命细查，昨日来查古往记录，并未找到，因此呈报不详，被太常责骂。只好又来重新查过，怕是昨天匆忙漏看了。今日不只要查星历天象，其他古籍中也得细寻一番，好寻佐证。这要费些工夫，今夜整晚恐怕都要在这里，你自去安歇，不必相陪。”

段建略一迟疑，随即点头答应，吩咐司钥小黄门留下侍候，自己告辞去了。

司马迁本心也是要再查寻天雨白毛记录，便命卫真搬书，埋头细细翻阅查找。直到深夜，见小黄门瞌睡欲倒，便叫他去歇息。小黄门正巴不得，叩谢过后，留下钥匙，到库外宿处睡去了。

司马迁与卫真相视点头，执灯来到那个秦星历书柜前。

柜门紧闭，铜锁在灯影下闪耀森森幽光，像是在看守一柜魔怪一般。两人对视一眼，神色都无比恐慌。卫真拿出钥匙串，钥匙互击，声响格外刺耳。司马迁不由得回头四顾，书库内一片黝黑死寂，渗着阵阵阴寒，他不由得打了个冷战。

卫真选好钥匙去开锁，手都在微微发抖，插进锁孔，拧了半天，才发觉钥匙不对，凑近灯光，仔细选找，钥匙又发出刺耳碰击声，卫真恐极而笑："还真有些怕。"声音也在抖。

司马迁忙沉了沉气，安慰道："莫慌，慢慢找。"

试了好几把，才终于找对钥匙，开了锁。卫真尽量小心去拉柜门，才一动，轴枢发出一声揪心之响。他忙伸手摁紧门扇，略停了停，才轻手打开了门。

司马迁举灯凑近，卫真将柜中书简一卷卷搬出，摆在地下，柜内腾空后，拿过灯盏，照着柜里，伸手小心拉开铜板，底下黑洞缓缓显露，如一口无底鬼井一般。司马迁也擎灯凑近，两人又对视一眼，都神色寒悚。

卫真脱下外服，摘掉冠帽，鼓了鼓勇气，才提着灯，钻进柜里，犹豫了半晌，才踩着梯子，小心爬下洞去。

司马迁忙低声嘱咐："务必小心，如有不妥，速速回来！"

卫真强压住惧意，笑着说："主公千万莫睡着了，到时候我叫不应。"笑容僵硬，面色在灯影下异常惨白。

司马迁忙道："我知道，你千万小心！"

卫真又点头尽力笑了笑，才沿梯慢慢下到洞底，竟有一丈多深。他用灯一照，洞底一个横伸隧道，刚容一人通过，鼓足勇气，才小心走进去。

司马迁趴在柜子里，一直伸颈探看，见灯光渐渐暗去，直到底下全黑，才爬起身，按商定之计，拉回铜板，盖住洞口，留下一道缝隙，取出备好的一个铃铛。铃铛下系一根细绳，绳端一个铁环，司马迁将绳环坠下洞壁，铃铛挂在柜角处，然后将书卷搬回柜中，藏好卫真冠袍，虚掩了柜门，回到书案边，擦掉额头汗珠，坐下来等候。

等了许久，心始终悬着，却无可施为，便取出延广所留书帛，反复端详诵念。

第一句“星辰下，书卷空”既然应验，后面五句也应该各有解释，而且都可能与《论语》失窃有关。“星辰”指秦星辰书柜，难道“高陵”“九河”“九江”也各指一个书柜？莫非是山河地理志？他忙去找到山河地理书柜，一个一个打开，搬出书卷，仔细搜寻，却没看到有什么秘道机关。

他想，后面几句恐怕另有所指，于是回到书案边，一边等候卫真铃声，一边仔细琢磨。

等了一个多时辰，仍不见动静，正在焦心，忽然听到身后有人低声呼唤，惊得他大叫一声，寒毛森立。

回头一看，是个小黄门，端着一盘酒食点心，嘴里连声告罪：“小的惊到大人，该死！该死！”

司马迁惊魂未定，大声喝问：“你是谁？深更半夜来做什么？”

“书监怕太史大人熬夜读书，腹中饥饿，所以派小人送些酒食过来。”

司马迁这才略略定神：“有劳书监如此悉心周至，代我致谢。”

“太史大人为公事辛劳，些微慰劳，不成敬意。”小黄门将酒食放到案上，眼角四下睃探。

司马迁忙遮掩道：“你方才进来，有没有见到我那侍书卫真？”

“小的不曾留意，阁外并无一人。”

“方才他说困倦，出去吹冷风醒醒神，这半天了还不回来，想是又去躲懒。你出去若见到他，叫他立即回来。”

“遵命。”

小黄门躬身告辞出去，司马迁这才抹掉额头冷汗。

## 第六章
# 绣衣金鸷

好不容易等到天黑。

朱安世又将马留在林中，带着盗具，见驿道早已无人过往，便索性走大道，一路疾奔，赶到扶风城墙下。

如他所料，清晨汗血马公然奔逃出城后，城里警备已松，只有日常兵卒在城上巡更。

朱安世渡过护城河，来到城墙犄角处，取出绳钩，用力一甩，钩住城墙垛口，攀绳蹬墙，只一口气就爬到墙顶，躲在墙角外。等更卒过去，轻轻跃入，又坠绳钩，倏忽间滑下内墙，到了城内。

幸而扶风城不大，一共只有七八家客店，朱安世隐踪潜行，一家一家查探，查到第五家，于院中见到那对夫妇车子。便绕到客店后边，攀上后墙，沿墙顶轻步走到离后檐最近处，纵身一跃，跳上檐角，落脚处瓦片只轻微响动。楼上一排皆是客房，透着灯光。朱安世蹑步轻移，一间一间窥探，到第四间，找见了那对夫妇身影。

朱安世伏身窗外，见那对夫妇背坐在窗边说话，驩儿则坐在几案那头。

看到驩儿，朱安世才长吁一口气。驩儿闭着眼睛，又在念诵，身边案上一碗麦饭、一碟葵菜。小男童趴在驩儿身边，不住问："你在做什么？你念的是什么啊？"

妇人唤道："敞儿过来，不要吵他。"

男子低声道："我一路观察，这孩子实在古怪。而且一个农家，只是顺道送个人，一下掏三两金子，我怎么越想越不对？"

朱安世心顿时一紧，他们果然起疑了。

但随即，那妇人开口打断了丈夫："你管他呢，钱多还烧心？再古怪也不过是个孩子，难不成是个妖怪？你这辈子就霉在这点疑心上。心大财路广，多少钱财都被你的疑心吓跑了？咱们不过顺路送人，明天赶早出城，走快些，傍晚就能到长安，交付了他，就了了事。你没听那人说，孩子舅舅还有酬谢呢！"

男子点头："说得也是。只是——"

"只是什么？没见过你这样的，钱送到手边还嫌烫，你看看这些年，得富贵的那些人，哪个不是胆大敢为？"

妇人一径数落，说得丈夫再无声音。

朱安世暗呼侥幸，一颗心这才落实。窝在窗下，继续听那妇人唠叨嘀咕，不过日常琐碎话头。过了半晌，驩儿也念完画罢，端起碗低着头吃饭。小童在旁边一直逗他说话，他始终不睬。小童没趣，就过来缩到母亲怀里，叽咕玩闹。驩儿则默默吃完饭，放下碗，一直坐在案边不声不响，低头抠弄着自己手指。

妇人站起身，铺好被褥，让驩儿睡在地下席子上，他们一家则睡床上。

屋内熄了灯，再无声响，不久便传出鼾声来。

朱安世劳累了一天，也觉得困乏，却不敢离开，轻轻换个姿势，靠着墙在房檐上坐好，闭着眼睛，半醒半睡守着。

直到凌晨，天就要发亮，才轻步返回，离了客店，原路出城，回到东门外林中，找到汗血马，靠着马背，坐着打盹。

天刚亮，他就立即醒来，牵马来到驿道边一棵大树后，静候那对夫妇。

城门开后，陆续有人出城，然而，直等到近午，却不见那对夫妇车马。

* * * * * *

石渠阁星历铜柜内传出铃铛摇动声。

司马迁赶忙过去，搬出书卷，拉开铜板，卫真爬了上来，满身尘土，一头大汗。

两人一起将书卷搬回，锁好铜柜，回到案边，卫真见桌上有酒，顾不得礼数，抓起酒壶猛灌了一大口，这才擦嘴喘气道：“太古怪了！实在是太古怪了……”

司马迁忙阻止：“回去再说。还有一个时辰宫门才开，暂且歇息一下。”

司马迁伏在案边，卫真则躺倒在地上，小睡一场，等天微亮，司马迁催醒卫真，叫他穿戴好衣冠，出了书库。门值宿处房门虚掩，司钥小黄门在里面犹睡未醒，卫真轻步进去，把书库钥匙串放在席上，两人带门出阁。这时宫门才开，司马迁常在两阁通夜读书，守卫已经惯熟，拜问一声，便放二人出宫。

才到家中，卫真便迫不及待讲起洞底经历。

他下到洞底，穿进横道摸索而行，起先害怕，不敢走快，后来见那条秘道总走不完，便加快脚步。行了一阵，旁边居然有条岔道，黑暗中不知通向哪里，便仍沿着主道前行，走了不知有多久，眼前忽然现出砖铺梯阶，拾阶而上，前有一道木门，门从内锁着，推不开。

他怕灯光映出门缝，便熄了灯，扒着门缝往里张望。里面一间居室，灯烛通明，挂着帷帐，立一屏风，遮住了视线。屏风外榻上隐隐有一人凭几而坐，正在灯下夜读。看屏风左右，陈设华美，器物精致。

不多时，有人进到居室，因隔着屏帐，看不清相貌，只听他说：“禀大人，绣衣鸷使到了，在外面候见。”

榻上人沉声道：“唤他进来。”

那人出去片刻，引了另一人进来，伏地叩拜：“暴胜之叩见鸷侯。”

卫真从未听过“绣衣鸷使”“鸷侯”这些名号，灯光之下，见暴胜之半边脸一大片青痣，身上衣袍纹绣荧荧闪耀，才明白“绣衣”之意，又看屏风上绘一苍鸷，凌空俯击，猜想“鸷”应是指这苍鸷。

那鸷侯问道：“扶风那里可探明了？”

暴胜之答道：“确有一老儿将一孩子托付给一个盗马贼，现扶风城内正在大搜，尚未捕获。”

“那盗马贼又是什么来历？”

“就是昨日盗走汗血马的朱安世。”

“哦？这盗马贼已经逃出长安了？他和那老儿有什么瓜葛吗？”

“杜周与减宣正在查办审讯，属下已派人潜听，还未查出端倪。”

“有这两人追查，麦垛里针尖也能搜出来。你速回去，查明那孩子身份。既牵涉到盗马贼，那孩子必然有些古怪缘故，不管是否我们所追余孽，抢在杜周之前，杀了那孩子，不可漏了半点口风。”

“卑职即刻去办！”

暴胜之离开后，那鸷侯坐了片刻，随即命熄灯安歇。卫真又听了一会儿，再无动静，便轻步下了梯阶，摸黑回到书库洞口。

司马迁听罢，寻思半晌：“暴胜之这个名字似在哪里听过。”

卫真说：“我也觉得耳熟，只是想不起来。不知道这鸷侯是什么来历，听口气，有官员气派，声音尖厉，莫非是宫中内官？”

“但宫里从没听说有什么官称‘鸷侯’。”

“秘道里还有一条岔道。”

“恐怕是通往天禄阁。天禄阁也曾失书，当年孔壁藏书就在天禄阁中，自我任太史令以来，就未曾见过。”

“这么说，这秘道已经有很多年了？居然是个积年惯盗！如非宫中内官，绝无可能在两阁挖凿秘道。”

******

追查一日一夜，毫无结果。

杜周找了个托词，欲起身回长安，正在嘱托减宣继续密查追捕，却见成信来报：“捉到那小儿了。”

杜周忙命带进来，士卒押了一对夫妇、两个小童来到庭前。仔细一问，才知道那对夫妇进京行商，途中受一路人之托，带一个小童去长安，交给长安西市卖酒的樊仲子。因见了告示，心中起疑，所以报于城门守卫，经蒋家客店店主及客商一起辨认，正是当日店中那个小儿。

杜周又盘问一番，见那对夫妇与马贼确是路上偶逢，毫无瓜葛，便命人赏了一匹帛，放了他一家。随即遣邮使急速赶回长安，命左丞刘敢立即捉拿樊仲子，留住活口。

杜周这才细看那小儿，穿着农家布衣，紧咬着下唇，黑亮亮一双圆眼，定定盯着人。问了几句，小儿死咬着嘴唇，始终不开口。

杜周历年所治狱案中，也曾拘系过数百个罪人家幼儿，从未见过这样坦然无惧的。便不再问，命人将小儿带到后院庑房[1]内，又在减宣府中找了个看着面善又能言会道的仆妇，细细吩咐了一番，让那仆妇好好安抚逗哄小儿，从他嘴里套问些话来。

那仆妇领命，到后院房中，拿了许多吃食玩物，温声细语，慢慢逗引小儿，小儿却始终低着头，不闻不问。过了午时，看着饿狠了，小儿忽然闭起眼，嘴里念念有词，念叨了半个多时辰。他睁开眼，又伸出手，手指在手心里画一番，这才拿了身边盘里的麻饼，低头吃起来。饼太干，被噎到，那仆妇忙端汤给他。小儿只喝了两口，其他果菜鱼肉一概不碰。吃完后，又照旧低头坐着，一动不动。仆妇去找了几个伶俐的童男幼女，来陪小儿玩耍，逗他说话，小儿却始终像个小木头人，连脸都不转一下。

仆妇法子用尽，没套出一个字，只得前去回报。

杜周又选了一个身壮貌恶的刑人，去后院，一把提起小儿，拎到刑房之中，拿刀动火，吓唬小儿。小儿虽然害怕，却一直咬着下唇，一点声音不出。刑人见不奏效，又提了一个罪犯，当着小儿的面，施以重刑。

小儿仍木然站着，满脸惊恐，泪水在眼里打转，却仍狠咬着唇，强忍住不哭。后来见那重犯受刑，鲜血淋漓，痛号惨叫，吓得闭眼捂耳，才哭起来。但问他话，只哭着摇头，仍不说一个字。

刑人不耐烦，上来奏请略施些刑，逼小儿就范。

杜周越发诧异，略一沉吟，说声："不必。"

减宣提醒道："这小儿恐怕知道马贼去向。"

1 庑（wǔ）房：堂下、庭院周边走廊的廊屋、厢房。

"那马贼不至于傻到将去向告诉小儿。这小儿来历不简单，待我回长安慢慢套问。"

* * * * * *

快到午时，那对夫妇车马才终于缓缓出了扶风东城门。

远远望去，车上似乎只有一童，朱安世大惊，顾不得藏身，不等车马过来，大步奔迎过去。

车上果然不见驩儿，只有那夫妇自家孩子。那对夫妇见到朱安世，立刻停住车马，满脸惊惧。

朱安世一把扯住男子缰绳，喝问："孩子去哪里了？"

那男子支支吾吾，朱安世一恼，伸手将男子揪下马来，男子跌倒在地，抖作一团。车上妇人惊叫，小童大哭，车夫吓呆。

"孩子在哪里？"朱安世又吼道，抬脚作势要踢。

男子怪叫一声，抱着头忙往后缩。

"被官府抓去了！"妇人忙滚下车跪到朱安世身前哀哭起来。

"怎么被抓去的？"朱安世虽然已经料到，但仍惊恼至极。

"官军在城门口盘查，认出了那孩子，就捉走了。"

"胡说！"朱安世大怒，起脚踢中男子胸口。

男子又怪叫一声，妇人忙扑爬过去，护住丈夫，不住叩头，大叫饶命，哭着说出实话：原来，他们夫妇二人清早离开客栈，店主见他们带着两个孩子，就告诫说出城要小心，满城都在搜捕一个孩子。离开客栈，见市门墙上挂着缉拿告示。到了城门，又有兵卒押着几个人，在城门口盘查出城孩童。当时刑律，匿藏逃犯，触首匿之科，罪至弃市。夫妇两人怕受牵连，便交出了驩儿。

"兵卒押着什么人？"

"看着像是客商。"

朱安世一想，应是昨日蒋家客店的客商，他们均见过驩儿，被官府捉来做人证。

他见那男子缩在妻子身后，癞鼠一般，越发恼厌，一把推开那妇人，抬腿就要去踢。妇人哭着抱住朱安世大腿，大声哀告："这位大哥哥，这怨不得我们啊，你也知道现今的刑律，稍微有点牵连就被杀被斩的。再说，城门把守得那么严，我们就是想带那孩子出城，也办不到啊……"

朱安世腿被她抱住，一个妇道人家，又不好使力甩开，只得压住火："你松手，我不踢他就是。"

他连说了几遍，那妇人才松开手。随即她爬起身，跑到车边，从车上抱下一匹帛："这是官府赏的，我们不敢留，大哥哥你拿走吧，还有你给的酬金——"她朝丈夫喊道："呆子，快把金子拿来啊！"那丈夫忙从囊中取出那三个金饼，仍跪在地上，抖着双手递过来。

朱安世见他们夫妇二人吓得这样，那小童更是唬得哭不敢哭，缩在车头瞪大了眼睛，满脸惊恐。他最怕见小孩子这样，心一软，长叹一声，心想妇人说得其实在理，错还是在自己虑事不周。郦袖若在这里，也断不会让他为难这对夫妇。他身上只剩几十个铜钱，路上还要花费，便从那男子手中一把抓过自己的三个金饼，恨恨吼了声"走！"

妇人忙将那匹帛也递过来，朱安世心中烦躁，又大吼一声："走！"

夫妇两人忙连声道谢，抱着那匹帛，上了马、驾了车，慌忙忙走了。

朱安世走进路边林中，来来回回徘徊不定。

那孩子眼下被严密看押，要救太难，偏偏自己又正被缉捕……

正在烦躁，忽听到路上传来一阵急密蹄声，躲在树后偷眼一望，是匹驿马，马上一人官府邮使打扮，背着个公文囊，振臂扬鞭，飞驰而过，向长安方向奔去。

见到这驿马，朱安世猛然想起：长安好友樊仲子定是被那对夫妇供出，只怕这邮使正是去长安通报此信。事未办成，反倒连累好友。朱安世气得跺脚，忙打个呼哨，唤来汗血马，翻身上马，不敢走大道，便穿到林后，找条小路，拍马飞奔，向东急赶。虽然汗血马快过那驿马，但路窄且绕，一时难以赶过。

奔上一个高坡，俯瞰大路，那对夫妇的车马正在前面，驿马则远得只见个黑影。朱安世急忙纵马下坡，奔回大路，转眼赶上那对夫妇。那对夫妇听到蹄声，回头看是朱安世，大惊失色。朱安世放缓了马，瞪着眼大声问：“你们可向官府供出长安樊仲子？”

那对夫妇满脸惊惧，互相看看，不敢说谎，小心点了点头。

“嗐！”朱安世气叹一声，顾不得其他，拍马便向前赶去。大路平敞，汗血马尽显神骏，过不多时，便赶上了驿马，马上那个邮使转头看到，满眼惊异，朱安世无暇理会，继续疾奔，不久便将驿马远远甩在身后。心想：这邮使怕会认出汗血马。但救人要紧，就算认出，也只能由他。

急行二百多里路，远远望见长安，朱安世折向东北，来到便门桥。

这便门桥斜跨渭水，西接茂陵，东到长安。茂陵乃当今天子陵寝，天子登基第二年开始置邑兴建。这些年先后有六万户豪门富室被迁移到茂陵，这里便成为天下第一等富庶云集之处。为便于车马通行，渭水之上修建了这便门桥，可谓繁华咽喉。桥两岸市肆鳞次，宅宇栉比。

朱安世远远看到桥头有兵卒把守，便将马藏在岸边柳林僻静处，拔刀砍了些枯枝，扎作一捆柴，又抓了把土抹脏了脸，背着柴低头走过桥去。桥上人来车往，他一身农服，灰头土脸，兵卫连看都未看一眼。

上到桥头，举目一望，他的旧宅就在桥下大街几百步外，远远看到院中那棵老槐树树顶，树叶已经尽黄，落了大半，他心里一荡，不由得怔住。

他自幼东飘西荡，直到娶了郦袖，在茂陵安了家，才算过了几年安适日子。尤其是儿子出世后，一家三口何等喜乐？若是安安分分，他们今天该照旧住在这里，照旧安闲度日。然而，他生来就如一匹野马，耐不得拘管，更加之心里始终积着一股愤郁，最见不得以强凌弱、欺压良善，而这等不平之事满眼皆是，让他无法坐视。

现在尚未找见郦袖母子，他又惹了大祸，还牵连到老友，另得设法救驩儿那孩子……嗐！我这死性就是改不掉！

他叹口气，不能再想，拇指在唇髭上狠狠一划，下了桥，绕至后街，到一宅院后门，轻敲门环，里面一个小童开了门。

朱安世一步抢入院中，随手掩门，扔下柴捆，低声问小童：“你家主人可在？”

小童惶惶点头。

朱安世忙说："快叫他来！"

小童跑进屋中，片刻，一个清瘦的中年男子走出来，是朱安世故友郭公仲。

郭公仲见到朱安世，大惊："你？"

朱安世顾不得解释："官府要捕拿樊仲子，你快去长安传信，让他速速躲避！"

"为何？"

朱安世叹口气："事情紧急，不容细说。你马上动身，快去长安！务必务必！我也就此告别。他日若能重聚，再细说。"

"好！"

郭公仲转身去马厩，朱安世开门窥探，见左右无人，便快步出巷，望见桥头才放慢脚步，缓步上桥。

走到桥中央，他忍不住又回头向旧宅望去。

他最后一次见儿子，就是在这桥上。

那天清早，他去长安办事，儿子闹着要跟他一起去，哄了半天，最后答应给儿子买个漆虎，儿子才挂着泪珠，嘟着嘴答应了。上了便门桥，他一回头，浅浅晨雾间，依稀见儿子小小身影，竟仍立在门边，望着他……

分别已近四年，这一幕像是刻在了心里，时常会想起，只要想起，心里便是一阵翻涌。

他行刺天子刘彘，本来堪堪已经成功，那日正是猛然想到了这一幕，才顿时丧了心气。

当时，眼看刘彘骑游就要结束，他再次深吸一口气，双手将缰绳分开，分别攥紧，心一横，正要转身动手，前面忽然传来一声叫喊"父皇！"

朱安世心底一颤，手一松，缰绳几乎掉落在地。

那声音清亮细嫩，在一派肃穆中格外鲜明悦耳。是一个小童，站在下马锦榻边，三四岁，穿着小小锦袍，戴着小小冠儿，应该是小皇子。他睁大眼睛望着刘彘笑，模样乖觉可爱。

朱安世立时想起自家儿子，他最后一次在便门桥上远远望见儿子，儿子就是这么大。

“髆儿[1]！”刘彘在马上笑道，“抱他过来！”

黄门听命，忙抱起小皇子奔到马前，刘彘俯身抱起小皇子，放到自己身前，命道：“再走一小圈儿！”

朱安世照吩咐继续牵着马走，听着刘彘在马上笑语慈和，逗小皇子说话，威严肃杀之气忽然消散，纯然变作一个老年得子的慈父。

朱安世心中大为诧异：他竟也是个人？竟也有父子之情？

诧异之余，恨意也随之顿减，听着他们父子说笑，他心中一阵酸涩。

他以为自己早已想好，这机会千载难逢，只能狠心抛下妻儿。然而那一刻，想到将与妻儿永诀，心中忽然伸出一只手，狠命将他揪住，既暖又痛，根本无法斩断。

抛下世间最爱，一雪心中之恨，值吗？

反复犹豫，一小圈又已走完，马已行至脚榻边，几个黄门迎了上来。

朱安世只得扯住缰绳，让汗血马停下来，颓然垂手，眼睁睁看着黄门将小皇子和刘彘扶下马，护拥而去……

* * * * * *

司马迁坐在案边，手里拿着延广所留那方帛书，又在展看诵念。

柳夫人走过来，拿起火石火镰，打火点着油灯。

司马迁纳闷：“大白天，点什么灯？”

柳夫人并不说话，伸手从司马迁手中一把抽过那方白帛，凑在灯焰上，白帛顿时燃着，等司马迁去夺时，只剩了焦黑一角。

司马迁怒道：“你这是做什么？”

柳夫人抬头直视丈夫，问道：“你因耿直木讷，屡屡得罪上司同僚，常年不得升迁，我可曾劝过你半句？”

司马迁不解，摇头说：“没有。你忽然问这话做什么？”

---

1 刘髆（bó）：汉武帝第五子，宠妃李夫人所生，贰师将军李广利外甥。生年不详，死于后元元年（公元前88年），早亡。谥号昌邑哀王。

柳夫人不答，又问："你私自著史，只求实录，文无避讳，我可曾劝过你半句？"

司马迁更加疑惑，又摇摇头。

柳夫人叹口气，道："你耿直，我不劝你，因为我知这是你天生脾性，而且忠直待人本是君子应有之格，人不喜你，并非你之过。你不得升迁，我从不忧虑，富贵浮云，何须强求？况且仕途险恶，职卑位闲，正可避祸。你私自著史，我日夜担心，只怕被外人得知。你那几十卷文章随手一翻，到处皆是罪证，我却不敢劝阻，也不当劝阻。一来这是继承父志，发扬祖业；二来是你满腹才华，正当其用。人谁不死？哪怕因此获罪，也是死得其值。但眼下这件事，我却必须劝阻。《论语》遗失，自有太常查办，与君何干？延广明知秘道之事，却不能替自己脱罪，反倒祸及全族。遗书给你，都不敢直言其事，设些谜语来遮掩，可见此事玄机重重、杀气森森，你区区一个太史小官，职不在此，又何必涉险？我既然嫁你为妻，要生要死，都会随你，并不敢惜命，只求夫君一件事——就算你不顾惜自己，也请顾念儿女性命……"说到此，柳夫人泣拜于地。

司马迁忙扶住妻子，心中感慨，也禁不住湿了眼眶，长叹一声道："好，我就丢过此事，再不管它！"

话音刚落，卫真走进门来，见此情景，忙要退出，司马迁看见，问道："什么事？"

卫真小心道："四处打探石渠阁原来那个书监的下落，问了许多人，连他素日亲近之人都不知道他的去向。"

柳夫人闻言，抬起泪眼望着丈夫。

司马迁沉吟一下，道："我知道了。"

卫真偷眼看这情形，已大致猜到，便道："石渠阁书监虽非要职，却也是御封内官，如今凭空消失，可见背后之人权势之大，卫真恳请主公再不要去管这事。"

司马迁笑道："好了，我知道轻重，你们不必再劝，我不再理会这件事就是了。"

柳夫人和卫真听后，才长吁一口气，一起展颜而笑。

## 第七章
# 黄门诏使

近黄昏时，重又望见扶风城。

路上朱安世想了各种办法，都觉不妥，便驱马来到驿道边一个土坡后，放马在坡底吃草，自己躺在坡边，一边歇息，一边观察路上，伺机应变。这时天色将晚，驿道之上行人渐少，多是行商贩卒。望了一阵，忽见东边驶来一辆轺传车，皂盖金饰，三马驾车，一看便知是皇宫诏使。

朱安世顿时有了主意：可以假扮诏使，借天子之威，相机行事，没有几个人敢生疑。

不过，这样一来，又得添一条重罪。郦袖若是知道，恐怕会越发生气。稍一迟疑，他随即笑了：盗了汗血马，其实罪已至极，再多条罪，也不过如此。何况，此举并非出于泄愤，而是为了救驩儿。郦袖若在这里，虽不情愿，恐怕也只得答应。

于是他不再犹疑，几步跳到路中，那车正驶到，车上御夫忙揽辔急勒住马。朱安世看车中坐着一人，白面微胖，头戴漆纱繁冠，前饰金铛，右缀貂尾，身穿黑锦宫服。御夫则是宫中小黄门服饰。

御夫喝问："大胆！什么人？敢拦轺传！"

朱安世笑着说："两位赶路赶得乏了，请到路边休息。"

御夫怒道："快快闪开！"

朱安世笑着歪歪头，拇指在唇髭上一划，随即伸手抓住中间负轭那匹马的马鬃，腾身一跃，翻上马背，伸手攥住辔绳，吆喝一声，执扯辔绳，那马应手转向路右，两边骖马也随之而行，向坡底奔去。御夫用力扯辔，却被朱安世截在中间控死，丝毫使不上力，气得大叫，车中诏使也跟着叫起来：“大胆！大胆！啊……”

那车离开驿道，绕过土坡，驶进路边野草丛中，奔行到一片林子，朱安世勒住马，跳下来。车上两人，都大张着嘴、苍白了脸，看来从未经过这等事，惊得说不出话。朱安世抽出刀，笑着走到车边，两人一同惊叫起来。

朱安世晃晃刀，笑着安慰：“莫怕，莫怕！这刀一向爱吃素，只要别乱嚷，别乱动。”

两人忙都闭紧了嘴。

朱安世又笑着说：“这刀还爱听实话，问一句，答一句，好留舌头舔汤羹。”

两人又忙点头。

朱安世便细细问来，那诏使一一实答，原来是京中罪臣之族被谪徙北地，出城后作乱逃逸，天子诏令杜周回京查治。

问清楚之后，朱安世便命那诏使脱下衣服。诏使不敢不从，从头到脚，尽都脱了下来，只剩了件亵衣。朱安世自己也随即脱掉衣服，一件件换上诏使衣冠。他人高，衣服略短了些，但诏使肥胖，所以穿着倒也大致过得去。他展臂伸足，摆弄赏玩一番，自己不由得笑起来。

正笑着，一扭头，忽然看到诏使那张光滑白腻的脸，登时笑不出来——那诏使是黄门宦官，脸上无一根髭须。

朱安世一部络腮浓须，并一直以此自许。要扮作黄门诏使，就得剃掉胡须。男子无须，若非宦官，便是罪犯，这胡须一旦剃掉，必定遭人耻笑，而且行动更加招人眼目。

他低头看看手中的刀，又想想驩儿，虽然不舍，但毕竟救孩子要紧，何况这胡须剃了还会再生。于是，一狠心，倒转了刀锋，揪住胡须，割下一撮，端详了端详，撒手扔到草里，继续又割。这刀他新磨过，刀法又熟，不多久，颔下胡须散落一地。伸手一摸，只剩胡茬。又掏出匕首，一点点刮，刮得生疼，想起囊里还有块牛肉，就取出来用刀削了些肥脂，揉抹到脸上，刮起来果然爽利很多。

那诏使和御夫蹲在地下，都睁大了眼看着他。朱安世怕自己刮不干净，就唤那御夫站起来，把小刀交给他，让他替自己刮。御夫颤着手接过匕首，朱安世伸着脖子，御夫握紧匕首刚要伸手，朱安世忽然大叫着跳开："发昏了！竟把匕首交给你割我喉咙！"说着拔出刀，刀尖抵住御夫肚子，"好！现在刮，你要妄动一下，或是刮破一点，我就捅出你的肚肠来。"

御夫手抖得更加厉害，惊瞅着朱安世，不敢动手。朱安世见状，又不由得笑起来："怕什么？你只要好好给我刮干净，我自不会为难你。"

那御夫这才握着匕首，战战兢兢凑近，小心翼翼伸手，屏住气，轻手把朱安世脸上胡茬都刮干净，而后将匕首交还给朱安世。朱安世伸手在颔下摸了一圈，溜滑如剥壳鸡蛋，心里一阵烦腻。那黄门诏使偏又在一边用尖细之声嘟囔："劫持诏使，罪可诛族，假扮诏使，更是……"

朱安世正在来气，听他聒噪，抬腿一脚，踢翻了那诏使："你这腌肉！常日在宫里，缩头缩脑作狗，出了宫，拿腔拿调扮虎，老子最厌你这等声气嘴脸，再多屙半个字，割了你舌头喂狗！"那诏使趴在乱草地下，捂着胯部被踢处，不敢再出声，一张脸本就白腻，这时更加煞白。

朱安世从未见过宫内诏使宣诏，便大声呵斥道："起来！你见了杜周要怎么说、怎么做，仔细给老子演示一遍。"

那诏使忙爬起身，一招一式演示给朱安世看。朱安世照着学了一遍，其实倒也简单，车驾到了府寺，自然有人来迎候进去，杜周上前跪拜听诏，诏使宣读诏书，而后将诏书交与杜周即可。只要做足诏使派头，再不必说什么、做什么。让朱安世犯难的倒是宣读诏书。

他只粗识几个字，从未读过什么诏书，而且诏文字句古雅拗口，哪里能认得？

好在总共只有几句话，朱安世便叫那诏使一字一字念给自己听，反复跟读念诵，死死记在心里。等诏文记牢，朱安世才让诏使穿上自己脱下的那套农服，让他靠着一棵大树坐下，掏出绳子，将他牢牢捆在树上，割了一块布塞住他的嘴。诏使呜咽点头求饶。

朱安世笑道："本该让你赤着身子，吊起来冻成干肉，看你老实才让你穿了我的衣裳。你先在这里好好歇一宿，若你命好，这林子没有饿狼野狗，明日我就来放了你。"

随后，他拿了诏使的公文袋，坐到车上，命御夫驾车："去扶风！"

御夫振辔，车子启动，回到驿道，向扶风疾驶。

不多时，已到扶风东城门，这时天色已经昏暗，幸喜城门还未关。

朱安世抽出刀，刀尖抵住御夫臀部，又用袍袖遮住，低声说："你只要叫一声，我这刀就捅进你的大肠！"

御夫连忙点头，驱车过桥、驶进城门，门值见是宫中轺传车，皆垂首侍立，车子直驶进城，来到府寺门前。朱安世命御夫传唤杜周接诏，门吏上前报说杜周在右扶风减宣宅中，朱安世便命驱车前往。

远远看到街前减宣宅门，朱安世算好时辰，掏出一个小瓶，拔开瓶塞，递到御夫嘴边，命他喝一口。御夫骇极，却不敢不从，煞白着脸，张嘴喝了一口。朱安世命他继续驾车，刚到减宣宅前，车才停，御夫昏然倒在车上。

原来那瓶内是天仙踯躅酒[1]，是一个术士传于朱安世的，可致人昏睡。

朱安世学那诏使声音，挤着嗓子，向宅前高声唤人，门内走出两个门吏，见是宫中轺传车，慌忙迎出来。

朱安世继续挤着嗓子道："速去通报执金吾杜周接诏！"

一门吏忙回身进门通报，另一门吏躬身上前伺候，又有两人也急忙奔迎出来。

朱安世下了车，吩咐道："我这御夫又中了恶，他时常犯这病症，自带有药，我已给他服下，你们不必管他，片时就好了。"

1 天仙踯躅酒：中国麻药起源于何时尚无定论，但战国时期《列子·汤问》已记载神医扁鹊以"毒酒"为手术麻醉药，"饮二人毒酒，迷死三日，剖胸探心，易而置之；投以神药，既悟如初"。到东汉末期，华佗创制"麻沸散"作手术麻醉剂，可惜配方失传。据后世研究，有两种说法，分别认为其主药是莨菪（làng dàng）子和曼陀罗。鉴于中国现存最早的药物学专著《神农本草经》（成书于秦汉时期）已记载莨菪子，而曼陀罗药用记载则迟至宋代，因此本文从前者。莨菪子：别名天仙子等，其所含莨菪碱成分可致人癫狂、昏迷甚至死亡。"天仙踯躅酒"一名为作者根据其俗名杜撰。

门吏一边答应，一边躬身引路，朱安世手持诏书，进了正门。

* * * * * *

天色将晚，杜周只得再留一晚，明日再行。

小儿关在府寺后院庑房里，贼曹掾史成信亲自率人监守。

減宣仍请杜周回自己宅里安歇，两人用过晚饭，又攀谈了一会儿。杜周见减宣一脸愁闷，心想最好还是能追回汗血马，于是作出诚恳之姿，劝慰了几句。减宣虽在点头，神色中却流露怨愤之气。杜周装作不见，知道减宣为了保命，定会尽力追捕，至于能否追回，则要看天意。若是减宣因此获罪，也怪不得我。仕途之上，本是如此。

于是他不再多言，回到客房，正在宽衣，侍者忽报："黄门传诏至！"

杜周忙重新穿戴衣冠，急趋到正门，减宣也穿戴齐整赶了出来，黄门诏使已手持诏书大步走了进来。杜周和减宣忙跪地听诏。那个黄门展卷宣读诏书，原来是京中发遣罪人谪戍五原，才出长安十几里，有罪人生乱逃亡，诏命杜周回京治办缉捕。

那诏使读罢，将诏书递予杜周。杜周忙双手接过，在地下垂首道："杜周即刻遣人查办。"

那黄门点点头，问道："皇上问汗血马查得如何了？"

杜周忙答道："汗血马尚未追回，但已捉得一个小儿，与那盗马贼甚有关系，正监押在府寺中。明日带回长安，再查问。"

黄门点了点头，道了声"好"，略一沉吟，转身就走。

杜周、减宣忙起身相送，杜周见那黄门身形魁梧，仪表堂堂，以前并未见过，左右只有两盏灯笼，灯光昏昏，看不清相貌神色，他方才听这诏使声音似有些异样，但也无暇细想。

两人一同陪送诏使出了府门，减宣命人服侍黄门去驿馆安歇。

拜送诏使离开，杜周即命人星夜赶回长安，告知左丞刘敢，连夜率人赶赴北边查办此事。吩咐完毕，才又和减宣道别，各回房中安歇。

躺下后，杜周不由得又回想那黄门言行，越想越觉不对，但一时又想不出哪里不对。

正在辗转反侧，门外侍者忽然敲门急报：“大人，有刺客！”

杜周忙问：“什么刺客？在哪里？”

“右扶风府寺。”

******

司马迁只得抛开杂想，安下心来，继续写《孔子列传》。

年轻时，他曾师从孔子第十一代孙孔安国，又曾游学齐鲁，走访儒林故旧，孔子身世大略都记得清楚。但提笔开始记述，需要援引孔子言论时，却觉得心底发虚、落笔不安。现在世传今文《论语》，不知道哪一句是真，哪一句是后人伪造。

五十多年前，还是景帝末年，当今天子王兄、鲁恭王刘余被封于鲁地。刘余好宫室犬马，为扩新殿，毁坏孔子旧宅，匠人从墙壁中发现大批竹简古书，其中便有《论语》。[1]是秦颁布挟书禁律后，孔子后人所藏。简上文字状如蝌蚪，是秦以前古文字，无人能识，只有孔安国能读。孔安国将这批古书上献朝廷，藏于天禄阁中。不知何时，这些古书竟都已不知去向，古本《论语》也随之消失。[2]本来石渠阁秦本《论语》尚可以引以为据，现在也被人盗走。

当今天子继位以来，罢黜百家，独兴儒术，现在却居然找不到一本真《论语》！

想到此，司马迁心中窒闷，愤愤搁笔。卫真在旁边正手握研石，碾墨粒、调墨汁，见司马迁停笔闷思，瞅了瞅案上竹简，文章停在“孔子曰”三个字，便小心问道：“主公又在为《论语》烦恼？”

“所引《论语》不知真伪，叫我如何下笔？孔子少时贫贱，一生困

---

1 《汉书·艺文志》中记载：“鲁恭王坏孔子宅，欲以广其宫，而得古文《尚书》及《礼记》《论语》《孝经》凡数十篇，皆古字也。”

2 何晏在《论语集解·序》中说：“《古论语》，唯博士孔安国为之训解，而世不传。”

厄，曾被困于陈蔡，断食数日，几至于饿死。我师孔安国曾引《论语》孔子之言诫我，‘士志于道，而耻恶衣恶食者，未足与议也’。你却看今世所传《论语》，居然云‘食不厌精，脍不厌细。鱼馁而肉败不食，色恶不食，失饪不食，不时不食，割不正不食，不得其酱不食……’这哪里是孔子？分明是饱食终日、富极无聊之语！”

“主公何不去向扶卿先生请教？”

“是了！这两天事情一乱，头脑发昏，怎么竟忘了他？”

扶卿也是孔安国弟子，曾得孔安国亲传《论语》。[1]后被征选入太学，作博士弟子。

司马迁立即起身，带了卫真出门，驾车去太常寺，到太学博士舍中寻扶卿。

到了一问，才知道扶卿出任荆州刺史，半年前就离京赴任去了。

卫真纳闷道：“朝廷只立五经博士，《论语》不属五经，扶卿只精于《论语》，为何能升任官职？”

司马迁道：“听说他后来师从吕步舒，习学《春秋》。吕步舒曾官至丞相长史，今又为光禄勋，为皇上近臣，想必扶卿是由此得官。”

卫真摇头：“看来学通五经，不如拜对一师。”

司马迁叹道：“这便是今上高明之处——威之以杀，令人丧胆；饵之以禄，使人骨酥。”

离了太常寺，正要上车，司马迁见前面走来一人，身着儒服，相貌清癯，看着面熟。那人见到司马迁，急趋过来，躬身拜问：“学生简卿拜见太史令。”

司马迁这才忆起简卿是兒宽弟子。兒宽当年也曾受业孔安国，[2]四年前，因历纪紊乱，司马迁与兒宽、落下闳等人共定《太初历》[3]。当时，

---

1 王充在《论衡·正说篇》中说：“初，孔子孙孔安国以教鲁人扶卿，官至荆州刺史，始曰《论语》。”

2 《汉书·兒宽传》中记载：“治《尚书》，受业孔安国。”

3 《太初历》：中国古代有文字记载的第一部完整的历法。根据这部新历法，汉朝中止了秦朝的以每年十月为岁首的纪年方法，改为正月为岁首，定农时二十四节气。

简卿来京陪侍兒宽，司马迁曾见过他两次。虽然兒宽官至御史大夫，简卿却生性散淡，只在乡里耕田读书，朝廷数次征举，他都托病辞谢。因此，司马迁甚是心敬简卿，笑着执手问候："原来是你，数年不见，一向可好？"

两人寒暄了几句，司马迁想起兒宽病逝已经三年，归葬故里，便随口问起兒宽家人。谁知简卿闻言，神色忽变，支支吾吾几句，推说有要事去办，便匆匆告辞。

司马迁上了车，纳闷不已，转头问卫真："我说了什么不妥的话吗？"

卫真也正奇怪，上了马，想了想："并未说什么不妥之语，主公询问兒宽大人家人时，他才变色，莫非兒宽大人病故后，他也改投师门，去寻更好的门径？"

"他不是这等人，况且看他刚才神色，似是要替兒家遮掩什么……"司马迁说着，忽然想起一事，大声叫道："对！是兒宽！"

* * * * * *

朱安世传罢诏书，出了减宅，这才松了口气。

行走说话只是装样子，倒不难办，他最怕的是宣读诏书。果然，刚才展开帛卷，要宣读时，一见那些黑虫一般的字迹，心头一犯怵，顿时忘了词句，幸好身边有个仆役挑着灯，他装作凑近灯光，略定定神，才记了起来，好在念得还算通畅。

杜周和减宣都跪伏在地，似乎也未起疑。不过朱安世早知两人老辣精明，丝毫不敢松懈，仍装出黄门那等趾高气扬之状，昂昂然出了门。

刚迈出府寺大门，一眼望见那辆轺传车，却见车上不见了御夫！

这时更加不能慌乱，他继续若无其事，缓步走过去，那门吏急趋过来，俯首回报：御夫尚未醒来，另安排在一辆车上，还在昏睡，已派了府中御夫替诏使驾车。

朱安世这才放心，鼻子里应了一声，傲傲然上了车。减宣的御夫在车前躬身行过礼，随即坐上车，执辔前行。杜周和减宣在一边侍立目送，朱安世头也不回。

车到了驿馆，已有驿丞在外迎候，朱安世下了车，只点头，不说话，随驿丞到了馆中宿处，回头见人抬着那御夫到了侧房中。朱安世算了时辰，心中有数，便不去管他。驿丞安排夜饭，朱安世两天没吃过好饭，见食物丰盛，便饱食一顿，却不喝酒。吃罢即去安歇，吩咐不得打扰。

歇了一个多时辰，见天色已黑，朱安世脱了宫袍，没有便服，便只穿着中衣，带了刀，从后窗跳出，翻墙出了驿馆，循着暗影向府寺赶去。还未到，就听见里面杀声一片。他忙翻墙上檐，俯身一看，见后院中十几个兵卒和七八个蒙面人厮杀，还不断有兵卒冲进来。火把照耀下，那几个人身穿苍衣，各持一柄利斧，攻势凌厉，又听见有人大喊："护住那孩子！"

朱安世大大纳闷：难道有人来救驩儿？这样正好，免得我劳神。他随手又伸拇指在唇上一划，发觉唇上溜光，不由得惋惜：白剃了胡子了！

于是，他便坐在屋檐之上观战。下面乱腾腾斗了一阵，忽然有人喊："小儿不见了！"

双方顿时都停住手，朱安世也忙挺起身。只听见其中一个蒙面人打了个呼哨，随即在墙上一蹬，跃上墙头，其他几个闻声也一起急退，全都跃上墙头，一起跳下，倏忽之间，隐没在夜色之中。

朱安世看得真切，蒙面人并未带走驩儿，见院中兵卒们纷纷搜寻，院中各处搜遍，都未找到。

一个将官出来大声吩咐："快去府外寻找，各个角落都去细搜！"

吏卒们领命，各自率人分头去追查。朱安世也忙转身离开，避开兵卒，四下里暗自急急找寻。

* * * * * *

杜周和减宣来不及驾车，一起骑了马，急速驰往府寺。

到达门前，只见人马混乱，嚷声一片。

成信正提剑呼喝指挥，见了杜周与减宣，忙奔过来禀告："一群刺客趁夜翻墙进到府寺，意图行刺——”

减宣忙问：“刺客呢？”

“逃了。”

“全逃了？”

“卑职无能，卑职该死！”

“小儿呢？”

“不见了。”

“什么叫‘不见了’？”

“那些刺客要刺杀那小儿，卑职率人防守，刺客手段高强，杀伤十几个卫卒，天黑人乱，等杀退那些刺客，却找不见那小儿了。”

“是被刺客劫走了？”

“应该不是。刺客是来刺杀小儿的。”

杜周疑道：“你如何知道他们是来刺杀，而非劫抢？”

“卑职起先也以为他们是来劫抢，亲自守在庑房中看护小儿，有个刺客刺倒门边卫卒，跳进来，卑职与他相斗，见他只要得空，就挥斧去砍那小儿，幸而都被卑职拦挡住，未能伤到小儿。”

减宣又问：“那小儿怎么不见的？”

“卑职正与那个刺客缠斗，后又有个刺客杀开卫卒，也冲进来，卑职以一敌二，难于招架，险些丧命，灯盏又被撞翻熄灭。幸而有其他兵卒随后冲进来相助，才侥幸保命，一时慌乱，房内漆黑，就没顾到那小儿。卑职已下令全城急搜，务必要找到那些刺客和那个小儿。”

杜周与减宣下马进到正堂，左右掌灯，两人默坐不语，等待消息。

过了一个时辰，门前忽然来报：“找到那小儿了！”

## 第八章

# 失而复得

朱安世四处暗寻，都不见驩儿踪影，见满城大搜的官军，也都无所获。

正在焦急，忽然想起：驩儿恐怕是趁黑逃走，躲到了上次的藏身之处。

他忙避开官军，绕路潜行，到营房边大石后面，月光下果然看到一个瘦瘦小小的黑影。

朱安世低声唤道："驩儿？"

驩儿听见声音，扑过来，抱住朱安世，却不说话。

朱安世摸着他的头，温声道："你来这儿等我？"

驩儿点点头。

朱安世笑道："你怎么知道我要来？"

"我就是知道。"

"我要不来，你怎么办？"

"你肯定要来。"

朱安世咧嘴一笑，蹲下来，抚着驩儿瘦小双肩仔细地看，月光微暗，看不清驩儿的脸，只见黑亮亮的眼中，隐约有泪光闪动。

朱安世忙问道："你受伤了？"

驩儿摇摇头："有人冲进房子要来杀我，我赶紧躲到墙角里——"

"哦？杀你？他们不是去救你的？"

"不是。"

“你是怎么逃出来的？”

“一个将官和那两个人打斗，灯被撞灭了，房子里很黑，我沿着墙角，爬到门外边，又沿着墙根，爬到后院门边，后门正好有人冲进来，门被撞开了，我就钻出后门，一路跑到这里躲起来了。”

朱安世打趣道：“你哭了没有？”

驩儿慢慢低下头，不出声。

朱安世忙安慰：“该笑就笑，该哭就哭，这才是男儿好汉。”

驩儿点点头。

朱安世又紧紧抱住驩儿：“有朱叔叔在，咱什么都不怕！”

驩儿手无意中碰到朱安世的脸颊：“朱叔叔，你的胡子？”

朱安世忙说：“有件事你要记住，三个月内，一个字都不许提我的胡须！也不许盯着我的下巴看！”

驩儿不解，挣开怀抱，盯着朱安世的脸看。

“不许盯着看，不许说一字！听见没有？”

驩儿忙点着头，转开眼。

“这才是乖孩儿。”

朱安世坐下来，一边揽着驩儿说着话，一边心里暗想出城计策：以杜周、减宣的老到，河底秘道一定是被封闭了，现在扶风防守更严，轻易逃不出去。黄门诏使那辆轺传车只有伞盖，没有遮挡，也不能隐藏。杜周明日要回长安，说要带走驩儿，今天劫了轺传车，又剃了胡须，这胡须不能白剃，既然杜周没发觉他假冒黄门诏使，使点计策，于路上劫了，城外宽阔，又有汗血马，应好逃脱。

盘算好后，朱安世对驩儿说：“叔叔有条计策救你出去，不过你得先回官府去。”

驩儿略一迟疑，随即说：“好。”

“怕不怕？”

“不怕。”

朱安世见他如此信任自己，心中一阵感慨激荡，道：“你放大胆子回去，朱叔叔死也会救你出来！”

䨲儿点头说："嗯。"

朱安世又嘱咐了些话，才让䨲儿回去，自己暗中跟随，见官军捉住䨲儿，送回府寺，又随杜周送到减宣宅中，才放心回到驿馆。

这时已经时近午夜，驿馆中寂静无声。他先潜到侧房里，那御夫正要醒不醒，朱安世见案上有壶水，便浇些在他脸上。御夫惊醒过来，开口要叫，朱安世早已捂住他嘴，用匕首逼着，吓唬了几句，命他跟着，轻步回到自己宿房，用衣带捆了，汗巾塞住嘴，扔到墙角，让他继续睡，自己也睡了三个时辰。

天微亮，朱安世就起身，解了御夫捆绑，胁迫他到院中，驾了车就要走。驿丞听到声音，来不及穿戴，跑出来款留早饭，朱安世说声"不必"，驱车离了驿馆。来到东门，门尚未开，朱安世挤着嗓子高声叫唤，门值见是黄门诏使，慌忙开了门，放下吊桥，朱安世叫声"走！"御夫驾着轺传车，疾驶出城。

* * * * * *

两个兵卒拥着那小儿来到府寺庭前。

小儿头上身上尽是血迹，杜周忙令查看，只有肩上一道浅伤，其他都只是溅到的血迹。杜周这才放心，命人带到后面，擦洗敷药。

这时成信前来回报，他带人马在城内巡查，走到南街口，却见那小儿迎面跑过来，正好捉住。

杜周心里疑道：这小儿应是趁乱摸黑逃离，该远离府寺才对，怎么反倒往回跑?

成信见状，忙又道："南街外有巡查卫卒，小儿恐怕是见到卫卒，所以才掉头回来。"

杜周微点点头，问道："共几个刺客？相貌看到没有？"

"七八个，夜黑混战，加之刺客都以巾遮面，所以未看到相貌。他们各个身手快捷，攻势凌厉，而且彼此呼应，进退有度，不像是寻常草莽盗贼。卑职四下查看，只在后院找到一截衣襟，应是斗杀时，从刺客身上削落的。”

成信说着取出巴掌大一片断锦，杜周接过细看：苍底蓝纹，织工细密，银线绣图，纤毫毕现。因只有一角，不知所绣何图，只隐约看着像是鹰翅之尖。

减宣接过去看过后，道：“王侯巨富之家才能见到这等精致锦绣。”

* * * * * *

司马迁回到家中，急忙找出所藏的那卷《太初历》，打开一看，点头笑道：“果然是兒宽笔迹！”

卫真在一旁大惑不解。

司马迁又取出延广所留帛书残片，展开铺到竹简上：“见到简卿，我就似乎想起什么，却又道不出，后来说着话，才忽然想起，这帛书上是兒宽笔迹！这卷《太初历》，是当年兒宽亲手抄写赠予我的。”

卫真凑近低头，仔细辨认后，吃惊道：“果然是同一人手笔，这么说，这帛书是兒宽写的？他留给延广，延广又留给主公？兒宽早就知道秘道盗书的事？”

司马迁沉声道：“兒宽一生温良恭谨，位至御史大夫，可为则为，不可为则止，天子有过，也不敢匡谏，善于顺承圣意，才得善终。他知晓此事后，怕祸延子孙，定是不敢声张，却又良心不安，所以才留下这帛书给延广。方才问及兒宽家人，简卿神色大变，恐怕正是因为此事。以我猜想，兒家子孙若非已经遭祸，则必定是避祸远逃了。你速去找到简卿，请他来宅中。”

卫真忙叩首劝道：“主公怎么又要管这事了？先前延广遇难，现在又牵出兒宽，他们位列三公，都无能为力，主公即便查出真相，又能何为？兒宽堂堂御史大夫，至死都不敢说出这事，主公何必要自蹈祸海？”

正说着，柳夫人忽从后堂走出：“卫真，你不必再劝，先下去吧。”

卫真忙起身退出。

司马迁看妻子神情冷肃，正要开口解释，柳夫人却抢先说道：“你要说什么，我尽知道，请夫君听我一言——方才你走后，我反复思量，才自觉失口，不该拿那些话来劝你。你我为夫妇已经二十余年，我何以不知，以你之脾性，若想做一件事，谁能劝阻得了！何况事关《论语》，孔子一生言传身教尽在于此。五百年帝王早化作尘土，而孔子仁义之道，泽惠至今。你要修史，若写不好孔子之传，一部史书将如人少了一只眼。夫君放心，此事今后我不会再劝一字。只恳请两件事——"

柳氏说着便叩拜下去，司马迁忙伸手扶住："难得你如此深明大义，司马迁在这世间并无什么知己，能有夫人如你，夫复何求！你有什么话尽管说。"

"第一件事，请夫君千万小心，万万谨慎，如今已有两位御史牵连进来，这事恐怕包藏着天大的祸患。"

"这我知道，我也怕死，更怕牵连你和儿女。"

"第二件事正是为儿女，女儿已经出嫁，有罪恐怕也不会牵连外族，只是这一对儿子，我思前想后，想了个防患之策，只是不敢说出口……"

"你说。"

"我看近年多有官宦富豪之家，祸难将至，为保子孙性命，便教子孙改名换姓，移居他乡，不知夫君可否——"

"那日在石渠阁看到柜中秘道，我便已经遍体生寒，预感不祥，也在心中盘算此事。我只怕你舍不得他们，便没有提起，既然你我不谋而合，无须多说，此事宜早安排。"

* * * * * *

次日清晨，杜周命人备驾回京。

有了御诏皇命，现在回京，更是名正言顺，减宣也无话可说。

那小儿昨夜关在减宣宅中，有重兵把守，再无刺客来袭。卫卒将小儿带了过来，杜周盯着小儿细看，小儿仍像昨日，咬着下唇，不言不语，但碰到杜周目光，眼睛一闪，忙低下了头。杜周令人去驿馆，请黄门诏使同行，嘴里吩咐着，眼睛余光却一直不离小儿。小儿听到，忽又抬头望向杜周，碰到杜周目光，又立即躲开，左顾右盼，显然是在装作无事。

侍者去了片时，回来报说天刚亮，黄门诏使就已出城去了。那小儿眼看着地下，耳却一直竖起在听。杜周看在眼里，吩咐带小儿下去，换一套衣服。

减宣前来送行，杜周道："有事劳你。"

减宣勉强提起精神："大人尽管吩咐。"

"途中盗马贼必会劫这小儿。"

"他有这胆量？"

"此人昨夜就在你我面前。"

减宣瞪大了眼。

杜周心中气闷，嘴角微微一搐："黄门诏使。"

减宣越发吃惊："在下眼拙，并未察觉。不知大人从何看出？"

原来，初见那黄门诏使，杜周便觉可疑。夜间躺在床上，细细琢磨，一一找出十一处可疑：

一、那诏使从未见过；

二、声音听着古怪，并非黄门自然发出的尖细声；

三、宣读诏书时声气犹豫；

四、衣裳略短，并不合身；

五、黄门大都皮肤光洁，那诏使递过诏书时，手上皮肤粗糙，结着厚茧；

六、那双手厚实有力，像是习武之人；

七、黄门在宫中，常年躬身低首，身形卑恭，那诏使却气宇轩昂，甚有气概；

八、黄门在宫内谦卑，一旦出宫，见到官员，奉旨宣诏时，却又有一种仗势之骄，那诏使却正相反，说话举止均含忌惮；

九、那诏使始终不敢与自己对视，但说到那小儿，虽是夜晚，仍可感到他目光陡然一亮；

十、匆匆就走，似在逃离；

十一、轺传车御夫昏倒在车上。

其中，杜周断定至少有两点确凿无疑：

一、这诏使必定是假冒；

二、他假扮诏使必定与那小儿有关。

至于此人身份，杜周却无法猜出。直到刚才，说到诏使，从那小儿眼神中，杜周才又另断定三点：

一、那假冒诏使是朱安世；

二、小儿昨夜逃走后，又主动回来，定是朱安世的主意；

三、朱安世让他回来，定是因为无法逃出城，因此要趁自己带小儿回京途中，设计劫夺。

见减宣问，杜周不愿多言，只答说："猜测。"

减宣半疑半愧，不好细问，便道："大人高明，在下这就去部署人手，沿途暗中防护，叫他自投罗网。即便那盗马贼不来，也须防备那起刺客。"

杜周点头道："多谢！还有一事。"

"请说。"

杜周在减宣耳边低语几句，减宣听后点头，随即叫来亲信书吏，低声吩咐了一番，那书吏受命去办。

部署已定，杜周上车，叫长史带着小儿，坐一辆厢车，跟在自己轺车之后，随即命令启程。

五十名轻骑护着车驾驶出东门，向长安行进。行了十几里路，见前面一辆宫中轺传车翻倒在路边，左边车轮断裂掉在地上，御夫昏倒在车旁，昨夜那个黄门诏使满身尘土，哭丧着脸站在路上。

杜周看到，命令停车，那黄门诏使一瘸一拐走过来，正要开口说话，杜周吩咐一声："拿下！"

五十名护卫立即拔刀抽剑，驱马围过来，两边林中也突然跳出数百兵卒，贼曹掾史成信执剑当先。

黄门诏使大惊，但随即打了一声响亮的呼哨，向旁边林中大叫道："兄弟们，一起上！"

护卫们闻言，都扭头向林中看，杜周忙喊道："快拿下他！"

话才出口，黄门诏使已抽出佩刀，两步飞跨过来。杜周车前有四名先导骑卫，黄门诏使唰唰挥刀，向前面两匹马腿上各砍一刀，两匹马受伤惊跳，马上两个骑卫不防备，都摔下马来。黄门诏使行步如飞，又挥两刀，后面两匹马也相继中刀惊跳。众人大惊，尚未看清，黄门诏使已经飞身来到杜周车前，一刀砍倒御夫，跳到车上，一把抓住杜周，等杜周明白过来，黄门诏使一只脚踩住自己肩头，刀已逼在颈项上。

黄门诏使大叫："交出那孩子！"

众骑卫和兵卒全都惊呆，手执刀剑，围在四周，不敢乱动。

路边林中忽然传来一阵马蹄声，随后一声马嘶，汗血马扬鬃奋蹄，飞奔出来。

黄门诏使又叫："快将那孩子给我！"

杜周嘶声叫道："给他！"

后面那辆厢车前帘掀开，长史满脸惊慌，哆嗦着从车里探出身来，随后拉出小儿，小儿被反捆着，满脸满身是血。黄门诏使见状大怒，一拳重重打在杜周脸上。杜周从出生起，从未遭过这等重击，颧骨剧痛无比，嘴角连连抽搐，但他只闷哼了一声。

黄门诏使随即拽着杜周，拖下车，朝长史大叫："解开绳索！让孩子过来！"

长史忙把小儿抱下车，解开绳索，送到黄门诏使面前。黄门诏使朝路旁卫卒叫道："让开！"

卫卒们看看杜周，又看看成信，成信也茫然失措，杜周这时却已恢复冷静，沉声道："放他走。"

卫卒让开一条路，黄门诏使挟着杜周，叫小儿跟着自己，慢慢退到人围外，来到汗血马边，叫道：“让他们扔了兵器，退到路那边。”

杜周向成信点头，成信只得抛了剑，其他卫卒也纷纷扔掉刀剑，一起向后退。

杜周腿上一痛，被黄门诏使猛踢一脚，重重跌到地上，黄门诏使抱了小儿，飞身上马，吆喝一声，飞奔入林，蹄声如滚豆，急密远去，消失于林深处。

成信喝令一声，卫卒们忙奔过来捡起兵器，纷纷上马，冲进林中追捕。

长史和左右手下也忙赶过来扶杜周，杜周心中羞愤至极，但尽力沉着脸，摆摆手，自己从地上慢慢站起来，叫了信使过来，吩咐道：“回报减宣，依计行事。”

信使领命，骑了马向扶风奔去。

这时，兵卒在土坡后发现黄门诏使，扶着出来，杜周命人搀上后面厢车中。

随即，也不要人扶，自己上了车，命启程返京。

第九章

# 夹击之策

朱安世救了驩儿，骑着汗血马没命地狂奔。

见驩儿满身是血，他心中焦急，却顾不得查看。

快要奔出林子，前面依稀有条小路，朱安世吆喝一声，汗血马一声长嘶，更加快了速度。正在奔行，前面忽然现出几骑，排成一个弧形，立在林子边，一共八骑，一色西域苍黑骏马，马上人全都苍青绣衣，面罩青纱，手执长柄利斧，衣襟上都绣着一只苍鹰。

昨夜那些蒙面客？

朱安世见势不对，忙拨转马头，向左边要走，那八骑立时驱马，仍做弧形，围赶过来。八匹马虽不及汗血马神骏，却也都是西域良驹，轻易无法甩开。

左奔不几时，前面又现四骑，同样黑马绣衣、青纱遮面、手执长斧。那四骑迎面奔来，斧刃寒光闪闪。朱安世忙又左转急奔，后面十二骑会合一处，列成一个大弧，围追不舍。驩儿吓得哭起来。朱安世忙安慰道："驩儿莫怕！有朱叔叔在！"

他双腿夹紧马肚，解开腰带，把驩儿拴紧在自己身上，而后掣出长刀，继续左转，向林子另一边奔去，那十二骑随即也掉转马头，依然紧逼不舍。奔行不久，前面又现出四骑，迎面堵上来，仍是同样装束。朱安世忙回头看，后面十二骑已围过来，与前面四骑渐渐合成大半圆，不断挨近，围拢缩逼。

驩儿哭得更加厉害，吓得声音都变了。朱安世却已经顾不得这些。眼下，只有来路上才有空缺，而官军很快就会追到，别无他法，只有朝着苍衣黑骑硬冲过去。

十二骑与另四骑之间空当较大，朱安世便打马急向那个方向冲去。等到那里时，左右两骑已经逼近，左边一骑更近，挥动长斧就向驩儿砍来，朱安世忙挥刀挡开，那人斧柄一转，向汗血马后身砍去，朱安世急扯缰绳，汗血马猛一侧身，险险避开那斧。这时，右边一骑也奔到近前，斜挥长斧，又向驩儿砍来，驩儿一声尖叫，朱安世忙举刀挡住，斧力沉猛，几乎震落长刀。朱安世一惊，随即翻腕，向那人反击一刀，削向他的脖颈，那人急忙侧身躲闪。朱安世转身又反手一刀，刺向左边那人胸前，那人正双手高举着利斧，要砍下来，见刀尖直刺过来，慌忙倒仰身子躲开。

朱安世这两刀不实击，只想逼退两人，见破出空当，急忙拍马前冲，然而刚才稍一耽搁，另外两骑已经疾奔过来，拦在前面。朱安世不等他们举斧，先带马直冲向左边，一刀疾砍，左边那人猝不及防，慌忙躲开。朱安世又拨转马头，右奔两步，一刀挥向右边那匹马，右边那人异常凶悍，并不管马，挥斧向驩儿砍去，驩儿又惊叫起来，朱安世不等他斧头过来，急忙翻腕，刀向那人臂膀砍去，那人左臂一痛，已被割到，才慌忙避开。朱安世打马便走，其他十二骑却已先后赶来，各个挥斧逼近。

朱安世见硬冲难过，一旦十六骑围合成圈，就更难脱身，便急转马头，回身返奔。刚才四骑拦在面前，朱安世无暇细想，直冲向最左边，向那人连攻三刀，那人刚才臂上受伤，心有余悸，左遮右挡，连退两步，朱安世乘机冲破包围，向来时方向回奔。那十六骑也随即拨转马头，紧追过来。

* * * * * *

杜周车驾从西边直城门入城，长安熙攘如常，像是什么都不曾发生。

杜周脸上被朱安世拳击处，犹青肿一片，尚在痛。他不能用手掩住，这车又无遮挡，虽然路人看不到，门值及迎面行来轺车上的人，却都能看到，眼中都露出同样的惊异。这等耻辱，即便当年做小吏时都未曾受过，杜周却只能装作不知。

多年历练，他心绪越烦乱，面上便越阴沉。他深知除非有意为之，绝不能示人以短。何况倘若追不回汗血马，性命都危在旦夕，这点点耻辱又算得了什么？

他不回家，先到府寺，也不叫医，只擦拭干净，便命属下都来议事。

这些下属看到杜周脸上之伤，都不敢问，一起装作不见。

左丞刘敢率先回禀了三件事。

“其一，京中谪戍罪人逃亡生乱一事。已前去查明，戍伍出了长安，北上途中，延广家中儿孙数人一起死亡，是在夜里被人割断喉咙，不知何人所为。延广家人因此与押送护卫起争执，护卫鞭打了几人，延广母亲被鞭，倒地猝死，延广家人更加愤怒，夺了护卫的刀，砍伤了几名护卫。卑职接到大人旨令，便同京辅都尉赶去办理，因看诏书上明示要严办，因此依照大人旧例，下令处斩了延广家主仆中所有八岁以上男子，共计三十二口。其他谪戍之家均不敢再生事，戍伍继续启程，此事已经平定。”

杜周听后，只微微一点头。这桩事他并未放在心上，刘敢经他着意教导几年，处置这等事不过是随手应景而已。

刘敢继续禀告：“其二，扶风所捉那老儿。卑职接到长史传信，即命人查看簿记。二十一年前，淮南王叛乱平定后，除被斩万人外，波及之族尽被发配西北边地，其中有三百人被遣往湟水屯戍。戍卒兵器正是从淮南王武库中收缴得来。由此可确知，那老儿正是当年湟水戍卒之一。卑职已传信湟水，查明此人身份，半月之内必有回音。”

有下落就好办，杜周说了声：“好。”

刘敢又禀告第三件事：“其后卑职又收到大人传信，立即去西市横门大街捉拿‘春醴坊’卖酒的樊仲子，那人似已得信，已先逃亡，只捉得酒坊中仆役六人，搜出若干金宝禁物。再三拷问，这些人确曾见朱安世与樊仲子有过往，朱安世盗马一事，他们并不知晓。至于樊仲子下落，他们也并不清楚。不过，卑职已探得这樊仲子与茂陵郭公仲有瓜葛，郭公仲曾为盗贼，数次被捕，均以钱财抵罪，卑职已遣人前往缉捕。”

杜周听到“朱安世”，一股怨毒从心底腾起，嘴角不禁微微抽搐，扯痛脸上之伤，但只是低低“哼”了一声，随即从怀中取出昨夜扶风刺客衣襟上削落的那片断锦：“再去查明这个。”

* * * * * *

天微微亮，司马迁就和妻子送两个儿子出城。

直送了三十里，才停下来，到路边驿亭休息。司马迁看着一对儿子，虽然心里是凄楚难舍，但还能忍着泪。柳夫人却从几天前就开始偷偷流泪，今天一路行来，泪未曾干过，下了车，才拭了泪，这时抓住两个儿子的手，眼泪又止不住滚下来。

大儿十八，小儿十六，年纪虽不大，却都禀了父亲刚耿之气，忍着泪，拥着母亲笑语安慰。

司马迁将家里财产全部变卖，换成五十金，两儿一人一半，各分派了一个老成家人看护。把自己的复姓“司马”拆开，给两儿各赐一姓：“司”字加一竖，改作“同”，给大儿；“马”字加两点变作“冯”，给小儿。[1]让他们一往东，一向南，各自求生路。

他又取出祖传的玉佩，那玉佩是由两条玉龙团绕成一个玉环，龙的首尾是接榫而成，可以拆为两半，各成一枚半圆玉玦，司马迁将玉环拆开，两个儿子各传一枚玉玦。

最后，司马迁嘱咐道：“尽量走远一些，到地僻人稀的地方，给你们的钱财，一半用来置些田地房屋，一半留作积蓄以备不患。虽不多，却也足以安家立业，度日过活。离开之后，万万不可对人谈及父母家世，也不要寄书信，无须挂虑家中，我自会安排妥当。过几年，各自婚配成家，自己主张，不必禀告。若日后平安无事，我自会去寻你们。”

两儿垂首听着，不住点头答应。

“书要读，理要明，但不许登仕途——”司马迁继续道，“我只盼

1 此据“同”“冯”二姓起源的民间传说。

你们能世世务农，清静度日。存心须正，处事要端，待人以敬，不可贪慕富贵，舍本逐末。为人一世，但求无愧。你们两个夜半自省，若能心中坦荡，便是最大之孝。”

两儿一起跪下：“父亲教诲，儿定会铭记。只求二老能身安体康，早日家人团聚，让儿能在身边服侍双亲，养老送终……”

两儿哽咽难语，哭了起来，重重磕着头，泪水滚落尘土。柳夫人听了更加伤痛，号啕大哭。司马迁这时也再难自持，泪水滚滚而出。

良久，司马迁才强忍住泪，说道：“好了，上路吧。”

柳夫人哭着抓住两个儿子不放，司马迁含泪劝了又劝，柳夫人才放开手。两儿又重重跪拜，连连磕头，后才哭着上车离去。

* * * * * *

那十六骑紧追不舍。

虽然汗血马神骏无匹，一时间却也难以摆脱。朱安世忽然想起昨夜府寺中情形，心想：好，就来个虎狼斗！

他驱马直直向来时方向冲去，奔了不多时，隐隐见官军马队迎面追来，很快逼近，只见贼曹掾史成信当先，近百骑劲卒紧随，蹄声奔雷一般，直杀过来。

朱安世大叫道：“朱爷爷在此！”

那些卫卒见到，纷纷大叫：“马贼在前面！”

朱安世毫不减速，直冲过去。

成信忙喝令：“小心不要伤到汗血马！尽量活捉贼人！”

朱安世听后暗喜，回头见十六骑依然紧追不舍，更加高兴，驱马继续前冲，等近在咫尺，眼看就要与成信迎头撞上，才急转马头，向右边疾奔。成信大惊勒马，其他前列卫卒也赶忙急停，后马撞前马，乱成一团，朱安世趁乱急奔。

那十六骑随后追到，见朱安世向右边奔去，也随即向右急追。成信及几个卫卒都认出那苍色绣衣，又见他们面遮青纱，成信急忙下令：“兵分两路，一路追马贼，一路捉拿这些刺客！”

朱安世在前疾奔，后面官军与十六骑紧紧围追，一半官军得令，执刀挥剑杀向那十六骑，那十六骑起先并不理睬，只拼力追击朱安世，但那些官军逼近后，便不得不挥斧厮杀。朱安世回头看到，哈哈大笑，不再逃奔，驱马只在林子里兜圈，引得那十六骑被官军越追越近，越围越多。

等十六骑全被官军拖住后，朱安世才打马疾奔。官军的马不如那十六骑，渐渐被他甩远。

朱安世却不敢大意，奔出林子，沿着小路，直奔了半个时辰，离开小路，穿进田野，又东绕西折，确信官军再追不上时，才在僻静山塬、密草丛中找了个山洞，牵马躲了进去。

朱安世抱驩儿下马，才仔细查看他的伤势，驩儿却挣开他的手，缩到角落，浑身簌簌发抖。

朱安世忙走过去伸手揽住：“驩儿不用再怕，追兵已经被我甩远，他们找不到这里。”

驩儿却继续挣着身子，小声哭起来。朱安世起先以为他只是受了惊吓，仔细一看，觉得不对，忙取了水囊，用袖子蘸着水，擦拭驩儿脸上血迹。驩儿不停躲闪，朱安世一手抓住他，一手继续擦，擦了一半，大惊：小儿不是驩儿！

面前这小儿只是身形相貌大致似驩儿，头上脸上都是血污，不细看，根本看不出来，再加刚才事情惶急，哪里能分辨得出？

朱安世抓住小儿喝问：“你是谁？！”

小儿被抓疼，大声哭起来。

朱安世忙松了手，忍住急火，小心安慰：“你莫哭，我不会伤你，你好好跟我说，你到底是谁？”

问了好一阵，小儿才哭着说：“我叫狗儿……”

“你家在哪里？你怎么会在那车上？”

“我爹是卖酱的，今天早上爹让我去倒溲溺，提着桶刚出门，街上有个人过来，看见我就朝我笑，过来抓着我去跟爹说话，说府里大人要借用我一天，还给了爹一大串钱。爹高兴得了不得，就答应了。那个人就把我带到府里，给我好吃的吃，让我换了这套衣服，又抹了些猪血和泥巴在我头上、身上，让我跟着那个大人坐上车，说带我出来玩耍，然后你就来了，然后……呜呜呜，我要回家……”

小狗儿又哭起来，朱安世气恼之极，一脚将洞壁上一块岩角踢个粉碎。

* * * * * *

“黄门诏使果然是那盗马贼伪装，正要捉拿，却被他突袭，劫持了执金吾杜周大人，夺走了那小儿。卑职率人追赶，谁知有十六个苍衣刺客冒出来搅扰，那盗马贼乘乱逃走了。那些苍衣刺客身手迅猛，又都骑着西域良驹，杀伤我卫卒十几个，也都突围逃走，卑职无能，有辱使命。”

减宣听了成信回报，厉声斥责了一番，心里却暗叹杜周果然眼力毒准，便命人带小儿出来。不一时，驩儿被引了进来。成信见到，大为吃惊，才明白被夺走的小儿原来是替身。

减宣吩咐道：“将这小儿带到市口，绑在街中央。”

成信忙小心问：“大人这是？”

减宣道：“那盗马贼屡次舍命救这小儿，定不会轻易罢手。眼下只有用这小儿引他出来，你速率人埋伏，等那马贼自投罗网。这次若再失手，你就自行了断，不用再来见我！”

成信口里答应着“是”，心里却大不以为然。

减宣看他欲言又止，更加恼怒：“怎么？你觉着我这计谋不好？！你有更高明的计策？”

“卑职不敢！大人计谋甚好，卑职只是担心那盗马贼不会轻易落套。”

“他来不来是他的事，你只需尽好你的本分！”

“是！只是……”

“什么？”

“还有那些绣衣刺客，他们志在杀那小儿，卑职担心盗马贼没引来，倒留下空子让那些刺客得手。如小儿死了，那盗马贼就更无羁绊了。”

“我也正要捉拿那些刺客，他们若来，一并给我拿下！若小儿死了，唯你是问！”

“是！”

成信不敢再说，忙愁眉苦脸地押了驩儿，领命退下。

* * * * * *

卫真见司马迁夫妇整日愁闷，便提议出城去走走，一为散心，二来正好可踏看一下石渠阁秘道通往何处。

司马迁携了柳夫人，驾车从未央宫西面直城门出城，到了郭外，向南略走了一段路，到了双凤阙下。此处正是与石渠阁平齐的地方，卫真估算了秘道方向、里程，向西一望，不禁伸出舌头：“建章宫！”

其实听卫真说秘道是向西时，司马迁已隐约料到，秘道应是从未央宫通往建章宫。

建章宫是五年前兴建，因天子嫌长安城里地狭宫小，所以在长安城外、未央宫西营建了这建章宫，周回二十余里，奢华宏丽远胜未央宫，人在建章前殿之上，可俯瞰长安全城。因与未央宫隔着城墙，为方便往来，凌空跨城，造了飞阁辇道，从未央宫可乘辇直到建章宫。

秋风习习，秋阳如金，建章宫玉堂顶的转枢之上，那只铜凤迎风旋动，光耀熠熠。

卫真抬头远望宫墙楼阙，摇头道：“建章宫里千门万户，这可就不好找了。”

司马迁问道：“秘道是否向正西？”

卫真闭着眼回想：“底下黑漆漆，当时心里又怕，只记得洞口是向西，直直走了一阵子，而后似向左折了……”

“从你来去的时辰看来，秘道并不甚远，出口应在建章宫东侧，兮指宫和骀荡宫这两处在最东头，离石渠阁最近。”

“我从门缝里张看，那间屋子并不很宽敞，倒像是宫人、黄门议事之处。”

“从宫中窃书，必不敢在正宫大殿里公然出入——”司马迁向来只在未央宫太常官署行走，建章宫只在建成时去过一两回，仔细回想了一下道，“我记得东墙内有一排房舍，或是在那里？”

“我得再去秘道走一遭，才能辨得准确些……”

柳夫人忙劝道：“那秘道不能再去，一旦被察觉，万事休矣！还是先去打问一下，建章宫东侧是哪些黄门主事。”

司马迁点头称是，命御夫伍德驾车回城。

卫真忙道：“既然已经出城来了，渭水之上，秋景正好，主公主母何不去游赏游赏？”

司马迁见妻子满面哀容、神色憔悴，心中涌起爱怜，伸手握住妻子的手：“你我很久没有一起出来走走了，今日天气晴好，且去赏一赏秋色。”

## 第十章

# 虞姬木椟

朱安世忍不住连声大骂，自己居然中了杜周奸计！

他见狗儿哭得可怜，没办法，只得等到天黑，把狗儿送到扶风城外，叫他自己走到城下，等天亮进城。

打马回到山洞里，虽然连日劳累，却哪里睡得着！手摸到光溜溜的下巴，更是怒不可遏。他越想越气，恨恨道："刘老彘！杜老鼠！这孩子我救到底了！"

话虽如此说，等气消了些，平心细想时，却不得不垂头丧气，现在再去救驩儿，比先前越发艰难。

眼下扶风城里必定监守更严，虽然杜周已回长安，减宣仍在，也是个老辣刽子手，不好对付。何况自己剃了胡须，又不能再扮黄门，光着一张脸，极易被人认出。思来想去，没有好办法。更何况驩儿此次被擒，实乃自己的过错。早知如此，前夜既已找到驩儿，何苦自作聪明，又让他回去?

正在气闷，忽然想起一人：东去扶风几十里，有一市镇名叫槐里，朱安世有一故友在那里，名叫赵王孙，是当世名侠，为人慷慨豪义。

他本不想让老友牵涉进来，但眼下独力难为，只得去劳烦老友了。

朱安世便乘着天未亮，骑了马，悄悄向东边赶去。到了槐里，晨光已经微亮。

朱安世当年曾与赵王孙约定，遇到紧急事，要访他时，为避人耳目，在镇西头大杨树上拴一条黑布带，打三个结，然后到镇外一处古墓等待。朱安世趁这时还没人出来，爬上那棵大杨树，在一根伸向路边的高枝上拴好布带，然后下树打马离开，走了二三里，到一处僻静低谷，找见那座古墓，便躲在残碑后面枯草丛中，让汗血马伏在草里，自己也坐着歇息等待。因为疲倦，不久便睡去了。

睡了一阵子，一阵簌簌响动将他惊醒，朱安世忙攀着残碑偷望，来人却不是赵王孙，而是一个女子，正拨开枯草走过来。

那个女子二十多岁，面容娇俏，体态妩媚，一对杏眼顾盼含笑，两道弯眉斜斜上挑。

朱安世认得，这女子名叫韩嬉，是秦国公主后裔。当年汉高祖刘邦攻破咸阳后，公主趁乱逃亡，流落到民间，隐姓埋名。韩嬉的母亲嫁了一个盐商，二十年前，朝廷下诏，不许民间制贩盐铁，盐铁从此收归官营。韩嬉父亲得罪当地豪吏，不但盐场被夺，全家也被问罪族灭。韩嬉当时年幼，幸得父亲的故交——一位侠士相助，将她藏匿起来，才得以存活。

韩嬉从小跟着那位侠士，四处逃亡，学了一身游侠飞盗的本事，因是个女子，又生得妩媚动人，因此名扬四海，不论游侠盗贼，还是王公贵族，都争相与她交接，以能得她片时笑语为荣。

怎么是她？

朱安世暗叫晦气，知道躲不开，只得站起身，从残碑后走出来。

韩嬉一眼见到朱安世，上下扫视一遍，目光最后停在朱安世下巴上，刚说了个“你”，一手指着朱安世下巴，一手袖子掩住嘴，呵呵呵笑起来。朱安世被她笑得难堪，又不好发作，皱着眉头瞪着她。韩嬉见他这副神情，笑得更加厉害，也顾不得掩嘴了，双手捂着腹部，直笑得弯下腰，几乎瘫倒。

朱安世恼火道：“笑什么！”

韩嬉勉强收住笑：“莫非你在宫里……”

朱安世气哼哼道：“莫乱猜，是我自己剃的。你来做什么？”

“剃了好，白嫩了许多，以后进宫就更便易了。”韩嬉一边笑着，一边从怀里抽出一条黑布带，上面打着三个结，正是朱安世刚才挂在树上那根。

朱安世气道：“怎么在你手里？”

半晌，韩嬉才算止住大笑，抿了抿笑得散乱的鬓发，直直盯着朱安世的眼：“多年不见，故友重逢，怎的没一句暖心的话？这样狠声狠气，不说你欠了我，倒好像我欠了你一般。”

朱安世知道她难缠，勉强笑了一下：“你找我做什么？”

韩嬉仍盯着朱安世：“明知故问，我可是追了你好几年了。”

朱安世哈哈笑起来：“你还记挂着那匣子？”

韩嬉眉梢轻扬，伸手摘了身边一朵小野菊，轻轻捻动，杏眼流波，望着朱安世道：“是我的东西，永远是我的，千里万里，千年万年，也要讨回来。”

朱安世笑道：“那匣子上又没有刻你的名字，怎么就成你的了？那本是虞姬之物，谁有能耐谁得之，我又不是从你手里夺的。”

二人说的“匣子”是项羽爱妃虞姬盛放珠宝的木椟。当年项羽杀入咸阳，尽搜秦宫宝藏，拣选了最稀有的珠宝珍玉，赏赐给虞姬。垓下之战，虞姬自刎，项羽自刭，高祖刘邦为安抚项羽旧部，厚葬项羽，并将虞姬与之合葬，虞姬的珠宝木椟也随葬墓中。有个盗墓贼盗了项羽墓，得了这个珠宝木椟，要送给韩嬉以求欢心。朱安世无意中得知了这个消息，于半路盗走，送给了自己妻子。

韩嬉轻嗅小菊，幽幽道：“我爱上哪样东西，哪样东西就是我的。”

朱安世知道她的性子，便谎称道：“那匣子几年前就早已经丢了。”

韩嬉纤指拈下一片花瓣，微微撮起红唇，吹了一口气，将那片花瓣吹向朱安世脸上：“丢了也有个落处。”

朱安世伸手拂开花瓣，仍笑着道：“我另找一件好东西赔你。”

韩嬉又捻动那朵小野菊，轻叹道：“今日今时今地，这朵花就是这朵花，哪怕一万朵兰蕙，也抵不过眼前这一朵。”

朱安世虽然不耐烦，但也只能赔笑道：“我现在有急事要办，等办停当了，一定找回那匣子，原样奉还。”

韩嬉嘴角轻轻一撇：“哟，又来跟我打鬼旋儿。”

朱安世干笑了两声：“我怎么打鬼旋儿了？”

韩嬉冷笑一声：“你不用再遮掩，我知道那匣子现在哪里。”

“在哪里？”

“在你家的妆奁柜子里。”

朱安世见她说到妆奁柜子，暗暗心惊，看来她早已知道实情，只得赔笑说：“你既然知道，那就更好了。等我办完手头这件事，立即回家取了来，奉还给你。”

韩嬉听了，忽然扭头唤道：“赵哥哥，你听见了？你出来吧，给我们做个证见。”

话音刚落，不远处一棵树后走出一个胖胖的中年男子，是赵王孙。

朱安世立即明白：定是韩嬉缠着赵王孙，让他先躲在树后。

赵王孙呵呵笑着走过来，见到朱安世光溜溜的下巴，也觉得好笑，怕朱安世难堪，便故作厉色道：“惹了滔天大祸，不骑着那胡驴子赶紧逃命，还敢来找我？”

赵王孙是当年赵国王族后裔，被秦灭国后，其祖沦为庶民，朋友间都不叫他名字，只叫他赵王孙，后来连他本名都忘了。

朱安世忙拱手一拜，诚恳道：“碰到一件扎手的事，我一个人实在对付不了，才来向赵大哥求助！”

赵王孙哈哈笑道：“快活的时候不见你，有事就想到赵大哥了？”

朱安世知道他是在打趣，不过想到驩儿本就在被官府追捕，又出现那些蒙面刺客，虽然不知道底细，但看身手作派，又敢闯劫府寺，来路定不寻常。此事干系不小，实在不该让赵王孙牵连进来，因此心中着实生愧。

赵王孙又笑道：“那马呢？让我也开开眼！”

朱安世轻声打个呼哨，汗血马从残碑后站起身，迈步走了出来，赵王孙抬头看见这匹神驹，不由得赞叹：“果然名不虚传，一生亲见汗血马，不枉英雄千里驰。”

朱安世道："我还故意弄污了它，剪残了它的毛，若是洗刷干净，毛发长齐，那才真正是天马凌风。"

韩嬉笑道："我正在想这几年子钱[1]该怎么算呢，这匹马还好，勉强可以抵过。"

朱安世拍拍马颈说："我逃命全仗着它了。"

韩嬉斜睨而笑："你怎么逃命我不知道，但你要骑了它，只有死路一条。为了我那匣子，我劝你还是舍了这马。"

赵王孙也道："嬉娘说得是，现在全天下都在追查这匹马，哪怕污残了，到底是天马，不难认出。你盗其他东西还好，偏偏盗这匹马，等于骑了个大大的'盗'字在路上跑，你这顽性也太大了些。"

朱安世闻言，叹了口气。刺杀天子未果，他胸中始终难平，心想总得杀杀刘彘威风，刘彘既爱汗血马，就盗走汗血马。这一节他不愿启齿，只道："我哪里是顽？你没跟着那李广利西征，哪知道其中的辛酸气闷？为夺西域良马，六万大军征伐大宛，那些将吏个个贪酷，克扣军粮，凌虐士卒。等攻克大宛，士卒死了上万，一半战死，一半竟是饿死。上万性命最后只换来十匹汗血马。一匹马值一千人性命。大军回来，那刘老彘不但不罚，反倒将他的小舅子李广利封为海西侯，将吏封赏上千人，那些士卒却只拣了条残命回乡。我不盗他一匹马，实在泄不去心里一团火。"

赵王孙闻言叹息，韩嬉却笑望着朱安世道："你盗走一匹，他就能再去夺十匹，又得赔上几万条性命。"

朱安世听她说得其实在理，这普天之下，只要刘彘想要，几乎没有什么他得不到。自己与他对抗，只如蚂蚁搏猛虎。念及此，顿时郁闷丧气。

赵王孙察觉到，笑问："你不远远逃走，来找我做什么？"

"忙中添乱，揽了一桩事，缠住我，解不开，所以才来向你求助。"

"可是扶风城那小儿？"

"你怎么知道？！"

"这两日到处风传你的事迹，连杜周都被你戏耍了，受你牵连，我

1 子钱：利息。汉代把高利贷商称作"子钱家"。见《史记·货殖列传》："长安中列侯封君行从军旅，赍贷子钱，子钱家以为侯邑国在关东……"

们这里家家户户都被搜查。那小儿究竟什么来历，你为了他闹这么大动静？”

“我也不知道他什么来历，只是受人之托，那孩子又乖觉可怜，撂不下手。”

“你也算尽心尽力了，况且你本身就已担了灭族之罪。”

朱安世低头叹了一声道：“嗐！前次本已经救出了那孩子，结果我一时考虑不周，又误中了杜周的奸计，害那孩子又被捉回去。事由我起，怎好不管？况且你我都是做父亲的人，怎么忍心见人家孩子受这个苦？只是我一个人应付不过来，又犯蠢，剃了胡须，更加不好行动了。”

韩嬉听他说到胡须，又呵呵笑起来。

赵王孙也忍不住笑道：“你现在这个样子的确不能再露面了，你权且在我这里躲一阵，至于那小儿，我听说你的消息后，已经派人去扶风打探，午后应该就回来了，到时我们再商议。”

三人正说着，一个人拨开荒草走了过来，朱安世认得，是赵王孙的管家。那管家也一眼就看到朱安世的下巴，一愣，不敢笑，忙拱手垂眼拜问一声，又向赵王孙禀告：“衣服取来了，庄客已在外面等候。”说着将手中一个包袱递给朱安世。

赵王孙道：“槐里有公人巡查，去不得，你先到我庄子上躲一躲，这是一套庄客的衣服，你换了吧。”

朱安世接过衣服，道声谢，便要脱衣服，忽想起韩嬉在一边，忙躲到残碑后面去换衣服。

韩嬉笑道：“哟，还害羞呢。”

赵王孙和管家一起笑起来，朱安世顿时涨红了脸，扭头道：“嘿嘿，你不羞，我一个男儿汉羞个什么？”便不管她，大模大样脱下外衣，换上布衣，将换下来的衣服包在包袱中。

赵王孙道：“趁天还早，路上人少，快些走吧。”

四人一起离了古墓，出了山谷，来到路上，十几个庄客骑着马等在路边，赵王孙教朱安世骑了汗血马，混在庄客队中，一起赶往农庄。

******

成信押着驪儿到了市口。

他先挑了百十个精干卫卒，都装扮作平民，在街口周围巡视、楼上楼下潜伏。又分遣人马，埋伏在城里城外，日夜轮值，一刻不休。四面城门则照平日规矩，任人进出。

布置已定，叫人找来一根木桩，拿了一根粗绳，亲自押着驪儿到街口，将木桩竖起在市口街中央，命卫卒拿绳索将驪儿牢牢捆绑在木桩上。

人们见一个小童被绑在木桩上，都觉得奇怪，但看风头不好，不敢驻足，更不敢近前，都远远避开。本来这街口人流如织，这时却顿时冷冷清清，只有那一干卫卒不时装作路人往来。

守了一天一夜，并没有动静。

第二天清晨，东城门才开，门值见一个小童独自走进城来，抓住一问，原来是装扮驪儿的狗儿，忙送到成信那里，成信又急忙领到减宣面前，一起盘问。狗儿说：盗马贼夜里送他到城门前，然后骑马飞快地走了。至于其他，一概不知道。减宣只有命人送他回家。

一连三日，街口上始终不见动静，成信有些焦急，减宣也暗自忐忑，但又想不出更好的计策，便仍命成信继续严密监守。

# 第十一章

# 高陵之燔

伍德驾了宅中厢车，载着司马迁夫妇，驱动车子，向北缓缓而行。

一路秋风舞秋叶，来到渭水之上，两岸秋树红黄，一派秋水碧青，日暖风清，让人胸襟大开。

伍德听司马迁赞叹，便扯辔停了车，司马迁扶妻下车，让伍德歇车等候，夫妻二人并肩沿着河岸，漫步向东游赏，卫真在后面紧随，不时说些趣话逗两人开心。

走了一阵，对岸看到高祖长陵，北依九嵕山、坐镇咸阳原，陵冢形如一只巨斗，倒覆于土塬之上，俯览着长安城。

卫真笑道："太祖高皇帝不放心自己的子孙，把陵墓端端建在北边高地上，日夜望着长安，从驾崩到今，望了九十五年了，他看着儿孙作为，不知道中意不中意。"

司马迁和柳夫人听到"儿孙"两个字，触动心事，都黯然神伤。

卫真见状忙岔开话题："听说当年高皇帝最厌儒生，听人谈及儒术，必定破口大骂。如果有客戴着儒冠来见，他必要夺扯了客人儒冠，扔到地下，当着众人面，溺尿在里面。当今天子独尊儒术，高皇帝在墓里见到，不知道这三四十年骂了多少。"

司马迁摇头道："你只知其一，不知其二。高帝生性粗豪放荡，群臣也多起自草莽，登基之后，把秦时苛繁礼仪全都废除，君臣之间素来言语随意。但平定天下之后，大宴群臣，大臣在席间饮酒争功，妄呼乱叫，甚至拔剑击柱，丑乱不堪，高帝这才深以为患，却也无可奈何。当时有儒生叔孙通[1]，上奏高帝，愿为制定朝仪，高祖应允。叔孙通召集鲁地儒生三十人，共定了一套礼仪，训练群臣。恰恰是整一百年前，长乐宫建成，群臣朝贺，叔孙通演示朝仪，诸侯群臣全都震恐肃敬，无人敢喧哗失礼。高帝见了大喜曰‘吾乃今日知为皇帝之贵也’。当朝兴儒实始于此。”

卫真听了，笑起来：“当初楚霸王项羽攻入咸阳后，要引兵东归，说‘富贵不归故乡，如衣绣夜行，谁知之者！’有人笑他是‘沐猴而冠’，长乐宫那天朝贺，可谓是数百只猴子一起冠戴起来装模作样。”

司马迁苦笑一声道：“孔子在世时就曾深叹——‘人而不仁，如礼何？’礼之本，在爱人敬人，如果心中不仁、胸怀不敬，礼则徒具其表，自欺欺人。礼越多，诈伪越多。大兴礼仪，其实是在教天下人一起说谎瞒骗。”

“怪道人们常说‘宁要真骂，不要假笑’。”

司马迁点头叹道：“孔子本是一片救世仁心，后世只顾穿戴一张儒家之皮，儒者之心却渐渐丧尽。”

两人正在议论，柳夫人望着对岸长陵，忽然问道：“延广那帛书上是不是有什么‘高陵’‘高原’的句子？”

卫真忙答：“有！有一句‘高陵上，文学燔’！难道‘高陵’是指高祖之陵？”

司马迁连连点头：“有这可能！第一句‘星辰下，书卷空’，指明《论语》失窃秘道，这一句莫非是说《论语》下落？”

卫真问道：“‘文学燔’该怎么解释呢？”

司马迁答道：“‘文学’是文雅之学，今世专指儒学。‘燔’者，焚也，是焚烧之意。陵墓之上，也有燔祭，焚烧柴火或全兽，祭拜先祖。”

“难道《论语》被盗之后，送到长陵来烧了？”

“冒天大风险挖秘道，费尽心思辛苦盗出，为何要烧？何况长陵有人

---

1 叔孙通（？—约前194），秦末汉初期儒家学者，曾协助汉高祖制定汉朝的宫廷礼仪，先后出任太常及太子太傅。详见《史记·叔孙通传》。

看守，哪里不能烧，非要拿到长陵来烧？”

“莫非盗书人深恨儒家，所以才去盗书焚毁？”

“现在天下人人学儒，争先恐后，读书之人尽都收藏儒经，哪里能烧毁得尽？何况秦宫《论语》用古字书写，遍天下也找不出几个能识的人。即便深恨儒家，也不必烧这一部。”

两人议论半天，找不出头绪。也走得乏了，就慢慢回去，坐车返家。

柳夫人在车上道：“听你们说‘高陵燔’，我倒是想起了一件旧事，我家原在关东，后被迁徙到长陵邑，儿时曾亲见长陵便殿遭过一场大火，当时我才七八岁，那火烧掉了大半个殿，浓烟升到半空里。人都说这火来得古怪，议论纷纷，说是天谴，当时听着心里怕得很，虽然隔了三十多年，记得却格外牢。”

司马迁道：“我也记得这事。那年我十一岁，第一次随着父亲进京，当时长安城里也有许多人在议论，长陵令以及陵庙属官全都被处斩。”

“我父亲有位好友当时任长陵圆郎，正是因这场火，被问罪失职，送了命。一场火，死了多少人，却并不是被火烧死。我还记得那火灾是在四月春末，只隔了一个月，窦太后就崩了。又有人说那火灾是个征兆。”

“窦太后？！”司马迁心里猛地一震，忽然想起了什么。

******

赵王孙派家人去扶风打探了消息回来：“减宣把那孩子绑在市口，显然是设下陷阱等人去投。现在扶风城外松内紧，到处都是伏兵，要救那孩子，千难万难。”

朱安世听说驩儿还活着，稍放了些心，但想到他小小年纪，却要遭受这些折磨，不由得骂道：“可恨！竟拿一个小孩子做饵！”

赵王孙也摇头叹息：“汉兴百年以来，吏治一直都还清俭，直到当今天子重用酷吏张汤，这吏治才日渐严酷起来，后来为官做吏者都效仿张汤。张汤虽然执法严酷，倒还能清廉自守，不避权贵。那张汤后来被诬告纳贿，自杀身亡，死后家产却不过五百金，还都是天子赏赐，此外再无余产。再看今世，赵禹、王温舒、义纵、杜周、减宣……哪一个不是既酷又贪，变本加厉，愈演愈烈。无罪都要尽力牵连攀扯，何况有罪之家的妇孺？不说别人，你和嬉娘不都是侥幸得活的遗孤？你救的那小儿，据我猜测，恐怕也是罪臣之后。”

朱安世气闷无比，一掌重重拍向几案，案上酒壶酒盏都被震翻，酒水四流。他圆睁着眼怒道：“祸根不在这些酷吏，罪魁还是那刘老彘。若不是他纵容，这些臣吏哪敢这样放肆猖狂？早知如此，那日就该杀了刘老彘！”

赵王孙和韩嬉听了都张大眼睛，十分纳闷，朱安世这才大略讲了讲那日在宫中行刺经过。

赵王孙听罢，不由得吐了吐舌头：“幸好你没有动手，否则这天下已经大乱了。”

朱安世反问：“难道现在还不够乱？刘彘继位以后，奢侈无度不说，连年争战，耗尽国库，只有重敛搜刮，又滥用酷刑。别说寻常百姓，就是王侯之家、巨富之族，哪年不杀上千上万人？我倒不与这些人交往，赵老哥你交往的那些官吏富户，现在还剩多少？”

韩嬉扶起酒壶，放好酒盏，用帕拭净几案，重新满斟了一杯酒，双手递向朱安世，笑道：“歇歇气，歇歇气！那天你就算真的得了手，也并不好。”

朱安世接过酒杯，皱眉问：“怎么不好？”

韩嬉笑道：“你想，杀了刘老彘，还有刘大猪，杀了刘大猪，还有刘小豚，刘家子子孙孙有多少？你还是改行做骟工算了，与其斩头，不如骟根，绝了刘家的户，那才叫一了百了。”

赵王孙笑道：“这个法子仍根治不了。”

朱安世和韩嬉同问：“怎么？”

赵王孙道：“骟了刘家，还有王家、朱家、吕家、霍家……这天下迟早还是要被某一家占了，到了这地位，恐怕谁都一样。就拿我家来说，倘若当年我赵国胜了秦国，赵王做了皇帝，恐怕也不会比秦始皇好多少。就算有一两代天子能贤明仁慈，谁家能保证子孙代代贤良？就像当今的刘家，高祖虽然出身无赖，当了皇帝，倒也没有什么大过，文帝、景帝，都还清静节俭，轻徭薄赋，与民休息，天下过了几十年还算清静的日子，到了当今天子，说起来胸怀见地，远胜前代，文治武功，天下繁盛，但就像朱兄弟所言，他对外连年穷兵黩武，对内搜刮杀伐无度，如今官吏贪酷，民间怨怒……”

朱安世问：“照你说来，就没有法子治得了这病？”

赵王孙摇头道：“诸子百家我也算读了一些，平日无事时，也常思寻，却没想出什么根治之法。”

朱安世低头闷了一会儿，抬头一口饮尽杯中酒，道：“这些事我也管不得许多，眼下还是商议怎么救出那孩子。”

赵王孙又摇头道：“看眼下情势，想救那孩子，像是去沸油锅底取一根针，难，实在难。”

朱安世自己又斟了一杯酒，一口吞下，道：“实在不成，只有舍了这条命，冲进去，救他出来！”

赵王孙摇头道：“不好，这样硬冲，不但救不了那孩子，反白白搭上你一条性命。”

朱安世闷头连饮几盏：“那孩子被捉，是我的错，若那孩子有个好歹，我下半辈子也过不安生。”

赵王孙劝道：“还是从长计议，想必会有法子——”

韩嬉抿着嘴，略想了想，随即眼波流动，笑道：“你们这些男人，只会硬来，不会软取。其实这点子事有什么难？若是我出马，定会叫那减宣乖乖交出那小毛头。”

朱安世大喜：“哦？你有什么好手段？”

韩嬉笑盯着他问：“如果我救出那小毛头，你拿什么谢我？”

“不管你要什么，我保管替你找来。就算你想要那刘老彘的七宝床，我也有本事给你搬出来。”

“那匣子的账都还没了，你先不要耍嘴赖账。匣子是旧账，现在是新账，你可不要蒙混过去。”

“那匣子一定会送还给你。若你真能救出那孩子，今后不管你要什么，我给你找了来就是了。”

“赵哥哥在这里，话是你说的，今后不许赖账！”

“我朱安世是什么人，会赖账？要什么，你尽管说！”

“我现在还想不出要什么，等我想出来再跟你要。”

赵王孙笑道：“我就做个证人。只是——你真有法子救出那小儿来？”

韩嬉纤指舞弄着一支筷子：“我自有法子，不过，还需要赵哥哥在扶风城里的朋友帮帮手。”

“这好说，我的朋友你尽管调遣。其实就算是仇敌，你嬉娘说一句，再笑一笑，谁会不听你的？”

“赵哥哥如今也学滑了，会说甜话儿了。”韩嬉呵呵笑起来。

朱安世忙斟了杯酒，双手恭恭敬敬呈给韩嬉：“赵老哥说的是实话，嬉娘果然是嬉娘，我老朱先敬谢一杯。”

韩嬉笑着接过酒杯，却不饮，盯着朱安世，眼露醉意，颊泛红晕，媚声道：“你可要记着，我韩嬉的债可不是好欠的，欠了我的，哪怕一根针一缕线，我这辈子都记得牢牢的，到死都要追回来。”

朱安世笑道：“等这些事都办了了，你哪怕要我这条糙命，也随你。”

韩嬉纤手举杯，袖掩朱唇，一口饮尽，而后倒倾酒盏，眼波如灼，盯着朱安世：“好！你这句话，跟这杯酒，我已经咽在肚里，流进血里，哪天了了账，哪天才能忘。”

赵王孙笑道：“老朱这次是掉进蜂巢里了，落在嬉娘手里，能甜死你，也能蜇死你，哈哈——”

韩嬉娇嗔道：“赵哥哥不但学滑了，更学坏了，这样编派我。”

朱安世心里也暗暗叫怕，但眼下救驩儿为重，日后如何，且边走边看，于是，不再多言，只是嘿嘿赔笑。

第二天清晨，韩嬉一大早就去了扶风城。

她随身只带了一些金饼铜钱和一个小小的笼子，笼子用黑布罩着，不知道里面是什么。

赵王孙和朱安世既好奇，又不放心，派了个机敏的家人偷偷跟去，查探内情。两人在农庄里饮酒闲谈，等候消息。

* * * * * *

第四日清晨，减宣在宅里刚睡醒，侍寝的妾室忙起身，开门要唤仆婢服侍，抬头却见门梁上垂下一条白锦，顶端插着把匕首，锦带上用朱砂写了五个血红的字：

饶你一命　朱

那侍妾不由得惊叫起来，减宣忙起身过去，看了锦条上的字，又惊又怒，寒透全身，立即喝人查问。

查来查去，毫无结果，正在气急败坏时，成信满面惶恐前来禀事：“禀告大人，那小儿……”

“被劫走了？！”

“没有，不过……”

“不过什么？”

“今早卫卒发现，小儿身上所捆绳索断了。”

“怎么断的？那小儿现在何处？”

“小儿并未逃走，只坐在木桩下。卑职刚才亲自去查看，绳索被齐齐割开，断成几截……天黑之前绳索还捆得好好的。”

“既然绳子断了，他为何不逃走？”

“卑职也觉古怪，问那小儿，他却一个字都不说，又不好用刑。”

“小儿身上藏有匕首？”

“前日捉到小儿时，卑职就曾亲自搜查过小儿，倒是搜出一把匕首，已经收起来了。绑上木桩时，卑职不放心，又细搜了一遍，小儿身上并无一物。”

“必是送饭的人做的勾当！”

“卑职就怕有人私通，只派卑职家中一常年仆妇送饭，且每次送饭，都有两个兵卒监守着一起去，街口上日夜都有卫卒监看，并不曾见有其他人靠近那小儿。”

减宣气得无言，愣了半晌，才取出门梁上挂的那条锦带：“这是贼人昨夜挂在我门前的，你一并给我查问清楚。当年王温舒赞你如何如何能干，怎么到我这里竟成了个废物！”

成信只有连声道：“卑职该死！”

“你死何足道哉！但死前先把这事给我办好，将盗马贼给我捉来！”

* * * * * *

司马迁回到长安，忙带着卫真，去天禄阁翻检史录。

果然，建元六年四月，高祖长陵旁高园便殿遭火灾，大殿被焚，天子还为之素服五日，距今已三十五年。同年五月，窦太后驾崩。

窦太后是汉文帝皇后、景帝之母、当今天子祖母，历经三朝。她出身贫寒，素知民情疾苦，又信奉黄老之学，深喜《老子》一书，一生厌恶儒学。时常劝谏文帝节俭持国、清静待民，实行无为而治。景帝时，窦太后曾召问儒生辕固生[1]，让他品评《老子》，辕固生直言嘲笑《老子》是家下妇人之言。窦太后大怒，令辕固生到兽圈中与野猪搏斗。景帝在旁不敢违抗，见辕固生身单力薄，便偷偷送了他一把匕首，辕固生才刺死野猪，幸免于难。此后，再无人敢言儒学。

当今天子继位后，起用赵绾为御史大夫、王臧为郎中令，欲兴儒学，两人劝天子不必事事上奏太皇太后，窦太后闻言大怒，将赵绾、王臧下狱，两人在狱中自杀，窦太后又罢黜了支持儒学的丞相窦婴、太尉田蚡，兴儒之事因此搁下。

直到继位六年，窦太后驾崩，当今天子才得以自行其道，命田蚡为丞

1 据《史记·儒林列传》记载，辕固生为西汉齐人，精于《诗经》，景帝时为博士，为人廉直。武帝时，以贤良征固，遭人谗忌，罢归。曾正言教导公孙弘：“公孙子，务正学以言，无曲学以阿世。”

相，诏举贤良儒者，重用公孙弘、董仲舒等，罢黜百家，独兴儒学。

司马迁又查火灾原因，史录中并没有记载，只有董仲舒一篇文章谈及这场火灾。当时董仲舒归居在家，听闻此事，发了一篇议论，说此事是上天降灾警示天子，应该诛杀奸佞贵臣，才能息天之怒。草稿才完成，被政敌无意中看到，偷偷窃走，密告给天子。天子拿这文章给左右大臣看，董仲舒弟子吕步舒当时在座，不知文章是出自老师之手，说此文大愚，言有讥刺。天子听后命将董仲舒下狱，其罪当死，后又下诏赦免，董仲舒才保住性命，从此不敢再言灾异。[1]

司马迁边查阅史料，边反复默诵那句“高陵上，文学燔”，始终查不出其中关联，只得释卷回家。

路上，卫真道：“这一年儒学才刚刚振兴，帛书上那句却说‘文学燔’，恐怕说的不是这一年的事情？”

司马迁道：“如果窦太后没有驾崩，儒学哪有可能振兴？窦太后一生厌恶儒学，见当今天子有兴儒的念头，恐怕不会轻易让其得逞。”

卫真瞪大了眼：“难道是窦太后知道自己将不久于人世，为防止天子兴儒，烧了儒经？”

司马迁点头沉思道：“秦始皇曾焚烧诸子百家书籍，又颁布禁民挟书律。汉兴以后，二世惠帝废除挟书律，自此民间才可藏书读书。窦太后驾崩之后，儒学日盛一日，天子又采纳公孙弘建议，在民间广收藏书，献书于朝廷能得重赏，儒家古经价值陡涨，人人求之不得，哪里再会有‘文学燔’？如果儒经真的被焚，的确只可能是在窦太后驾崩之前。高祖长陵这一年发生火灾，一个月后窦太后就驾崩，恐怕并非偶然。”

“只可惜没有真凭实据。”

“凡事再隐秘，总会有蛛丝马迹留下，慢慢查寻，应会找出一些迹象。”

---

1 《汉书·董仲舒传》中记载：“长陵高园殿灾，仲舒居家推说其意，草稿未上，主父偃候仲舒，私见，嫉之，窃其书而奏焉。上召视诸儒，仲舒弟子吕步舒不知其师书，以为大愚。于是下仲舒吏，当死，诏赦之，仲舒遂不敢复言灾异。”

# 第十二章
# 巫术异法

朱安世坐立不安："那韩嬉不是在戏耍我们吧？"

赵王孙笑道："嬉娘看似轻薄浮浪，其实心思缜密、手段高超，又会魅惑团笼人，但凡男子，见了她无不愿意效力，她要什么，向来难得落空。"

"你这么夸赞她，莫非也被她迷住了？"

"哈哈，男子见了她，能不为之心荡神迷的恐怕不多，难道你就不动心？"

"嘿嘿，动心真是没有，只是我见到她，不知怎的，心里始终有些怕怕的。活了这三十几年，能让我老朱怕的人，除了我那妻子，也只有这韩嬉了。"

"嗯，我倒忘了你那贤妻，不论美貌还是聪慧，她比韩嬉毫不逊色，若论起贞静贤淑，还更有胜之。"

"嘿嘿！"说到妻子，朱安世心头一热，不由得笑着叹口气。

"你们夫妻已分别三四年了吧？"

"差十来天，就整四年了。等救了这孩子，我就去寻她母子。"

"你盗那汗血马，恐怕也是因为归心似箭吧？"

"嘿嘿，确实是想尽快找见她母子。"

"不过，我倒有句话，这汗血马太惹眼，你不能再骑了。"

“我本是想骑到北地草野无人烟处，放了它，让它自在去跑去活。眼下看，不如送给你。”

“哈哈，这礼太重，我不敢收。骑又不敢骑，只能藏在宅子里看，要它何用？它刚刚在马厩里叫了两声，我听到都心惊。”

“韩嬉想要它，那就送给韩嬉？”

“韩嬉也只是说说而已，这马现在不是汗血马，倒是块大火炭，沾到谁就烧谁。这两天就暂且藏在这里，等韩嬉救了那孩子出来，再商议。”

“好，不过还有一事要拜托你。”朱安世忽然想起心事。

“那孩子？”

“嗯，那孩子不能再跟着我了，等救他出来，赵大哥能否替我将他送到长安？”

“好，我也正是这样想。”

******

成信回去，一肚子怒火无处释放，想起当初自己缉拿盗贼罪臣，南杀北讨、东追西逐，不管贵戚豪富，还是强犯大盗，见了自己莫不惊惶逃窜，何等威风？现在却因这盗马贼，屡屡挫败，受尽责骂。

百般想不过，成信便命人把昨夜当值的所有卫卒全都吊在庭院里，亲自执鞭，一个一个拷打，打得手软，才唤手下继续。那些卫卒已经受过拷问，这时痛上加痛，更加鬼哭狼嚎、声震庭宇，拷问了半日，却没有一个知道绳索是如何断的，更不知道那白锦带从何而来。

成信无可奈何，只得到东市街口，又亲自细搜小儿身上，衣缝都查遍了，也没找到什么东西，命人仍捆绑结实。自己来到街边一家酒楼上，选了间窗口正对着街心的房，亲自坐镇看守。

仆妇送饭时，成信又下楼到街口，亲眼监督那仆妇给小儿喂饭饮水。到了木桩前，却见那小儿又闭着眼，嘴里急速念念叨叨，仍听不清楚在念什么。仆妇拿汤匙舀了粥，唤小儿张嘴，小儿却继续念叨着，成信大声喝他，他也不理。过了半晌，他才睁开眼，张开嘴，一口一口吃了。成信盯着他吃完，才又回到楼上。

坐守一整天，并没有看出任何异样。

黄昏时分，信使忽然来报，命成信即刻去见减宣。成信吩咐卫卒继续当心监看小儿，自己忙赶到减宣宅中，只见宅外卒吏密密围定，进到宅里，四处一片扰攘。到了中堂，见减宣正在咆哮，不知道又发生了什么大事，心里慌恐，低头躬身小心进去。

减宣见成信进来，并不说话，怒气冲冲将一件东西扔到地下。

成信忙捡起来看，又是一条锦带，不过湿答答的，浸透了水，上面仍是用朱砂写了几个红字：

再饶你一命　朱

成信闻到锦条上散出汤羹味道，大惊："这锦带在大人汤饭中？"

减宣身边侍丞道："刚才大人用饭，喝莲子羹时，吃出一颗蜡丸，剖开一看，里面藏了这锦带。"

成信小心道："当是厨灶及侍餐婢女所为。"

那侍臣答道："相关人等已经全部拘押拷问，目前还无头绪。"

"或是外贼潜入？"

"今早自发现了那门梁上锦带，宅内外皆布置了重兵把守，外贼如何能进来？"

成信不敢再言，低垂下头，躬身听候吩咐。

减宣这时气愤稍平："这定是那盗马贼为劫走那小儿，故造声势，街口可有动静？"

成信忙答："卑职亲自监看了一整日，丝毫不见异常。"

"我这里自有人来查办，你快回街口，片刻不能离开，睁大眼睛看着，不要中了那盗贼诡计！"

"是！卑职告退！"

成信火急赶回街口，那里一切照常，仍无动静。

这时夜幕渐起，成信命人在木桩上悬挂一只灯笼，光照着小儿，顾不得困倦，上了楼，到窗边，继续亲自监看。

夜色渐浓，街头寂寂，除了偶尔飘过几片落叶，爬过一只老鼠，没看到丝毫动静。

熬到后半夜，成信实在熬不起，便吩咐卫卒严密监视，自己躺下歇息。睡了不一会儿，就被卫卒急急唤醒："大人，那绳索又断了！"

成信慌忙起身，到窗边一看：小儿坐在木桩下，绳索散在地上。

他急忙跑下楼去，奔到街口，见那小儿圆圆的黑眼睛露着笑意。士卒捡起断绳呈过来，成信接过来查看，仍是齐齐割断。

身边侍卫小声说："街市上人们都纷传这小儿会巫术，恐怕是真的。只要到饭时，他就闭起眼，嘴里念念叨叨，莫非是在念咒语。"

成信心里也狐疑，却不答，只吩咐另拿一条绳索，重新将小儿捆绑起来。那小儿听之任之，眼里始终露着得意。成信看着恼火，却又没有办法。呆看了半晌，看不出什么，只得又回楼上监看。

监守到天亮，再无异常。

******

柳夫人亲手置办了些精致小菜，温了一壶酒，端上来摆好，让司马迁将那事暂放一放，先宽怀畅饮几杯。

司马迁笑着道声谢，坐下来，举杯要饮，忽又放下，另满斟了一杯酒，让妻子也坐下同饮。

夫妻两个很久没有这样对饮过，举起杯，相视一笑，虽然日夜相伴，此刻却像是分别多年、忽然重逢一般，心中都感慨万千。

司马迁望着妻子郑重道："此杯敬谢上天，赐我一位贤妻。"

柳夫人也笑道："愿我能陪夫君白头一起到老，有朝一日父母子女能重新团聚……"话未说完，眼泪已滚了下来，忙放下杯，举袖拭泪。

司马迁温声安慰道："你我难得这样清闲同坐，今天就把心事都放下，好好痛饮几杯才是。"

柳夫人点头举杯，两人一饮而尽，柳夫人拿壶添酒，司马迁伸手要过壶："今天我来斟酒。"

两人连饮了几杯，想说些什么，却都不知从何说起，竟有些尴尬，互相看着，忍不住一起笑起来。

窗外秋意萧瑟，这一笑，座间却忽地荡起一阵春风，暖意融融。

司马迁伸臂揽住妻子："你可记得？当年我们初见时，便是这样笑了一场。"

柳夫人闭起眼，笑着回忆："那时，你连胡须都没长出，一个呆后生，愣头愣脑盯着我，眼睛也不回避一下，像是从没见过女子一样。"

"哈哈，我自小一直在夏阳耕读，见的都是些村姑农妇，十九岁才到了长安，看什么都眼晕，何况见了你？"

"你是因为见了我才这样呢，还是只因为见了长安的女子？"

"当然是因为你，见你之前，我已见到过了许多长安女子，见了你之后，眼里再见不到其他女子了。"

"看你平时木木讷讷，今天喝了点酒，舌头居然转得这么甜巧了。"

司马迁哈哈笑着，将妻子揽得更紧："你是我父亲给我挑的，他临终还告诫我，要仔细珍重你，不可负心。"

柳夫人笑着叹息："是我命好，嫁个好丈夫，更遇到好公婆，二老当年——"

"对了！我怎么居然就忘了！"司马迁忽然想起一事。

柳夫人吓了一跳，忙坐直身子："你想起什么了？"

"父亲当年留下的书札！他曾经说起过天禄阁丢失古书的事情，他在书札中应该记有这事！"

司马迁忙叫了卫真，去书屋翻检父亲司马谈所留书札。

父亲做事谨细，书札都是按年月整齐排列，司马迁只扫视片刻，就找到建元六年的书札，打开书简，一条条细细查看，读到当年八月，果然看到一条记录：

天禄阁古书遗失九十五卷，其中孔壁古文《尚书》《论语》《礼记》《孝经》七十二卷，鲁地古文《春秋》二十三卷。

“果然！果然！可惜！可惜！”司马迁连声感叹。

柳夫人道：“看来那句‘高陵上，文学燔’所言非虚，只是这条记录是八月，而窦太后驾崩在五月。”

司马迁道：“可能父亲当时并未发觉，或者那几个月并未去天禄阁，所以晚了几个月才察觉古经丢失。”

卫真道：“这些古经若真是窦太后所焚，为何不在后宫悄悄烧掉，跑到长陵便殿，闹哄哄弄出一场火灾来？”

司马迁道：“窦太后当年虽然威势无比，却也怕留下焚书恶名。近百卷古经，在后宫焚烧，必定有人看见，借祭拜高祖，燔祭柴牲，在便殿里烧掉，则人不会起疑。至于火灾，恐怕是黄门宫女不小心所致。”

卫真道：“她烧这几十卷古经有何用？难道就能阻断儒学？”

司马迁又深叹一声，道：“你哪里知道？秦以后，经籍散亡，虽然民间还有一些私藏，大多残缺不全，更有一些是后人篡改伪作。这孔壁古文是孔子家族代代亲传，秦代禁民藏书，孔子第八代孙孔鲋将其家传古经藏于故宅墙壁中，才得以保留下来。直到景帝末年，鲁恭王毁坏孔子古宅，这些古经才复现于世。孔安国将这些古经献于宫中，藏在天禄阁里。这些孔壁古经是当世唯一真本全本。就以《论语》来说，孔子亡后，众弟子为其守孝三年，为纪念老师，教导后人，众弟子追忆孔子生平言论教诲，合编成《论语》。后来弟子们四散各国，各主一说，儒学开始分裂，知名的就有八家，各家传人不断添减自家《论语》。所以，今日我们所见《论语》中杂有孔子弟子及再传弟子言论。其实，最早编订《论语》时，各弟子哪敢妄自尊大，把自己的言论加入《论语》中？如今，孔壁《论语》已经被焚，《论语》原貌再也无由得见了，唉……”

卫真道：“虽然没有了古本，儒学照样还是兴盛无比啊！”

司马迁道：“如果这些古经真本真是窦太后所焚，她若地下有知，恐怕也要追悔莫及了。儒家本义在于‘仁义’二字，窦太后虽然嘴上恨儒，却一向奉行仁慈节俭，这不正是儒家之义？焚了古文真本，却让伪作大行其道，人人自言其理，争抢儒家正统地位，让人无从辨别，更难于反驳。看如今之儒，心中装的是什么？嘴里又道的是什么？”

柳夫人道："虽然我自己也身为妇人，却不得不说窦太后此举真是'妇人之见'，就像母亲怕孩儿被火烫到，就严禁孩子去碰火，可孩子天性好奇左逆，不让碰偏要碰，哪个孩子不曾偷偷玩过火？"

司马迁点头道："确实如火，火既可照明煮食，又可烧人焚物。任何一家学说，总是有利有弊。本来诸子百家，各有胜处，兼收并济，才能除漏去弊，臻于全善。当今罢黜百家、独尊儒术，已是故步自封、钳心障目，焚了古经真本，更是减除了儒家之益，倒生出重重弊端。"

柳夫人道："此事还有些疑窦未明，我昨天所说的那位长陵圆郎，他当年因火灾失职被斩，他的妻子如今却还在世，老伯母当年对我甚是疼爱，多年没见，我也正想去探望，借机打问一下，她也许还记得些旧事。"

* * * * * *

前两夜的消息早已传遍街市，人们纷纷来到街口看那小儿，街上人比平日多了几倍，又不敢靠近，都远远躲着议论。

成信只得又调集了几十个卫卒扮作平民，混在人群里监看。直到黄昏闭市时，人群才渐渐散去，却丝毫未见盗马贼踪迹。

又空折腾一日，到了晚间，成信疲惫之极，卫卒有轮值，他却不敢去歇，只能斜靠着，盹一会儿，看一会儿；看一会儿，又盹一会儿，从来没受过这等苦。又记挂着减宣那边，不时派人去打探，回报总是仍在查问，并无结果。

成信心想：监看太严，那盗马贼必不敢现身，这样何时能了？得留个缺口让他钻才好。于是吩咐东街巡查卫卒撤走，其他街上监看的便服卫卒均躲到两边房舍中，街上全都空出来。又派兵卒在市外密密埋伏。

木桩上也不再点灯笼，只在小儿身上及绳索上挂了些铃铛，只要一动，便能听见。

吩咐安排下去后，成信吃饱饭，少喝了些酒，命熄了灯，端坐窗前，静待贼人落套。

这时正值月半，月光皎洁，照得街头清亮。四周寂静，秋风掠过时，落叶瑟瑟飘下，铃铛微微响动，此外再无声息。除了夜半出来寻食的老鼠，也看不到任何影子。成信却不敢懈怠，强忍困意，继续屏息监视。

昏昏欲睡之际，忽然听见铃声齐齐振响，只见那小儿动了动身子，木桩上绳索随之滑落！

成信及其他卫卒都目瞪口呆，看着小儿伸胳膊甩腿，在活动身子，正在吃惊，却见小儿身后的木桩忽然晃了晃，居然齐根断掉，倒在地上！

成信轻声吩咐侍卫，所有人都不要妄动，侍卫忙去传令。

成信本来困倦已极，这时顿时清醒，睁大了眼继续盯着街心。那小儿活动了一会儿，却不走，坐到地下，向四周张望，像在找什么人。但很久都不见有人影，也再未出现什么异样。

一直盯看到天亮，成信才下了楼，到街口查看，小儿还抱膝睡着，绳索仍是断成几截，再看木桩，断面与地平齐，平展展的，像是锯子锯断的一般。成信本来还对鬼神巫术半信半疑，此刻亲眼目睹，不由得不信了。

这时，小儿也醒来，揉了揉眼睛，抬头望向成信，眼中又现出得意之笑。成信看着那双黑亮亮圆眼，心里不由得升起惧意。

侍卫在一边问道："大人，现在该如何处置这小儿？仍绑起来？"

成信这时心里毫无主张，又不好露出来，只装作没听见。

侍卫又问了一遍，成信怒道："急什么！"

# 第十三章
# 长陵圆郎

第三天清早，韩嬉回来了。

她满面春风，摇摇走进门，朱安世和赵王孙忙迎上去。

韩嬉用手帕轻拭额头细汗："快拿酒来，好好犒劳我一下！"

朱安世忙问："那孩子呢？"

韩嬉蹙眉娇嗔道："我累了这两日，也不问声好，道声辛苦，一心只顾着那小毛头。"

朱安世只得赔着笑，接她进屋，斟了一杯酒，双手递上："你辛苦了，请先饮这杯酒。"

韩嬉笑着接过酒，呷了一口："这才对嘛。"

赵王孙笑道："嬉娘就不要再吊着老朱了，事情办得如何了？"

韩嬉忽然瞪起眼道："你派了暗探跟踪我，这会儿又来问我？"

赵王孙笑道："哈哈，什么都瞒不过你这双慧眼，我们只是不放心，才派了那家人去城里看看，他至今还没回来呢。"

韩嬉慢悠悠道："你们不用等了，我给他派了个差事，正在扶风城里蹲着呢。"

赵王孙笑道："哈哈，我也正是这个意思，怕你需要人手。"

"哟！给个洞儿你就钻。我看你该改名叫'赵王鼠'！"

"哈哈，你连日辛劳，请再饮一杯酒。"赵王孙笑着执壶，给韩嬉添满了酒，才笑着探问，“想来事情已经办妥了？”

韩嬉举起杯，小口啜饮，半晌，才放下酒盏，笑望着朱安世：“你得再敬我一杯，我帮你又添了些名头。”

朱安世心里焦急，却不敢发火，又帮她满上酒，赔着笑问：“什么名头？”

韩嬉笑眯眯道：“那减宣一向心毒手辣，威名赫赫，我替你好好吓唬了他一场。”

朱安世不知道她在说什么，只得继续赔笑：“好！好！感谢嬉娘！”停了停，又问：“那孩子现在怎么样了？”

韩嬉轻描淡写道：“我已经安排停当，今日酉时，到扶风城南三十里午井亭接他。”

朱安世和赵王孙面面相觑，不明就里。

韩嬉又道：“不过还有一件事，我没跟你商量就定了。”

“什么？”

“你得用汗血马换那小毛头。”

******

减宣一夜未曾安枕。

虽然府宅内外都有士卒严密巡守，却觉着房里各个角落都有盗贼藏身，再加上府里人窃窃私语，都说那小儿是个妖童，夜里只要有一点轻微响动，他便立即惊醒。

天刚亮，信使就来回报昨夜街头又现怪事。减宣忙起身穿戴，命驾车去街口亲查。刚坐上车，一抬头，头顶伞盖内侧用细线挂着一小卷白锦。减宣忙伸手拽下，打开一看，上面血红几行字：

> 最后饶你一命，今日酉时将小童送至城南三十里午井亭，以小童换汗血马，若有伏兵，必取汝命！　朱

减宣忙收起来，坐在车上呆呆思忖：这盗贼神出鬼没，那小儿又古怪无比，监守如此严密，却能在自己宅里随意来去，饭食之中都能下手，他要取我之命，易如反掌，并不是虚言恐吓。况且，汗血马失盗，杜周负主要之责，我捉不到贼人，并非大过，就算捉到，也功归杜周。我何必为此担上性命！如果众人议论不假，那小儿一身邪术，更加可怖，招惹不得。贼人说以小童换汗血马，不知是真是假？如果是真，倒是求之不得，倘若是假，白白放了这小儿，我难逃私自纵贼之罪……

减宣盘算良久，猛然想出一条两全之策，便命车驾前往府寺，召集属臣前去议事，并叫人传令给成信，带那小儿到府寺中。

成信正不知该如何是好，接到减宣使令，忙命人押着小儿，很快赶到府寺，其他属臣都已聚齐。减宣命人仍将小儿关押到后院庑房中，严密看守。

减宣稍微定定神，道："接连五日，都不见那盗马贼现身，找不出他的踪迹，这样下去不是办法，你们有何良策？"

众人纷纷献策，减宣都摇头不语。后来兵曹掾史言道："水静才好钓鱼，城里四处都是卫卒，那盗马贼当然不敢现身，不如引到城外，假托将那小儿遣送到长安，那贼人必定会在半路劫夺，到时趁机捉他。"

减宣等的正是这个计策，却故意问："前日执金吾就是用这计策，反被那盗马贼得手，岂可再用这法子？"

兵曹掾史答道："贼人上次得手，必定志骄意满，正可借其得意，诱他落阱。而且上次失策有两个原因：其一，当时有执金吾大人在，正好被盗马贼胁持，逼住了卫卒；其二，人马埋伏在路两边，只顾捉拿，没有防备逃路。此次不要大人出马，不给贼人胁持机会，除路两边埋伏外，再细细查看地形，将所有逃路都派人守住，让贼人无路可逃。"

减宣点点头，又问："在哪里埋伏好？"

兵曹掾史答："东边驿道一路平阔，虽有树林，藏不了太多伏兵，不如北路或南路，都有山有河阻挡，逃路不多，又好埋伏。"

"既说押送小儿东去长安，如何又选南北路？"

"兵法云：虚者实之，实者虚之。那盗马贼狡猾之极，若不是已混入城中，则必定在城里有其耳目。卑职想了条稳妥计策，不愁那马贼不上当——先派一队兵马，用一辆厢车，再弄一个小儿替身坐在车里，出东门走大道，露些破绽给那马贼；而后再派一个人扮作平民，一人独骑，带着那小儿装作绕道走南路或北路，仍露些破绽给那马贼，马贼见了，必定得意轻敌，偷偷尾随真小儿。卑职在半路上埋下伏兵，小儿带到那里，故意下马休息，等马贼来劫，一举擒获。”

减宣大喜：“那就选南路，城南漳河口，左右河滩泥泞，只有一桥通南北。你速去部署，多带人马，多设几重埋伏。漳河南边是鄜县地界，我发书召鄜县县令，率人马前来协助。只是不知派何人带那小儿出城诱贼为好？”

成信闻言，忙躬身道：“卑职愿往。”

减宣更加高兴：“此是成败关键，也只有你能胜任。就这么定了，你们速去安排部署，时辰就定在黄昏酉时，成信带小儿到桥北口，等贼人出现，南北夹击。”

众人领命退下，各自去准备。

******

柳夫人乘车，卫真骑马护从，到了长陵邑。

当年那长陵圆郎虽然职位不高，但也算小富之家，长陵圆郎因为那场火灾被处死罪，其家也随之败落，如今住在窄巷中，一个仄暗的门户。

柳夫人下车，轻轻敲门，开门的是一位中年妇人，是长陵圆郎的儿媳张氏。

柳夫人忙笑着问候：“嫂子好！”

张氏愣了半晌才想起来：“柳夫人？原来是你！快快请进，有好些年头没见了，竟认不出你来了。浅屋陋房的，都没个干净地方让你坐……柳夫人今天忽然光临，有什么事吗？”

柳夫人忙道：“说哪里话？又不是外人。因为好久不见，来拜望一下老太太。”

“婆婆已经过世了。”

“哦？什么时候的事？”

“去年春天。”

柳夫人听了，说不出话，半晌才叹息一声：“竟是来晚了，都没看到老太太最后一面。她的灵位可在？我去拜祭拜祭。”

张氏引柳夫人进了堂屋，昏暗中见正面木桌上摆着两个灵牌。柳夫人忙走到桌前，跪在地下，想起儿时受过老太太的慈爱，诚心诚意，深深叩拜，心里默祷了一番，良久，才起身。

张氏问道：“柳夫人今天来，恐怕还有其他事情吧？”

柳夫人道：“本来还想问老太太一桩旧事，谁知她已作古……”

“什么事？”

“三十几年前，长陵那场大火。”

“那时我也还是个小姑娘呢，你就更小了。你问这个做什么呢？”

“倒也没什么，只是我丈夫编修史录，觉得其中有些疑惑，我想起老太太亲历过那场火灾，所以才来探问。”

“我婆婆在世时，也常常念叨那场火灾，说我公公是被人嫁祸，冤死的。”

“哦？她是怎么说的？”

“说火灾前几天，我公公就曾发觉事情有些古怪，那几天，每到半夜，就有几个人偷偷搬运箱子到高园便殿，藏在殿后的一间寝房里，一共搬运了有七八只箱子。他见那些人穿戴着黄门衣冠，知道是宫里的宦官，带头的一个看冠冕服饰，职位还不低，所以不敢去问，装作没见。白天趁人不在，他偷偷溜进去，打开那些箱子，里面全都是竹简。后来，到那天，高园便殿忽然起火，公公带人去救火，发现起火地点竟是那间藏箱子的寝房。公公怕那几只箱子里的竹简很贵重，便冒火冲进寝房里，火又大、烟又浓，什么都看不见，他随手乱抓，只抓到一根残简。不知道谁在寝房里外邻舍都浇了油，所以那火很快燃起来，根本扑不灭，把大殿都烧了。第二天公公就下了狱，被判失职，送了命。”

“那根残简还在吗？”

“在，我婆婆说那是公公冤死的证据，一辈子都珍藏着，却也从来没机会给人看过，更不用说申冤了。”

张氏说着走到灵牌前，从灵牌后面取过一条细长的布卷，打开布卷，里面一根旧竹管，管口用布头扎着，她解开布头，从竹管中倒出一根竹简，竹简已经发霉，一头烧得焦黑。

张氏将竹简递给柳夫人，问道："不知道这上面写的是什么？"

柳夫人接过竹简，见简上写了一行字，是古字，也认不得，便道："我丈夫大概能认得，这竹简能否借用两天？"

张氏道："都已经三十多年了，现在婆婆也去世了，我们留着它有什么用？柳夫人尽管拿去。"

柳夫人拜谢了，又寒暄几句，留下带来的礼物，告辞回去。

******

赵王孙找来一把黑羊毛，让朱安世粘在脸上做假胡须，好遮人眼目。

朱安世对着镜子，在颔下抹了胶，捏着羊毛一撮一撮往下巴上粘，费了许多气力，却始终不像，倒累得双臂酸乏。正在恼火，身后忽然传来一串娇腻笑声——是韩嬉，她斜靠在门边，望着朱安世笑个不住。

驩儿的事情，韩嬉始终只字不提，朱安世一直憋着火，却只能小心赔笑，回头看了一眼，嘿嘿笑了两声，继续粘他的胡须。

韩嬉摇摇走到他身边，伸出纤指，轻轻拈住朱安世正在粘的一撮黑羊毛："粘斜了，再往右边挪一点儿。"

朱安世许久没有接近过女子，韩嬉指尖贴在自己手指上，柔嫩冰凉，不由得心里一荡，忙嘿嘿笑了两声，缩回自己的手。

韩嬉笑道："笨手笨脚的，来，姐姐帮你粘！"

朱安世只能由她，嘿嘿笑着，伸出下巴，让她替自己粘胡须。

韩嬉左手托住他的下巴，右手拈起羊毛，一缕缕粘在他的颔下，手法轻盈灵巧。

这几年，朱安世终日在征途马厩之间奔波，看的是刀兵黄沙，闻的是草料马粪。这时，脸颊贴着韩嬉的手掌，柔细滑腻，闻着她的体香，清幽如兰，脸上更不时拂过她口中气息，不由得闭起了眼，心醉神迷。

正在沉醉，却听韩嬉轻声道："胡茬儿都已经冒出来了，粘不牢。"

朱安世睁开眼，韩嬉的脸只离几寸，眉毛弯细，斜斜上挑，一双杏眼，黑白分明，脸上肌肤细滑白嫩。比起妻子郦袖的秀雅端丽，另有一种妩媚风致。朱安世全身一热，忍不住咽了一口口水，声音异常响，登时窘得满脸通红。幸好韩嬉正专心致志在粘胡须，好像没有听见。

朱安世干咳了两声，才小心道："还是我自己粘吧。"

韩嬉却全神贯注，正在粘一小撮黑羊毛："别急，就好了。"

朱安世只得继续伸着下巴，不敢再看再想，重又闭起眼睛，尽力想着妻子生气时的模样，心里反复告诫自己：郦袖别的事都能容忍，这种事可丝毫不容情。

"哈哈，早知道，我也该剃光胡子！"耳边忽然传来赵王孙的笑声。

韩嬉猛听到笑声，手一错，一撮羊毛粘斜了，笑着叱道："赵胖子，莫吵！"

朱安世怕赵王孙看出自己的窘状，嘿嘿干笑了两声。

赵王孙笑着走进来："不吵不吵，不过下次我连头发也剃掉，你得好好替我粘一粘。"

韩嬉一边继续粘着，一边笑道："你最好连脑袋也割掉，我最爱替人粘脑袋。"

朱安世哈哈笑起来，韩嬉轻手拍了一下他的脸："别乱动！"

三人说笑着，半个多时辰，胡须才全部粘好。

韩嬉拿过铜镜递过来："嗯，好了，自己瞧瞧。"

朱安世接过镜子一看：一部络腮胡，须根密植，丝毫不乱，竟像是真的一样。只是羊毛比自己的胡须软，看起来比原先文弱一些。

朱安世笑着道谢："多谢！多谢！"

韩嬉笑望着他，居然没有再嘲弄，目光中也没了惯常的轻佻锐利，竟露出几许温柔。

朱安世心里又一荡，忙转开眼，问赵王孙："如何？"

赵王孙端详一番，赞道："很好，很好。没想到嬉娘竟如此心灵手巧！"

第十四章

# 午井小亭

减宣命人又找来狗儿，仍扮作驩儿，坐上厢车，一队骑卫，大张旗鼓出东门。

狗儿的父母上次就已担惊受怕，现在儿子又被强行带走，跟着车队，一路哭喊，护卫将士故意呵斥狗儿的父母，吵嚷得路人尽知。

这一边，成信穿了民服，到府寺去领驩儿。

减宣见他来，屏退左右，对成信道："我这府寺中有人私通贼人，已将计谋泄露给那盗马贼。"

成信大惊："何人如此大胆？"

"你暂时无须知道，我已命人暗中监视他，等捉了那盗马贼，再一起审办。"

"盗马贼既已知情，眼下该如何是好？"

"装作不知，将计就计。漳河边的埋伏仍叫他埋伏，不要惊动那贼人。我已另行部署，你仍旧带了小儿出城南，早两刻上路，一路快奔不要停，过了漳河，酉时赶到午井亭，将小儿丢在那里，你自己继续骑马向南奔。我已传书给鄗县县令，在午井布下埋伏。"

成信心里略有犹疑，却不敢多问，便领命去带了驩儿出来，抱上马。驩儿始终不言不语，只拿一双圆眼盯着人看。成信心里不自在，但有命在身，只得小心上马，尽量缩后身子，不碰驩儿的头背，心里暗祷：这小儿别在半路上使出什么巫术才好。

* * * * * *

朱安世心里担忧驩儿，急着要商议，韩嬉却始终只字不提，只让静待。

太阳西斜时，韩嬉才道："时辰差不多了，可以动身了。"

朱安世巴不得听到这句话，忙跳起身来，奔到后院牵出汗血马。汗血马一直藏在柴草屋里，憋了几天，猛然来到敞院，见到天光，顿时四足踢踏，扬鬃长嘶。

韩嬉说要用汗血马换取驩儿，朱安世虽然舍不得，却也只得答应。他轻拍马颈，感叹道："好伙计，你我相伴两年多，现在却要分别喽……你莫怪我心硬，毕竟驩儿那孩子更要紧，唉……"

汗血马似乎听懂了，低头在朱安世身上摩擦，朱安世更加不舍，伸手不住抚摸马鬃。

韩嬉走过来道："等会儿这马就要交回给减宣了，这段路就给我骑骑，让我也试试这神马。"

朱安世忙道："这马进皇宫后，刘老彘也只骑过它一次，它眼里只认我一个，你可得小心。"

韩嬉不信，伸手牵过缰绳，刚要抬脚踩马镫，汗血马忽然长嘶一声，扬起前蹄，韩嬉险些被刮倒在地。朱安世忙揽住缰绳，轻抚马背，温声安慰："好伙计，莫恼莫恼，这是我的朋友，还是天下出了名的大美人，你就让她骑一骑——"

韩嬉正在气恼，听了这话，不由得笑靥如花，不过再不敢贸然去骑，站在一边，等马静下来，才小心靠近。朱安世搀住她的胳膊，轻轻扶她上马，这次汗血马未再乱跳。朱安世牵着缰绳，在后院慢慢遛了一圈，看汗血马不再抗拒，才把缰绳交给韩嬉。引着马走到前院，赵王孙已经备好两匹好马，在大门边等着。

赵王孙问："真的不要带些人手？"

韩嬉骑在马上，不敢乱动，小心道："不必，人多反倒碍眼。"

出了大门，朱安世和赵王孙各自上马，一左一右，护着韩嬉，慢慢走了一段，看汗血马似已接纳韩嬉，这才逐渐加快速度，向午井亭赶去。几十里路，很快赶到。距午井亭两里远，草野中有一丛柳树，韩嬉扯住缰绳停下来："我们就在这儿等。"

三人都不下马，静静注视午井亭，朱安世心里纳闷，但看韩嬉微微含笑，似乎尽在掌握，知道问也白问，只能耐住性子等。

落日将尽，秋风里一片平野，午井亭孤零零伫立在夕阳中。

******

"果然是一支古简！"

司马迁小心翼翼接过那支残简，轻轻拈着，细细审视，简上字迹已经模糊，但大致仍可辨认，他一字一字念道："子曰：天下者，非君之天下，乃民之天下。民无君，尚可耕且食，君……"[1]

还有几个字，因下面一头烧焦，已根本看不到字迹。

卫真跟着念了一遍，吐吐舌头说："这句话实在有些大胆。"

司马迁深叹一声："何止大胆，今朝谁要说出这等话，定是谋逆之罪，必诛九族。"

卫真瞅着残简烧焦的一段："不知道后面这几个字说的是什么？"

司马迁凝视片刻："顺着句意，大致应该是'君无民，何以存'的意思。"

"这话说得其实在理。以'子曰'开头，难道是《论语》？"

"应当是。不过现在流传各本，都不曾见这句话。"

"不过，孔子怎么会说这种话呢？"

"虽然这句话我第一次见到，但据我所知，孔子说出这种话，不但不奇怪，反倒是必然之理。天下归于一家一姓，其实是秦汉以后的事情。秦

1 孟子曾言"民为贵，社稷次之，君为轻"。《礼记》有言："大道之行也，天下为公，选贤与能，讲信修睦。"《吕氏春秋》也言："天下非一人之天下，天下之天下也。"

汉以前，天子虽然名为天下之主，却绝非独占天下。黄帝、尧、舜、禹时代，各部族联盟，实行禅让制，天下共主由各族推选，而且天子之位不能传于子孙，即所谓‘天下为公’，又称为‘大同’。孔子一生最敬仰的，便是尧舜禹三王之道。”

卫真瞪大了眼睛，奇道：“我竟从来没想过这事！从我生下来，这天下就是刘家的天下，一直觉得这是天经地义。可惜，可惜，我怎么没生在那个时候？‘天下为公’这么好，怎么就中断了呢？”

司马迁沉思了片刻，才徐徐答道：“我也时常在想此事，源头恐怕是私心私欲——起初人们同劳同食，彼此一视同仁。但人总有差异，力有强弱，智有高下，能者多劳，久了自然觉得不平，人心由此开始动荡，生出分歧争端，分出贵贱高低，并日盛一日、愈演愈烈。弱肉强食，成王败寇。天下之位自然不再是有德者居之，而是有力者夺之。强者愈强，弱者愈弱，屠杀十万、百万人的性命，直到争出个天子来。秦国嬴政便是最后的赢家，所以自称始皇帝。虽然都叫天子，但古之天子与今之天子有天壤之别。”

“是从什么时候开始，天下不再为公？”

“在黄帝之世，征伐早已开始。不过直到禹之世，天下各部族仍然是禅让制。当时皋陶辅助大禹治理天下，素有德望，禹便荐举皋陶，要禅位给他，皋陶却亡故了。”

“皋陶怎么会死得那么巧？”卫真睁大了眼睛。

“皋陶之死，我也怀疑，但史无明文，无从查证。”

“之后禹就传位给自己儿子了？”

“没有，皋陶亡故后，禹又荐举另一位贤人，名叫益。禹死后，益本当继天子之位，益虽然也是大贤，但功业尚浅，怕人心不服，就转而让位给禹之子启，许多诸侯感念大禹恩德，也都去朝拜启。启于是继位，建立夏朝。夏朝乃是历史上极其巨大之转捩，从此大道消隐，天下不再为公，开始‘天下为家’世袭之制。”

卫真问道：“益是真心让位吗？”

司马迁摇摇头：“不得而知。”

卫真又问："之前都是选贤举能，启坏了古时规矩，当时竟没有人反对？"

"自然有一些诸侯不服，有一个诸侯国叫作有扈氏，有扈氏率部族反抗启，启发兵征伐，大战于甘，即今日扶风南郊，启大获全胜，一举灭了有扈氏，因此威望大增，天下宾服。"

"那就是以力夺之。"

"也不尽然。大禹治水，功在千秋，启在当时也有贤名。一半在德，一半靠力。"

"高祖打下汉家天下，也是如此。"

"夏商周三代虽然'天下为家'，但大道公义尚未完全灭绝，那时方国林立，各自为政，诸侯只是朝贡天子，并不完全臣服。天子也绝不像后来秦汉帝王，能将天下占为己有、视为私产。"

"前日我听主公诵读《诗经》，似有一句'溥天之下，莫非王土；率土之滨，莫非王臣'，周天子不也是独占天下？"

"西周实行分封诸侯之制，天子只是天下共主，姬姓也并未尽占天下，诸侯国中尚有不少前代王侯及功臣，如几个著名大国：齐国封给重臣太公望，是姜姓；宋国封给商纣王之兄微子启；秦国则是嬴姓旧族……"

"高祖得了天下，各功臣也被分封了啊。"

"高祖可以分封功臣，也可以随时将其诛灭，韩信、彭越、黥布、樊哙……这些赫赫功臣后代而今安在？当年白马之盟，高祖就曾言'非刘氏而王，天下共击之'。莫说这些异姓王侯，自景帝以来，刘姓诸侯王又剩了多少？西周天子则没有如此杀伐独断之权。"

"难怪这支竹简上，孔子会说这样大逆不道的话。看来大逆不道的不是孔子，而是后世帝王。"

"孔子在世之时，周室早已衰微，天下纷乱，弑君三十六，亡国五十二，诸侯奔亡者不可胜数，天子更是有名无实。孔子忧患世乱，一生奔走，希望能拨乱反正，还天下太平。他深知天下不可无主，但更不可有暴君，所谓'苛政猛于虎'。因此才推崇上古王道，警醒世人。"

"今天谁还敢说这种话？难怪窦太后厌恶儒学，要烧了孔壁《论语》。她这样做，反倒是帮了儒家，当今天子如果见孔子竟然说过这种话，怎么可能大兴儒学？”

“当今之儒早已不是当年之儒，今天的儒生，见了这句话，怎么肯让天子听到见到？恐怕自己早就先悄悄烧掉了。”司马迁长叹一声。

“难怪现在所传各种《论语》参差不齐，恐怕各家都争着在删除这种语句。”

“从这支残简来看，帛书上那句‘高陵上，文学燔’所言应当是真的。”

柳夫人一直在一旁默听，这时插话道：“据张氏说，她公公长陵圆郎当年见到七八只箱子，不知道里面共有多少卷古书？恐怕不止是孔壁《论语》被焚。”

司马迁不由得又长叹一声：“谁能料到，当朝也有焚书之事，而且做得如此隐秘！”

柳夫人也轻叹一声：“这件事看似出乎意料，其实在情理之中，人都爱听好话，厌恶坏话，听到对自己不利的话，当然是深恶痛绝，恨不得堵住别人的嘴巴，何况是天子？手掌全天下人生杀予夺的威权，怎么可能容忍有人公然违逆？”

司马迁摇摇头叹道：“尧舜之时，在街衢要道口，树立‘诽谤之木’[1]，用来倾听民意。人有不满，都可以刻字于其上。到今世，却有了‘腹诽’之罪，唉……”

******

成信带着小儿，共骑一马，出了扶风城。

他想那盗马贼有汗血马，身手又快，不敢疏忽，不停挥鞭打马，向南疾奔。很快到了漳河，左右看看，并没看到伏兵踪影。不由得暗叫可惜：这里果然是伏击的好去处，上千兵马藏在密林山坳里，却丝毫不露形迹，

1 《史记·孝文本纪》中记载：“古之治天下，朝有进善之旌，诽谤之木，所以通治道而来谏者。”

若不是计谋泄露了，那盗马贼定然逃不掉。

他心里想着，马却丝毫不减速，飞快奔上石桥，驶过南岸，继续疾奔，又行了七八里，到了午井亭。

这时已是黄昏，夕阳如金，秋风寂寂，亭子空落落立在路边，远近看不到一个人影，更见不到伏兵。

成信心里纳闷：这里毫无遮挡，一望无余，不知道人马藏在哪里？

* * * * * *

“来了！”韩嬉道。

朱安世双腿一夹，忙要奔出，韩嬉制止道：“不要急，再等等。”

远远见那匹马奔到午井亭边，忽然停下来，马上隐隐两个人，一个成人，一个孩子。那个成人跳下马，又把孩子抱下来，一起走进亭子。片刻，那个成人转身离开了亭子，翻身上马，继续向南奔去，孩子则留在亭子里。

朱安世睁大眼睛，仔细辨认，小小一点黑影，看不清是不是驩儿。

“好了，走！”韩嬉打马前冲，朱安世和赵王孙忙紧跟上去。

三匹马疾疾奔行，等奔近一些，朱安世渐渐看清楚，亭中的孩子果然是驩儿，他惊喜不已，不由得朗声大笑。

汗血马跑得最快，等朱安世赶到时，韩嬉已经站在亭中，伸手揽着驩儿肩膀，笑吟吟地等着。

“朱叔叔！”驩儿大叫着跑出来。

朱安世跳下马，张开臂抱住驩儿，欢喜无比，如同见到自己儿子一般，接连把驩儿抛向半空，驩儿又叫又笑。

“好了，赶紧走吧，待会儿就有人来了。”韩嬉催道。

话音刚落，一阵蹄声从东北面草坡上传来，转头一看，八匹马疾速冲下草坡，向亭子这边奔来。

朱安世抬眼张望，心猛地一沉：八匹马上的人都是苍色绣衣，人人手执长斧，夕阳下斧刃金光闪耀。

* * * * * *

成信奔了几里，又回头时，午井亭已经小如一顶冠帽，却不见了小儿，不知道是因为远看不清，还是小儿已经走了。

成信越发纳闷，却只能照吩咐继续奔行。快到漳河时，见前面一大队人马奔过桥来，近些一看，认出是郿县县令领队，成信忙跳下马，在路中央等候。队伍奔到，郿县县令也认得成信，喝住人马，在马上问："成掾史，你为何一人赶来？贼人已经捉住了？"

成信大惊："减大人不是命你在午井亭埋伏？你怎么才赶来？"

"什么？减大人是命我酉时四刻，到漳河口会合啊。"

"计划已变，你难道不知？"

"我只接到这一道指令，并未听说计划有变。"

成信惊得合不拢嘴："那小儿我已丢在午井亭了！"

成信急忙上马，狠命抽鞭，打马回奔。到了午井亭，见亭里空空，哪里有小儿踪影，他呆在原地，全身僵住。

郿县县令随后赶到，下马过来，连声询问，成信却像是中了邪一般，大张着嘴，根本没听到。

半晌，一骑快马从北边飞驰而来，是兵曹掾史手下信使。那信使见到成信，急停住马，跳下来大声问道："成掾史，你是怎么了？为何不依计行事，打马就奔过漳河，不停下？那小儿在哪里？"

成信这才回过神，他毕竟历练已久，随即明白：自己被减宣设计陷害了！

百口莫辩，唯一之计，只有逃走，他偷眼看看左右，趁人不备，奔出亭子，飞身上马，打马就奔。

郿县县令先前已经起疑，见成信逃走，忙喝令："成信私放罪犯，速速缉捕！"

成信见后面人马纷纷追来，只有拼命加鞭，尽力狂奔。东边几十里是天子苑囿上林苑，他曾在里面任过职，那里岭谷幽深、湖河纵横，可以暂时藏身。便打马向东，奔往上林苑。

郿县县令率众紧追不舍，大声命令：“不要让他逃进上林苑！”

几十里马不停蹄追逃，很快奔到上林苑，眼看成信就要奔进苑门，郿县县令急命手下放箭。

顿时，箭矢如雨，疾射向成信。成信听到箭响，不敢再直奔，拽马左右躲闪，箭羽纷纷射中上林苑门楣、门柱、两旁树干。

成信躲闪之际，捕吏追得更近，连连发箭，成信再难躲避，背上接连中了几箭，摔下马，折颈而亡。[1]

1 《史记·酷吏列传》中记载：“（减宣）为右扶风，坐怨成信，信亡藏上林中，宣使郿令格杀信，吏卒格信时，射中上林苑门。”

# 第十五章
# 草野鏖战

“快走！”朱安世忙将驩儿抱到马上，自己随即飞身上马。

“那是些什么人？”赵王孙也赶忙上马。

“就是我说的那些蒙面刺客！”

韩嬉本来要把汗血马留在午井亭，但看情势紧迫，便也骑上汗血马。东边回去的路已经被截，大路北边通往扶风，刚才带驩儿那人又去的南边，只能往西边奔。朱安世便穿过大路，打马向路西的草野中疾奔，韩嬉和赵王孙紧随其后。回头看时，那八骑绣衣刺客正急急追来。

奔了没有多久，却见前面不远处树林中也冲出八匹马，马上同样是绣衣长斧。

“不好！”朱安世急忙环视四周，寻思对策，斜眼望见西北角小山丘下有条小路，便在马上抱起驩儿，朝韩嬉喊道，“你带驩儿从那边走！”

赵王孙也喊道：“我来拦住他们，老朱你也走！”

“我怎么能逃走！你和嬉娘一起走，你还要带驩儿去长安！”

“嬉娘也可以带孩子去长安。好！我们两个一起拦住他们！”

韩嬉这时也神色严峻，带马到朱安世身边，伸手接过驩儿，抱在身前，说了声：“你们当心！”随即挽动缰绳，向西北方向奔去。

朱安世和赵王孙各自拔刀剑，护住韩嬉左侧，一起疾奔。

西面那八骑直直向他们冲来，果然是上次那些刺客，苍青绣衣，面罩青纱，襟绣苍鹰。

眼看刺客们就要冲到，朱安世大喝一声，迎上前去，举刀向最右前的那人砍去，那人挥斧要隔，朱安世迅即转手斜砍，一刀砍中那人右臂。朱安世手腕一拐，接着又刺中马颈，那马痛嘶一声，前身陡起，那名刺客手臂中刀，抓不牢缰绳，顿时跌下马背。朱安世无暇多看，挥刀又向第二个刺客攻去。与此同时，赵王孙也举剑冲向第三个刺客。

韩嬉则清叱一声，打马疾奔。

第二个刺客已有防备，见朱安世刀砍来，急举手中长斧迎挡，当的一声，刀身与铁柄相击，朱安世手掌一麻，忙攥紧刀柄，又斜斜刺出，那刺客不守反攻，斧头向朱安世肩头砍落。斧长刀短，不等刺中敌胸，自己就要先被斧头砍中，朱安世忙紧扯缰绳，马身急转，蹿到那人右侧，手中刀也随即绕过长斧，向刺客腰间横划，刺客急忙掉转斧柄去拦挡。朱安世手腕猛垂，刀身陡然向下，一刀砍中刺客马头，那马吃痛，狂跳起来，一头撞向正冲过来的第四名刺客。朱安世乘机挥刀，将第二个刺客刺下马去。

这时，忽听赵王孙“啊”的一声痛叫，朱安世转头一眼，赵王孙左肩被刺客砍中，鲜血顿时冒了出来。这几年赵王孙养尊处优，身体发福，手脚早不灵便。

朱安世忙要去救，一分神，自己身前第四个刺客已经闪过惊马，挥斧向他迎头砍来。朱安世急忙躲闪，但已略迟，右肩被斧刃削过，一阵刺痛，连衣带肉被削去一片，刀几乎脱手。朱安世咬牙举刀，向那刺客回刺，接连三刀，都被躲过，他大叫一声，跳了起来，向那刺客猛扑过去，那刺客吓了一跳，愣在马上，朱安世握刀挥下，重重砍在那人肩上，随即两个人一起坠落马下。刚才那第二个刺客刚从地上爬起来，正好被压住，三人一个压一个，一起落到地上。朱安世在最上面，刚一落地，便跳起身，一刀戳下，刀尖刺穿上面刺客的身子，刺进下面刺客的胸部，两个刺客相继惨叫一声。

与此同时，赵王孙那边也传来一声惨叫，赵王孙居然也将一个刺客砍下马背。

朱安世抽出刀，抬头环视，韩嬉已经奔离几丈远，剩下五名刺客，两名先后冲向赵王孙，一名冲向自己，而最后两名则拨转马头，要去追韩嬉。

朱安世见冲向自己的那名刺客只隔几步远，便迈步疾奔，迎了上去，挥臂斜砍，一刀砍中马前腿，那匹马重重栽倒，朱安世又挥一刀，刺中落马刺客。随即拔出刀，跃上自己那匹马，呵斥一声，一阵疾奔，拦住最后两名刺客，连连舞刀，左击右攻，那两名刺客各自挥斧，一起夹击。三匹马不断盘旋，急攻十几个回合，朱安世接连几次险些被砍中，却毫无畏惧，一边怒喊，一边反击，正在酣战，耳边又传来赵王孙一声惨叫，一分神，左腿被斧头砍中，一阵剧痛。朱安世痛叫一声，反手一刀，也刺中了左边那个刺客的腹部，接着手腕发力，横着一划，将那人肚皮划开，那个刺客惨叫一声，跌下马去。朱安世正要高兴，右肩猛地一痛，又被砍中，痛彻心扉，刀顿时脱手。

朱安世怒吼一声，转身一把抓住那人的斧柄，用力一撞，将那人撞下马去，自己也跟着跌下去。两人一起坠到地上，朱安世举起拳头一阵猛打，那名刺客被他压住，躲闪不开，连中几拳，慌乱中猛地一挣，滚到一边，朱安世一把抢过他的斧头，猛力一砍，砍中刺客头部，刺客闷哼一声，再不动弹。

朱安世嘶吼着向赵王孙望去，赵王孙浑身上下到处是血，和他缠斗的那两个刺客，一个已经倒在地下，另一个则仍在挥斧猛攻，赵王孙气喘吁吁，已经招架不住，一不小心，手臂又被砍中，手中的剑随之落地。那名刺客挥动斧头，向赵王孙横着砍去，朱安世大叫一声“小心！”猛冲过去，但还未赶到，那一斧已经砍中赵王孙的颈部，赵王孙一头栽下马来。

朱安世怒吼一声，几步奔到，一斧砍中刺客马头，那马狂跳，刺客被甩了下来，朱安世边吼边砍，几斧将刺客砍死。再去看赵王孙时，见他躺在黄草地上，颈部一道深口，血水汩汩涌出。

“老赵！赵大哥！”朱安世扑过去，跪在赵王孙身边，空张着双手，不知道能做什么。

赵王孙满脸血污，挣扎着道：“这些刺客果然不寻常，那孩子值得救……”他想笑一笑，却终没能笑出来，喘息一阵后，溘然长逝。

东边传来一阵密急的蹄声，东边八骑苍衣刺客已穿过大路，向这边急急奔来。

* * * * * *

秦宫《论语》失窃，孔壁《论语》又早已被焚，司马迁没有真凭实据，《孔子列传》也就迟迟难以落笔。

柳夫人看丈夫连日闷闷不乐，便劝慰道："孔子生平履历你是大致知道的，何不先勾勒出来？至于孔子的言论，当今流传各个版本，我想其中虽然可能有错漏之处，但也绝不至于通篇皆假，可以将这些版本互相对照，如果某句话各本都有，这句话应当是真的。能用则用，不能用就先空着。"

司马迁点头道："还是你高明，如今看来，这个法子应该是最好了。"

柳夫人笑叹道："不是我高明，而是你太执着。你每个字、每句话都要落到实处才能心安。但你想，自《论语》成书，已近五百年，这五百年间，春秋战国秦汉更迭，战祸兵燹、世事纷扰，再加上后世儒家弟子，派系分裂，彼此攻讦，世间恐怕早已没有了真正的原本《论语》。"

司马迁道："其他版本也许会增删篡改，但孔壁《论语》是孔子后人代代相传，应不会乱动一个字，当是最早的定本。"

柳夫人道："这也是无可奈何之事。如果孔安国仍在世，还能求问于他，但现在人书俱亡，也就只能依据今本，有多少算多少。"

司马迁叹息一阵，手中握着那支残简，低声念诵："子曰，天下者，非君之天下，乃民之天下。民无君，尚可耕且食，君……"而后慨然道，"孔子一生寂寞，如今虽然举世尊崇、万民颂扬，其言论却残缺不全，缺的又偏偏是这些公义大道。后世以为孔子只教人愚忠愚孝，却不知道为何而忠、为何而孝……"

这时，卫真正抱了一卷《论语》走进来，听到这段话，道："前几天我看《论语》，有一句说'老而不死，是为贼'，吓了一跳，孔子怎么会说出这等大逆不道的话，当时就想，这话肯定是后人乱加上去的。"

司马迁笑道："你这叫断章取义，这话前面还有两句呢！"

卫真嘻嘻笑着念道：“幼而不逊悌，长而无述焉，老而不死，是为贼。”

司马迁点头道：“孔子虽然尊奉礼治，却绝不刻板生硬。长者固然该尊敬，但并不是只要年长就必得尊敬。像这句所言，一个人年幼时不知谦逊恭敬，长大后又没有值得称道的言行，老了之后徒费粮食、苟延残喘，这样的人，当然不值得尊敬。”

卫真笑道：“也就是说——值得尊才尊，值得敬才敬？”

司马迁又点点头道：“所谓上行下效，父慈子才能孝，君仁臣才会忠。所以孔子先责长，再责幼。为君为父以身作则，才能让臣子恭敬忠诚。到后世，却本末倒置，不敢问父是否慈、君是否仁，只责问子是否孝、臣是否忠。”

卫真道：“噢，我这才明白何谓‘君君臣臣、父父子子’！这八个字是不是说：君要像君，臣要像臣，父要像父，子要像子？”

司马迁颔首笑道：“孺子可教。君要守君之道，臣才能守臣之道。父子亦然。”

卫真问道：“如果君不守君之道，该怎么办？”

司马迁道：“君如果暴戾，臣自然奸佞，孔子在世时，弑君篡逆数不胜数，到秦始皇登基，独掌威权，大臣虽然无力篡位，但天下怨声载道，所以才有陈涉揭竿而起，百姓纷纷响应，短短几年，秦朝便土崩瓦解。”

卫真又问：“不论大臣篡逆，还是百姓揭竿，都难免流血杀伐，难道没有不流血的方法？”

司马迁低头望着那支残简，沉思良久道：“尧舜禅让，选贤举能，就不曾流血。这支残简上说‘天下者，非君之天下，乃民之天下’，这句话，其实便是追述古道，给出的长治久安、万世良方——这天下是万民公有，天子只是受天下人之托，代为治理天下，如果治理不好，便另选贤人。天子不得将天子之位霸为己有，更不能把天下当作私产传于子孙。”

“这道理虽然好，但当今之世能行得通吗？”

司马迁长喟一声，摇头叹息：“自春秋战国以来，霸道横行，天下渐渐沦为强盗之世，谁残忍凶悍，谁便是赢家，天理公义再无容身之地。”

卫真道："就算强争到手，赢也只能赢得一时，你强，还有更强者，大家都虎视眈眈，最终都难免被他人吞掉。"

司马迁点头道："以力胜人，力衰则亡。这正如两个人交往，和则共荣，争则两伤。可惜世人只贪眼前之利，不求长久之安。"

卫真压低声音问道："这么说来，这刘家的天下，有朝一日也要被别家吞占？"

司马迁道："这是自然，只在迟速而已。"

卫真道："听说山东已经盗贼纷起……"

司马迁叹道："如果人们仍将天下视为私产，你争我抢，强盗将永为刀俎，百姓则永为鱼肉。除非有朝一日，天下人都明白并共守这支残简上的道理——这天下是天下人之天下，任何人不得独占……"

正在议论，伍德忽来传报："御史大夫信使到！"

* * * * * *

刘敢接到扶风传来的急信，忙来禀告："减宣放走了那个小儿！"

杜周脸上被朱安世拳击处，虽然肿已消去，但青痕犹在，疼痛未褪。他并不作声，微低着头，连眼珠都不动，盯着面前案上一只青瓷水杯，听刘敢继续禀报。

"减宣受到盗马贼恐吓，据说那小儿还会巫术，便设了个计，用那小儿换汗血马，谁知盗马贼并未中套，那小儿和汗血马均下落不明，应该是被盗马贼夺回逃走了。"

杜周听后，心里一沉，气恨随之腾起，嘴角又不禁微微扯动。他仍盯着那水杯，一只苍蝇飞落到杯沿，绕着圈爬动，而后竟爬进内壁，伸出细爪，不停蘸着杯内清水，洗头刷脑。杜周看得心烦，闷声道："深秋了，还不死！"

刘敢先是一愣，随即循着他的目光望见那只苍蝇，忙起身几步凑近，挥袖赶走了那苍蝇，又唤门边侍立的婢女，换一个干净杯子来。

杜周转开目光，望向窗外，虽然日光明亮，但树上黄叶脏乱，风中寒意逼人。

回到长安后，他立即进宫面见天子，上报平定谪戍生乱一事。天子听后不置可否，却声色严厉，问他汗血马失窃一案。他哪里敢说屡屡受挫于朱安世，只说已找到盗马贼踪迹，正在缉捕。天子听后大怒，只给他一个月期限。

一个月后若仍追不回汗血马，会发生什么，杜周当然心知肚明。他任廷尉[1]那几年，专查重臣高官，一年能达上千案，一案能牵扯上百上千人，大臣被弃市灭族的情景，没有谁比他眼见亲历的更多。仕宦这些年，他自己也几次陷于罪难，却都不及汗血马失窃之罪重，本来还可借那小儿作饵，诱捕朱安世，现在却如鱼入汪洋……

刘敢躬身静候杜周示下，可是杜周能说什么？

他唯一能想到的便是如何不着痕迹地将罪过推给减宣。

纵观当今朝中官吏，治狱查案，能与他比肩的，唯有减宣。减宣曾官至御史大夫，位列三公，官禄万石，仅次于丞相、太尉。杜周则最高只到廷尉，位在九卿，官禄二千石。现在减宣虽然官位低于自己，却难保日后不会复起。这次减宣放走小儿，罪责难逃，借这一过失，正好扳倒减宣。

不过，汗血马失盗是由我主查，减宣只是辅助办案，我自己始终难脱首责……

刘敢跟随杜周多年，熟知他的心思，压低声音，小心道："减宣不但放走了那小儿，更犯了件触禁的事。"

杜周闻言，仍沉着脸，道了声："哦？"

刘敢忙伸头凑近，继续道："减宣命扶风贼曹掾史成信带了那小儿去换汗血马，成信却于途中放走小儿，逃往上林苑，郿县县令率人追捕，放箭射死成信，一些乱箭射到上林苑门楣上。箭射御苑门，罪可不小，虽然是郿县县令追捕，主使却是减宣。"

杜周心中暗喜，却不露声色，只问道："上林苑可上报此事？"

"还没有，不过卑职与上林苑令是故交，这就写信知会他。此事起因

1 廷尉：官名，为九卿之一，掌刑狱，主管司法的最高官吏。

于汗血马，大人可先将此事呈报天子，可不必提及箭射上林苑门一事。等上林苑令也上奏了，两罪合一，都归于减宣一人，大人则可免受牵连。”

杜周心中称意，口里却道：“再议。”

刘敢忙躬身道：“此次是减宣谋略失当、自招其祸，大人就算顾念故交之情，皇上也不肯轻恕。”

“嗯……”杜周故作犹豫不忍。

刘敢当然明白，忙道：“法度大过人情，大人不必过于挂怀。卑职一定从公而治、依律行事。”

杜周又点点头，知道刘敢必会办好，便转开话题，问道：“盗马贼线索查得如何了？”

“前日，卑职已遣人到茂陵便门桥，捉拿了郭公仲及家人，审问得知，郭公仲与那朱安世几年前曾有过往，朱安世从军西征后，再未见过。卑职怕郭公仲有隐瞒，又拷问了他的妻子及儿女，他妻子起初不招，卑职又拷打她的儿女，她才招认说，朱安世原有妻室，并生有一子，四年前，朱安世被捕后，其妻携子逃亡他乡避祸。”

“哦？那儿子多大？”

“七岁。”

杜周“哼”了一声，却不说话。

“大人所捉那小儿也是七八岁，朱安世屡次不顾性命救那小儿，恐怕那小儿正是他的儿子。”

杜周点头沉思。

“他妻子为何与儿子离散，卑职尚未查出。不过，卑职还从郭公仲妻子口中盘问出，朱安世原来家在茂陵，他妻子逃走前，将房舍卖与他人。卑职前去那院房子查看，见房檐角上挂着这件东西——”

刘敢说着，取出一串东西，呈给杜周：一个锦带扎的小小冠帽，下面拴了一条细竹篾编的竹索。因为风吹日晒，那竹篾已经灰旧，锦带也褪色欲朽。

杜周拿着竹索，细细审视，却不知道这是什么东西。

刘敢道：“据那新房主说，他搬来之时，这东西就挂在檐角，当时竹篾还是青绿的，锦带也色泽鲜亮，应该是新挂上去的，因为太高，挂在那里倒也好看，所以没有取下来。据卑职看来，这件东西有些古怪，以前不曾见过。卑职怀疑，这是朱安世妻子临走前，留给他的暗语，指明她逃亡后的藏身之处。那朱安世这次逃逸后，必会去找妻子，如果能破解得这个暗语，便能抢在他前面，以逸待劳捉住他。不过卑职想了一夜，也想不出这东西暗指之意。”

杜周略点点头：“湟水西平亭那里可有回音？”

“暂时还没有，不过再过两三日应该就到了。”

# 第十六章
# 草洞杀敌

眼见那八骑绣衣人就要冲来，朱安世却精疲力尽。

他挣扎着站起身，找回自己的刀，插入鞘中。右臂连受重伤，连刀都举不起，便用左手捡起一柄长斧，以斧柄撑地，挺直了身子，迎视那八骑绣衣人。

这时，身后忽然响起一阵蹄声。

回头一看，竟是韩嬉，骑着汗血马奔了回来。

朱安世忙大吼："别回来！快走！快走！"

韩嬉却像是没听见，一阵风飞驰而至，驩儿却不在马上。

"驩儿呢？"

"我把他藏起来了。老赵？老赵死了？"

"你快走！帮我把驩儿带到长安，交给御史大夫！"

"一起走！"

"我得拦住他们，你快走！"

"你不走我也不走！"

这时绣衣人蹄声已近，只在几十丈之外，朱安世争不过，只得就近牵过赵王孙的马，翻身上马，两人一起驱马飞奔。

穿过平野，前面一片荒坡。韩嬉驱马上坡，朱安世紧紧跟随，后面绣衣人也穷追不舍。奔上坡顶，只见土丘连绵，两人奔下山坡，谷底生满荒草，草高过马背，并无路径。韩嬉引着朱安世冲进荒草丛，在谷底迂曲奔行，追兵渐渐被拉远。

两人奔到一处山谷岔口，韩嬉忽然停下来，指着左边道："孩子在那棵小杨树下面草凹里，你把马给我，我引开追兵！我骑的是汗血马，不许跟我争！"

朱安世只得听从，翻身下马，将缰绳递给韩嬉："你小心！"

韩嬉伸手牵住缰绳，盯着朱安世笑道："记住，你又欠了我一笔！"说完，催动汗血马，牵着朱安世的那匹马，向前疾奔，顷刻便隐没在荒草中。

朱安世转身钻进茂草丛，边走边将身后踩开的草拨拢，掩住自己足迹。走了一阵，来到那棵小杨树下，到处是荒草，不知道那草凹在哪里。

朱安世小声唤道："驩儿，驩儿，你在哪里？"

"朱叔叔！"左边传来驩儿声音。

树侧一丛乱草簌簌摇动，驩儿从底下露出头。

朱安世忙过去拨开草，也钻了进去，草底下是个土坑，蹲两人还有空隙。朱安世伸手将坑口的草拢好，伸手揽住驩儿，笑道："好孩子！咱们又见面了。"

驩儿也分外高兴，但随即便看到朱安世浑身是血，忙关切道："朱叔叔，你受伤了？"

"嘿嘿，小伤，不打紧——"

外面忽然传来马蹄声，几匹马停在岔口处，两人忙闭住嘴，听见马上人商议：

"这儿是个岔口，分头追！"

"右边草被踩开了，而且是两匹马的痕迹，应该是往右逃了。"

"小心为好，五人往右，三人往左！"

"好！"

五匹马向右边疾奔远去，三匹马向左边行来，马速很慢，想是在查找踪迹，一路走到小杨树前，停了下来。驩儿睁大了眼睛，朱安世轻轻摇摇头，用目光安慰。

三匹马往前行去，半晌，又折了回来，蹄声伴着阵阵唰唰声，应是在挥斧打草。

不久，蹄声又回到小杨树前，略停了停，便返回岔口，渐渐远去。

驩儿正要开口说话，朱安世忙摇头示意，他细辨蹄声，离开的马只有两匹。侧耳听了一阵，果然，坑外不远处忽然响起一阵轻微的簌簌声，透过草隙，只见一个绣衣人提着长斧，在草间轻步移动，不时向四周窥伺。定是刚才偷偷下了马，留下来探听动静。良久，那人才慢慢离开，走向岔口处。外面又响起蹄声，是单独一匹马。

等蹄声消失，朱安世才笑着说："好啦，这次真的走了——啊！"

坑外乱草间中忽然闪出一柄斧头，猛地砍进来！

朱安世忙护住驩儿急躲，肩头一阵剧痛，斧头砍中他的左肩！

朱安世闷吼一声，一把抓住斧柄，往上一推，将斧刃推离肩头，随即猛地翻肘，压偏斧头，往里一抽，坑外握斧之人被猛地拉近，朱安世跟着一拳重击，拳头正击那人脸部。那人吃痛，发力要夺回斧头，朱安世大吼一声，腾身一跳，扑向外面，正好撞向那人，两人一起倒在草丛里，翻滚扭打起来。

朱安世双手扼住那人咽喉，那人伸手在朱安世肩头伤口处狠狠一抓，朱安世痛叫一声，几乎晕死。手一松，那人用力一翻，将朱安世压在身下，朱安世脖颈反被扼住。他拼命挥拳乱打，那人却毫不松手，眼看就要窒息，那人忽然痛叫一声，一把斧头砍在他头顶，是驩儿。

那人反手一掌，将驩儿打翻在地，朱安世忙一记重拳，砸中那人左耳，顺势一翻，将那人甩倒，随即一把抽出刀，拼命一刺，刺中那人胸部，刀刃洞穿后背，那人身子一挣，随即咽气。

朱安世忙回头看驩儿，驩儿刚从地上爬起来，左脸一大片青肿。

"驩儿，你怎么样？伤得重不重？"

驩儿走过来，摇摇头，咧着嘴笑了一下，扯到了痛处，疼得咧嘴，却仍笑着说："我没事。朱叔叔，你又受伤了？"

"你没事，我就更没事了。"

"这些人杀了我妈妈，杀了几个叔叔伯伯，还有他们的家人……"驩儿恨恨望着地上的绣衣人，眼中忽然涌出泪。

“你以前就见过他们？”朱安世大吃一惊。

“他们一直在追杀我，追了好几年，追了几千里。”驩儿用袖子擦掉眼泪，“我总算报了一点仇。”

朱安世看他瘦小倔强，不由得一阵疼惜，想伸手查看他脸上伤处，双臂却痛楚不已，手都举不起来，只得望着驩儿温声道：“有朱叔叔在，断不会再容他们作恶。那另外两个恶徒过一会儿就要回来，我们得马上离开。”

他望望四周，这时天色渐暗，自己双臂受伤，肯定敌不过绣衣人，又没有马，也逃不远。他思忖片刻，站起身，咬牙忍痛从绣衣人身上抽回自己的刀，插回鞘中。本想将绣衣人的尸体藏起来，却根本没有这力气，驩儿年纪小，也帮不到，只有丢在这里了。

“好，我们走！”朱安世一瘸一拐向岔口处走去。

“那些人就是走的那边啊。”

“他们搜过的地方，不会再细搜。”

两人沿着马踩过的草径，来到岔路口，继续沿着草径，向绣衣人的方向走去。走了一段，朱安世扫视两边，见右边草丛中有块大石，便对驩儿说：“去那边，走草根空隙，小心不要踩断草。”

两人小心翼翼走向那块大石，朱安世仍边走边忍痛拨拢身后的草，掩住足迹。绕过大石，两人躲在石头后面，朱安世抓了些藤蔓遮挡两边。刚躲好，前面隐隐传来蹄声。很快，马蹄声已经近前，朱安世在石侧偷偷观望。

暮色中，两个绣衣人各自骑马，另牵着一匹空马，正原路返回，赶向刚才的岔口。

朱安世心想：很快天就黑了，至少今晚不会有事。韩嬉也应该已经甩开了追兵。只是这两个绣衣人发现那具尸体，肯定不会轻易离开，要想躲开他们恐怕不容易。

“朱叔叔，你在流血。”驩儿小声道。

朱安世低头一看，两肩及大腿的伤口都在往外渗血，刚才行走时血恐怕已经在滴，幸好天色已暗，血迹不易分辨，不然行迹已经暴露。

他等那两个绣衣人走远，忍痛从背上解下背囊，取出创药，又抽出匕首，要割下衣襟包扎伤口，但双臂疼痛难举。

“让我来——”驩儿要过匕首，“伤口要先清洗一下。”

驩儿说着打开朱安世背囊，找到一方干净布帕，又取过水囊，拔开木塞，将布帕冲洗干净，而后转身凑近，半蹲着，轻手擦洗朱安世的伤口。各处都清洗干净后，才将药细细涂上，又用匕首将布帕割成几块，盖住伤口。最后才在朱安世衣襟上割了几条布带，一处一处稳稳包扎好。

朱安世看他手法竟然如此轻巧熟练，大为吃惊：“你是从哪里学来的？”

驩儿笑了笑：“是姜伯伯教我的。当时还在常山，姜伯伯被那些绣衣人砍伤，我们躲到一个破屋子里，他也是手动不了，就口里说着教我，让我帮他包扎伤口。”

“冀州常山？”

“嗯。”

“什么时候的事？”

“大前年。”

“那时候你才五岁？？”

“嗯。”

朱安世说不出话来，自己虽然自幼也东奔西躲，却从不曾经过这等生死险恶。看驩儿包好药包、整理背囊，行事动作竟像是个老练成年人。这时天已黑下来，看不清驩儿的神情，望着他瘦小的身形，朱安世心里说不出是何种滋味。

驩儿取出干粮，掰下一块，连水囊一起递过来：“朱叔叔，你饿了吧，喝点水，吃点东西。”

朱安世忙伸手接过来：“你也吃。”

驩儿却道：“我等一下再吃，得先背完功课。你吃完了，好好休息一下，我看着。”

“今天还要背？”

“嗯，今天一天都没背。”

驩儿靠着石头坐下来，闭起眼睛，嘴唇微动，默诵起来。

朱安世边吃边看，心想：为这孩子，虽然费了些气力，却也真值得。

吃完后，他伤痛力乏，昏昏睡去。

等朱安世醒来，天已经全黑，月光微弱，夜风清寒。

他转头一看，见驩儿趴在石沿上，定定向外张望。

“驩儿，你一直没睡？”

“朱叔叔，你醒来啦？”驩儿回过头，眼睛闪亮，“我一直没困，刚才那两个人又回来了，没停，也没往这边望，直接走了。我就没叫醒你。”

“走了多久了？”

“好一阵了。朱叔叔，你伤口怎么样了？”

“好多了，我们走。”

“嗯。”驩儿站起身，拎起背囊就要往身上背。

朱安世笑着要过来背好，手臂动起来还是痛：“朱叔叔虽然受了伤，这点背囊还背得动，何况又经你这个小神医医治过。”

两人沿着草坡爬上坡顶，四处一望，到处黑漆漆、冷清清，只听得到草虫鸣声。

朱安世低声道：“我们得先找个安稳地方躲一阵子。”

两人向西南方向走去，朱安世腿上有伤，走不快，一路摸黑，走走停停，天微亮时，找到一处山洞，两人躲进去休息。

朱安世腿伤痛得厉害，坐下来不住喘粗气，驩儿走了一夜，也疲乏不堪，但仍去洞外找了些枯枝蔓草，把洞口仔细遮掩好，又解下朱安世背上包袱，取出皮毡，在朱安世身边地上铺好，才坐下来休息。

朱安世笑望着他：“白天我们不能走动，天黑了再走。赶了一夜路，你赶紧好好睡一觉。”

“我不累，朱叔叔，还是你先睡，我看着。”

“你再跟我争，朱叔叔就不喜欢你了。”

驩儿咧嘴笑了笑，才枕着背囊乖乖躺下。朱安世取出一件长袍，替他盖好，自己也躺下来，伸臂揽住驩儿，轻轻拍着，驩儿闭起眼睛，很快便静静睡着。

******

司马迁忙到院门前，迎候御史大夫信使。

那信使下了车，却并不进门，立在门外道："御史大人请太史令到府中一叙。"

司马迁一愣："何时？"

"如果方便，现在就去。"

"好，容在下更衣，即刻就去。"

司马迁回到房中，柳夫人忙取了官袍，帮着穿戴。

司马迁纳闷道："这新任御史大夫名叫王卿，原是济南太守，[1]才上任几天。我与他素未谋面，又不是他的属下，不知道找我做什么？"

柳夫人道："无事不会找你，小心应对。"

司马迁道："我知道。"

柳夫人边整理绶带，边叹道："谈古论今，当今恐怕少有人能及得上你，但人情世故，你却及不上大多数人。这些年，多少人以言语不慎招罪？你虽不爱听，我还是要劝你，能少说一句，便少说一句。他说什么，你尽管听着就是了，有什么不高兴，都放在肚子里，别露出来。你别的不看，就看在你的史记才完成一小半，你也好歹得留着命完成它。"

司马迁温声道："我都记在心里了，放心。"

出了门，伍德已经备好了车，司马迁上了车，信使驱车在前引路，卫真骑马跟行。

路上，司马迁反复寻思，却始终猜不出御史大夫召见自己的原因，便索性不再去想，心里道：管他什么原因，我自坦坦荡荡，并没有什么见不得人的地方、说不出口的话。除了一件事——私著史记，而这事他人并不知道。念此，他随即释然。

到了御史府，那信使引司马迁进了大门，卫真在廊下等候，有家臣迎上前来，引了司马迁穿过前厅，来到正堂，只见一个中年男子身穿便服，

1 《资治通鉴》中记载："是岁（天汉元年），济南太守王卿为御史大夫。"

五十左右年纪，面相端严，正跪坐于案前翻阅书简，正是王卿。

司马迁脱履进去，跪行叩礼，王卿放下书简，抬起头端坐着受过礼，细细打量了片刻，才开口道："你可知我今天为何找你？"

"恕卑职不知。"

"我找你是为了《论语》。"

司马迁心中一惊，却不敢多言，低头静听。

王卿继续道："你上报说石渠阁秦本《论语》失窃了？"

"是。"

"石渠阁中原先真的藏有秦本《论语》？"

"是。"

"你读过？"

"并未细读，只大致翻检过。"

"但这书目上并没有秦本《论语》。"王卿指着案上书卷。

司马迁抬眼望去，案上书简应是御史兰台所存的天禄、石渠二阁书目副本。

他心里暗惊：石渠阁藏书目录已被改过，难道兰台书目副本也被改了？

王卿见他怔怔不语，便问道："莫非是你记错了？"

司马迁忙道："卑职虽非过目不忘，但那秦本《论语》及石渠阁书目不止见过一次，断不会记错。"

"石渠阁书目我也查过，也没有秦本《论语》条目。石渠阁、御史兰台都无记录，除你之外，也不曾有他人看过秦本《论语》。"

"秦本《论语》是用古篆书写，今人大多不识，所以极少人读过它。"

"你能读古篆？"

"卑职也只粗通一二。"

"难怪，想来是你一知半解，读的是其他古书，却误以为是《论语》。这事定是你记错了，以后莫要再提。"

司马迁正要据理力争，但念及妻子嘱托，只得忍住，低头应道："是。"

王卿又道："子曰：不在其位，不谋其政。今后无关于太史之职的事，你都不要再去管。”

“是。”

“好了，你回去吧。”

* * * * * *

湟水岸边，西平亭[1]。

西平亭建在高台之上，四周以坞壁围合，如一座小城。坞内有官守、屯兵和居人房舍，坞上可举烽火。设护羌校尉，主管练兵守备诸事，另有靳产，督察属吏、查验刑狱。

西羌以游牧为生，自当年败退西海之后，虽偶有侵犯，却都是零星掳掠，近年并无大的战事，因此，这里常年清静，岁月寂寞。

这天午后，护羌校尉和靳产正在亭上饮酒，忽然听到一阵急促蹄声，举目眺望，一匹马由东疾奔而来，看鞍辔及骑者衣冠，依稀可辨是驿骑。这里地处边塞，又少战事，难得有驿使前来，两人忙一起下亭。

很快，那驿骑驶进了东门，来到两人面前。驿使下了马，呈上驿报，两人一起展开阅读，原来是执金吾杜周从长安发来的紧急公文。西平亭到长安有两千五百多里路，驿骑站站接替，日夜兼程，竟只用了六天半。

护羌校尉读罢驿报，与靳产商议：“原来是我们这里一个老戍卒流窜到了京畿，不知道犯了什么事？”

“执金吾千里迢迢送来急报，恐怕事情不小。”

“老戍卒该由你管，烦劳你去查一下。”

“好说，这里一共才几百户屯戍的犯族，又有簿记，这事好查。”

这靳产名叫靳产，出身穷寒，却位贱心高。

他因见公孙弘一个牧猪之人，五十岁才学《春秋》，却能官至丞相，心中羡慕，十几岁便立下死志，抛家舍亲，四处求师。交不起学资，就以

---

1 西平亭：今青海省西宁市。元狩二年（公元前121年），为阻断南北、隔绝羌胡，骠骑将军霍去病西征湟水，建西平亭，设临羌、破羌二县，西抵青海湖，东接金城，以防卫西羌，湟水流域自此纳入汉朝疆界。

劳力充抵，清厕掘粪，都在所不辞。学了近十年，勉强习了点《春秋》，又百般千求，谋了个小吏之职。尽心尽力十来年，才得了这个靳产之衔。奈何这里偏僻荒冷，一年之间，连生人都见不到几个，怎么能长久安身？

现在终于有了这桩差事，他欢喜无比，一遍遍诵读那驿报，见那一行行墨字，恍如一级级登天之阶。

他忙唤了书吏来，命他查检屯戍户籍。

没用多久，书吏就查好回报："据驿报所言，那老儿应当是随骠骑将军西征来此的犯卒，那批犯卒都聚居在湟水边曲柳亭，我已经命人传报那里的亭长，让他查问失踪人口。"

不到一个时辰，曲柳亭亭长就赶来禀报："曲柳亭除死丧者外，这两年只有一人失踪，此人名叫申道，原籍琅琊，现年六十一岁，是当年淮南王一案从犯，来这里屯戍已经有二十一年。据其家人说，他是七月离开，回乡奔丧。"

靳产道："应该是此人，他家中还有何人？"

亭长道："还有五口人，一个老妻，儿子，儿媳，两个孙子。儿子是戍卒，现不在家，在西海临羌戍守。"

靳产听了，转着眼珠寻思半晌，命那亭长暂莫回去，听候吩咐，自己忙去见护羌校尉。

护羌校尉听后道："定是此人无疑，就写了呈报传回长安吧。"

"这样是否过于简率了？"

"驿报让我们查找老儿身份，现在已经查明，还能如何？"

"这穷寒之地，连鬼都记不得咱们，现在好不容易有长安大官交差事给咱们办，正好应当多尽些力。"

"话虽如此说，但这差事就算想使力，也没处使。除此之外，我们还能做什么？"

"至少有两桩事情可以再挖它一挖：其一，这老儿来历；其二，这老儿去因。"

"你刚才不是已经说过，这老儿是受淮南王一案牵连，被遣送到这里屯戍，那老儿家人又说他是回乡奔丧。"

“这其中还有两个疑点：一、他当年与淮南王是何关系？二、他原籍琅琊，既说回乡奔丧，为何在京畿犯事，还带了一个小童？”

“这些事我是摸不着门道，你若有兴致，就再去追查一下，有功劳就归你。”

靳产巴不得这句话，忙欢喜告辞。

# 第十七章
# **申家童言**

朱安世醒来睁开眼，觉得手臂酸麻。

转头一看，原来是驩儿枕住了自己小臂，睡得正香，便不敢动，继续侧身躺着。

日光透过洞口枝叶，射进洞里，照在驩儿的小脸蛋上，虽然布满灰尘，却仍稚嫩可爱，朱安世心里一暖，不由得想起了自家儿子，笑着轻叹了口气。

儿子睡觉没有驩儿这么安分，睡时头朝东，等醒来，朝南朝北朝西，唯独不会朝东，还爱流口水，褥子时常潮湿一片……

朱安世正笑着回忆，驩儿也醒了，他睁开眼睛，见自己枕着朱安世的手臂，慌忙爬起来："朱叔叔，压痛你了吧，你臂上有伤，我……"

"我的伤已经好多啦，已经觉不到痛了——"朱安世伸臂舞弄了两下，虽然还是有些痛，却笑着道："小神医手到病除！"

"不能乱动！得好好养几天！"

朱安世嘿嘿笑着揉了揉驩儿头发，站起身，到洞口边窥望，这时天已近午，外面一片荒林，十分寂静。

他肚中饥饿，便回身要取干粮，忽然想起来，笑着问驩儿："你还是要先背了再吃？"

"嗯。"

“那好，等你背完，我们再一起吃。”

等驢儿背完，朱安世掰了一块胡饼递给他，两人坐在皮毡上，一起吃起来。

朱安世问道：“你现在可以告诉我你背的是什么了吧？”

驢儿为难起来，摇了摇头说：“我……我真的不知道。”

“哦？”

“娘带着我到处逃，每天都按时要我背，这些句子我都不懂，我问娘，娘也不告诉我，只说我必须牢牢记住，一个字都不能漏，说这比我的命还贵重，到时候要完完整整背给兒宽伯伯听。”

“哦……”朱安世虽然纳闷，却也想不明白，便道，“我得跟你商量一件事——”

“什么？”

“现在到处在追捕我们两个，这一阵子恐怕不能去长安了。我的妻儿在成都，我想先带你去成都躲一躲，等风头过了，再送你去长安，你看怎么样？”

“嗯，好！”驢儿点点头，忽然想起什么，问道，“对了，朱叔叔，我在扶风城里被捆在木桩上，你用的什么法术割开绳子的？那只神鼠是你使法术派去的？”

“法术？神鼠？”朱安世大愣，随即想起来，他还一直没有工夫细问韩嬉是如何解救驢儿的，便笑道，“设计救你出来的不是我，是昨天那个婶婶，她名叫韩嬉。”

“韩婶婶会法术？”

“这个我也不清楚，连你如何被救出来，我都不知道。你说的法术是怎么一回事？”

“我被绑在木桩上，到第三天夜里，绳子忽然就断了，可是没一个人靠近过木桩，我不知道是怎么一回事，也不敢乱动。第四天夜里，绳子又自己断掉了，还是没有人靠近过。第五天夜里，不但绳子断了，连木桩都断了，我只见到一只老鼠。我猜那只老鼠肯定是只神鼠，绳子肯定是被它咬断的。”

朱安世忽然记起：韩嬉去扶风时带了一只小笼子。笼子里可能便是驩儿说的那只老鼠，不过，就算老鼠能咬断绳索，怎么可能咬断木桩？想了一阵，理不出头绪，便摇头笑道："那个韩婶婶手段厉害得很，恐怕真的会法术，等以后见到她，问过才知道。"

等到天黑，朱安世带着驩儿离开山洞，继续向西南潜行。

走走歇歇，又是一夜，晨光微现时，到了郿县。四野萧寂，城门紧闭。两人正在驻足喘息，身后隐隐传来马蹄声，朱安世忙携了驩儿躲到路边树丛里。

片时，四匹马飞奔而过，仔细一看，马上竟然是绣衣刺客！

朱安世掌心里驩儿的小手猛地一颤。朱安世低头朝驩儿笑笑，低声说："不怕！"心里却暗叫不妙。

那四名绣衣刺客到了城门下，大声呼叫，城门哐啷啷打开一道缝，一个守卫探出头来，刺客们并不下马，最前面那个不知从怀里取了什么东西给那守卫看，守卫转身回去。不久，城门又拉开一些，四个刺客拨马进城，城门又重新关阖。

这些刺客究竟是什么来头？居然能叫开城门？难道是官府之人？但官府之人又怎么会夜劫府寺？

朱安世暗暗诧异，却也无从得知。

他知道进城路径，便带着驩儿绕到城北角。城墙边有棵大榆树，城墙不高，榆树有一根枝杈离墙头只有几尺远。朱安世背起驩儿，用腰带缚紧，忍着伤痛，攀上榆树，看四下无人，便抓住那根枝杈，荡了两荡，纵身一跃，轻轻跳到墙头，取出绳钩，钩住墙头，溜下城墙。趁着无人，钻进小巷，来到一家宅院后门，照着规矩，三轻三重，间错着叩了六下门。

不一会儿，有人出来开门，一个四十多岁黑瘦男子，是朱安世的故友，名叫漆辛。

* * * * * *

司马迁回到家中，柳夫人急急迎出来："王卿找你何事？"

司马迁将原委说了一遍，柳夫人才吁了口气："延广满门丧命，一定与《论语》有关，现在王卿刚刚上任，就来过问此事，看来这事真的得丢开不管了。"

司马迁道："连御史兰台所存的藏书簿录都已经被改，这背后之人，权势之大，令人可怖。"

柳夫人道："说起来，王卿应该倒也是一番好意，他让你不要再管此事，其实是在救你，让你不要招惹祸患。"

司马迁道："回来路上我才想起来——王卿正是以《论语》起家，当今儒学主要分齐、鲁二派，王卿习的是齐派《论语》。[1]"

卫真问道："这齐鲁二派有什么区别呢？"

司马迁道："一扬一抑。齐学通达，精于权变迎合；鲁学拘谨，一向固本守旧。齐儒擅长高谈阔论，最能鼓动人心，当今天子独兴儒术以来，所倚重的公孙弘、董仲舒等人都是齐派之儒。所以当今儒学，齐派最盛。二派之争，早已不是学问之争，而是权力之争。"

卫真道："两派《论语》差别也大致这样吗？"

司马迁道："《齐论语》篇幅章句要多于《鲁论语》。据我看来，其中不少语句，似是齐儒为迎合时变而添加。前日我读《齐论语》，其中有一段言道：'君子谋道不谋食。耕者，馁在其中矣；学也，禄在其中矣。'先言君子应当谋求仁义之道，而不应为饱口腹而忧心劳碌，又说耕种谋食，终生难免于穷困，努力学道，却自然能得俸禄。"

卫真道："这话说得不错啊，修习儒经，如果学得好，自然能得高官厚禄，一辈子做农夫，只能一辈子受穷。"

司马迁道："天下学道，谁能及得上孔子？按这句话所言，孔子当得贵爵显位，富贵无比，但事实上孔子一生困穷，奔走列国，始终不曾得志，曾自嘲如丧家之狗，哪里有什么'禄在其中'？孔子弟子中，颜回最贤，却身居陋巷，冷水粗饭，二十九岁头发尽白、困穷早亡。只有到了今

1 《汉书·艺文志》中记载："《论语》十二家，二百二十九篇……汉兴，有齐、鲁之说。"《论语集解·序》中说："《齐论语》二十二篇，其二十篇中，章句颇多于《鲁论》。琅邪王卿及胶东庸生、昌邑中尉王吉，皆以教授。"

世，学儒才可以谋官，才真的能言‘学也，禄在其中’。”

卫真道：“看来学道，还得看世道。”

司马迁点头道：“当年我师从于孔安国，他曾引述古本《论语》中一句话，‘邦有道，贫且贱焉，耻也；邦无道，富且贵焉，耻也’。说求道在己，富贵在外。若天下有道，贤能者必受重用，你贫贱，自然因为你不够贤能，因而贫贱是你之耻辱；反之，天下无道，奸邪者才能得重用，你若得到富贵，必定是因为你无耻。”

卫真道：“天下有道无道，怎么分辨呢？”

司马迁沉思片刻：“道者，既指言，又指路，人心通路也。世间有不公，人人若能直言其事，公义自然通达，邪恶自然祛除，天下自然归于正道；反之，眼见不公，人却不敢言、不能言，则邪恶日盛、公义日丧，天下势必趋于邪途。故而，有道无道，只看言路是否畅通、世人能否说真话。”

卫真问：“齐派《论语》善于迎合时变，是不是鲁派《论语》更真一些？”

司马迁摇摇头：“也不尽然，《鲁论语》泥古不化，过于迂腐，言忠言孝的篇幅最多，责君责父的言论极少。看似恭顺守礼，其实是一种柔媚之道。《鲁论语》开篇便是‘有子曰：其为人也孝悌，而好犯上者，鲜矣。不好犯上而好作乱者，未之有也。君子务本，本立而道生。孝悌也者，其为仁之本与？’敬事父母为孝，恭事兄长为悌，正如前日我们所说，父不慈，兄不贤，上行下效，哪里能有子之孝、弟之恭？这句话却说孝悌是仁之本，有些本末倒置。此外，‘子’是极高之尊称，在今世所传《论语》中，孔子弟子只有曾参和有若两人被称为‘子’，恐怕是流传过程中，由曾参和有若两人的后世弟子所添加。”

卫真道：“难怪古本《论语》被毁，这两派，哪一派都不愿意见到古本《论语》。”

司马迁叹息道：“王卿今天召我，本意恐怕正在于此。”

柳夫人道：“不管他出于何意，这都是下了一道禁令。再查下去，恐怕结果比延广更惨。你如果想留住命顺利完成史记，那就得尽力避开这件事。”

* * * * * *

靳产带了随从，与那亭长一起离了坞壁，向东行了二十里，到了曲柳亭。

西平亭地处偏远，一切简陋，曲柳亭更加穷寒，并没有什么官署，平常议事办公都在亭边一间低矮土屋中。因一向无事，土屋里满是灰尘和鸟鼠粪便，靳产在门外一看，皱起眉头，便不进去。亭长忙跑去取来干净席子坐垫，铺在亭子里。靳产坐下，让亭长带申道家人来。

不一时，申道的家人都被带来，跪在亭外。老妇人头发花白、腰背已弯，儿媳四十多岁，一个十来岁少年，一个七八岁小童。一家人虽然农服粗陋、灰头土脸，但看神情举止，都从容恭肃，不像一般朴笨农人。就连那个小男童也规规矩矩，毫无顽劣之气，显然家教甚好。

靳产一看便知，从两个妇人和那个少年口中问不出实话，略一思索，随即命亭长将那个小男童带到远处一棵柳树下，能看得见亭子这边，却听不到这里说话。

靳产问那少年："你叫什么名字？"

少年虽然跪着，却腰身挺立，头颈微垂，不失礼数，从容答道："小人名叫申由仁。"

"我召你们一家人来，你知道是为什么吗？"

"小人不知。"

"你祖父在哪里？"

"归乡奔丧。"

靳产猛然喝道："说谎！"

少年却依旧镇定从容："小人不敢，祖父确实是归乡奔丧去了。"

靳产又喝道："还敢抵赖？"随即转头吩咐身边的一个军士，"鞭他二十！"

军士走出亭，来到少年身边，举起马鞭，狠狠抽向少年脊背，少年身上中鞭，疼得咧嘴皱眉，却不喊叫。那军士见状，发力更狠，转眼间，少年背上粗布便被抽裂，露出血痕，少年却始终咬牙，不发一声。

他祖母和母亲一起大声哀告："大人，手下留情！孩子到底犯了什么过错？"

靳产并不答言，看着二十鞭抽完，才道："将他们三个带到柳树那边，让那小童过来。"

小童被带过来时，虽然没哭，却已经吓得满眼是泪。

靳产和颜悦色道："不要怕，你哥哥刚才是因为说了谎，才挨了打。不说谎，就不用挨打。"

小童擦掉眼泪，满眼惊恐。

靳产温声笑问："你叫什么名字？"

小童拖着哭腔："申由义。"

靳产又问："你祖父去哪里了？"

小童声音仍在发抖："娘说祖父回家乡去了。"

"你娘刚才也告诉我了，你果然是不说谎的乖孩子。"靳产笑眯眯点点头，随即吩咐随从，"这孩子不错，得奖励一下，给他一个橘子。"

湟水地处高原，不产橘子，道路迢远，橘子运到这里十分稀罕珍贵，平常人极少能见到。靳产知道申道有个小孙子，来之前特意带了几个橘子。随从听命，拿了一个橘子递给小童，小童却不敢接。

靳产笑眯眯道："这是长官的赏赐，你必须接。"

小童听了，才小心接过，握在手里，却连看都不敢看。

靳产又笑道："你吃过橘子没有？"

小童摇摇头。

靳产便命随从另剥开一个橘子，取一瓣给小童尝："这也是长官的命令，你必须吃。"

小童小手颤抖，接过来放进嘴里，小心咬了几口，橘子汁液从嘴角流出，忙用袖子擦掉。

靳产和蔼笑问："香不香甜？"

小童轻轻点头，惊恐之色褪去一些。

靳产道："你哥哥说谎，挨了鞭子，你祖母和你娘没说谎，所以没打她们。我用她们说过的一些事来考考你，你若答对，还有橘子赏，若是说谎，就得挨鞭子。”

小童又惊恐起来。

靳产慢慢道：“好，我先来问第一件，你娘已经告诉我了，但我要看你是不是说谎。你祖父走之前，先收到了一个口信，是不是？”

小童犹疑片刻，点点头。

靳产笑道：“嗯，好孩子，果然没说谎，再赏一个橘子。我再来问第二件，有两个答案，你选一个：一、到你家捎来口信的那个人你以前见过；二、你从没见过。”

小童轻声道：“我没见过。”

靳产道：“又答对了，再赏一个橘子。第三件事，那个口信是从哪里送来的？你从四个地方中选一个：一、破羌；二、金城；三、天水；四、长安。”

靳产来的路上就已想好：申道绝不是回乡奔丧，他到湟水这里屯戍安家已经二十年，从未离开过，这次突然离开，必定是有什么人找他办事。既然申道是在京畿犯事，那个人最东应该不过长安。东去长安只有一条大道，于是就选了沿途最重要的这四个地点。

他见小童犹豫不答，便笑道：“你娘已经告诉我了，我只是看你说不说谎，你哥哥刚才就说谎了。”

小童望了望军士手中那根粘着血迹的鞭子，咬了一会儿嘴唇，才低声说：“金城。”

靳产笑道：“这孩子确实极乖极聪明，再赏一个橘子！最后一问，答对了赏三个橘子，答不对就抽一百鞭子。”

小童睁大了眼睛，吓得脸色苍白。

“从金城捎信来的那人是你祖父的朋友，他的名字是——”靳产随口编了三个名字，“一、刘阿大；二、张吴志；三、何匡。”

小童听了，果然有些茫然诧异。

靳产忽然变色，大声喝道：“快说！”

小童冷不丁被惊到，打了个寒战，眼泪顿时涌出。

靳产忽又转回笑脸：“这三个人都不是，对不对？”

小童含着泪，点点头。

靳产笑道："嗯，好孩子！果然不说谎！你告诉我那个人的名字，我就让你回家。"

小童边哭边道："我也不知道他叫什么，我只听祖父祖母叫他'老楚'——"

******

见到朱安世，漆辛瞪大眼睛，惊异之极，随即回过神，忙招手示意，朱安世一步闪进去。

漆辛忙关好门，引朱安世到了内室，这才握手叹道："朱老弟，久违了！"

朱安世解开衣带放下驩儿，笑道："嘿嘿，长安一别，已经有五六年啦。兄弟惹了些事，这次来，是向漆大哥求助的。"

"你的事迹传得遍天下尽知，这几日我一直在替你担心，前天还特意跑到扶风去打探消息，城里城外转了几趟，没碰到你，只看到这孩子被拴在市口——"

"我说朱兄弟一定会来找你，被我说中了吧？"一个妇人掀帘走了进来，是漆辛的妻子郦氏。

朱安世忙拱手行礼："嫂子好！"

郦氏也忙还礼："朱兄弟，你来了就好了，你漆大哥这几日焦心得了不得，怎么劝也无益。"

漆辛道："你快去置办些汤饭，朱兄弟这几日恐怕连顿好饭都没吃过。"

郦氏笑着出去，漆辛又道："朱兄弟，你这次太过胆大莽撞了，这种麻烦岂是惹得的？"

"嗐！我也是一时气不过。"

"那汗血马呢？"

"被韩嬉骑走了。"

"韩嬉？她也扯进来了？难怪那天在扶风我看到她急忙忙走过，因记挂着你，也就没去招呼她。朱兄弟，你现在是怎么打算？"

"我准备去成都。"

"缉捕你的公文早就传遍各郡县，昨日我表弟来家，他在梓潼做小吏，说广汉郡守已经下令严查缉捕你，广汉如此，蜀郡也应该一样，你怎么还能乱跑？"

"我妻儿都在成都。"

漆辛低头沉思片刻，才道："这几日风声紧，何况你身上又有伤，就先在我这里躲藏几天，养好伤。我想个周全的法子，设法护送你去成都。"

"谢谢漆大哥！"

"哪里的话？我夫妻两个的命都是你救的。"漆辛感叹道。

数年前在茂陵，漆辛犯了事，朱安世曾救过他一命。

朱安世笑道："嘿嘿，咱们兄弟就不说这些见外的话了。若是我一个人，想去哪里就去哪里，谁拦得住我？只是现在带着这孩子，不得不小心行事，所以才来求助漆大哥。"

"对了，这孩子是怎么一回事？"

"我是受人之托，要保他平安。"

"唉，你自己已经惹了天大的祸，还承担这些事。不如你把这孩子留在我这里。"

朱安世低头看了一眼驩儿，见驩儿眼中隐隐露出不情愿，便道："这孩子不但官府在追捕，还有刺客一路在追杀，刚才进城前，我看到那些刺客也来了郿县。留在大哥这里，恐怕不方便，还是我带着他吧。"

* * * * * *

湟水靳产靳产得意无比，要过一只橘子，剥开皮，连着三瓣一起放进嘴里，边鼓腮大嚼，边挥手示意，命小吏将申家两个妇人及那少年带过来。

小童怀里捧着几个橘子，见亲人过来，哭着叫道："娘——"

申道的老妻和儿媳料到孩子已经泄了密，望着孩子，无可奈何，只能深深叹气，那少年却狠狠瞪着弟弟，满眼怨责。

靳产笑道："事情我已尽知，现在只要一个住址，就放了你们。说吧，那姓楚的住在金城什么地方？"

三个人闻言都大吃一惊，没有料到孩子竟说出这么多隐情，惊慌之余，均满眼绝望，颓然垂下头。

靳产又道："申道那老儿已经被捉住，在扶风狱中自杀了。"

申家妇幼四人猛地又抬起头，同声惊呼。

靳产道："他所犯的罪可以灭族，只要你们说出那姓楚的住址，可饶你们不死。"

两个妇人和那少年重新低下头，都不作声，泪珠滴落尘埃。那小童望望亲人，又看看靳产，泪珠在眼中打转。

"你们既然不说，就休怪我无情了。"靳产转头吩咐军士，"先从小童鞭起，从小到老，一个一个鞭死！"

军士领命，举起鞭子，看小童望着自己，惊恐无比，浑身簌簌颤抖，鞭子停在半空，下不了手。

靳产喝道："鞭！"

军士不敢违令，只得挥下鞭子，用力虽不重，小童却痛叫一声，栽伏在地，大哭起来，怀里的橘子四处滚开。

他的母亲痛喊起来："国有明律，老弱妇孺均该宽宥免刑，[1]你这是公然违反律令！"

靳产叱道："在这里，我就是律令！再鞭！"

军士又挥下鞭子，抽在小童背上，小童更加惨叫痛哭起来："娘——娘——"

他的祖母、母亲、哥哥都心痛无比，争着磕头哭告："大人，饶了他

1 中国法律早在西周时期就有"矜老恤幼"的原则。《礼记·曲礼上》云："八十、九十曰耄；七年曰悼。悼与耄虽有罪，不加刑焉。"汉代沿袭这一恤刑原则。据《汉书·刑法志》记载，汉景帝后元三年（公元前141年）著令："年八十以上、八岁以下，及孕者未乳、师、侏儒，当鞫系者，颂系之。""鞫系"，即监禁；"颂系"，即给予宽宥待遇，免戴刑具。

吧，要鞭就鞭我！”

靳产冷冷笑道：“你们不用急，等鞭死了他，就轮到你们了。”

那少年听了，猛地跳起来，冲过去夺军士手里的鞭子，另外两个军士忙赶上前，几脚将少年踢翻，按到地上。靳产又命令继续鞭打，军士只得一鞭一鞭抽下，小童大声叫着娘，哭喊滚躲，十几鞭子之后，小童嗓子已经喊哑，身上一道道伤痕。他的祖母和母亲不住磕头哭告：“大人！请饶了孩子吧！”

靳产道：“那就说出那姓楚的住址！”

小童母亲终于不堪忍受，嘶喊道：“皋兰乡甜瓜里！”

# 第十八章
# **栈道符节**

一辆牛车在褒斜栈道间缓缓而行。

挽车人是漆辛，牛车上摆着一具棺木，车前一边坐着邴氏，另一边坐着一个女童。

女童身穿绿衣，梳着小鬟，眼睛又圆又黑，是驩儿。朱安世则躲在棺木之中。

这是邴氏想出的主意，她见驩儿生得清秀瘦小，又腼腆少言，便将驩儿装扮成个女童。他们夫妻则扮作扶亲人灵柩回乡，让朱安世躲在棺木之中，隐秘处凿几个洞透气。路上关卡虽严，却没有谁会开棺查验。

历来蜀道艰险，这褒斜栈道北起郿县，南达汉中，过剑门通往蜀中，是汉初丞相萧何督修。在秦岭山脉褒水和斜水河谷中，于山壁上凌空凿石架木，修筑栈道。此后历代多次增修，当今天子继位后，更大加修造，从此栈道千里，车马无碍。

朱安世躺在棺木中，起初很是舒坦，正好养伤。连躺了几天，越来越窒闷难挨，却也只得忍着。

牛车吱吱咯咯在栈道上颠簸，行到正午，停了下来，朱安世猜想应该是到了歇脚之处，他听外面没有声响，想出去透口气，正要开口询问，忽听见马打响鼻的声音，知道外面还有其他旅人，便没有作声。正在侧耳，猛听到邴氏和驩儿一起惊叫，随即，一阵兵刃撞击之声。

他忙用力推开棺盖，抓起刀，挺身出棺，眼前是一座依山而建的小小亭子。亭子中，漆辛正挥剑与两个人恶斗，那两人身穿苍青绣衣，各执一柄长斧，竟是绣衣刺客！而邴氏则护着驩儿躲在亭外牛车旁、山壁凹处。

朱安世忙跳下牛车，两步奔进亭子。

这时，漆辛刚挡住右边一斧，左边另一斧已迅猛挥向他的腰间，眼看就要被砍中！朱安世暴喝一声，举刀疾刺左边刺客，那刺客猛听到身后声响，一惊，不及防备躲闪，手臂已被刺中，长斧随之落地。朱安世举刀又砍，那刺客侧身一闪，手臂虽然中刀，却临危不乱，向后略退半步，随即抽出佩剑。朱安世不容他喘息，连连进击，那刺客左遮右挡，叮叮几声，尽数封住朱安世攻势。

朱安世喊一声："好！"手臂加力，一阵狂削猛砍，那刺客勉强抵挡，脚步不住后移，渐渐退出亭子，退到栈道之上，朱安世步步紧逼，挥刀力砍，那刺客缩身一躲，刀砍进栈道边木桩上，深逾数寸，刀刃皆没，朱安世忙回手抽刀，刀却嵌在木桩中，急切间竟没能抽出，那刺客却趁这间隙，一剑砍向朱安世手臂，朱安世只得弃刀躲闪。那刺客得势连刺，朱安世只能连连后退，脚下木板高矮不平，一不留神，被绊倒在亭边。

那刺客一剑刺来，朱安世急忙侧身一滚，随即一脚踹向刺客小腿，刺客忙抬腿躲闪，却没想到朱安世这一脚是虚招，另一只脚随即实踢过去，刺客膝盖被踢中，站立不稳，倒向朱安世，朱安世双腿一夹，正好卡住刺客颈部，用力一绞，刺客略一挣扎，随即断气毙命。

朱安世一脚踢倒那个刺客，挺身跳起，拔回自己的刀，回头看去，漆辛和另一个刺客斗得正恶。朱安世举刀上前助攻，那刺客见同伴已死，朱安世又来夹攻，顿时慌乱起来，肩头猛地被漆辛砍中，接着小臂又被朱安世刺中，长斧顿时脱手落下。

漆辛举剑就砍，朱安世忙挥刀拦住："留活口！"随即一刀逼住那刺客，厉声问道："谁派你来的？"

那刺客半边脸一大片青痣，目光阴沉，直视着朱安世，并不答言。

朱安世又问："你们为何要追杀这孩子？"

那刺客仍不答言，一步步慢慢向后挪，朱安世也一步步进逼，刀尖始终不离他的咽喉："不说？那就死！"

那刺客退到亭边护栏，再退无可退，便站住，木然道："你不知道？不知道还舍命救他？"

朱安世刀尖抵住他的咽喉："快说！"

那刺客猛地大笑起来，笑了一阵，忽然转眼望向亭外的驩儿，失声惊叫道："你看他！"

朱安世忙回头去看，手中的刀忽然一斜，身侧漆辛急呼，朱安世顿知中计，急回头时，那刺客将身一倒，已倒翻过护栏，滚入江水之中，江水深急，很快便被冲远。

"嗐！"朱安世气得跺脚。

"他恐怕也活不了。"漆辛道。

朱安世回身走到亭边，在死去的那个刺客身上搜了一番，从他腰间搜出一块半圆金牌，正面刻着半只苍鹫，背面几个篆字，他认不得，便拿给漆辛看。

漆辛接过一看，大惊："这是符节！"

"我就是盗了符节，才从宫中逃出来，但那是竹块，怎么又会有这种符节？"

"你从过军，应该知道虎符，虎符是铜制的，乃是天子凭信。一分为二，一半留京师，一半交与使者，持符节如同天子亲至，持虎符才能发兵。"

"如此说来，这些刺客是皇帝老儿派来的？"

漆辛摇头道："如果是皇帝派遣，又何必偷偷摸摸做刺客？而且据你所说，这些刺客在扶风，还和官府对敌，这事实在难解……"

朱安世想不出所以然，便不再想，回头看驩儿垂着头，像是做错了事，便走过去，拍拍他的小肩膀，笑着问道："驩儿吓坏了吧？"

驩儿摇了摇头。

"那你为何垂头丧气的？"

驩儿仍低着头，不答言。

"哈哈，我知道了，你是因为扮成女娃，心里别扭不痛快，是不是？"

驩儿噗地笑了起来，眼泪却跟着掉下来。朱安世蹲下身子，伸手帮他擦掉泪水，温声安慰："驩儿，这不关你的事，是他们可恶！你一点错都没有，朱叔叔不许你责怪自己，记住没有？"

驩儿轻轻点了点头，却仍咬着嘴唇，神情郁郁。

朱安世将他抱上牛车，笑道："朱叔叔最爱和这些恶徒斗，杀一个恶徒比喝一斗酒都痛快！"

郦氏也走过来，轻抚驩儿的头发，连声感叹："可怜的孩子，这些人怎么连个孩子也不放过？刚才那两个人认出他后，举着斧子就砍过来，丝毫不留情……"

漆辛道："不知道他们是怎么认出他来的？"

驩儿低声说："都怪我，刚才他们盯着我看，我心里害怕，就想躲开……"

朱安世忙道："朱叔叔不是说了，不许你责怪自己，刚说完你就忘了？"

驩儿又低下头，不再言语。

漆辛担心道："不知道前面还有没有他们的同伴？"

朱安世回头看看亭子里两匹马，略想了想："那天在郿县，他们一共四人，这两人走南下这条道，另两人应是往西去追了。倒是这两匹马得想办法处置掉，不能留下踪迹。"

朱安世先将刺客尸体抛入江中，而后左右环顾，一边是峭壁，一边是江水，除非把马也抛到江水里，他向来爱马，心中不忍，便将两匹马的鞍辔解下来，抛到江中，转身道："马就留在这里吧，过往的人见了，应当会贪心牵走。"

他又安慰了驩儿几句，这才钻回棺中，漆辛盖好棺盖，吆喝一声，牛车又重新启程。

* * * * * *

长安，执金吾府寺。

“减宣在狱中自杀了。[1]”刘敢得到消息，忙来禀告，杜周听后一怔。

刘敢继续道：“卑职知会上林苑令后，他上了一道奏本，减宣被下狱，射中上林苑门楣，触犯大逆之罪，当族，减宣知道不能幸免，便在狱中自杀，其家被灭族……”

杜周耳中听着，心中涌起一丝怜意。他与减宣毕竟同侪多年，也算得上是知己。减宣事事小心，辛苦半生，曾经功业赫赫，最终却落得这般收场。这宦海浪险，朝夕难测，他不由得想到自己，如今汗血马仍不知所终，虽然减宣替自己暂抵一时之罪，汗血马若追不回来，自己也将与减宣同命。他心想着那情景，喉咙中不由得发出一声怪叹，如打嗝一般。

刘敢听到，吃了一惊，忙低下头，装作不曾听见。

杜周忙清清嗓，随即正色，问道：“湟水回信了吗？”

刘敢忙取出一份绢书，起身急趋，双手奉给杜周：“这是湟水发来的急报，今早刚收到。”

杜周接过后，略看了一眼，随手放到案上：“怎么说？”

“湟水护羌校尉收到卑职驿报后，按卑职指令，设计拷问逼供，得知那老儿名叫申道，当年是淮南王刘安门客，通习儒术，尤精于《论语》。由于淮南王更重道家，因此未受重用。淮南王谋反失败后，申道免于死罪，只被流徙到湟水。一个多月前，他接到金城一故友的口信，连夜赶到金城，想是受了故友之托，接到那小儿，然后辗转送至扶风。”

“嗯。”

“卑职已先料到那老儿定是受人之托，故而在驿报中吩咐明白，若有线索，就近传急报给所在官府。那申老儿故友在金城的住址已经查明，湟水护羌校尉也已传报给金城县令，两地相距只有几百里，驿报隔天就能收到。再过几日，金城的驿报就能送来了。”

“嗯。”

“还有一事更加蹊跷——扶风刺客衣襟上削落的那片断锦——”

---

1 《史记·酷吏列传》中记载：“宣使郿令格杀信，吏卒格信时，射中上林苑门，宣下吏诋罪，以为大逆，当族，自杀。”

* * * * * *

黄河，金城。

元狩二年[1]秋，骠骑将军霍去病大破河西匈奴，得胜归来，于皋兰山北、黄河南岸修建守城，西控河湟，北扼朔方，固若金汤，故取名“金城”。

靳产亲自持驿报，连夜赶赴金城，拜见金城县令。县令见是长安执金吾杜周急报，又事关汗血马，忙命县丞陪同靳产，迅即出城，缉捕嫌犯。

县丞一看驿报，心里不禁纳闷，但不敢多问，急忙唤车，与靳产一同赶到皋兰乡。

皋兰乡长、亭长已先接到快马急报，早已带了一干人在路上迎候。

近前停下车，县丞问道：“那姓楚的可曾捉到？”

乡长答道：“没有——”

“嗯？为何？”

“那人已经死了。”

“死了？何时？”

“上个月。”

“怎么死的？”

“这个——还未查明，属下们仍在追查。”

“他家人呢？”

“也都死了。”

“也是上个月？”

“是。”

“你说的是上个月那件灭门案？”

“正是。”

“嗐！早知如此，就不需要跑来了。”

靳产忙问，那县丞解释道：“上个月，一桩灭门案震动金城，皋兰乡

---

1 公元前121年。

甜瓜里一个名叫楚致贺的人全家被杀，却找不出凶手。”

上月初四，楚致贺邻居见他家白天大门紧闭，半日听不见动静，敲门也没人应，几个邻居最后一起撞开了门，进去一看，楚家老少全都倒在地上，早已死去，每个人脖颈上都是一道口子，血流遍地。那些邻居惊慌失措，一看是六具尸体，以为楚致贺也在其中，后来才发觉，年长的那具男尸并不是楚致贺。几天后，一个牧羊童在皋兰山的一个山洞里发现一具男尸，全身遍是伤口，经辨认，正是楚致贺。案发后，金城县令也曾着力查过，却毫无头绪，只得搁下。

靳产听了，心中越发欢喜：看来此事果然牵连极广，这桩差事若办好了，何愁不能出头？

两人掉头回去，靳产一路细细询问那桩灭门案，一边听，一边在心里暗暗思寻盘算。

两人到了城中，禀告县令，县令听了也大吃一惊，犯愁道：“没想到这姓楚的居然牵涉到汗血马被盗案。当年杜周为廷尉时，曾交代我一件差事，我没能办好，结果被贬到这个羌胡之地，如果这件事再应付不好……但这是个死案，叫我如何再查？”

县丞低头皱眉，不敢应答。

靳产小心禀道：“看驿报，其实倒是有了一些头绪。”

“哦？什么头绪？”

“卑职在路上听县丞言道，这楚致贺原本是一介儒生，乃淮南王刘安的门客，淮南王谋反事败，楚致贺被谪为戍卒，二十一年前随骠骑将军西征，留戍在金城。而卑职在湟水查出，那姓申的老儿也是淮南王门客，这申、楚两人是故交，楚致贺被灭门也许和淮南王有关联？”

“淮南王已经死了二十几年了，能有什么关联？”

“就算查不出来，毕竟也算一点收获，报给执金吾大人，他应该能从中找出些有用的东西。”

“嗯，但只有这一点，怎么够交差？”

“还有两条——”

“快说，快说！”

“县丞刚才言道，那姓楚的家里还有一具无名男尸。而据邻居所言，案发前一晚，天刚黑，有一个男子带了一个小童偷偷摸摸进了楚致贺家。那男子应该就是那具无名男尸。但没有找到他带来的小童尸体。驿报上说，那姓申的老儿也带了一个小童。两个小童应该是同一人。楚致贺不是死在家里，可能正是带了那小童逃走，于途中被杀，小童又被那姓申的老儿救走。”

“嗯，有道理，有道理！还有一条呢？”

“县丞还言，案发前后几日，有人看到三个绣衣人骑着马，在皋兰山脚下游荡。驿报上说扶风有绣衣刺客要刺杀那个小童，这两伙绣衣人恐怕是同一路人，楚致贺全家应该正是那三个绣衣人所杀。”

“好！很好！有这三条，足以应付了！”县令喜不自禁。

“如果只上报这三条，执金吾恐怕仍会以为大人办事不尽心。卑职以为，还可以再挖出些东西来。”

“话虽有理，但这个案子我这里查了一个多月，已经是个死案，还能挖出些什么？”

“那具无名男尸。”

“上月我已命人查过，并没有查出什么来。”县令摇摇头。

“现在有了小童这条线索，或许就能追查出他的来路。”

“一个死人身上怎么追查？”

“上个月案发后，大人下令在全县稽查——”

“是啊，当时金城共有十几个人走失逃逸，相关人等都被召来认过，都不认得那人。这一个多月来，也并没有人来认领那具男尸。”

“卑职刚才在路上细想，此人定非本地人。而且据卑职推断，那男子应是从北路而来。”

“哦？你是从何得知？”县令又睁大眼睛。

“有三个证据：第一，那男尸身上衣服，县丞说他穿的是複襦。上个月才入秋，卑职进城时留意，金城街市上，今天还有人穿着单衣。只有西边、北边才会冷得这么早。”

“如何断定不是西边，而是北边？”

"那男子是上月初四赶到这里，初七，那申老儿接到楚致贺的口信，从西边湟水赶来，接走了那小童。"

"他们会不会一前一后从湟水赶到金城来的呢？"

"应该不会，如果两人都是从湟水赶来，姓楚的又何必从金城又捎口信回去？而且从湟水到金城单程快马至少得要两天，日期也合不上。此外，湟水地偏人稀，哪怕来只野狗，也躲不过人眼。卑职来之前，已经命人细细盘问过，除了给申道传口信的人，这两个月并没有人到过湟水。"

"有道理，第三个证据呢？"

"县丞说那男子身上有把镔铁小刀，是西域所产，卑职想，这种刀只有在北地才容易买到。"

"嗯，有道理。但北地绵延几千里，怎么能知道他是从哪里来的？"

"北地虽广，却只有一条路通向西域，自去年征伐大宛得胜后，这条道再无战事，路上行人稀少，大多是胡汉商旅。那男子单身带一个小童，应该容易被人记住，沿途查访，应不难查出他的来处。"

"好！我马上派人北上去查！只是——找谁好呢？"

靳产闻言，暗暗后悔不该心急，将事情说得轻了，不过见这县令优柔寡断，忙道："此事恐怕还是由卑职亲自去查为好。一来，执金吾急报是传到湟水，湟水首当其责；二来，若另找人去查，怕手生不谙门道；三来，卑职方才所言，也只是妄测，就算能查出那男子来路，他已是死人，恐怕极难再往下追查；四来，大人将现在查出的这些上报给执金吾，已足可表功，但若再遣人追查，查出些线头倒好，若查不出，反倒画蛇添足，抹杀了现在这些功劳，又要惹得执金吾不高兴。"

靳产边说边偷觑县令神情，县令果然被说动，尤其最后一条，正触到其要害，县令假作沉吟半晌后，才道："听你方才一番言语，由你出马，当然最好，只是太辛苦你了。"

靳产暗喜，忙躬身道："这是卑职职分之内，敢不尽犬马之力？此去若能查出一丝半点，都赖大人之福。"

"好，若办得好，我就将你迁调到我这里，好好重用你！"

靳产心里暗笑：此去若真能查出隐情，这小小金城岂能安得下我的座席？但面上丝毫不露，假意跪下叩头谢恩：“卑职贱躯，愿为牛马，供大人驱驰！另外，卑职还有一事求告，大人能否先行发急报给沿路各郡县，等卑职到时，办事更便捷些。”

“这个容易，我立即让人去办。”

# 第十九章
# 棺木囚车

牛车脚程慢，行了近一个月，才出了褒斜道，经汉中，穿剑阁，来到梓潼[1]。

朱安世一直躺在棺木中，只在夜深无人时，才能出来透气，这十几日竟比远征大宛三年更加难熬，憋得五脏六腑几乎要炸，一算路程，才走了一半，焦躁得想杀人。

“要进城了，小心。”漆辛在棺外小声提醒。

朱安世忙凝神屏气，牛车速度放慢，吱吱咯咯碾过木板，应是在过城门吊桥，之后停下来，听到守城卫卒盘问漆辛，漆辛小心应答，几句之后，牛车又缓缓启动，朱安世这才放了心。

又行了一阵子，牛车停了下来，朱安世正猜想漆辛在买吃食，却听见驩儿惊叫起来：“放开我！放开我！”

朱安世大惊，要跳起身，又不知外面情形，不敢贸然行事。再听，驩儿仍在叫，却听不见漆辛和郦氏的声音，事情不妙！朱安世忙抓住刀，推开棺盖，刚坐起来，却见十几把长戟逼住自己，捕吏将牛车团团围住！

他定神一看，牛车停在官府大门前，台阶上立着一位官吏，看衣冠，是

1 梓潼：西汉高帝六年（公元前201年），置广汉郡，辖十三县。治所设在梓潼（今四川梓潼县）。

郡守。左右几个文吏，十数个执刀护卫，行人全都被兵卒挡在街道两头。

而漆辛，竟紧抓驩儿手臂，正拖着他走向那郡守！

朱安世惊如雷轰，大叫道："漆大哥！"

他自幼历尽人情凉薄险恶，从不轻易信人。活到今天，这世上能信的，除了郦袖，只有少数几个朋友。他虽曾豁出性命救过漆辛，但不喜漆辛小心拘谨的性子，故而救过之后便丢开手，不愿多交往。倒是漆辛，多年来始终不忘恩情，只要见面，必定先要叨谢一番，并想方设法要报恩。朱安世推却不过他一片盛情，才接纳了这个朋友。哪知竟会如此！

漆辛站住脚，回转头，满面惶愧："朱兄弟，我对不住你，我儿子犯了死罪，现在梓潼狱里，表弟帮我说情，郡守恩准，只要献出你，可免我儿死罪。朱兄弟，你于我有救命之恩，可我只有这一个儿子……"

漆辛声音哽咽，流下泪来，邴氏站在一边也深低着头，不敢看朱安世。

朱安世说不出话，牙齿咬得咯吱吱响，攥着刀柄的手几乎要拧出血，半晌才瞪着眼，一字一字狠狠道："你陷害我可以，为何连这孩子也要拖进来？"

漆辛扑通跪到地下，呜呜哭起来："郡守说连你和孩子，还有汗血马一起献上，才能免掉我儿子死罪……"

他的手始终紧紧抓着驩儿手臂，驩儿却不再挣扎，望着朱安世，眼中竟是关切、自责多于惊慌。

朱安世心中虽然怒火腾烧，却也只能长叹一声，环顾四周捕吏，知道万无可能脱困，便松手弃刀，慢慢站起身，气极苦笑，连声道："好！好！好……"又望着驩儿道，"驩儿，是朱叔叔害了你，倘若你能侥幸活下来，一定要记住，万万不能轻易相信人，日后就是见了朱叔叔，也不能轻易相信。"

驩儿眼中这时已全然没有了惊慌，只有担忧和难过。朱安世心下稍安，一眼望见旁边停着一辆木笼囚车，心中闪念：虽然被捕，料不会就地处罚，应是要押解去长安，只要不死，何必灰心？

于是，他细细整理了一下皱起的衣衫，这些日子他的胡髭已经长出，粘的假胡须已经脱落不少，颔下发痒，他索性伸手把余下的假胡须全都扯净，而后才抬腿跳下牛车。车边的捕吏吓了一跳，攥紧兵刃，时刻紧逼。朱安世视若无睹，径直走向漆辛，漆辛不由得向后退缩，双眼惊恐，盯着朱安世，却又不敢直视。抓着驩儿的手箍得更紧，驩儿忍不住轻哼了一声。几个捕吏忙执刀拦住朱安世，朱安世停住脚，冷笑而立。

郡守下令道："押起来！"

他身边两个捕吏，一个捧赭衣[1]，一个拎钳钛[2]。两人一起走过来，朱安世身边的一个士卒收起刀，伸手要剥朱安世的衣裳。朱安世抬臂拦住，自己动手解开衣衫，一件件徐徐脱掉，脱得赤条条，众目睽睽之下，面带冷笑，旁若无人。

捕吏递过囚衣，朱安世接来套在身上，另一捕吏先将钳上铁圈箍住他的脖颈，铁圈前面连着两根铁链，链端两个铁扣，分别铐住他的双腕，锁好，又用铁钛铐住他的双脚。而后捕吏推过囚车，打开木栅门，朱安世抓着木栏，抬腿钻进囚车，手足铁链哐啷啷响。他靠着木栏坐好，见两边围观的行人大多脸露赞意，不由得微微一笑。

郡守又下令："将这小儿也押进去。"

漆辛迟疑了片刻，才松手，一个捕吏捉着驩儿的手臂，将他拉到囚车边，抱起来推进囚车里。

朱安世并不出声，望着驩儿笑了笑，点点头，伸手示意他坐到自己身边。

******

执金吾府寺。

刘敢满面喜色，匆匆赶来。叩拜过后，他忙不迭道："那片断锦果然出自宫中！"

他取出刺客绣衣上那片断锦，细细指给杜周看——

---

1 赭（zhě）衣：囚衣，用赤土染成赭色（红褐色），无领，不缝边，以区别于常服。

2 钳钛：秦汉时期拘押重罪犯用铁质刑具。钳是颈部铁圈，钛是脚镣。

“卑职初见这断锦，看它织工细密、纹样精细，怀疑是宫内织造，便拿到未央宫织室去查问。织室令见到这片断锦，先是一愣，随即便掩住惊讶，说这锦并非出自织室。我看他神色异常，便没有多说。回来后，立即去找了一个旧识，他曾在织室为丞，眼光极老到，他看到这片断锦，毫不犹豫说这定是出自宫中织室。仅从经线数量上就可以看得出：一寸锦，民间经线一般四百根，最好的也只能到五百五十根，宫中织室织的锦，经线则是六百根。”

“哦？”

“此人与织室中一个织妇有旧情，我让他将这片断锦偷偷传递给那织妇看，那织妇看了也一口断定，这锦必定是出自宫中织室。她说这锦是绒圈锦，所用的不是普通提花技艺，而是起圈提花——”刘敢指着上面的纹样说，“普通织锦，纹样与锦面平齐，起圈提花却能让花纹突起成绒。是用细竹丝做假纬，用经线绕着假纬起圈，织好后再抽去假纬。这种技艺是织室近年新创，尚未传到民间——”

“当真？”一直闭目的杜周不由得睁开眼睛。

“这两人断不会看走眼，这片断锦必是宫中之锦。如此看来，这事疑窦实在太多：既然是宫中之锦，为何织室令不敢承认？扶风那些刺客为何会穿宫中之锦？能用宫中官锦做袍，那些刺客来历大不一般。刺客不一般，他们要刺杀的那小儿必定更不一般。”

“嗯。”

“卑职已经买通那个织妇，让她暗暗查探这锦的来龙去脉。卑职怕她一人力单，织室归少府管，卑职又在少府中找了两个人，分头去查这事。”

“暗查。”

“卑职知道，此事看来非同小可，况且刺客之事已经无关汗血马，越出大人职分，卑职一定小心在意。”

“好。”杜周微一点头。

“此外，那盗马贼妻子所留暗语，卑职还未猜破，不知大人是否——”

杜周微微摇头，盯着几案上的苍锦，沉思不语。

* * * * * *

朱安世和驩儿坐在囚车里，前后二十几个卫卒骑马监看，离开梓潼，返回原路，缓缓北上。

朱安世见驩儿一直低着头，心事重重，他伸手揽住驩儿，想安慰几句，却不能开口说话，因为他口中含着一卷细铁丝。

这铁丝是在赵王孙庄上时，韩嬉赠给他的。只有一尺多长，比马鬃略粗，铁丝上遍布细密铁粒，是一根丝锯[1]。当时朱安世拿着试锯一根木桩，没几时，木桩应手而断，他大为高兴，连声道谢，卷成小卷儿藏在贴身之处。

在梓潼府寺外，他见无法突围，便假意整理衣衫，偷偷取出丝锯卷儿，又借扯掉假须，趁机将丝锯藏进嘴里。

率队的校尉异常警醒，不论白天黑夜，随时命人轮流紧看，士卒稍有懈怠，立遭鞭打，故而丝毫没有空歇。朱安世只能一直闭着嘴，丝毫不敢动唇齿。到吃饭时，士卒隔着木栏递进干粮，朱安世接过来，却不能吃，转手递给驩儿。驩儿并不知情，见朱安世不说话不吃饭，虽然接过，却只拿在手里，也不吃不语，低头默默坐着。朱安世心里着急，却不好劝。

到了夜间，士卒又挑着灯轮流在木笼外看守。朱安世假装睡觉，侧过身，偷空从嘴中取出丝锯，攥在手心里。这才坐起来，摇醒驩儿，拿起白天没吃的干粮，分了一半，递给驩儿："英雄不做饿死鬼，吃！"

驩儿一脸迷惑，见朱安世大口嚼着，也就吃了起来。士卒在一边看见，摇头而笑。

要天亮时，朱安世又瞅空将丝锯塞到臀下坐住，这才开口和驩儿说话。憋了一天，这时心情大快，尽说些开心逗乐的事，不但驩儿愁容顿扫，连近旁的士卒也听得大乐。

行了几日，出了剑阁，沿路来到嘉陵江，峡谷之中，只有窄窄一条

1 丝锯：据《世界古代前期科技史》（安家瑶著），商、周时期玉石加工已采用了青铜制作的丝锯工具。另据考古发现，战国铁器盛行，玉器加工已使用铁丝丝锯，战国到汉代的一些玉器上能够看见锯料时留下的痕迹。

山道。傍晚时分，到了山坳间一片略微坦阔处，校尉下令歇息，士卒们搭灶拾柴，准备晚饭。朱安世左右望望，一边是陡峭山壁，绝难攀登，另一边是深阔江水，有几丈宽，对岸山势略微平缓，但峰顶连绵，如同遮天屏障，南北望不到边。他心中暗想了几种脱身方法，却都难以施行，便索性不再去想，坐着静待时机。

吃过夜饭，天渐渐暗下来，校尉与其他士卒都已裹着毡子躺倒休息，只有四个士卒挑灯值夜，其中两个守在囚车边，绕着囚车一圈圈踱步，驩儿也靠着朱安世睡着。

四下一片寂静，只有水流声和虫鸣声。

忽然，前面远远传来马蹄声。

这么晚还有行人？

朱安世略有些诧异，值夜士卒也一起伸颈张望。蹄声越来越响，是四匹马，从北边奔了过来，值夜士卒都将灯笼伸向路边照看，那四匹马经过囚车时，朱安世仔细一看，见四匹马上都挂着长斧，斧刃映着灯火，寒光闪耀，马上竟是绣衣刺客！

朱安世忙向里扭过头，前三匹马都奔了过去，第四匹却突然勒住，向囚车凑过来。

“大胆！”卫卒厉声喝止。

“囚车里是什么人？”那刺客声气傲慢。

前面三匹马也倒转回来。

“找死？还不走开！朝廷重犯岂容你乱问？”卫卒怒骂道。

刺客鼻中极轻蔑地“哼”了一声，朱安世不由得微微转头，偷眼斜瞄，见那刺客从腰间取出一件东西，拿给卫卒看，灯影里金光一闪，朱安世想那东西恐怕是符节。

果然，那卫卒见到之后，声调忽变，连声道歉：“小人该死！小人该死！囚车中是长安盗贼，就是盗了汗血马那个，还有一个小儿……”

那刺客不等卫卒说完，忽然抽斧在手，直直向囚车冲来。朱安世大惊，他手脚被锁链铐着，囚车又矮窄，只能急转过身子，用背护住驩儿。倏忽之间，那刺客已经冲到囚车外，举斧就砍，咔嚓一声，木笼上横梁登时被砍断。

那刺客继续挥斧，从木笼缺破处，向朱安世头顶狠狠砍落，朱安世忙抬起两条腿，扯紧脚上铁链，挡住刺客斧头，脚腕上铁环猛地一勒，疼得他龇牙咧嘴。

驩儿被惊醒，见此情景，急忙缩到笼子内角。那刺客毫不停顿，连连挥斧猛砍，咔嚓！咔嚓！几根木栏接连被砍断。朱安世只能用脚上铁链左遮右挡，木笼里没有多少腾挪余地，稍一不慎，斧头滑过铁链，撞到脚踝，虽未砍伤，也已经痛彻骨髓。

其他三个刺客随即也一起驱马冲了过来，先前那个士卒呆在原地，手足无措，另三个忙挥矛上前拦挡，那三个刺客毫不容情，挥斧就砍，三个士卒猝不及防，顷刻间，其中一个惨叫一声被砍倒在地，接着另一个也被砍伤。

灯笼全都掉落在地，眼前顿时黑下来。

朱安世应付一个刺客已经吃力，现在光亮顿暗，看不清斧头，只能靠听力分辨，另一个刺客又已冲到木笼外，他心里大声叫苦，只能用背死死抵住驩儿，能拖一时算一时。幸好校尉及其他士卒都被惊醒，全都抓起兵器，喊叫着赶了过来。三个刺客立即背转身，护住囚车，分别抵挡上前的士卒。

第一个刺客继续挥斧，不断砍向朱安世。有几个士卒点燃了火把，有了亮光，能看清斧头，朱安世心下稍安，不断挪转身子，用手脚上的铁链抵挡刺客攻势。光亮之中，他隐隐辨认出，这刺客半边脸一大片青黑，竟是前日栈道跳江的那一个，又悔又怒，心想一味这样只守无攻，迟早要受伤。抬眼一觑，头顶木栏已经被砍断几根，大致已能站起身，便趁刺客一斧挥空的间隙，猛力一踢，踢中刺客左臂。刺客略微一退，他忙腾身站起来，不等刺客再次举斧，双脚一蹬，扑向刺客，左肘猛力击下，击中刺客脸颊，随即搂住刺客脖颈，紧紧箍住，两人一起栽到地上，朱安世不容刺客挣扎，右手又是一肘，刺客顿时晕死过去。

他才从地上爬起，旁边一个刺客察觉，挥斧逼开身前士卒，一扭身，斧头斜砍过来。朱安世急忙侧身躲过，脚下被锁链一绊，又栽倒在地，手正好碰到掉在地上的斧头，顺手抄起，抓住木栏，纵身钻回囚车。

那个刺客被士卒缠住，无暇继续来攻。朱安世环顾左右，另两个刺客也都各自被数个士卒围攻。校尉一边呼喝指挥，一边挥刀参战，竟无人顾及囚车。朱安世大喜，低声叫驩儿抓紧，随即挥斧砍断木笼前方木栏，伸出手抓住辔绳，用力一荡，大叫一声，驱动马车，向前急冲。前面一个刺客和士卒正在恶斗，马车奔过，撞开刺客胯下之马，踢翻两个士卒，一路向北急冲。奔出几丈远，冲进暗夜之中，朱安世回头一看，三个刺客已经逼退士卒，驱马赶来，那校尉也忙高声大叫，命士卒各自上马。

朱安世知道马车跑不快，很快将被追到，绕过一段弯路后，用力抽动辔绳，让马跑得更快，随即弃了辔绳，回身到木笼后面，抱起驩儿，说声“小心”，纵身一跃，跳下马车，滚进路边草丛。这里一带都是一丈多高的陡斜江岸，根本无法停住，两人径直滚向江中，紧急之中，朱安世腾出左手，迅疾抓住一把野草，才止住落势。大半个身子已经泡在水中，江水湍急，身子随即被冲斜。

秋草已经枯黄，承受不住两人重量，朱安世忙将驩儿托起来：“抓紧草根！”驩儿忙伸手死死攥紧两把野草，朱安世这才腾出手，换了两丛草抓紧，两人紧紧贴在陡坡上。

这时，三个刺客已经追了过来，马不停蹄，疾奔而过。很快，校尉率士卒也紧随而至。等追兵全都奔过后，朱安世才小声说：“爬上去。”

两人爬到坡顶，朱安世从囚衣上撕下几条布带，拴作一条绳子，让驩儿趴到自己背上，用布绳紧紧捆好，这才又溜下陡坡，探到水中，伸臂蹬脚，向对岸游去。

江水湍急，他手脚都被铁链铐着，腿臂不能大张，使不上太多力气，加上铁链及驩儿的重量，游得越发吃力，根本无法抵抗水流，不断被冲向下游，只能拼力划水，斜斜向对岸一点点挪近。手臂渐渐酸软，几次沉下水去，险些被江水吞没，驩儿也被水呛得不住剧咳。他咬紧牙关，拼死挺住，才终于游到对岸。爬到岸上时，筋疲力尽，瘫在石板上动弹不得。

没过多久，斜对岸隐隐传来马蹄声和呼叫声，看来追兵已经追到了囚车，发现朱安世半路跳车，又沿路找了回来。

朱安世不敢逗留，喘息片刻，强撑着爬起来。他一动，手脚上的铁链便哐啷作响，幸好响声不大。他轻手解开布绳，放下驩儿，将布绳一头系在脚链中央，一头用手提着，避免铁链碰地，这才牵着驩儿向山上爬去。

爬了一阵，马蹄声已经来到了正对岸，回头一望，几根火把在岸边晃动。这时夜静山空，对岸的话语听得异常清楚：

“这一路都没有山洞、树丛，那贼人没地方可躲，这边峭壁又陡，也爬不上去。”

“他一定是跳进江水里了，难道游到对岸去了？”

“江水这么急，他就是手脚没被锁，也难游过去。”

“那他能去哪里？”

“该不是被江水冲走，淹死了？”

“休要啰唆，仔细查找！”

士卒们不再说话，火把慢慢向南边移动，只听见马蹄声和兵刃撞击石头的声音。

朱安世松了口气，牵着驩儿继续登山。山势越来越陡，不但驩儿越走越慢，朱安世也气喘吁吁。一夜走走停停，天快亮时，才终于爬到山顶。朱安世怕对岸看见，牵着驩儿向山里又赶了一段，找了处茂密草丛，这才一起躺倒。

虽然夜寒露重，两人疲乏已极，很快呼呼睡着。

第二十章

# 山野猛虎

山上滴起雨来，山风越发湿冷。

朱安世被冻醒，转头一看，驩儿还在熟睡，但皱着眉头，脸蛋潮红，伸手一摸，额上滚烫。不好，孩子生病了！

朱安世忙伸手轻轻摇动他：“驩儿，驩儿！”

驩儿迷迷糊糊呻吟着，却睁不开眼。朱安世四处望望，见不远处有块巨石，石下有个凹处可以避雨，便抱起驩儿走过去，先轻轻放到石下，然后捡了几抱尚未打湿的枯草黄叶，厚厚铺在石凹里，才让驩儿睡好，又折了些树枝遮挡住山风。昨夜渡水过来，两人身上衣服至今未干，身上火石在梓潼时已被搜走，没办法生火烘烤，只能用枯叶厚厚堆在驩儿身上。

他粗识一点草药，忙去采了些牛燥叶、葴、蒲公英，没有瓦罐，煎不成药，只能在石块上捣烂，一点一点喂给驩儿。忙了半晌，腹中饥饿，又去掘了几个山薯胡乱充饥。之后便坐在驩儿身边看护。

雨淅淅沥沥越下越密，山上越来越冷。

他忍不住打了几个寒噤，见驩儿缩成一团不住发抖，便躺下来，把驩儿抱在怀中，替他保暖。驩儿渐渐沉沉睡去，朱安世一动不敢动。

当年，儿子生病时，他就这样将儿子抱在怀中。分别几年，不知儿子现在是什么模样，是否照旧跟他亲。他笑着长叹一口气，望着雨幕，想象别后重逢的情形，妻子郦袖见到他，定会又装作生气，冷着脸不理睬他，等着他赔好话。这次不同以往，惹了这么大的祸，分别这么久，定得好好赔些不是才成。他在心里反复思量着各种甜话、乖话、趣话、真心话……正眯着眼睛笑着浮想，驩儿忽然叫道："娘！娘！娘！"

驩儿仍闭着眼、皱着眉，在梦里哭起来，眼角滚下泪珠。朱安世轻轻替他擦掉泪水，不由得深叹一口气。

一连两天，驩儿始终昏迷不醒，一会儿笑、一会儿哭、一会儿惊叫，朱安世看着心疼，但没有火种和衣被，只能定时给他喂药，又把山薯捣成泥，喂他吃一些，然后一直守在他身边。心里不住念：孩子啊，你千万得好转过来，不然朱叔叔就白花这么多气力救你啦！

钳钛箍着手脚，实在碍事，他找了块硬石，想砸烂铁镣上的锁，但费尽气力也没能成功，倒是几次失手，砸到手脚，疼得他哇哇怒叫，只能恨恨作罢。

他攀上巨石，举目眺望，只见四周群山连绵、峰峦如波，根本望不到边。出入蜀地只有峡谷间一条驿道，沿路绝难避开盘查，只能翻山越岭。他心里暗暗叫苦，不论南下去成都，还是北上回长安，都得越过这重重山峰。他独自一人要走出去都艰难，何况还有驩儿！想了一阵，也没有他途，还是先医治好驩儿再说。

到第三天，驩儿才睁开眼睛，见朱安世正在给自己喂薯泥，有气无力地说："谢谢朱叔叔……"

"你终于醒来啦，嘿嘿！"朱安世十分开心，"不要说话，乖乖吃！"

又过了两天，驩儿病势渐渐好转，能自己坐起来吃东西了。他从怀里取出一卷儿东西递给朱安世，朱安世一看，竟是那卷丝锯！那夜逃得急，全然忘了这东西，更没有跟驩儿说起，仓皇中他居然能留心，朱安世甚是纳罕："哈哈，你什么时候把它拿着了！"

驩儿并不作声，只是微微一笑。能替朱安世做一点事，他显然十分开心。郦氏替他梳的小鬟已经散乱，头发披散着，恢复了男孩儿的模样，虽然身子还是虚弱，但圆圆的黑眼睛又闪出光亮。

朱安世接过卷丝锯，套在指头上转悠，感叹道："这东西宝贵，丢不得。"

他想起韩嬉说这丝锯是精铁制成，连铁器都能锯断，便坐到石凹边的草地上，扯开丝锯，两手拽紧，试着锯脚上的铁链。锯了一阵，果然锯出一条细缝。他大喜，埋头加劲继续锯起来。正锯着，驩儿忽然低声叫道："朱叔叔！"语气十分怪异。朱安世抬起头，见驩儿盯着石凹外，满眼惊恐，他顺着目光回头一看：一只猛虎！

那只老虎立在两丈外，浑身斑斓，身形强壮，双眼泛着黄光，定定盯着朱安世，一阵一阵发出低重鼻息。

朱安世头皮一麻，顿时呆住，一动不敢动。老虎盯了片刻，忽然抬腿奔了过来！

朱安世这才回过神，慌忙要站起身，却一头撞到顶上的岩石，一阵眩晕，一屁股又坐了下来。这时，老虎已经冲到眼前，两只巨爪扑向朱安世！朱安世吓得魂飞魄散，忙张开双腿，绷紧铁链，拦向虎爪，但哪里拦得住？铁链被老虎一爪摁到地上，一声咆哮，一股腥臭之气扑面而至。老虎张开巨口，舌头血红、利齿森森，向朱安世咬来！

朱安世魂已不在，正好两腿之间有块大石头，一把抱起来，用力推了出去。这时虎嘴正张得最大，那块圆石一下子搡进虎嘴之中，老虎喉咙中发出一声怪叫，猛地顿住。朱安世忙撤回手，倒退着连蹭几步，缩回到石凹里，抓起一根粗树枝，准备搏斗，却见那老虎猛摇着头，要吐出那块石头。谁知那石头刚好撑满了虎嘴，又被虎牙卡住，吐了半天吐不出来。老虎伸出爪子，嘶吼着，要扒出石头，然而石头圆滚滚的，无处着力，扒了半天扒不出来。它暴怒起来，不停转圈打滚，石头却始终卡在嘴里。

朱安世和驩儿看得目瞪口呆，过了半晌，那老虎竟呜咽一声，大张着嘴，含着那块石头，转身向远处跑去，不久便隐没在树丛之中。

朱安世这才慌忙抱起驩儿，跳出石凹，抓起掉在地上的丝锯，没命地狂奔。

这深山之中，不知道还要遇见什么。

他不敢再在地下睡，找了棵粗壮老树，在枝杈上搭了个棚子，和驩儿住在里面，让驩儿继续养病，等身子复原了再上路。

两人斜靠在树棚里，想起那只老虎，不约而同地一起笑起来。起初还只是低笑，互相一对视，顿时大笑起来，再也停不住，笑声惊得树丛里宿鸟扑啦啦一起飞去，直笑到筋疲力尽，才渐渐止住。

朱安世已经很久没有这般开怀大笑过，心头闷气一扫而光。自见面以来，他也是第一次见到驩儿笑得这样开心，心里十分欣慰。

过了一阵，驩儿望着林野，忽然牵念道："不知道那只老虎吐出石头来没有？要吐不出来，它就得饿死了。"

朱安世想了想说："它既然能吞进嘴里，大概也能吐出来，只是当时太焦躁，等安静下来，慢慢吐，应该能吐得出来。"

驩儿不再说话，望着远处，不知道在想什么。

朱安世问道："你娘是让你以后跟着那御史大夫吗？"

驩儿摇摇头："我娘没说，只说一定要找到御史大夫，当面背给他听。"

"见到御史大夫，背给他之后呢？"

"我也不知道。"

"那你就跟着我吧，我儿子一个人太孤单，你们两个年纪一般大，正好做个伴。你愿不愿意？"

驩儿扭过头，眼睛闪着亮，狠狠点点头："嗯！朱叔叔，你的儿子叫什么？"

"郭续。"

"哦，朱郭续……"

朱安世笑起来："他就叫郭续，不是朱郭续。"

"他不是该姓朱吗？"

"我本来姓郭，我父亲被皇帝老儿无缘无故问了罪，我们郭家全族被斩，只有我侥幸被救走，为了活命，所以改姓了朱。我儿子自然该姓回郭。"

"难怪你把天子叫'刘老彘'……"

几天悉心调养，驩儿已渐渐复原。

他毕竟是个孩子，在树棚里拘困了这几日，见朱安世跳下树，又去寻吃食，嘴里虽不说，眼中却露出跟随之意。朱安世回头看到，立即明白，他丢下驩儿去寻食本也不放心，不敢走远，附近山果野菜薯根也几乎找尽。于是他便在树下伸出双手笑问："你也该走动走动了，敢不敢跳下来？"

"敢！"

驩儿顿时爬起身，扒在棚沿边，笑着望了望朱安世的怀抱，稍一犹豫，随即鼓起勇气跳了下来。树棚离地有半丈高，朱安世在下面稳稳接住，两人一起笑起来。朱安世当年和儿子就时常这样玩耍，看驩儿异常开心，他心头一热，竟涌起一阵酸楚，忙嘿嘿笑了两声，小心放下驩儿，牵着他的小手，慢慢往林子里穿行。

没有火，吃了几天山薯野果，朱安世口中寡淡，想另找些食物吃，问驩儿，驩儿却说很好。

朱安世笑起来："你这孩子，问什么都说好。小孩子家，要常说说'不好'才对嘛。"

但这山里，能有什么？找了许久，依然只有山薯野果。

两人穿出树丛，来到一处山坳，忽然听见前面传来小兽啼闹之声。拨开草丛一看，下面一个山洞，洞口一只猛虎！身边两只小虎崽。

朱安世忙一把护住驩儿，躲在草丛后，一动也不敢动。过了半晌，不见动静，只听见小虎崽仍在啼叫，声气竟十分哀惶。朱安世轻轻拨开乱草，偷偷望去，那只大虎躺在地下，一动不动，嘴大张着，口中卡着一块圆石。

居然是那天那只老虎！它竟没能吐出那石头！

看来真如驩儿所言，它因此而饿死。再一看，它的肚腹露出乳头，是只母虎。两只小虎崽围着它，不断挨擦抓拨，含着母虎乳头吸吮两下，接着又哀啼起来。看来是饿极了，而母虎乳汁已干。

朱安世看在眼里，心底不由得有些歉疚。

"它是两只小虎的娘……"身边驩儿忽然小声说道，语气有些伤怜。

朱安世知道他是触景生情，想起了自己的娘，忙伸手轻轻揽住他，低声说："我去捉几只野兔喂它们。"

“不好……”驩儿小声道。

“嗯？怎么不好？”

“野兔也有娘，也有儿女。”

朱安世一听，先觉好笑，但略一想，又一阵感慨：这孩子心太善了。小儿天性都顽劣，不懂什么善恶。自己的儿子当年还专门捉了虫子弄死取乐，被郦袖责骂了几次才不敢了。驩儿小小年纪，却能处处替人着想，善心竟及禽兽。若不是自幼就身遭大难，哪里能有这片善良之心！

他温声问道：“你觉着该怎么做才好？”

驩儿望着小虎崽想了半晌，小声道：“我也不知道。”说完，眼中竟闪出泪光。

朱安世从未细想过这些事，一直以为，一物降一物，本来是自然之理。然而，此时以父母子女之心去看，忽然觉得，这自然之理竟是如此无情！他不由得记起赵王孙似曾说过一句话：“天地不仁。”当时听了，浑不在意。此时猛然想起，看着驩儿满眼伤心，听着两只小虎崽哀哀而啼，再想起自己的妻儿，相隔千里，不知能否顺利重聚，就算重聚，自己和郦袖有朝一日总得死。倘若死时，儿子已经成人还好，若不幸死得早，留下儿子孤零零在这世上，又得像自己幼时一样孤苦无助……这样一而二、二而三，心绪蔓延，无边无际，竟至一片空茫灰冷。

他眼中一热，落下大滴泪来。脸上一凉，他才惊觉，忙抬手擦掉，幸好驩儿一直望着老虎，没有发觉。

他万分诧异，自己竟像妇人一样多愁善感起来，不由得自嘲而笑。但脸上虽然笑着，心里却始终不是滋味。

良久，等心绪平复，他才蹲下身子，揽住驩儿双肩，温声道：“我们不是有意要害死那只母虎，我们只是自保。这世上的事情就是这样，有好运，也有坏运，不论好坏，碰上了，都得自己承担。我看那两只小虎崽不算太小，也该断奶，学着自己寻食了。就像你，小小年纪就没了爹娘，你就得比别的小孩子多吃些苦，早点学会如何活命。其实朱叔叔也和你一样，很早就孤单一个人，凡事只能靠自己。你看朱叔叔现在活得不是好好的？既然你不愿我去捉野兔，那就让它们自己求活吧。你呢，也得尽力好好活下去。这世上虽说太多不公，但至少这一条很公平——你尽力，才能得活；不尽力，只好去死。”

驩儿默默听着，不住点头，等朱安世说完，他抬起头，望着朱安世，满眼感激：“我命好，还有朱叔叔。”

朱安世咧嘴一笑，回头望了望，那两只小虎崽似乎也啼累了，或者明白母虎已经死了，竟也不再哀啼，呜咽几声，转身离开，低头嗅着，一先一后，向草丛里钻去，不久，便不见了踪影。

朱安世笑道：“看，它们自己寻食去了。”

“嗯。”驩儿也微微笑了一下。

“我们自己也该寻食去了。”

又过了两天，驩儿身体完全复原。

朱安世决计还是去成都，便带着驩儿离开树棚，穿林越谷、走走停停，依着日影，一路向南，在林莽中慢慢跋涉。

一路上，不论朱安世脚步多快，驩儿都始终紧紧跟随，从未落后，也没叫过一声苦。朱安世要背他，他抵死不肯，问他累不累，他总是摇头。朱安世说休息，他才休息。

* * * * * *

三个多月后，两人才终于走出群山。

远远望见山下一条江水蜿蜒，江湾处小小一座县城，是涪县[1]。

这时已是暮冬，两人早已衣衫褴褛、头发蓬乱。朱安世脖子上还套着铁圈，双腕铁扣各拖着一截铁链。他用丝锯锯断手脚上的镣铐，脖颈上的铁圈和双腕的铁扣，却使不上力，只能由它。

“嘿嘿，走出来啦！”朱安世和驩儿相视一笑，都格外开心。

两人穿过密林，走下山坡，前面现出山间小径。久隔人世，双脚踏上人间小径，朱安世头一回发觉：路竟也会如此亲切。

---

1 涪县：今四川省绵阳市涪城区。

正走得畅快，转弯处忽然走过来一个人，面目黧黑、身形佝偻，是个农家老汉。

见到两人，那老人登时站住，眼中惊疑，手不由得握紧腰间的镰刀。

朱安世忙牵住驩儿，也停住脚，温声道："老人家，我不是坏人。"

那老汉上下打量朱安世，扭头看看驩儿，又盯住朱安世手腕上的铁扣铁链，小心问道："你是逃犯？"

朱安世点点头，正要解释，老人看看驩儿又问："这孩子是你什么人？"

"是我儿子。"朱安世脱口而出。

这三个月跋涉，两人朝夕相处，共历饥寒艰险，早已与父子无异。

"孩子这么小，你就带他一起逃亡？"

"唉，我也是没法子。"

"你犯了什么事？给你戴上钳钛？"老汉神色缓和下来。

"我被发往边地从军，这孩子娘又没了，在家里无人照看，我才逃回家去，想带他去投靠亲戚，途中又被逮住，幸好有山贼劫路，我趁乱带孩子逃了出来。"

老汉忽然叹口气道："我儿子因为自己铸了几件农具，亭长说是私铸铁器，将我儿子连两个孙子一起，全都关进牢狱，又被强征从军，随贰师将军李广利去北地攻打匈奴了。"

"我前年也是随那李广利西征大宛。"

"听说李广利远远赶不上当年的大将军卫青和骠骑将军霍去病，出征连连失利。只可怜我那两个孙子，不知道还能不能活着回来……唉，不说这些了，说起来伤心——"老汉擦掉老泪，望望驩儿说，"这孩子吃了不少苦吧，前面转过去就是村子了，小心被人看到。这样吧，我带你们走小路，从村后绕过去。"

"谢谢老人家。"

老汉慢慢引着朱安世、驩儿穿过一片竹林，沿一条僻静小路，走了一阵，树林后隐隐现出一片农舍。老汉停住脚，正要指路道别，眼见朱安世身上的铁圈、铁链，迟疑了良久，又道："你身上戴着这东西，走不多远就会被人察觉，干脆你先到我家，我帮你去掉它。”

藏匿逃犯是死罪，老汉是担着性命干系救助他们。朱安世连声道谢，老汉却摆摆手，又引着他们避开眼目，从村后偷偷绕到自家后院，推开柴门，让两人躲进柴房中。随后去拿了铁锤铁凿进来。原来老汉是个老铁匠，没用多久，便帮朱安世卸下铁圈和铁扣。朱安世被箍了几个月，终于一身轻松，忙又连声道谢。

老汉道：“这算得上什么？我只盼能多帮帮别人，我那儿孙在外也能有人相帮。你们还没吃饭吧，我已经让浑家置办了，你们稍躲一会儿，马上就好。”

不多时，一位婆婆端着一个木托盘进来，盘上一盆米饭、一钵菜汤、两碟腌菜。那婆婆手脚利落、性子爽快，不等朱安世道谢，就已经摆放到木墩上，连声催着他们快吃。

朱安世和驩儿这几个月，全都是生吃野菜、野果、山薯，勉强疗饥，维持不死而已，肚肠里早已寡得冒烟。突然见到这热饭热汤，眼放光、口流涎，端起碗来就往嘴里刨。驩儿忘了饭前的诵读，朱安世吃得太猛，几乎噎死，只觉得这顿饭比平生所吃过的任何珍脍都要美味百倍。

看他们狼吞虎咽，两位老人又是笑又是叹气。

吃饱后，老人找来儿孙的旧衣服让两人换上。朱安世又讨要了一把匕首，一小段铁丝。

躲到日暮，等人们各自归家，路上看不到人影时，老汉才送朱安世从后门出去。临别时，朱安世和驩儿一起跪下，恭恭敬敬谢了两位老人。

出了村子，沿着田间小路，两人走到涪县城外，这时天色已黑，城门早闭。

朱安世想这一路去成都，没有干粮和路费，得进涪县弄一些。便把驩儿安顿在山边一个小洞里，自己只身来到涪县城下。涪县依江而建，他顾不得天寒水冷，潜到江中，游到城墙临江一边，找到一条水道，有当地盗贼出入的小洞，便钻进去，进到城中。

当年，他和妻子郦袖新婚时，南游成都，曾经在这涪县歇过两天。当时，他囊中钱财用光，就趁夜里郦袖睡熟后，去了城中最富的铁矿主宅里盗了些金子。城中路径还大致记得，刚才和老汉攀谈时，他又有意探问了那家铁矿主，虽然朝廷已不许私家开铁矿、铸铁器，那人还是使钱谋了个铁官的职位，仍为当地巨富，家宅就在江岸一侧。

朱安世避开巡夜卫卒，摸黑潜行，很快找到那座宅院，比先前更加宽阔轩昂。

他仍从后墙翻入，躲在暗中查看，见宅院大体格局未变，后院一片亭台池榭，院子正中并排三座楼，用飞阁相连，中间那座主楼最宏伟，连顶上阁楼共四层。主楼正堂灯火通明，人语喧哗，想必是主人正在宴客，二层是主人寝居之所。富户都有个习惯，将财帛宝物封藏在寝室楼上，以便看管。

朱安世蹑足来到主楼后面，攀上楼边一棵大柏树，轻轻一纵，跳上二楼檐角，见房内漆黑，便放心越过木栏，跳进观景廊，来到门前，门从内扣着。他掏出匕首，轻轻挑开门闩，推门进去，摸黑找到楼梯，上到三楼，门上着铜锁。他取出向老汉讨的那段铁丝，戳进锁眼，捣弄一阵，弹起簧片，顶开锁栓，打开了锁。进了门，黑暗中摸见屋内布置仍像当年，靠里并排立着十几个大木箱，都上着锁。他打开了其中一把锁，但刚掀开箱柜，忽然觉得有什么在扯动，一摸，箱盖角上有一根丝线，连到地下。

不好！一定是主人防窃，新设了机关，线的另一端恐怕通到楼下，连着铃铛之类报警的东西！

果然，楼下隐隐传来一阵叫嚷，随后，便是几个人急急上楼的脚步声。

朱安世慌忙伸手摸进箱中，和原来一样，里面整齐堆满小木盒子，他随手抓起一个小盒子，沉甸甸的，顾不得细看，急忙下楼，刚到了二楼屋中，脚步声也已到了门外。他忙从廊门出去，轻手带好门，随即从檐角跳到柏树上，溜到地下，奔到后院，翻墙出去，后面一片叫嚷声。

他急急从原路返回，游水来到城外，爬上岸，才打开那个盒子，里面满满一盒金饼。

当年，他盗了两盒，第二天兴兴头头拿出一块金饼去买车，准备继续南下。郦袖知道钱已用光，正打算变卖自己的首饰，忽然看到金饼，立即沉下脸来，问他：“这又是你偷来的？”他忙解释说他从来都只盗官宦豪富，郦袖却说：“做官的，也有只拿俸禄养家过活的，至于豪富，许多都是靠自己本事辛劳赢利。你凭什么去盗？”他又解释说都是事先打问清楚了才去盗的，从来不盗清廉本分之人。何况盗来的钱财也不全是自己用，时常散济给穷苦之人。郦袖又问：“你自己用多少？分给穷人多少？”他从来都是凭着兴致做事，哪里记得这些，所以顿时噎住。

郦袖盯着他，良久，才正声道：“你是我自己挑中的，嫁了你，此生我不会再作他想，我只想问明白一件事，也望你能诚心答我——你能否戒掉这盗习，你我夫妻二人好好谋个营生，安安稳稳度日？”

自从相识以来，朱安世事事依顺郦袖，为了郦袖，便是舍了性命也满心欢喜，那一刻，他却忐忑起来。

他自幼便天不收、地不管，野惯了的，忽然让他像常人一般安分守己、老实过活，恐怕连三天都熬不住……夫妻之间，不该有丝毫隐瞒，但若说实话，定会让郦袖伤心，这又是他最不肯做的事。若顺着郦袖的心意，郦袖固然欢喜，但话一出口，便得守信，此后的日子怎么挨下去？

他望着郦袖，犹豫再三，不知道该如何对答。

郦袖也定定望着他，半晌，轻叹了口气，眼里没有责备，竟满是爱怜：“你这匹野马，若给你套上笼头缰绳，你也就不是你了。好，今后我不硬拗你的性子，但你也得答应我一件事。”

“什么事？你尽管说！”

“你以后若要行盗，只能盗为富不仁、仗势凌弱的贪酷之人，而且盗来的财物，自己至多只许留两成，八成必须散济给穷人。”

“好！我一直也是这么做的，只是没有你说得这么清楚分明！”

想起当日情景，朱安世在夜路上独自笑起来。

他念着老汉的救助之恩，便先赶回小村子，来到老汉家。心想以老汉为人，当面给他，必定不收，便翻墙进去，摸进厨房，黑暗中大致一数，盒里一共二十枚金饼，便留下四枚，其余十六枚金饼全都放到米缸中。这才潜行出村，赶到山边，找到了驩儿。

驩儿缩在洞里，正在打盹，听到脚步声，立刻惊醒。

朱安世心怀歉意，但又不得不尽快离开，便拍拍他的小肩膀，道：“我们又得爬山。”

“嗯。”驩儿立即站起身。

他们连夜翻山，天微亮时，绕过了涪县，远远看见山脚下通往成都的大道。

# 第二十一章
# 锦江锦里

外面下起了雨。

杜周立在窗前，望着雨丝渐渐变成水帘，垂挂檐前，听着噼噼啪啪的水响，他心里很是受用。

他一向厌烦人笑，也厌烦人哭，更厌烦人喋喋不休。这时，仆役们都躲进屋去，院里不见一个人影，雨声大，罩住了人声、畜声。眼前耳边顿时清静，如同与世隔绝，让他身心终于松缓，什么都不必去防。

可惜的是，雨并没有下多久，便淅淅沥沥收了场。

书房外妻子和仆妇说话的声音又传了进来，妇人家能说些什么？无非针头线脑、东长西短。

杜周心里冒出一阵烦恶，嘴角不由得微微抽搐。他咳嗽了一声，外面妻子的声音立即压低了些，嘁嘁喳喳，像老鼠一般。杜周皱眉轻哼了一声，抬头望着檐角不时坠落的水滴，不得不又回到那桩心事：朱安世。

天子又催问过两回，声色越来越严厉，他却只能连声告罪。

锦带扎的小冠帽，竹篾编的细索，究竟意指什么？

他已经想了这么多天，却丝毫没有头绪，越想心越烦乱。书房外妻子的声音却又渐渐升高，一句句像湿毛虫在心里爬一般。一个仆妇接过话头，絮絮叨叨，竟越发放肆：“当然还是蜀锦好。我家原来就在锦江边上，那条江原来不叫这名字，后来人们发觉，织好的新锦在那江水里洗过后，颜色格外鲜亮，换其他江水都没这么好，人们开始叫它‘濯锦江’，后来干脆就成了‘锦江’，春天的时候，江面上漂满了花瓣，那水喝起来都有些香甜呢……”

杜周听得烦躁，正要开口喝止，他妻子又接回话头道：“难怪朝廷单单在那里设了锦官，还造了锦宫……”

听到“锦官”二字，杜周心中一震：锦官？锦冠？

随即他猛然记起：蜀地岷江之上，有一种桥是用竹索编成，称为“笮桥[1]”。

锦冠，竹索，是成都笮桥！

他心头大亮，郁闷一扫而光，嘴角不住抽搐，喜得身子都有些发抖，忍不住伸掌猛击了一下窗棂。

他妻子在外面听到，忙住了嘴，随即脚步簌簌，向书房走来，杜周忙袖手站立，仍看着窗外，并不回头。他妻子在门边张望片刻，见没有事，知道他脾性，不敢发问，又轻步退出。

杜周开心之极，在书房里连转了几圈，想找个人说，却又没有。他想到左丞刘敢，这世上也只有刘敢能稍微体会他一二。

巧的是，刚想到刘敢，刘敢居然来了。

******

绕过涪县后，朱安世不敢走大路，只在田野间穿行。

他步子虽然尽量放慢，驩儿却已经累得气喘吁吁、满脸汗泥，但一声不吭、尽力跟着。

朱安世心中不忍，见前面大路上有一座小集镇，心想：不能把孩子饿坏了。便领着驩儿赶过去，集镇上人迹稀少，更不见官府公人。朱安世这才放心，找见一家村店，进去一屁股坐下，知道村店也做不出什么珍肴，便点了一只鸡、二斤牛肉、一盆鱼、几样菜蔬，给自己又要了两壶酒。

1 笮（zuó）桥：竹索编织而成的架空吊桥。据传秦代李冰曾在益州（今成都）城西南建成的一座笮桥，又名“夷里桥”。

店里有现成的熟牛肉，先端了上来。

“驩儿，今天就先别念了，等吃饱了再念不迟。放开肚子，尽情吃！”

朱安世夹起一大块牛肉，浓浓蘸了些佐酱，放到驩儿碗里。驩儿犹豫了一阵，终于还是经不住馋，夹起放进嘴里，大口嚼起来。两人许久没有沾过荤腥，况且又赶了一夜路，饥虎饿狼一样，一起大吃大嚼，大吞大咽。朱安世久没闻到过酒味，更是渴极。

其余菜肉，也陆续端上来，不一时，两人吃掉了大半，两壶酒尽都喝干，清汤寡水几个月，终于饱足了一回。

吃罢，朱安世才想起来：他身上只有四枚金饼，一枚半斤，值五千钱，这顿饭却不过几十钱，拿这金饼付账，恐怕会吓到店家。一扭头，见后院停着一辆牛车，心中一动：驩儿一路疲倦，该买辆车代步。于是他便和店家商议买那辆牛车。连牛带车时价不过两千钱，店家却开口就要三千。朱安世假意讨还了一会儿价，装作没奈何，才掏出一枚金饼。

即便这样，店家还是睁大了眼：“我顶多只有一千钱，哪有这么多余钱找你？”

朱安世看后院还养着鸡羊家畜，心想装作贩鸡卖羊的小商贩，路上方便行走。便又和店家商议，买了两只羊、十只鸡，外加一床被褥，一把刀，一篮熟食，算一千钱。店家找了一千钱，路途中正好使用。

吃饱喝足，朱安世哼着歌，驾起牛车，驩儿挺着饱胀的小肚子，躺在厚褥子上，两人慢悠悠前行。

前去成都并不多远，笼子里鸡儿不时鸣叫，车后牵着两只羊咩咩应和，简直逍遥如神仙。

* * * * * *

刘敢匆匆赶到杜周府邸。

他虽然打了伞，但衣襟鞋履皆湿。进到书房时，眉眼之间竟也难掩喜色。

杜周见他冒雨前来，知道有好信，便收起自己的喜色，嘴角下垂，恢复了常态。

刘敢叩拜过后，禀报道：“那块断锦有了线索。”

“哦？”

“它果然是出自宫中织室。卑职买通的那个织妇在织室库房中找到了相同的苍锦——”

刘敢说着取出一块两尺见方的锦，铺展在几案上，那锦苍底青纹，绣着一只苍鹫。刘敢又拿出那片断锦，放在苍鹫翅角位置，色彩纹样竟一毫不差。

杜周盯着锦上苍鹫，并不出声，但心头浮起一片阴云。

“卑职也查出了它的去向——”刘敢望着杜周。

“说。”

“卑职在少府打探到，这锦是宫中黄门苏文带人趁夜取走的。”

“苏文？”

“正是他，天子身边近侍。但宫中并没有诏命定制这些锦，也没有黄门或宫女穿这锦，更不见天子赏赐给谁。”

杜周仍盯着那锦，像是在注视一口幽深的井。

刘敢略停了停，又道：“苏文为什么要私自定制这锦？又为何会送到宫外，让那些刺客穿？这背后恐怕有更大的玄机。卑职会继续密查。”

杜周微微点头，心底升起一股寒意，同时又隐隐有些欣喜：汗血马固然稀贵，但此事看来更加深不可测。虽然凶险，却值得一搏。一旦探出其中隐秘，将是非常之功。

他心里想着，面上却丝毫不露。仕途之上，既无常敌，也无久友。刘敢跟随自己多年，虽说办事殷勤尽力，但此人心深志大，日后必定高升，需要时刻提防。不过，眼下此人用着极称手，只要护紧软肋，倒也无妨。何况当务之急，还是追回汗血马。

于是他停住默想，沉声道：“盗马贼要去成都。”

“成都？大人已经解开了？对！对！对！成都号称锦官城，锦官不正是锦冠？那竹索……唉，我怎么居然忘了？那年我去过成都，见过一座桥，很是奇异，不是用木石搭建，而是用竹索编成！卑职这就草拟紧急公文，速派驿骑南下，通报蜀道沿线郡县。再让蜀郡太守立即追查那朱安世妻子的下落！”

******

司马迁正在书房中埋头写史，忽听到窗外有人高声唤道：“故友来访，还不出来迎接！”

一听到这声音，便知是任安，司马迁心中顿时一暖，忙撂笔起身，几步赶出门去。只见任安大步走进院中，年近五十，身形高大，气宇轩昂。身后跟着一个童仆。

司马迁一向朋友极少，自任太史令后，息交绝游、埋头攻书，交往越发疏落，只有任安、田仁两人与他始终亲厚。尤其是任安，心地诚朴，性情刚直，与司马迁最相投。

司马迁迎上去，执手笑道：“多日不见，兄长一切可好？”

任安哈哈笑道：“我是来道别的！”

“道别？去哪里？”

“蜀地。我刚被任命为益州刺史。”

“哦？”

“长安几十年，活活憋杀了人，出去走走，正好开阔心胸。”

司马迁正不知道是否该道贺，任安原为北军使者护军，官秩比刺史高，但天下十三部州，刺史监察一州，权柄极大。现在听他这样说，随即释怀，替他高兴。但同时，心下又多少有些怅然。去年田仁迁任三河巡查，现在任安又要离去，这长安城中更无可与言者。

这时，柳氏也迎了出来，笑着拜问。

任安转身从童仆手中接过一个盒子，递给柳氏：“这是贱内让我带过来的。”

柳氏打开一看，是一盒精致甜糕。

任安又道：“这是她特意蒸的，说让你们也尝尝。”

柳氏忙谢道：“让嫂子费心了，时常记挂着我们。这定是枣花糕了。”

任安笑道：“好眼力，正是河间[1]枣花糕。”

柳氏忙去厨下，吩咐伍德妻子胡氏置办了酒菜，司马迁与任安对坐而饮，谈笑了一会儿。

任安忽然皱起眉头，道：“昨天杜周找到我，托我到成都时，务必帮他料理一桩事。”

“关于盗马贼？”

“你怎么知道？”

“我只是猜测，杜周眼下最大的烦恼，当然是汗血马失窃一事。这马如果追不回来，杜周休矣。”

“正是事关那朱安世。杜周查出他妻子现在成都，他料定朱安世必会逃往那里，要我到成都，知会蜀郡太守，一定要捉住朱安世。这让我实在为难。”

“你职在监察，能否捉到，该是蜀郡太守之责。”

“我不是怕捉不到朱安世。相反，我怕的是捉到他。”

“哦？这我就不明白了。”

“我没向你提过，那朱安世与我相识多年，算是忘年之交，情谊非浅。”

“你怎么会认识他？”

“他父亲于我有恩。我年少穷困时，他父亲曾数次相助，我能投靠大将军卫青门下，也是由于他父亲引见。其实他父亲你也见过。”

“哦？姓朱……我想不起来。”

“他是改了姓。他原姓郭，他父亲是郭解[2]。”

“郭解？”司马迁大惊，随即恍然叹道，“难怪，难怪，果然是父子，世上恐怕很难找到第二个人敢去皇宫盗走汗血马。”

“这朱安世也实在鲁莽，那汗血马身形特异，极容易辨认，偷到手，骑又不能骑，盗它做什么？”

1 河间：地处冀中平原腹地，位于今河北省内，属沧州市管辖。河间之名始于战国，因处九河流域而得其名，古称瀛洲。盛产粮棉瓜果，尤以金丝小枣著名。

2 郭解：西汉著名游侠，详见《史记·游侠列传》。

“我猜他恐怕并不是为了贪这汗血马。他既能从宫中盗走汗血马，必然机敏过人，怎么会不知道盗汗血马是自找麻烦？”

“那能是什么？”

“恐怕是泄愤。”

“泄愤？泄什么愤？”

“我听说他曾随军西征大宛，此次西征，去时六万大军，牛十万，马三万，归来时，只有万余人，马千余匹。大半士卒并非战死，而是由于将吏贪酷，克扣军粮，冻馁而死。而所得汗血马才十匹，中马以下三千余匹。”

“这么说他是因为怨恨李广利？”

“恐怕不止，他定是知道天子极爱汗血马，再加之他是郭解之子。”

“唉！”任安长叹道，“朱安世这次真是闯了个天大的祸。他在扶风城又胡闹一气，减宣都因此自杀。还有一事更加奇怪，他自己性命难保，身边竟还带着个孩子，不知道那孩子是从哪里来的，杜周格外嘱咐，那孩子也一定要捉住。”

“我也听说了，那孩子甚是诡异，到处风传他会妖术——”

两人又谈论了一阵，任安要回去置办行装，饮了几杯后，便起身告辞。司马迁依依拜别，在门边驻望良久，才黯然回屋。

柳夫人将枣花糕分作三份：一份捎给女儿，一份分给卫真和伍德胡氏两口子，一份他们夫妻两个享用。

她递给司马迁一块，然后自己也拈起一块，边尝便赞叹：“这枣花糕只有金丝小枣枣泥拌着枣花蜂蜜，才会这样香糯滑爽。河间金丝小枣可是天下一绝，那里的枣树移到别处，枣子就会变得酸涩。就像咱们院里这棵，枣子虽然结得多，却没那么脆甜。听说是因为河间那地方九河环绕，水土独一无二……”

“九河环绕？”司马迁心头一震，喃喃念道，“九河……九河……”

“怎么了？”

“对！”司马迁忽然叫道。

柳夫人被吓得一抖，手中半块枣花糕掉落在地。

“九河枯，日华熄！‘九河’是河间，‘日华’是日华宫！”

******

五天后，朱安世到了成都。

二百多里地，所幸一路无人过问。

到成都北城门外时，正值傍晚，出城入城的人流往来不绝，虽有士卒执戈守卫，却都漫不经心，不闻不问。

朱安世下了牛车，抓了把尘土，在自己和驩儿脸上抹了抹，更显得灰头土脸，风尘仆仆。这才挽着牛车，低头缓步走过去，过城门洞时，卫卒看都未看。进到城里，朱安世驾车向城南赶去。

成都天气一向阴霾，今天却意外放晴，夕阳熔金，霞染锦城，此时又是年关岁尾，富丽繁华之外，更增融融暖意、洋洋喜气，正合归家心境。

朱安世迎着夕阳，半眯着眼，想着就要见到妻儿，心头狂跳，不由得嘿嘿笑起来。

四年前，他被捕入狱时，知道妻子郦袖为了避祸，定会逃往他乡。从大宛西征回来后，他还是马上赶去茂陵家中，旧宅果然早已换了主人，在门前和那新房主攀谈时，他一眼瞥见院里房檐檐角上挂的那串饰物——小小巧巧一只锦冠，下缀着一条竹索。

他立即明白那是妻子留下的记号，并马上猜出了其中意思：

成都夷里桥锦里。

新婚后，朱安世曾和妻子郦袖漫游至成都，知道成都因设锦官，故而号称锦官城。那锦冠自然是指“锦官”。郦袖极爱锦江边、夷里桥一带的景致。那夷里桥是用竹索编成，横挂锦江两岸，人行其上，桥随人荡，别处均未见过。那竹索自然是指“夷里桥”。夷里桥北，有片街里名叫锦里，整日熙熙攘攘，是锦城最繁华的所在。

郦袖曾说，如果长安住厌了，就搬到成都锦里，开一家锦坊，安逸度日。

牛车行不快，等到了锦江畔，天色已经昏暗，远远望见笮桥悬挂江水之上，只有三两个行人走在桥上，桥索在暮色中悠悠摇荡，朱安世的心顿时怦怦跳响。

当年，和妻子过桥时，他曾在桥中央用力摇荡，想逗吓郦袖，谁知郦袖非但没有惊怕，反倒兴致大涨，两人一起晃荡一起笑，还惹恼了过桥的行人……想到这一幕，朱安世又忍不住嘿嘿笑起来，把驩儿吓了一跳。

来到锦里街口，大多数店铺全都关门歇业，街上只有稀疏几个路人。

朱安世跳下车，挽着缰绳，望着两边门户，挨家细看。

走了一段路，他一眼看到旁边一扇门，左门角上镂刻着一枝梅花，右门角上则是一只蝉。

郦袖！

他心头猛地一撞：郦袖最爱梅花和蝉，说人生至乐是“冬嗅梅香夏日听蝉”，当年在茂陵安家时，就曾请工匠在门扇角上镂刻了这样的梅蝉纹样。

# 第二十二章
# 梅蝉双枕

朱安世仔细拍打身上的灰尘，用衣袖揩净了脸，又整理一下衣衫，这才抱下驩儿，牵着他走上前，抬手叩门。

走近细看，那门角上梅蝉图案和茂陵旧宅的果然完全一样、纹丝不差，恍然间，似回到了旧宅一般，朱安世心又咚咚跳起来。

半晌，听见里面响起脚步声，有人出来开门，朱安世顿时屏住呼吸，一个妇人探出头，却不是郦袖。

朱安世一怔，那妇人也眼带戒备，上下打量后，才问道："你有何贵干？"

"我来找人。"

"找什么人？"

"长安茂陵来的郦氏。"

"你姓什么？"

"朱。"

"朱什么？"

"朱安世。"

"哟！原来是朱妹夫，快进来，快进来！"那妇人神色顿改，满面含笑，忙大开了门，连声招呼，一边又回头朝屋中喊道，"郦妹妹，你丈夫回来啦！"

朱安世牵着驩儿进了院门，见小小一座院落，院中竟也有棵大槐树，叶已落尽。另一边栽着一株梅树，梅花已经半残，但仍飘散出一些香意。正屋门上挂着半截帘子，里面寂静无声，并不见有人出来。

朱安世站在院中，望着那帘子，心又狂跳起来。定定望了片刻，仍不见有动静，微觉不对，回头一看，却见那妇人不关门，也不走过来，退到墙角，脸上的笑容忽然变成惧意。朱安世大惊，忙伸手护住驩儿。

就在这时，帘子一掀，里面冲出两个人！

执刀拿剑，是士卒！

朱安世急忙转身，拉着驩儿要出门，两边厢房又各冲出两个士卒，手执兵刃围过来。朱安世几步赶到门口，却见门外一个校尉带着一群士卒拦住去路！

不可能夺门而出，朱安世猛一闪念，一把挟起驩儿，又回身向里奔。院里六个士卒已经围成半圆，齐举刀剑，向他逼来。朱安世大喝一声，迈开步子，迎面冲向最中间的那个瘦卒。那瘦卒大为意外，不由得向后退缩，其他士卒见状，忙挺刀剑，要上前阻拦。

“留活口！”门外校尉大喊。

朱安世一听，大为放心，抬腿向那瘦卒踢去，瘦卒见他来势凶猛，忙缩身躲闪，其他士卒听了吩咐，都不敢乱动。朱安世乘这间隙，一脚踢倒那个瘦卒，几步飞奔，冲进了正屋，关上门，插好门闩，这才放下驩儿。见屋子中间一个火盆，炭火仍燃，朱安世忙走过去，抓起盆边的铁钳。

“撞开门！”校尉在门外吩咐。

随后，门板响起撞击之声，士卒在用身子用力撞门。

驩儿的眼皮随着撞击声一眨一眨，脚也一步一步向后退。

“驩儿不要怕，你躲到后边去。”

朱安世走到门边，见门扇一震一震，随时会被撞开。略一思忖，随即伸手，一把抽开门闩。门忽地大开，两个士卒侧着身子猛地跌了进来。朱安世一把揪住靠前一个，大喝一声，抛了出去，随手又揪住另一个，也抛了出去。两卒先后撞向门外士卒，被同伴扶住。

朱安世手执火钳，前踏一步，立在门口，圆睁双眼，作势要拼命。

门外士卒看他这般雄壮凶悍，不由得心生畏惧，没有一个敢上前。

“给我拿下！”校尉喝道。

那些士卒慢慢挪动身子，却没有谁敢先上前动手。那校尉大怒，抬起脚，朝自己身前一个执戈士卒狠狠踢了一脚。那执戈士卒一个踉跄，向前栽了几步，几乎跌倒，他忙稳住身子，手握长戈，盯着朱安世，小心翼翼地逼过来。朱安世正盼他能先攻，等长戈离自己一尺多时，猛喝一声，向前一步，伸手一抓，攥住戈杆，用力一夺，那士卒手抓得紧，脚却不稳，被猛地一带，俯跌过来。朱安世抬腿一脚，踢翻那个士卒。随后抄戈在手，跨出门外，那些士卒忙举刃戒备。

朱安世环视一圈，猛地挥戈，向那些士卒横扫过去，那些士卒慌忙各自躲闪。朱安世又略一蹲身，舞动长戈，向那些士卒小腿扫去，士卒们又急忙后退，有几个避让不及，脚踝被扫中，先后跌倒。

朱安世挺戈而立，怒目而视。

士卒们望望朱安世，又望望校尉，各个惶惶，跌倒的那几个赶紧悄悄爬起来。

那校尉也不知所措，定了定神，才瞪着朱安世道：“我看你能斗得了几时？”

朱安世“哼”了一声，朝那校尉一冷笑，心想能拖一时就拖一时，于是望望天，懒洋洋道：“天要黑了，老子要休息了，别吵老子睡觉。你们要战，老子明天奉陪！”

说罢，他转身进屋，砰地又关上门，插好门闩。侧耳一听，门外静悄悄，毫无声息，这才稍稍放了心。

他环视屋内，陈设布置竟也和茂陵旧宅一模一样，只是器具上蒙满尘灰，案上碗盏凌乱。郦袖向来爱洁，看来离开已有时日。不知道是逃走了，还是被官府捉住了？

* * * * * *

湟水靳产靳产离了金城，轻骑北上。

每到一处驿亭，他便前去询问。果然有人记得，上个月确曾有一个汉子带着一个孩童南下，神色甚是匆忙。

靳产心意越发坚定，沿途探问，一路向北，到了张掖[1]。

张掖山川风土与塞外迥异，水草丰美，宛如江南。曾先后是乌孙、大月氏、匈奴领地，二十多年前，霍去病领军西征，大败匈奴，始设张掖郡。

靳产进了城，先去府寺拜见郡守。他本来职位低微，但如今身负执金吾急命，郡守甚是礼遇，说接到驿报后，已将事情查明。随后命书吏带他去军营，找到校尉。

从校尉口中，靳产得知：死在金城楚致贺家中的那个男子名叫姜志。

姜志是冀州人，从军西征，因立了些战功，被升任为军中屯长，管领五百士卒。去年，汉军北进大漠与匈奴交锋，大胜，俘虏了几百匈奴，其中竟有数十个汉人，是被匈奴掳去为奴。姜志恰好受命监管囚犯，发现其中一个汉人竟是自己伯父。这件稀奇事当时在军中广为传闻。

姜志见伯父受尽苦楚、身体病弱，还带着一个孩童，便在城中租赁了一院房舍，让伯父住下来将息调养。然而他伯父染了风寒，一病不起，拖了一个多月，撒手人寰。过了不多久，姜志和那孩童忽然一起离开，不知去向。

靳产问那校尉："当时俘虏的那些匈奴现在哪里？"

"都在郡中铁坊里做工。"

"其中有没有当年掳走姜志伯父的匈奴？"

"这我就不清楚了……哦，对了——"校尉转头吩咐身边小卒，"你去唤蔡黎进来。"接着他又对靳产解释道，"蔡黎是姜志的同乡好友，他或许知道些东西。"

不一时，一个军吏走进帐中，跪地叩拜。

校尉道："这位湟水靳产有些事要问你，你好生回答。"

靳产便问道："那姜志的伯父叫什么？"

蔡黎答道："姜志不曾说过，属下也未曾问过。"

1 张掖：今甘肃省张掖市，位于河西走廊中部。汉武帝元鼎六年（公元前111年）置张掖郡，意为"张国臂掖，以通西域"。

"那孩童是姜老儿什么人?"

"据姜老伯言，是他在途中救的一个孤儿。"

"姜志原籍是冀州哪里?"

"常山元氏县槐阳乡。"

"常山?那里远离边关，怎么会被匈奴掳去?"

"姜老伯是在朔方，被一个匈奴百骑长所俘。"

"那个百骑长捉到没有?"

"捉到了，当时姜志还曾重重鞭打过那匈奴一顿。"

"姜志离开前可有什么异常?"

"嗯……好像没有。或许有，不过属下没有觉察。"

"他离开前两天，附近有没有出现古怪可疑的人物?"

"嗯……似乎没有。"

"比如几个身穿绣衣的人?"

"绣衣人?对了，记起来了!是有三个绣衣人!"蔡黎忽然道，"应该正是姜志离开前一两日，傍晚我正要回营，迎面看见三匹马走过来，马上三人都穿着苍色绣衣，各挂着一柄长斧。神色十分古怪，不住向营里张望，像是在搜寻什么。这边塞之地，除了平民、兵卒，只有往来客商，那三人服饰相貌态度格外惹眼，所以我才记得清。"

* * * * * *

杜周正在查看案簿，忽见刘敢急急赶来禀报。

"汗血马被送回来了!"

"哦?"杜周头猛地抬起。

"今早西安门门吏刚开城门，看到一匹马被拴在护城河边的柳树下，四周却不见人影。门吏见那马身形不一般，跑过去看，见马颈缰绳上挂着一条白绢，上面写着一行字——就是这条——"刘敢取出一条白绢，双手呈给杜周。

杜周接过一看，上面写着：

汗血马奉回，执金吾安枕。

杜周心里既喜且怒，喜的是汗血马终于归还，怒的是绢上文字语气轻佻，显然是在嘲弄奚落他。不过，他面上毫不流露，只抬头问道："马呢？"

"卑职已经牵了回来，现在府里马厩中。"

"好。"

刘敢接着道："那门吏发现汗血马后，报给了门值，门值立即将马牵到门楼下，藏了起来，同时遣人急报给卑职。卑职闻讯立即赶到西安门，见果然是汗血马。卑职当即就想，汗血马虽然是盗马贼自己送回，但毕竟是由于大人一路严控急追，逼得他走投无路，为保性命，才送了回来。此事若让旁人知道，一旦传到天子耳中，天子虽不会怎样，但多少会抹杀大人功劳。幸好当时天色早，没人进出城，只有司值和几个门吏知道此事，卑职已经告诫了他们，此事不得向外透露半句。而后，卑职才调了十几匹马，将汗血马混在中间，牵到府里来了。"

"不错。"杜周嘴角微扯出些笑意。

这件事如同一团油抹布，一直塞在他心里，今天才终于一把掏了出来，心底顿时清爽。

* * * * * *

司马迁日夜苦思兒宽、延广所留帛书上的后四句话。

"九河""九江"他一直认为是大江大河，但天下江河如此之多，究竟是哪九条江、哪九条河？他不断挑选、拼凑，拼出无数种"九江"和"九河"，每一种地域都太宽阔，且毫无意味，根本理不出头绪，更莫说关涉到《论语》。

谁知却被任安送来的枣花糕无意中点醒！

河间地处冀州，因有徒骇河、大史河、马颊河、覆釜河、胡苏河、简河、絜河、钩盘河、鬲津河九条河环绕，故而名叫河间。日华宫则是由河间献王刘德[1]所筑，几十年前，曾是儒者云集之所。

刘德是景帝二子，当今天子之兄，五十多年前被封河间王。

其他诸侯王或骄或奢或贪或佞，唯有刘德性情诚朴、崇儒好古。

他精通典籍，尤爱收藏古籍秘本。为求先秦古书，遍访天下，凡闻有善本，必定亲自前往，重金求购，并抄写副本赠予书主。若书主不愿出让，则好言求之，丝毫不敢强横。因此贤名远扬，怀书者纷纷前往，主动献书。数年之后，藏书满楼，数量堪与宫中国库相比。而且，书品之精，犹有胜之。

为整理古籍，他筑造日华宫，设客馆二十余区，广招天下名儒，云集上百学士。校对编辑，夜以继日；讲诵之声，数里可闻。他为人清俭，奉行仁义，日用饮食从不超过宾客。

山东诸儒，闻名而至，如水之就海，源源不绝，河间因此成为一时儒学中心。

刘德又曾多次车载典籍，献书宫中，天子十分欢悦，每次均要特设迎书之仪，并亲自把盏赐酒，奖赏金帛。

三十多年前，刘德最后一次来长安朝拜，天子诏问治国之策三十余事，刘德对答如流，天子却怫然不悦，对刘德道："汤以七十里，文王百里，王其勉之。"[2]

刘德听了此言，又惊又惧，回到河间后，遣散了诸儒，不敢再讲学论文，日夜纵酒听乐，不久便郁郁而终。死后天子赐谥为"献"。

柳夫人疑惑道："天子那句话是在勉励河间献王，他为什么怕呢？"

司马迁道："天子这句话听似温和，实则严厉无比。他是认定刘德施行仁义，是在收聚人心，日后必将有篡逆之心。正如商汤和周文王，商汤封地最初只有七十里地，周文王也只有百里，最终却覆灭桀、纣，建立

---

1 参见《史记·五宗世家》及《汉书·景十三王传》。

2 参见《史记集解》。

商、周。”

“刘德在对策中究竟说了些什么，竟让天子这样恼怒，说出这种狠话？”

“我也不知道，明日我去天禄阁查找当年记录。不过延广帛书所言‘九河枯，日华熄’，说的定是河间献王。这几十年，自天子至庶人，举世纷纷推崇儒学，谁能想到，刘德却因儒学而亡？世道错乱荒唐，竟至于此！”司马迁一阵愤慨，不小心一把捏碎了手中的枣花糕。

柳夫人边取抹布收拾糕渣，边叹道：“别人学儒，只是嘴上学学而已，用来谋些利禄。刘德却是心里真信，要以此安身立命。这就像金子的成色，起初都是真金，后来你加些铜，我加些铜，到最后遍天下都是镀金的铜块，他却偏要执意用真金，别人岂能容他？”

司马迁叹口气道：“刘德如此爱好古籍，当年孔壁发现古文《论语》等古书，他自然不会不知，知道之后，定然渴慕之极。孔安国当年将那批古书上交宫中，刘德得不到原本，我猜他必定会抄写一份副本。”

“不是说好不再管这事？你怎么就是不听劝告呢？”

司马迁指着枣花糕，笑道：“这次可不能怨我，都是这枣花糕招致的。”

柳夫人也被逗笑了，但随即望着丈夫叹息道：“你这性子恐怕到死都改不了，我也不必劝你了，只盼你能在引火烧身之前，完成你的史记，这样至少不算枉费你一身才学。唉……”

司马迁温声安慰道：“你放心，我自会小心。我本也要丢开此事不再去管，但又一想，我写史记，不但记古，更要述今；不但要写世人所知，更要写世人所不知。延广所留帛书，前两句已经应验，现在第三句又已猜出。看来此事不只事关《论语》，背后牵连极大。兒宽留书于延广，延广又寄望于我，我若置之不理，后世将永难得知其中隐情。我写史何用？史之为史，不但要记以往之事，更要通古今之变，善者继之，恶者戒之。以古为鉴，方能免于重蹈覆辙。就如路上有陷阱，你已被陷过，便该立一警示，以免后人再陷。史之所贵，正在于此。”

柳夫人叹道：“我何尝不知道这道理？但——你一心全在史记，而我为你之妻，我之心……却只能在你。”

司马迁望着妻子，心底暖意潮水般涌起，一时间感慨万千。

妻子眼角已现皱纹，鬓边已经泛白，一双眼也早已不复当年的明丽清澈，但目光如陈酿的秋醴，温醇绵厚，令人沉醉。

他伸臂将妻子揽在怀中，一句话都说不出。

## 第二十三章
# 箱底秘道

朱安世背着驩儿，蹚过小溪，钻进了对岸树林。

他一边逃一边暗暗赞叹妻子，越发觉得天上地下、从古至今，再找不到第二个女子能如郦袖这般聪慧可人。

原来，门外那些士卒被朱安世唬住，又要活捉他，便没有再硬冲进来。朱安世这才有余地仔细打量房间，他见左右各有一间侧室，便点了盏油灯，先走进右边那间。

屋内一张床，一张案，一个柜子。他走到床边，见褥子中间微微有一片凹陷，长宽差不多是驩儿的身量，续儿睡觉时压的？分别时，续儿只有两尺多高。他笑了笑，真的长大了。

一抬头，见床头木杆上挂着些玩物：小鼓、竹编螳螂、木剑、陶人、漆虎……其中一小半朱安世都熟悉无比，正是当年他买给儿子的。他心头一阵暖意，伸出手，一件件轻抚，儿子的小脸、小肩膀、小手，哭、笑、气恼……全都潮水一样涌上心头。他拿下那只漆虎，最后和儿子分别时，他答应给儿子买的就是它，却没能兑现。恐怕是郦袖为了安慰儿子，后来替他买的。

朱安世眼睛潮热，长呼一口气，转过身，看那木案。案上堆了几卷竹简，摆着笔墨砚台，还放着一块石板，一尺见方，半寸厚，面上整整齐齐写了几十个字。这定是郦袖教儿子写的。儿子刚满三岁时，郦袖就开始教儿子认字，并让朱安世买了这个习字石板。字写满后，用水洗净，擦干再写。朱安世轻手端起那石板，刚买来时，石板洁白如玉，现在已经深浸了一层墨晕，看来已经写过无数回。上面那些字，朱安世只认得几个，看那字迹齐整、笔画繁复，他忽然觉得儿子有些陌生。

他怔了半晌，轻手放下石板，又环顾一圈，转身离开。回到正屋，见驩儿坐在火盆边，睁着圆圆的黑眼望着他，他微微笑一笑，听了听外面，仍无动静，便又走进左边那间屋子，进门一看——是郦袖的寝室。

昏暗中，寝室陈设也和茂陵旧居并无二致，就连榻上的枕头被褥也和当初完全一样。

看到那两只枕头，朱安世眼睛一热，险些落泪：一只枕头白底绣着红梅，另一只绿底绣着青蝉。梅枕归郦袖，蝉枕归朱安世。郦袖说朱安世白天聒噪不停、晚间鼾声不断，常笑他是只大蝉，枕边私语时，也不叫他的名字，只唤他“大老蝉”……

朱安世不敢多想，又环视室内，窗边是妆奁台，墙角是衣箱。妆奁台上空无一物，他拉开抽屉，里面也空空如也，那只虞姬珠宝木椟郦袖一直藏在抽屉最里边，现在也已不见。他心里又一阵怅懑，重重叹了一声，转身过去打开了衣箱，里面只有几件旧衣乱堆着，显然被翻检过。

他蹲到衣箱一侧，双手抠住箱子底板两端，试着用力一扳。如他所料，衣箱底板被抽了出来，再起身看衣箱里，朱安世不由得嘿嘿笑起来：箱子底现出铺地青砖，中间靠边的一块青砖缺损了一小块，他用指头抠住那处缺口，用力一提，九块青砖一起被掀起来，底下露出一个黑洞，洞壁上挂着一副绳梯。

在茂陵安家时，为防不测，朱安世就在寝室衣箱底下挖了个地道，通到宅后的树林中。那九块青砖其实是一整块砖板，上面划了纵横三道砖缝而已，是专门请工匠烧制。没想到郦袖居然记得清清楚楚，并且在新居依法炮制。

既然有这秘道，他们母子应已逃走？但若是捕吏突如其来，毫无防备，郦袖恐怕根本来不及逃。

朱安世心里七上八下，忧烦不已，听到外面士卒声音杂沓，心想：现在不是烦的时候，先逃出去再说。

他忙回到正屋，这时天色已暗，驩儿躲在门后，从门缝里向外张望。

朱安世也过去窥探，只见外面火光闪耀，士卒们手执着火把兵刃，排成一排，在院中守卫，那个校尉立在庭中，正在听一个士卒回报：“这宅子后面是一条青石路，路边是条溪沟，本就有两人守住后门，现在又已增派了四人过去……”

朱安世听了，转身到柜中找到火石袋，拿了盏油灯，悄悄牵着驩儿走进寝室。他先把驩儿抱进衣箱，让他抓住绳梯慢慢下去，而后自己也爬了下去，伸手托住青砖板慢慢合拢，这才点亮油灯，照见洞口边垂下的一根细绳，便拽住用力向下拉。

这根细绳是从衣箱脚底引下来的。造衣箱时，底边框木中央钻一个小洞，穿一根细绳，一头拴住衣箱底板，另一头在砖缝间钻个小孔，引到洞下。合起青砖后，扯动这根细绳，便可以将衣箱底板重新拉回合拢。朱安世确信绳子拉死、箱底合拢后，便用刀齐根割断那根拉绳，以防上面有人发觉线索。

他手执油灯，猫着腰，驩儿跟在后面，两人沿着地道向前走，地道并不是直的，而是向左斜弯。走了一阵子，便到了底，尽头是一扇小木门。朱安世知道这木门其实是一个木盒，外面填着泥，种着蔓草，以作掩饰。

后门有士卒把守，朱安世不知道洞口开在哪里，但想郦袖一定想得周全，便不太担心，伸手拔起门闩，刚要推开门，心里忽然一沉：这暗门从里面闩着，郦袖母子没有从这里逃走！

一阵慌乱忧急，他忙定定神，郦袖母子就算被捕，只要还没捉到自己，官府断不会处死他们。只要人还活着，总有法子救出来。眼下一定要逃出去，留住这条命，好救他们母子。

他忙收住心，轻轻推开木门，一阵凉风吹来，外面一片漆黑，只听见水声淙淙。

他悄悄伸出头，四周探看：洞口开在一道陡壁上，离溪水一尺多高，头顶斜斜一块石板，从岸边搭到溪水中一块石坪上，看来是为方便取水洗涤而搭。

朱安世侧耳静听，顶上寂静无声，地道是斜挖的，应该离后门有一段距离，于是他小心钻出洞口，踩着溪水，扒着岸壁，向左边偷望，两三丈外的岸上，果然有几个士卒手执火把，在一扇院门外把守，那扇门应该正是郦袖宅院的后门。

朱安世回身，把驩儿小心抱了出来，放到背上，探着水，一步步慢慢向对岸渡去，尽量不发出水声。幸而溪水不深，最深处也只没腰。

他边走边不时回头望，那几个士卒一直面朝小院后门，执械戒备，始终没有扭头。

不一时，到了对岸，岸上是一片林子。

朱安世放下驩儿，牵着他蹑足上岸，快步前行，钻进林子。

才走了几步，树丛里忽然冒出一个人影！

* * * * * *

靳产离了张掖，动身又赶往朔方[1]。

他在张掖盘问了那个匈奴百骑长，得知两年前，匈奴侵犯朔方，汉军戍卒抵挡不住，弃城奔逃，当地百姓也各自躲命。匈奴杀入城中，除了老弱病残，城里不见其他人影，只有牢狱内尚有几十个囚犯，匈奴便掳走这些囚犯，姜老儿和那孩童当时正在那狱中，被一起押往漠北，随军作苦役。

靳产原本要奏请张掖郡守，发驿报给朔方，追查此事，但转念一想，自己只是边地一个小小靳产，平生难得遇到这样一桩大差事，万万不可错过。于是，他决意亲自去朔方追查。

自张掖至朔方，两千多里路，沿途尽是荒野大漠，又都地处边塞，行一整日都见不到人影。好在汉军攻破大宛之后，匈奴大受震慑，又加之老单于才死、新单于初立，向汉廷求和，遣使献礼，这一年边地还算安宁。

靳产独自一人跋涉荒漠，寂寞劳累，但只要一想到仕途晋升之望，再累也不觉得苦了。而且他因身怀执金吾密令，沿途投宿戍亭时，各处官吏

1 朔方：西汉北地边郡，元朔二年（公元前127年），卫青率军击逐匈奴，大胜，筑朔方城，置朔方郡，辖河套西北部及后套地区，治朔方县（今内蒙古杭锦旗北）。

无不尽心款待，单这一点，便足以慰劳旅途艰辛。

近三个月，靳产才终于到了朔方城。

进了城，靳产径直前往郡守府，郡守听了通报，立即命长史带靳产去查阅当年狱中簿录。

朔方虽然屡遭匈奴侵犯，但所幸刑狱簿册不曾毁掉。长史找出两年前的簿册，全都抱出来，让靳产查看。

靳产埋头一卷卷细细看完，却没找见姜老儿被捕记录。他心中愕然，又仔细翻看了几遍，的确没有，难道是那匈奴百骑长记错了？姜老儿不是在朔方捉到的？

他大失所望，却只能苦笑着摇摇头，勉强道过谢，黯然告辞，心里一片死灰。

******

司马迁前往天禄阁查寻档案。

他找到河间献王刘德的案卷，抽出来，展开细读。

读到最后，却不见刘德最后一次与天子问策对答的内文。而且，记录中有些文句似乎不通，反复读了几遍，又发现有一些段落缺失，所缺者为刘德与儒生论学语录和刘德几次向宫中所献书目。

更令他吃惊的是：这些缺失之处，上下文笔迹与全文笔迹略有不同。

这档案是司马谈当年亲手记录，父亲的笔迹司马迁自然无比熟悉，而那另一种笔迹乍看十分相似，仔细辨别，便能看出是在模仿司马谈笔迹。

司马谈虽然崇尚道家，不重儒家，但身为太史，他一生求真，毫不隐晦，而且生前曾屡次赞叹过刘德的品格，定不会有意略过这些内容，即便空缺，也定然要令文义自然贯通，绝不会让文句如此阻断。

“果然……”司马迁喃喃道。来之前，他便预感不妙，现在他的猜测被印证，不觉遍体发冷。

卫真凑近那卷书简，仔细钻研了半晌，小声道：“编这竹简的皮绳是后来换的。”

司马迁也俯身细看：这简卷编成至今已有三十多年，竹简已经黄旧，穿编竹简的皮绳却要新一些。看来是有人拆开书卷，抽去其中一些竹简，删改了文句，而后另用皮绳穿编。

什么人如此大胆，竟敢删改史录？

做这等事必定隐秘，不会在天禄阁中公然行事。司马迁顿时想到石渠阁秘道，窃走古本《论语》的人，与删改这史录的恐怕是同一起人。卫真在那秘道中发现另有一条岔道，必定是通往这里。他环视四周，阁中书架林立、书柜密列，不知道秘道入口藏在何处。但无论如何，删改史录必定得先从秘道中取走原本，在别处删改后，再悄悄送回阁中。

刘德史录上究竟有什么言语？为何要删改？

司马迁沉思片刻，随即明白：刘德当年所收大多是古文儒经，而朝中得势掌权者均为今文经派。古文经一旦公之于世，今文经地位必将动摇。此事定是关涉到古本《论语》及其他古文儒经。

司马迁又查看刘德后人，刘德共有十二子，他去世后，长子刘不害继嗣河间王位，次子刘明封兹侯。

三年后，天子颁布“推恩令[1]”，命诸侯王各自分封子弟为列侯，名为“推恩”，实则是拆分藩国封地，离析诸侯势力。此令颁布不到一年，刘德长子刘不害去世，次子刘明因谋反杀人，废为庶人。其他十子一起封列侯。[2]

司马迁心中暗疑：刘不害死因、刘明谋反详情，均不见记录。两人同一年死去，难道真是巧合？

他盯着“元朔三年”四个字，低头细想，猛然记起：这一年，天子不但借“推恩令”，一举削弱诸侯势力，更升任公孙弘为御史大夫、张汤为廷尉，儒学与酷法并行，恩惠与威杀同施，天下格局由此大改。

1 推恩令：各刘姓诸侯王权势日增，不断危及天子威权，元朔二年（公元前127年）汉武帝刘彻为削弱诸侯王势力，颁布“推恩令”。《史记·平津侯主父列传》中记载，主父偃上书：“‘愿陛下令诸侯推恩分子弟，以地侯之。彼人人喜得所愿，上以德施，实分其国，不削而稍弱矣。’于是上从其计”。

2 参见《史记集解·汉兴以来诸侯王年表第五》。

两年后，公孙弘位至丞相，置五经博士，广招学者，今文经学从此独尊，齐派儒学一家独大……

******

朱安世从郦袖所留秘道逃出围困。

他背着驩儿渡过溪水，刚钻进林子，林中猛地冒出一个黑影。

惊得朱安世头皮一麻，驩儿更是吓得全身如遭电击，张大了嘴，却叫不出声。

那人嘻嘻一笑说：“老朱，是我——”

朱安世听声音熟悉，是个女子，再一细看，竟是韩嬉！

“你？”朱安世更加吃惊。

“嘘——跟我来！”韩嬉低声说着，伸手牵住驩儿，转身往林中走去。

朱安世赶忙跟上去，韩嬉在前引路，一路摸黑钻出林子，外面是一片田地，月光如水，冬麦如阵，沿田埂走了一阵，眼前一片民居，灯火隐约。走近时，狗吠声此起彼伏，三人钻进小巷，左穿右拐，来到一座小小宅院前。

韩嬉掏出钥匙，开了门，让朱安世和驩儿进去，她回身扣好院门，引着两人脱鞋进了正屋，又关好屋门，点亮油灯，放到案上，朝两人抿嘴一笑，随即转身进了侧室。

朱安世和驩儿立在房中，一起微张着嘴，互望一眼，都像在做梦一般。

片刻，韩嬉抱了一摞东西出来，是一套男子衣袜，她笑吟吟递给朱安世：“去里屋把湿衣服换掉，进门左边木架子上有干净帕子。”

朱安世仍在恍惚，韩嬉唤了一声，他才回过神，看韩嬉，还是那般妩媚俏丽，眼波映着灯影，流霞一般。他嘿嘿笑了笑，忙道了声谢，接过衣服，进到里屋，一间素洁的寝室。他怔怔站着，越发觉得身在梦中，回头看左边木架上果然挂着几张新帕子，又听到外面韩嬉和驩儿说话，才又笑了笑，心里暗叹：韩嬉不是仙，就是鬼。

他脱掉湿衣，拿帕子擦干身子，换上了干净衣袜。等他走出去时，只见案上已经摆好几碟熟食，一摞饼，三双箸，一壶酒，两只酒盏。

韩嬉和驩儿坐在案边，一起抬头望他，朱安世立在门边，有些不知所措，又嘿嘿笑起来。

“哟，几个月不见，怎么变腼腆了？还不快过来坐下！”韩嬉笑起来。

朱安世嘿嘿笑着，过去坐好。

韩嬉拿起一只肉饼，递给驩儿，柔声道：“驩儿饿了吧？快吃。”

“谢谢韩婶婶。”驩儿接过饼和筷子，望着朱安世，有些为难。

朱安世这才略微清醒，忙道：“你要不饿，就先背了再吃，韩婶婶不会见怪。”

韩嬉笑道：“我怎么就忘了？你说起过这件事呢。驩儿，你喜欢怎样就怎样。”

驩儿这才放下饼，坐到一边，背对着他们，低声念诵去了。

韩嬉拿起酒壶，两只盏都斟满酒，端起来，一盏递给朱安世：“别后重逢，先饮一杯。”

朱安世忙双手接过，要开口说话，却被韩嬉打断：“先饮酒，再说话。”

两人相视一笑，一杯饮尽，韩嬉随即又斟满，连饮了三杯，韩嬉才放下杯子，用手帕轻拭朱唇，笑道：“好，现在我就来答你想问的几桩事——”

她扳着细长雪嫩的指头，一条一条数起来：“第一，我怎么会在成都？因为我知道你会来成都，所以我就追来了。

“第二，为什么我要追来？因为你欠我的还没结账。

“第三，我怎么知道你会来成都？首先，我知道你要找你的妻儿；其次，当时在赵老哥庄子上时，我们闲聊起天下各处名城风俗，说到成都，你的神色忽然有些古怪，所以我猜你妻儿定是在成都。

“第四，刚才我怎么会在林子里？我来成都已经一个月了，来了之后，我就到处打听，我在郡府里有个故人，前几天他说起一件事——郡守接到京中执金吾密信，让他到夷里桥一带去查访缉拿一个京中迁来的妇人，这个妇人的丈夫盗走了汗血马。郡守立即派人寻访，很快就找到了那妇人的宅子。我当然也就知道了。这里，我先给你报个喜信，官府去捉拿你妻子时，她早已经带着你儿子逃走了。所以，你不用担心。”

朱安世心一直悬着，听了韩嬉这句话，才长长吁了口气，心里顿时亮堂，喜不自禁，竟至手足无措。

韩嬉拿起酒壶递给他，盯着他嘲道：“听了好信，是不是想痛快喝两杯？想喝就自己斟，还要我来伺候？”

“嘿嘿，谢谢嬉娘，谢谢！谢谢！”朱安世忙接过酒壶，连斟了几杯，一气喝下，心中畅快无比。

再要斟时，一抬头，见韩嬉正似笑非笑盯着自己，忙也给韩嬉斟满酒，端起来，恭恭敬敬递过去：“恕罪恕罪！”

韩嬉接过杯子，却不饮，随手放到案上，悠悠道：“看来你真是很记挂你的妻子呢。”

朱安世又嘿嘿笑了笑，自己斟上酒，端起来敬韩嬉。

韩嬉道：“你喝你的，不必管我，我接着说我的——那郡守扑了个空，但杜周在密信中说你会来成都找妻儿，郡守便派人守在宅子内外。我每天就在那宅子对面楼上，喝酒闲坐，看你怎么落网。等了这些日子，眼睛都望出茧子来了，都没见你们来。偏巧今天傍晚，那店家上来说事，啰里啰唆，打了个大岔子，等我回头看到时，见你和驩儿正要进门。喊已经来不及，我急忙下楼，原以为你们只能束手就擒，却不见有什么动静。偷眼一看，校尉带着士卒守在院子里，我猜你定是冲到屋里，把门关了起来。他们必是要活捉你，所以没有硬冲。我又想，你为什么要冲进屋子里呢，恐怕那屋子里有秘道可以逃生。如果真有，这秘道必定是通到后门外溪水边。于是我就绕到溪对岸，左右一看，那宅子后门外面溪岸一带都没有遮拦，秘道出口只能开在旁边那条石板桥下面，才最隐秘。于是呢，我就在对岸林子里等你们——”

# 第二十四章
# 丝锯老鼠

司马迁告了假，换了便服，带着卫真，二人各骑一马，离开长安赶往河间。

行了几日，过了河南郡，司马迁继续向东直行。

卫真提醒道：“河间国在冀州，走西北这条道要近便些。”

“我们先去青州千乘[1]。”

“那样就多绕路了。”

“我想先去寻访兒宽家人。”

兒宽原籍青州千乘。那日，司马迁在长安偶逢兒宽弟子简卿，才忽然想起延广所留帛书是兒宽的笔迹，帛书密语既然是兒宽所留，兒宽家人或许知道其中隐情。

过了陈留，到了兖州，大路上迎面竟不断见到逃难之人，挑担推车，成群结队、络绎不绝。一打问才知道，泰山、琅琊等地百姓揭竿而起，群盗蜂起，占山攻城，道路不通。在长安时，司马迁就已经略有听闻，只是没想到情势如此严重。

看眼前男女惊慌、老幼病羸，司马迁一时间心乱如麻，不由得深叹：

1 千乘：位于今山东省淄博市高青县。《中国古今地名大辞典》中注：“千乘县，本齐邑，汉置县，并置千乘郡治焉。”

民之幸与不幸，皆系于天子一念之间。

天下苍生，谁不愿安乐度日？民起而为盗，实乃逼不得已。回想文景之世，奉行清俭，安养生息，七十余年间，国家安宁，天下富饶，非遇水旱之灾，百姓丰衣足食。当今天子继位以来，南征百夷、北击匈奴，东讨朝鲜、西敌羌宛，征伐不已，耗费亿万。又广修宫室，大造林苑，加之酷吏横行、搜刮无度，天下疲困，民不聊生，一旦遇灾，尸遍野，人相食……

司马迁正在感慨，忽听身后一阵呵斥之声，路上行人纷纷避开，司马迁和卫真也忙驻马路旁。

回头一看，一队骁骑飞驰而来，马上骑士均身穿苍色绣衣，手执斧钺，随后一辆华盖轺车，车上坐着一人，苍色冠冕、神色僵冷，脸侧一大片青痣，异常醒目。

卫真低声惊呼："是他？！"

司马迁不明所以，等车队驶过，卫真才又嚷道："车上那人我见过！石渠阁秘道外，向鸷侯禀报的正是他！"

司马迁惊问："当真？"

卫真急急道："他左脸上那片青痣只要见过一次，就决忘不掉！而且马上那些人穿的苍色绣衣，和他那晚穿的也完全一样！"

司马迁道："此人名叫暴胜之，新升光禄大夫[1]，最近又被任为直指使者，奉命逐捕山东盗贼。[2]他是光禄勋吕步舒下属，你那夜在秘道见的鸷侯难道是吕步舒？"

卫真叫道："对！一定是吕步舒！我想起来了！当时在秘道里，那个鸷侯虽然只能看见后背，但我一直觉得似曾相识，主公这么一说，我才想起来，那天在石渠阁外，吕步舒从我们身边走过，看到的背影和秘道里的正是同一人！"

司马迁恍然大悟："应该是他，也只该是他……吕步舒本是董仲舒的

---

1 光禄大夫：皇帝内廷近臣，汉武帝始置，秩比二千石，掌顾问应对，隶属于光禄勋。

2 《汉书·武帝纪》中记载："（天汉二年）泰山、琅邪群盗徐绗等阻山攻城，道路不通。遣直指使者暴胜之等衣绣衣、杖斧分部逐捕。刺史、郡守以下皆伏诛。"

弟子，后来转投公孙弘，公孙弘为丞相时，他曾任丞相长史。董仲舒虽然好言灾异，但为人刚正不阿，学问高过公孙弘。公孙弘则精于吏事，只以儒术为表饰，外宽厚，内深忌，设法逼退了董仲舒，从此独得天子之宠，升为丞相。公孙弘、吕步舒都是以今文经起家，当然嫉恨古文经。而且，秘道出口在建章宫，吕步舒身为光禄勋，掌管宫廷宿卫及侍从，才能在两宫之间往来自如。”

卫真道：“对了，我们不是谈到过，当年长陵高园殿那场火灾，董仲舒著文说那是天降灾异警示天子，天子拿给群臣看时，吕步舒不也在场？主公曾说，当时吕步舒不知这文章是董仲舒所写，便说著文者罪当至死，董仲舒因此几乎送了命。吕步舒是董仲舒的高徒，跟随董仲舒多年，怎么可能认不出老师的笔迹？”

“这么说来，董仲舒恐怕知道火灾原委，又不便说破，只好用灾异之说来旁敲侧击。而吕步舒一定和那场火灾有关联，他是怕董仲舒拆穿内幕，才装作不知著文者，想置董仲舒于死地……”

司马迁心中震惊，身在丽日之下，却觉得寒意阵阵。

* * * * * *

小院夜静，灯影微摇。

韩嬉一番解释，让朱安世暗暗心惊。

他忙举起酒杯，心悦诚服道：“嬉娘实在机敏过人，佩服佩服，容我老朱诚心诚意敬你一杯！”

韩嬉一摆手，笑起来：“你先不要忙，你心里的疑问还没答完呢。我不要你七分、八分的佩服，要佩服，你就得佩服十分才成。你不想知道减宣为什么会放走驩儿吗？还有，汗血马去哪里了？”

朱安世只得放下酒盏，咧嘴笑道：“我正要问呢。”

驩儿听到，也顾不得念诵，忙扭过头，等着听。

韩嬉反倒拿起酒盏，轻呷一口，而后慢悠悠道：“我先说汗血马，那天我骑着汗血马，牵了你那匹马，奔到岔路口，把那匹马赶到左边山谷，我自己走右边山谷，后面几个刺客分成两路追，汗血马果然快，等我奔出山谷，已经把刺客远远甩开。我心里记挂着赵老哥，他的尸首不能丢在那里，唉……”

“那位伯伯也死了？”驩儿惊问。

朱安世知道驩儿心事重，故而一直没有告诉他。

韩嬉叹了口气，眼圈一红，低头静默难言，朱安世深叹一口气。驩儿见状，随即明白，也默默垂下了头。

半晌，韩嬉抬起头，举起酒盏：“来，我们两个为赵老哥饮一杯！”

朱安世端起酒盏，却喝不下去，愧疚道：“我只忙着逃命，把老赵丢在那里……”

“赵老哥不会怪你，他不顾自己性命，正是要你和驩儿安全。我们这班朋友结交，本就为了在危难时，彼此能舍命相助。换了你，也只会这么做。”韩嬉说着挪过身，伸手揽住驩儿，柔声安慰道，“驩儿不要自责，这不是你的错，是那些人可恶可恨。赵伯伯和朱叔叔杀了他们八个，也算报了仇。”

她拿起肉饼递给驩儿，驩儿接过来，仍低垂着头，小口默默吃着，神情郁郁不振。

朱安世恨道：“来的路上，我又杀了三个。这些刺客追了驩儿几年。过了这一阵子，我定要去查清这些刺客底细，一个都不放过。老赵临死前也说，这些刺客来头不小。在栈道上，我从一个刺客身上搜出了宫中符节，看来背后那个主使者极不简单，我迟早要揪出他来！”

韩嬉点点头：“嗯，到时我跟你一起去查。”

朱安世问道：“那天甩开刺客后，你又回去了？”

韩嬉轻叹了口气：“赵老哥尸首留在那里，倘若被那些刺客查出他的身份，他的家人也要遭殃。所以，我绕路赶了回去，幸好当时天已经晚了，赵老哥的尸首还在那里，那八个刺客的尸首还有那些马也都在。我牵了匹马驮着赵老哥的尸首，送回了他家。在他家留了几天，帮着料理完丧事才离开。那汗血马留着始终是祸患，驩儿有人追杀，你又担着盗御马的罪，能减免一些就减免一些。所以，我自作主张，把汗血马带回了长安，趁夜晚，拴在长安城门外，天亮后，守城门值发现了它，把它交了上去。”

朱安世惋惜道：“便宜了那刘老彘！”

韩嬉笑道：“你戏耍他也戏耍够了，再闹下去，可不好收场。”

朱安世闷了片刻，转开话题，问道：“你究竟使了什么魔法，竟能让减宣白白交出驩儿？”

韩嬉笑道：“我哪里会什么魔法？只不过小小吓了他一场。”

“哦？”朱安世更加好奇。

驩儿也抬起头，睁大了眼睛。

韩嬉又呷了一口酒，慢悠悠道：“我听赵老哥说兵法，别的我也听不懂，只爱一句，叫什么‘不战而屈人之兵’。你们男人喜欢动刀动剑、喊冲喊杀的，我们女流家有那气力？就算有那气力，也不喜欢那蛮劲儿，横冲直撞的样子不好看。你们用剑，我们用针。哪怕一只老虎，也有它的要害，拿针轻轻巧巧刺中它的要害，再凶猛也动弹不得。不过这要害千万得找准，否则反咬过来，命都不保。”

听她说到“虎”，朱安世和驩儿不由得对视一眼，韩嬉见他们目光异样，忙问道：“嗯？怎么了？”

朱安世将山中遇虎的事说了出来，韩嬉先瞪大了眼睛，继而呵呵笑个不止：“竟有这样的稀奇事？那老虎也过于晦气了，这万年遇不到的巧事偏偏被它碰到……”

朱安世见驩儿神情有些不自在，知道他又想起了那两只虎崽，忙岔开话：“这只是凑巧，你救驩儿出来，才真正叫绝妙。我死活想不出来你究竟用了什么法子。驩儿说你使了巫术。你不要尽顾着笑，快说说！”

“我这事轻巧得很，不用扳大石头，减宣的嘴也没有那么大，呵呵……”韩嬉说着又笑起来，半晌，才收住笑，继续道，“那减宣一向出了名的小气吝啬，一盐一米都要亲自过问，[1]这算是他的要害。不过，

1 《史记·酷吏列传》中记载：“其治米盐，事大小皆关其手。自部署县名曹实物，官吏令丞不得擅摇，痛以重法绳之。居官数年，一切郡中为小治辨，然独宣以小致大，能因力行之，难以为经。”

若是一般的事，多使些钱财便能办妥，但你这祸惹得太大，这要害管不到用。减宣有个仆妇曾是我家邻居，现在减宣宅里掌管厨房，从小就极爱占小利。我就买了些锦绣饰物去见她，她得了东西，欢喜得了不得，和她攀谈，问什么就说什么。我这才探问出减宣真正的要害是胆小，他总是疑神疑鬼，夜里从来不敢一个人睡。钱财固然好，命才最要紧。我就是从这里下的手……"

韩嬉说得高兴，伸手去端酒盏，朱安世忙起身执壶帮她添满酒，端起酒盏递给她："减宣虽然胆小，却不是轻易就能吓得到的。何况丢了驩儿，就等于丢了命——"

韩嬉接过酒盏，俏然一笑，饮了小半盏，继续讲道："怕也要分个先后缓急，舍了驩儿，只是将来或许没命，我是要让减宣觉得眼前就会没命。赵老哥在扶风有个毛贼小友叫张嗝，我就找到他，在一条锦带上写了五个字，托他深夜潜入减府，将锦条挂在减宣寝室门外。第二天我去打听，减宣果然吓得不轻。"

"什么字？这么厉害？"

"饶你一命，朱。"

"嘿嘿……我的姓？"

"我不是说了，又替你添了些名头？不过，你说得对，减宣胆子虽小，但毕竟见惯风浪，吓这一次肯定不管用。我得让他觉得你无处不能到、随时都能杀他。若是你，你会怎么做？"

"我？"朱安世低头想了想，门上挂锦条不难办，就算挂到减宣床头，也做得到。但要随时随地，那就不好办了，除非——是他身边亲近之人。于是，他猜道："你又买通了减宣的侍妾？"

韩嬉摇摇头："家里可以买通侍妾，但路上呢？府寺里呢？何况就算在家中，侍妾也不止一个，不能处处跟行。"

朱安世又想了几种法子，但都顾得到一处、顾不到另一处，做不到随时随地，只得摇头笑道："我想不出来。"

驩儿也转着眼睛想了一阵，随即猜道："韩婶婶，是不是用巫术？"

韩嬉呵呵一笑，揉了揉驩儿的头顶，柔声道："韩婶婶可不会什么巫术，我用的是心思。你们只想着怎么随时随地，我想的是怎么让他觉得是随时随地。”

驩儿满眼困惑，听不明白，朱安世却恍然大悟：“找几个最要紧处下手，他自然会觉得处处不安！”

韩嬉点头笑道：“嗯，你还不算太笨。其实，减宣每日不过是在家中、车上和府寺这三处。车上、府寺都好办，其中家最让他安心，只要再在家中吓他一次，也就大致差不多了。家里最要紧的地方无非床上、碗里。这两处，饭碗更加要紧。”

朱安世笑道：“嗯，若能将锦带藏进减宣饭碗中，其实也就是随时随地了。这么说，你又去找了那个仆妇？”

“那仆妇虽然贪利，却不会帮我做这个。”

“那就是你混进厨房，亲自动手？”

“我若混进厨房，一个生人，总会被人留意，减宣也定会查出，若知道是谁下的手脚，就吓不到他了。”

“那就得买通厨娘？”

“碗里见到异物，减宣第一个要拷问的就是厨娘。这嘴封不住。”

朱安世又想了想，除非在婢女端送饭食的途中，设法把锦带投进碗里，但要不被察觉，极难。

韩嬉看他犯难，得意道：“看来你只会搬石头。这有什么难？厨娘的嘴不好封，那就不让她知道。我和那仆妇攀谈的时候，见灶上有个妇人专管减宣的饮食，留心问了一下，得知她丈夫是减宣的马夫，夫妇两个在减宣府中已经服侍十几年，自然都是减宣信得过的人。这夫妇二人也有一个要害——他们只有一个儿子，也在减府作杂役，两口子视如珍宝，但这儿子嗜赌如命，将家里所有财物都赌完赌尽，还不罢休，整日叫闹，跟爹娘强要赌资。”

朱安世笑着赞道：“哈哈，这等人最易摆布。只是难为你竟能找得出来。”

韩嬉轻轻一笑：“是人总有要害，只要留心，怎么会找不出来？我拿了些钱给张嗝，让他借给那小子，诱他去赌，让那小子一夜输了几万钱。

张嗝立逼他还钱，那小子哪里能还得了？结结实实唬了他一阵后，我才让张嗝叫那小子做两件事，以抵赌资：一是将一个蜡丸偷偷放进减宣饭食里，二是将一条锦带挂到减宣车盖上。”

“这事要送命，他肯了？”

“那小子起初不肯，张嗝便作势要杀他，又将蜡丸含在嘴里，让他知道没有毒，他才答应了。当天夜饭时，那小子果然溜进厨房，看他娘煮饭，瞅空把蜡丸投进减宣的羹汤中。减宣见了蜡丸，自然是惊破了胆，全府上下闹成一团。第二天，减宣上车，当然又见了第三条锦带……”

驩儿手里拿着肉饼，听得高兴，早忘记了吃。

朱安世连声赞叹：“三条锦带就能救出了驩儿，果然胜过我百倍！”

韩嬉笑道：“这才只是一半呢。那减宣是何等人？不花尽十分气力、做足十分文章，哪里能轻易吓得到他？而且，若没有汗血马，我这计策恐怕也不会这么管用。”

驩儿忍不住开口问道：“韩婶婶，我身上的绳子你是怎么弄断的？”

韩嬉笑眯眯地问：“那几夜，你见到一只老鼠没有？”

“见到了！那是你派去的？”

“嗯，那只老鼠跟了我有一年多呢。”

朱安世奇道：“我最想不明白就是这一点，老鼠可以咬断绳索，但怎么让它听话去咬？另外，驩儿说连那木桩都连根断了，老鼠本事再大，恐怕也做不到。”

韩嬉笑道：“这事儿说起来，其实简单得多。要吓减宣，得内外交攻才成，所以我才想了这迷魂障眼的法子。那日我送你的丝锯还在不在？”

“在！在！”朱安世从怀里掏出丝锯卷，抚弄着赞道，“这实在是个好东西，在梓潼我被上了钳钛，多亏它才锯开。”

“我就是用丝锯锯开驩儿身上的绳索的。”

朱安世和驩儿都睁大了眼睛，想不明白。

韩嬉笑道：“只不过我用的丝锯要比这长得多。驩儿当时被绑在市口，街南角是一家酒坊，店主是赵老哥的好友，北角是一家饼铺，店主是我的故友。我约好这两家店主，到了夜里，一起躲在自家店门后，两人隔着街，扯动丝锯，一起锯那绳索，几下子就锯断了。”

“原来如此！这丝锯在夜里，肉眼根本看不到！”朱安世恍然大悟，但随即疑惑道，“但是，丝锯是怎么递过街去的？”

韩嬉道：“我不是刚说了吗？”

驩儿忙问：“那只老鼠？”

韩嬉点头笑道：“那只老鼠是一个侯爷送我的，它可不是一般的老鼠，灵觉得很。它极爱吃烤松瓤，那三天夜里，我躲在饼铺中，用根细线把丝锯一头拴在它身上，对面酒坊的店主就抓一把烤松瓤诱它，老鼠隔着几丈远都能嗅到松油香，我就放开它——”

“原来如此！”朱安世忍不住大笑，驩儿也咯咯咯地笑个不停。

韩嬉摸了摸驩儿的头顶，笑道：“就是这样，三条锦带，一根丝锯，一只老鼠，救出了你这个小毛头。”

朱安世斟满了酒，双手递给韩嬉，道：“这一杯，诚心诚意敬你，你说要我佩服十分才成，老朱现在足足佩服你二十分。”

韩嬉接过酒盏，笑个不住，酒洒了一半，才连声道：“可惜可惜，二十分被我洒掉了十分。不过——”她忽然收住笑，正色道，“有句话要问你，你必须说实话，我才喝。”

朱安世爽快答道：“你尽管问，只要我知道，一定照实答。”

韩嬉盯着朱安世，片刻，才开口：“我和郦袖你佩服谁多一些？”

朱安世一愣，郦袖的名字他从未告诉过别人，忙问：“你怎么知道她的名字？”

“是我问你，不是你问我，快答！”

“这个——嘿嘿……”朱安世想来想去，觉得两人似乎难分高下，但他心中毕竟还是偏向郦袖多一些，又怕说实话伤到韩嬉，一时间左右为难，不知道如何对答才好。

韩嬉继续盯着朱安世，似笑非笑，半晌，忽然点头道：“嗯，很好，很好……”

“什么？”朱安世迷惑不解。

“我知道答案了。”韩嬉抿嘴一笑，竟很是开心，将酒盏送到嘴边，一饮而尽。

“嘿嘿——”朱安世越发迷惑，却不敢多言。

韩嬉站起身道：“好了，不早了，该安歇了。你们两个睡左边厢房，明天得赶早起来，还要办事呢。”

* * * * * *

朔方城，风猎猎，尘飞扬。

靳产怅然行在街头，心神俱丧。

千里迢迢赶来，却一无所获，心中气苦，却无人可诉。只能长长叹一口气，失魂落魄，慢慢走向城门。

他抬眼茫然环顾，这北地小城，房舍粗朴，行人稀落，与金城有些相似。

相似？他猛然想起一事，急忙转身奔回郡守府。

那长史正走出来，靳产几步赶上去，大声问道：“朔方这里囚犯被捕后，要多少天才审讯？”

长史一愣，随即答道：“这个说不准，若是囚犯少，当天就审，若是囚犯多，就要拖一阵子。并没有个定制。”

靳产大喜，果然和湟水、金城一样，偏远之地，县吏做事都散漫拖沓，他忙问：“或许那姜老儿被捕之后，还未来得及审讯，匈奴就来袭了，所以这簿录上没有记录？”

“这个好办，在下去找几个狱吏来，问问看，若是真有这事，定会有人记得。”

长史找来三个执事多年的狱吏，一问，其中一个立即答道：“确实有这样一老一少，我记得很清。不过他们不是被捕，是那老汉自己撞上来的。”

靳产大奇：“哦？怎么一回事？”

那狱吏道：“我有个兄弟是靳产大人的车夫，那天他驾着车，载靳产大人出城巡查，前后跟了几十个卫卒。出城才不久，他看见大路上四匹马迎面急奔过来，一匹在前，三匹在后，前面那匹马上是个老汉，身前还有个四五岁大的小孩子。老汉奔到靳产车前，猛地停下来，拦住靳产的马车。我兄弟吓了一跳，赶忙扯辔绳，停住了车，险些把靳产震倒。靳产大人大怒，大骂那老汉，那老汉却大叫救命。原来后面三匹马上的人在追这老汉。那三个人都手执长斧、身穿绣衣——”

“绣衣？”靳产忙问。

“是，我兄弟说的，是苍色绣衣，前襟绣着苍鹰，看着精贵无比。他们冲过来，一句话不说，也不把靳产大人放到眼里，挥着斧头就去砍那老汉。卫卒们一拥而上，护住老汉，都去和那三个人厮杀，那三个人砍伤了几个卫卒，但卫卒人多，他们敌不住，就掉转马头，一阵风逃走了。靳产大人问那老汉到底怎么一回事，那老汉很古怪，什么都不说。靳产大人一恼，命人把他带回城，关到狱里慢慢审。当时还是小人把他们关起来的。我问他姓名，他也不答。关进去才一两天，还不及审，匈奴就来了，城里官民都逃了，小人也跟着大家逃命去了，那一老一少后来怎么样，小人就不知道了。”

第二十五章
# 九河日华

清晨，韩嬉早早叫醒朱安世和驩儿。

她已备好早饭，看着两人吃了，才道："你们昨晚逃出来，城内戒备必定森严，得先在这里躲一阵子，再想办法出城。这个宅子是我一个朋友的，他全家刚去了长安行商。"

朱安世道："昨天我们逃走，全城各处必定都要搜查，民宅恐怕也躲不过……"

韩嬉微微一笑："这我已经想好，我设法先稳住这里的里长和邻居。厨房里有个地窖，你们两个今天先躲到那里。"

说着，韩嬉用竹篮装了一壶水、几个肉饼，带两人去了厨房，挪开水缸后面一堆杂物，揭起地上一块木板，下面一个几尺深的地窖，朱安世先跳下去，又接住驩儿，韩嬉递下竹篮，而后盖回了木板，搬回杂物遮住。

朱安世和驩儿便在黑暗中坐着静听，上面先是水声哗哗，继而咚咚当当之声不绝，想是韩嬉在洗菜切菜剁肉。半个时辰后，韩嬉离开了厨房，院子里传来开门锁门声。静了许久，院门响起开锁声，接着脚步轻盈，韩嬉回来了，在厨房与前堂间来来回回走个不停，之后她又出了院门。

朱安世猜想韩嬉一定是以进为退，置办筵席，宴请当地里正、邻居，熟络人情，也借此表明自己是独自一人，以事先避开嫌疑。

果然，过了不久，随着开门声，传来韩嬉的笑语和几个男女的声音。

“里长请进，小心门槛，几位高邻也快请……”

一阵足音杂沓，七八个人走到院里，进了前堂。

韩嬉笑着大声招呼安座，那几人彼此谦让，接着，韩嬉又快步来到厨房，进进出出几遍，想是在端菜，之后，她的笑语声便在前堂里飘荡。

有个男声道：“朝廷有令，三人以上，无故不得聚集饮酒。这样断断使不得。”

韩嬉笑道：“无故当然不成，但今天大有缘故。小女子初来乍到，和里长、各位高邻初次见面，这礼数是一定要尽的。小女子本姓郦，可怜我生来命薄，抛家别舍，远嫁到成都，做人小妾。丈夫为了求利，如今又去了长安，把我一个人丢在这里，好不孤单。有亲靠亲，无亲靠邻，小女子想着还没拜见过各位邻里，故而今日备了些粗饭淡酒，请各位来坐坐，盼着各位今后能多多看顾……”

这些话语，朱安世大致都能猜到，但韩嬉话语时而可怜，时而娇俏，时而恭敬，时而爽利……演百戏一般，那些客人听来被她奉承得极是畅快，客套声、夸赞声、道谢声、玩笑声……鱼儿跃水一样，此起彼伏。朱安世在地窖里听着，又是好笑，又是佩服。驩儿也在黑暗中捂着嘴不住地笑。

直到过午，那些人方离开，韩嬉这才揭开窖板，笑道：“好了，里长算是先查过一遍，可以安安静静过一阵子了。不过，我们说话得小声些。”

上来后，朱安世赞叹道：“嘿嘿——你这手段实在是高。”

“我做了人小妾，你听了是高兴，还是伤心？”

“嘿嘿，你怎么可能做人的小妾？”

“若是真的呢？”

“就算是真的，天下也恐怕没有哪个正室敢在你面前做正室。”

韩嬉听了，猛地笑起来，笑得弯下腰，眼泪都笑了出来。

朱安世和驩儿就在这小宅院里躲了一个多月。

其间，捕吏曾来搜查过几次，听到动静，两人就立刻躲进地窖，韩嬉能言善道，又有里长在一旁作保，所以都轻易躲过。

等城里戒备渐松后，朱安世盘算去路，心想还是得先设法送驩儿去长安，了了这桩事，再去寻找郦袖母子。北上栈道恐怕很难通得过，东去水路应当会好些。

他在成都认得一个水路上的朋友，于是便和韩嬉道别，要去寻那朋友。韩嬉听了之后，道："我也要回长安，我最爱坐船，正好一路。"

朱安世知道她是不放心，心中感激，见她这样说，又不好点破，只得笑笑说："那实在是太好了。"

这一阵，驩儿也和韩嬉处得亲熟，听到后，点着头，望着韩嬉直笑。

朱安世和韩嬉商议一番，还是由韩嬉出去，到码头寻朱安世那位朋友。那朋友听到风声，正在牵挂朱安世，听了韩嬉解释，一口应允。约定好后，韩嬉买来两只大箱子和一些锦帛。朱安世和驩儿用锦帛各自把身子包裹起来，躺到箱底，韩嬉在上面盖满锦帛，又去雇了两辆车，韩嬉扮作锦商，将箱子运去码头。

经过关口时，韩嬉装作希图减免关税，柔声娇语，奉承关吏，又暗地行了些贿，几个关吏欢喜受用，开箱随便看了两眼，便放了行，朱安世故友早在码头驾船等候。

箱子搬上船，驶离成都后，韩嬉便放朱安世和驩儿出来透气。朱安世这才和故友相见，互道离情。

攀谈中，朱安世打听郦袖，那人并不知道郦袖搬来了成都，更不知她去了哪里。

那日，被围困在锦里宅院中，朱安世格外留意郦袖是否又留下了其他记号，却一无所获。其实这也早在他的预料之中：他最怕儿子郭续重遭自己幼年命运，所以曾和郦袖约定，一旦自己遇事，郦袖立即携续儿远远逃走，一点踪迹都不能留下。郦袖在茂陵旧宅留下记号，已经是冒险违约。她在成都应该是听到了长安的消息，见机不对，忙先避开，再不敢留任何记号。

朱安世知道，妻子这样做无疑极对，心头却难免怅然，但也只能先撂下。

船沿岷江，一路向南。

几个人说说笑笑，倒也开心。

黄昏时，吃过饭，朱安世见韩嬉闲坐船头，便凑近坐下，想再道声谢，却见韩嬉凝视着远处，正在出神，鬓边青丝飘曳，肌肤因为风冷而略显苍白，神情竟隐隐透出一缕凄清落寞。

朱安世一怔：遇见妻子郦袖之前，他就认得韩嬉，她从来都是嬉笑不停，此刻却好像忽然变了一个人。

他心里纳闷，却不好问，更不敢起身离开，甚是尴尬。

韩嬉忽然扭过脸，盯着朱安世，目光有些异样，又远又近，似哀似怨。

朱安世从来没有见过她这等神情，除郦袖外，他也从未和其他女子亲近过，一向不懂女子心事，所以不知道此时该说什么，憋了半天，才干笑了两声。

韩嬉也嫣然一笑，眼中闪过一丝幽怨，但转瞬即逝。

“你这是——”朱安世小心探问。

韩嬉抿了抿鬓发，漫不经心道：“没什么，不过是女人家的心思。你没见过郦袖这样吗？”

“她好静，常日都是这样，一个人能在窗边坐一整天。倒是你，忽然静下来，让人有些吃惊。”

韩嬉忽然笑眯眯地问：“我平常的样子好些呢，还是安静时的样子好些？”

朱安世有些发窘，支吾道：“只要没事，都好，都好，嘿嘿——”

韩嬉呵呵笑起来，但笑声里竟略带伤惋。

* * * * * *

刘敢奉命备了一辆囚车，率人出城，到了郭外，径直来到一处民宅。

卒吏上前用力敲门，一个男仆出来开门，一见这些人，惊得手中的碗跌碎在地。

刘敢下令：“进去搜！”

士卒一把推开那个男仆，一拥而入，分别钻进几间房屋，屋里一阵乱叫，几个男女孩童忙跑出来，都聚在一个老者身边，个个惊惶。

刘敢并不下马，只立在门外观望。屋里一阵掀箱倒柜之声，士卒们纷纷抱出一些锦绣器皿，堆在院子中间。刘敢的贴身书吏一件件查看，出来禀告道：“大半都是宫中禁品。”

刘敢点头道：“好，将东西和人全都带走，只留那老家伙一个。”

士卒上前驱赶那一家人，将他们全都推搡出门，关进囚车中，又将那些搜出来的东西全都搬上车。那老人赶出门来，跪在刘敢马前，大声求饶：“大人！我儿子介寇在宫里当差，这些东西都是宫里赏赐的！”

刘敢道：“哦？那得查明了才知道。”

说罢吩咐卒吏回长安，囚车里女人孩子一路在哭，那老者追了一阵，才气喘吁吁停足。

进了长安，刘敢命卒吏将那家人押入狱中，自己去见杜周。

* * * * * *

东去路上，灾民越来越多，竟至道路不通。

司马迁只得转向北边，避过兖州、泰山，绕道赶到青州千乘县，幸好这里还算安宁。

千乘因春秋时齐景公驱马千驷、田猎于此而得名，兒宽家在城东门外乡里。司马迁和卫真一路打听，找到兒宽故宅。到了宅前，却见大门紧锁，透过门缝，见里面庭院中竟然杂草丛生，檐窗结满蛛网。卫真去邻舍打听，一连敲开几家门，不论男女，一听到是问兒宽家事，都神色陡变，摇摇头便关起门。

卫真只得回来，纳闷不已：“奇怪，兒宽曾是堂堂御史大夫，而且为人仁善，德高望重，怎么在他家乡，居然人人惧怕？”

司马迁也觉奇怪，忽然想起去年遇到简卿，问询兒宽家人时，简卿也是神色异常、匆匆告别。他驱马来到驿亭，找到当地亭长，向他探问。

那亭长听见是问兒家，也顿时沉下脸，冷声问：“你打听这些做什么？”

卫真在一旁忙道："大胆，我家主公是京城太史令，你一个小小亭长，敢如此无礼！"

那亭长上下打量司马迁，见他身穿便服，相貌平常，有些不信。

卫真从背囊中取出司马迁的官印，送到那亭长眼前："瞪大眼，看清楚了！"

那亭长见了官印，慌忙跪下，连声谢罪。

司马迁忙道："起来吧，不必如此。我只想知道兒宽后人到底去了哪里？"

那亭长爬起来，小心道："兒宽大人过世后，他的儿子扶灵柩回乡安葬，丧礼过后，他家忽然连夜搬走，不知去向，只留了两个老仆人。过了三天，邻居发现那两个老仆人，一个被人杀死在屋里，另一个不知下落。这几年，也再没听见过他家后人的信息。"

司马迁越发吃惊，又询问了几句，那亭长一概摇头不知。

司马迁看他神色间似乎另有隐情，但知道问不出来，只得作罢，骑了马，闷闷离开。他在马上仔细回想，发觉那亭长神色之间，似乎有几分袒护之情。兒宽一生温厚恭俭，在乡里必定声望极高，不论邻里还是亭长，恐怕都是想庇护兒家后裔，故而不愿多说。

卫真跟上来道："这一定和那帛书密语有关，可能是兒宽知道内情后，怕子孙受牵连，所以临终前嘱咐儿子远远逃走。"

司马迁点点头，随即想到自己的两个儿子，顿感伤怀，不由得长叹一声。

卫真见状，立即明白，忙安慰道："主公是想两位公子了吧。他们并不是孤身一人，有两个老家人看顾，现在一定各自买了田宅，都分别安了家。何况，两个公子为人都诚恳本分，又没有娇生惯养，所以主公你不必太担心。"

司马迁眺望平野，深叹一声："我倒不是担心，只是忽而有些想念。"

"等主公完成了史记，如果一切平安，我立即去找两位公子回来。"

司马迁听了这话，越发感怀：史记能否完成，他并无把握，而眼下这桩事越陷越深，越深越可怖。今天得知兒宽这事，更让他觉得前路越来越险峻，此生恐怕再也见不到两个儿子。但事已至此，已不容多想，但求他们能平安无事。

他长出一口气，扬鞭打马，道："去河间。"

******

岷江之上，江平风清，两岸田畴青青、桃李灼灼，正是天府好时节。

几个人谈天观景，都甚畅快。

韩嬉早已恢复了常态，一直说说笑笑，正在高兴，她忽然扭头问朱安世："对了，我那匣子呢？"

朱安世一听，心里暗暗叫苦，当时答应把匣子还给韩嬉，不过是随口而说，没想到韩嬉一直记着。只得继续拖延："那天我到郦袖寝室中找过，没找到那匣子，恐怕被郦袖带走了。得找见她，才能要到。"

韩嬉眉梢一挑，盯着他："这就怪了，不过一个空木匣子，又旧又破，她带在身边做什么？"

朱安世听她说出"空"字，吃了一惊，她怎么知道那匣子是空的？只得含糊遮掩道："这个——我就不知道了。"

其实，朱安世当然知道：宅院、金玉、锦绣，郦袖全都能舍弃，唯独不能舍弃那个空木匣子。

八年前，在茂陵，当时正是春末夏初，朱安世去一家衣店买夏衫。

他正在试衣，一转头，见店后小门半开，后院中有个妙龄女子正在摘花，只一眼，朱安世便马上呆住，像是在烈日下渴了许多日，忽然见到一眼清泉。

他立时想到一个字——静。

只有"静"这个字才可形容那女子的神情容貌，他从未见过哪个女子能有如此之静。

简直如深山里、幽潭中，一朵白莲，娴静无比，又清雅无比。

朱安世呆呆望着，浑然忘了身边一切，店主发觉，忙过去掩上后门，朱安世这才失魂落魄地离开。

第二天，朱安世一大早就赶去那家衣店，那扇小门却紧紧关闭，他只得离开。过一会儿，又凑过去看，门仍然紧闭。一连几日，都是如此，再没见到那女子。

逼不得已，到了夜间，他悄悄翻墙进到那个后院，院子不大，只有一座小楼，上下几间房。朱安世先在楼下寻找，只看到店主夫妇。一抬头，见楼上最左边一扇窗透出灯光。

他轻轻攀上二楼，当时天气渐热，窗上垂着青纱，隔着纱影，他偷眼一望：里面正是那个女子！

那是一间小巧的闺阁，屋内陈设素洁，那女子正坐在灯前，埋着头，静静绣花。

朱安世便趴在窗外，一动不动，望着那女子，一直到深夜，那女子吹熄了灯，他才轻轻移步，悄悄离开。

自此以后，朱安世夜夜都去，他不知道能做什么，只是趴在窗外，偷偷看，那女子也始终娴静如一，甚至难得抬起头。

有一夜，朱安世在去的途中，闻到一缕幽香，见路边草丛中开着一簇小花，心下一动，便顺手摘了一朵，到了那女子窗边时，将花轻轻放在窗棂上。

隔夜再去时，发现那朵花已经不在。

难道是风吹落了？

以后再去时，他都要带一朵花，偷偷放到窗棂上，第二夜，那朵花总是消失不见。

******

长安，直城门大街。

轺车缓缓而行，杜周呆坐车中，木然望着宫墙楼阙。

汗血马追回，天子气消了不少，但随口就问盗马贼下落，杜周却只能说仍在追捕。天子当即面色一沉，得马之功顷刻间化为乌有。杜周俯伏于地，丝毫不敢动，天子呵斥了一声，他才忙躬身退下。

天子性情愈老愈如孩童，好恶愈来愈任性，喜怒愈来愈难测。身为臣下，真如《论语》中曾子所引那句："战战兢兢，如临深渊，如履薄冰。"

回到宅里，妻子见他脸色阴沉，小心上前，要帮他宽衣。他摆摆手，驱开妻子，自己伸手慢慢摘下冠帽，望着那冠帽，又发起怔来：只要在朝为官，除非到死之日，否则，谁也不知明日脑袋是否还在颈上，是否还能戴这冠。

但不做官又能做什么？回乡养老？一旦没了权势，连亭长小吏都要借机欺辱你，你当年不正是为了不受这些欺辱，才发狠读书谋职？登得越高，敢欺辱你的便越少。这世事便是如此，只有这条陡路，不进则退，别无他途。

他正在沉想，书吏忽然拿着一卷锦书进来，是成都的急报，杜周展开一看：朱安世又逃走了。

他将那锦书紧攥在手里，嘴角一阵阵抽搐，心里生出一把锯齿刀，一刀一刀慢慢割在一个囚犯身上，那囚犯没有面目，名叫朱安世。

这时，刘敢脱履轻步走了进来，杜周见到，随即松手，将急报扔到脚边，面上也恢复了常态。

刘敢似有察觉，说话比平日更加恭敬小心："那介寇家中果然有宫中禁品，他家人已经关在狱中，卑职照大人吩咐，留下了他父亲，那老儿现在应该也赶往宫中，给他儿子报信。介寇很快便会得知消息。"

介寇是宫中黄门苏文手下亲信。

那些绣衣刺客所穿苍锦，是由苏文从织室中取走，杜周多方打探，却查不出任何下落。他知道苏文一向爱财贪贿，所以才想到这个主意，从苏文身边小黄门下手。苏文既然贪财，手下自然也干净不了。

果然，才过了两个时辰，门吏来报，黄门介寇求见。

杜周当然不愿出面，仍让刘敢去办。刘敢领命出来，回到自己书房，书吏已将在介寇家查没的物件清单抄好，呈给他，他接过来，坐到案前，仔细看了一遍，又让书吏将那块从织室得来的苍锦取来，放在手边，这才吩咐书吏引介寇进来。

介寇一脸惶急，进门就伏地叩拜：“刘大人开恩，我家中那些东西都是我得的赏赐，小人在宫中当差多年，从不敢私取一丝一线。”

“哦？如此清廉？难得，难得！那就请你一件件说明来路。”刘敢拿起那张清单，扔到介寇面前。

介寇忙拾起来，展开一看，顿时变了色，伏地又拜，额头敲得地面咚咚响：“刘大人开恩，刘大人开恩！”

刘敢缓缓道：“我倒是愿意卖你个人情，但执金吾杜大人你是知道的。”

介寇继续哀求：“刘大人，您一向最得杜大人信任，只要您开口，杜大人一定会容情。”

“我为什么要开这个口？”

“只要大人饶了小人一家性命，小人一辈子都铭记大人活命之恩，从今往后，任凭大人差遣。”

“往后的日子谁说得准？眼下我正好在为一件小事烦心，这事你应该知情，只要你能如实说出来，我就替你在杜大人面前说情。”

“谢大人！大人尽管问，小人只要知道，绝不藏半个字！”

刘敢命书吏将那块苍锦递给介寇，问道：“这锦你可见过？”

介寇一见那断锦，一惊，略一迟疑，才道：“小人见过。”

刘敢点了点头：“我知道这是苏文从织室取走的，他拿到哪里去了？”

介寇闻言，越发惊慌，低头犹豫很久，才答道：“他交给了光禄勋吕步舒。”

# 第二十六章
# 袖仙送福

转眼，炎夏消尽，天气渐凉，已是秋天。

朱安世仍旧每夜去看那女子，每次去仍要带一朵花。

第二天，花朵总会不见。他知道定是那女子取走，二人虽然从未对过一眼、道过半字，但借由这花朵，竟像是日日在谈心一般。

朱安世以往只知道饮酒能令人上瘾，没料到，送花竟比饮酒更加醉人难醒。

只是入了秋，花朵越来越少，菊桂芙蓉又尚未开。只有皇宫或王侯花苑温室中，还有一些奇花异卉。他顾不得那许多，隔几日就去侯府御苑中偷盗一株，养在自己屋里。一朵一朵摘了，送到那女子窗前。

一夜，他又来到那女子窗外，刚要放花，却一眼看见窗棂上放着一块白绢，叠成小小一块。他吓了一跳，忙轻手取过来，就着窗内微弱灯影，打开一看，是一方手帕，帕子上绣着一株枝叶，上结着青色果子，帕角还绣了一团碧绿。

这一阵，那女子绣的正是这张帕子！

朱安世又惊又喜，忙向里望，但见那女子仍安坐灯前，静静绣另一方帕子。

朱安世正不知该如何是好，忽然见那女子放下帕子，抬头向窗外望过来，轻轻一笑，接着竟站起身，向窗边走来！

朱安世惊得几乎倒栽下楼去，心跳如鼓，强撑着，才没逃开。

“你又来了，谢谢你的花！”那女子忽然轻声道。

朱安世第一次听到她的声音，如清泉细流。她背对灯光，看不清她面貌，但身影娴静而亲切。

朱安世大张着嘴，不知道她是不是在和自己说话，更不知道自己该不该答言。

“你为什么不说话？不过你要小声一点，不要让我爹娘听见。”那女子又道。

朱安世仍张口结舌，浑身打战，但心中恐惧散去，狂喜急涌。

“我叫郦袖，你叫什么？”

“朱——朱安世。”朱安世终于能开口了。

“你为什么每晚都要来这里偷看我？”

“我——我只是——只是想看你。”

郦袖笑起来，笑声也如泉水般清澈。

“你不怪我？”朱安世小心问道。

“为什么要怪你？你又没吵到我，也没有做不好的事。”

“那我以后还可以来看你？”

“我也想见到你。”

“你能看见我？”

“现在看不见，外面黑，不过，四月十七那天，你来我家店里买夏衫，我见过你。今天是七月十七，都已经整三个月了。”

朱安世无论如何也没有料到，他第一眼看到郦袖时，郦袖也留意到了他。

郦袖继续轻声言道：“你那天试的那件衣裳其实不大合体，可你胡乱一试，也不还价，随手就买了，我猜你一定是个重义轻利的人。我还留意到你的靴子，已经很旧了，可你还穿着，我想你又是个重情念旧的人。”

朱安世一字一字听着，越听越惊心，不敢相信自己耳朵，但郦袖就在眼前，那清澈话语正出自她口中，绝非做梦！

有生以来，他从未如此大喜过，只觉得这世上所有福泽都赐给了他。

“这绢帕是给我的？”他紧紧攥着那方手帕。

“嗯，你懂上面绣的意思吗？”

“这个——我是个莽夫，生来粗笨……”

“不要紧，我说给你听，你就知道了。那枝子上结的果子是青木瓜，角上是一块碧玉。这绣的是《诗经》里一句诗：‘投我以木瓜，报之以琼琚。匪报也，永以为好也’。”

朱安世虽然不通诗书，但也立刻明白了这句诗的意思，尤其是“永以为好”四个字，美过世间所有话语，简直如一轮红日，顷刻间照亮天地。

他睁大眼睛，呆住了，说不出话来。

“我们不能再说了，怕爹娘听到。你回去时，小心一点。”

“好，好！”

郦袖转身回到案边，又回头朝窗外轻轻一笑，随后，凑近油灯，轻轻吹灭。

朱安世见灯光熄灭，呆立了一会儿，虽然不舍，却不敢久留，便悄悄翻墙离开。

他手里攥着那方绢帕，不断摩挲，欢喜得不知该如何是好。大半夜，一个人大笑着，一路狂走，浑忘了夜禁。途中被巡夜士卒拦住，他拔腿就跑，那几个士卒在后面追赶。他心里畅快，便时快时慢，故意逗引那些士卒。奔了不知道有多久，那些士卒疲累之极，只得由他。他才扬长而去，直到天亮，才觉得倦乏了。

第二天午后，他才睡醒，起来出去买酒，途中遇见了一个旧识，名叫李掘，也是个惯盗，尤其精于盗墓。

两人见面亲热，一起去喝酒。酒间闲谈时，李掘指着手中一个包袱得意扬扬，说是盗了西楚霸王项羽墓，得了虞姬珠宝木椟。朱安世心里暗惊：就算当今卫皇后，见了这盒珍宝也要眼馋。

李掘问道：“你说这盒东西，现今世上，哪个女子配得上它？”

朱安世立即想到郦袖，却故意道：“我想不出来，你说是谁？”

“韩嬉。”李掘眼中陡然放光。

“嗯。”朱安世笑起来，的确，除了郦袖，他能想到的也是韩嬉。

李掘又问：“你猜韩嬉见到这盒东西，会怎样？”

“我不知道。”

“只要她能朝我笑笑，也足足值了。这是稀世珍宝，说不准，嘿嘿……”李掘眯着眼睛，咋舌舔唇，迷醉不已。

朱安世见他这般痴样，心里暗笑：这盒珍宝虽然稀贵，但韩嬉是何等样的女子？多少王侯豪富争相与她结交，送她的礼物哪一样不是奇珍异宝？朱安世就曾亲眼见过，好友樊仲子从齐王墓中盗得结绿[1]美玉，这玉光色如水，莹润如露，原是宋国镇国之宝，与和氏璧齐名，是齐国灭宋后齐王得到的。樊仲子将结绿赠给韩嬉，韩嬉也不过笑一笑，把玩一两日，就丢到了一边。李掘身形干瘦、举止卑琐，韩嬉哪里会看得上眼？这盒珍宝送给她，不过是多一件玩物而已。

朱安世不由得伸手摸了摸怀中郦袖赠他的那方绢帕，心想：恐怕只有这盒珍宝，才抵得上这方绢帕。

于是，他暗暗盘算：如何把它弄到手？至于李掘，日后花力气另寻件宝物，再好好向他赔罪。

他知道李掘量小，便趁机猛力劝李掘喝酒。几盏之后，李掘果然醉倒在案边。朱安世忙去街上买了个大小相似的木椟，装了一盒廉价珠玉，偷偷换掉了李掘包袱里的木椟。

溜出来后，到了个僻静处，朱安世才拿出来细看，那木椟初看普通之极，一个暗红漆盒而已，但仔细打量，面上细细雕着花纹，布满盒身，是一幅凤鸟流云图。每根细纹都描着金线，无一丝紊乱。揭开盒盖一看，里面满满一盒珍宝，晶莹澄澈，璀璨夺目，都是从未见过的金玉珠宝，不由得心中大喜。

太阳才落山，朱安世便赶到郦袖家宅院后街，踅来踅去。好不容易天才黑下来，他立即翻墙进去，谁知郦袖父亲正在后院忙活，若不是朱安世应变得快，急忙闪身，躲到一只木桶后面，险些被察觉。郦袖父亲进去后，朱安世才攀到二楼，溜到郦袖窗外，屋内漆黑，郦袖不在。

1 结绿：战国著名的四宝之一，除和氏璧外，其他三件都在战争中失传。《战国策·秦策三》中记载：“周有砥厄，宋有结绿，梁有悬黎，楚有和璞。”

又等了良久，郦袖才端着油灯，上楼开门，走进屋里。

看到郦袖，朱安世心又狂跳，趴在窗边，轻声学蝉叫。

郦袖轻步走过来，小声笑道："早入秋了，哪里来的老蝉？"

朱安世忙将那个木椟递进窗口："给你的。"

"什么？"郦袖伸手接过木椟。

昏昏灯影下，那双手细白如玉。背着光，她的面目仍看不清楚，但朱安世还是紧紧盯着，等着她揭开盒盖，发出惊呼。

然而，郦袖并没有惊呼，反倒轻声叹了口气，只说了两个字："真美。"

朱安世略略有些失望，问道："你不喜欢？"

"当然喜欢。"

"那就好！那就好！"朱安世大乐。

"这是你盗来的？"郦袖忽然问道。

"嗯——不过——"朱安世脸顿时红了。

"你为我盗的？"

"嗯。"

"我不能收它。"

"为何？"

"我能看一看就够了，我不喜欢藏东西。谢谢你！"

郦袖关上盒盖，递了回来。

朱安世沮丧无比，只得伸手接过木椟，心里不甘，又道："这里面任何一颗珠子，都值十间衣店。"

郦袖轻轻一笑："我知道。不过我家有这一间衣店，已经足够了，再多，就是负担了。那天我读《庄子》，很喜欢里面一句话——'鼹鼠饮河，不过满腹；鹪鹩巢林，不过一枝。'"

朱安世低下头，顿觉自己蠢笨不堪。

"你生气了？"郦袖察觉，语带关切。

"没有，哪里会？嘿嘿——"朱安世勉强笑道。

"嗯，我知道你不会生我的气，你是在生自己的气。我已经说了，我很喜欢，你费心为我盗来，我也很感激。本来，我该收下它，不过我是真的不喜欢藏东西。这样的宝物，在富贵人家，只是个摆设；在我这里，则是累赘；贫寒之人，拿去卖了，却能疗饥御寒，解燃眉之急……”

“我知道了！”朱安世心里一亮，顿时振奋起来，“我去办件事，三天后我再来看你！”

“好的，我等着。”

朱安世到一家绣坊，定制了百十个锦袋，每个锦袋两寸大小，袋子上都绣了四个字：袖仙送福。

他把木椟中的金玉珠宝，一颗颗分装在锦袋中，等天黑，来到城郊最破落的里巷，挨家挨户，将锦袋一个个扔进院里、窗内。第二天，茂陵街市上四处纷传袖仙送福、救济贫民的神迹，朱安世听在耳里，喜在心中。

第三天夜晚，他采了两朵芙蓉，连一个锦袋，一起放在木椟中，回到郦袖窗前。

见到郦袖，他忙将木椟隔窗递过去，笑嘻嘻道：“这次你不能再推辞了。”

郦袖接过木椟，揭开盒盖，一看，忽然定住，默不作声。

“怎么了？”朱安世慌道。

片刻，郦袖才抬头望着朱安世，眼中竟隐隐闪着泪光，轻声言道：“我听说袖仙的事了，我一听就知道是你，你为我做的……”

“嘿嘿……”朱安世这才如释重负，心中畅快无比。

郦袖静默半晌，抬起头，忽然道：“我想嫁给你，你愿意娶我吗？”

朱安世猛听到这话，惊得目瞪口呆。

郦袖继续道：“我其实不用问，我知道你愿意娶我。不过，今晚我就想跟你走，你能带我走吗？”

朱安世恍然如梦，不敢相信。

郦袖又道：“我本来想让你托个媒人，去向我爹娘提亲。可是我爹娘已经把我许给长安未央宫织室的一个小吏，想借他的势，承揽些活计。明天那家就要来行聘礼了，我从来没见过那人一面。所以，你要娶我，今晚就得带我走。”

就这样，朱安世带着郦袖逃离，先是南经蜀道到成都，去游司马相如、卓文君的故地，而后乘船东去，四处漫游……

******

当年河间国封地数百里，现在却只剩一座小城。进了城，很容易便找到河间王府，远远便能看到日华宫，五层殿阁，巍然高矗。只是窗内黑寂，栏外萧索，不复当年书声琅琅、儒衫如云之盛况。

走近时，看宅院甚是宏阔，但房宇门户简朴厚重，并无什么华饰。门前也十分清冷，并没有人进出。

刘德死后，河间王位至今已传了三代，现在河间王为刘德四世孙刘缓。

卫真先拿了名牒，到门前拜问，门吏接过名牒，进去通报，不久，一位文丞出来迎接，引着司马迁进门过庭，来到前堂，脱履进去，堂中端坐着一位华冠冕服的中年男子，自然是河间王刘缓。见司马迁进来，刘缓笑着起身相迎。

司马迁忙跪伏叩拜，刘缓恭敬回礼，请司马迁入座，和颜悦色道："久闻天下文章，两支笔、二司马。司马相如我一直未能得会，今日能亲见司马太史，实在快慰平生。"

司马迁虽然一直以文史自许，但向来谦恭自守、默默无闻，没料到刘缓远在河间，素未谋面，竟能如此赞扬自己，心中感激，忙谢道："承王谬赞，实不敢当。"

刘缓微笑道："司马相如以赋名世，《子虚》《上林》二赋我都读过，虽然辞采富丽、气象浩阔，但总觉铺排过繁、奢华过当。几年前，我到京城，兒宽先生让我读了你两篇文章，字句精当，文义深透，正合孔子'辞达'之意。尤令人敬重的是，先生文章情真意诚，无隐无伪，实乃古时君子之风。我当时就想面晤先生，谁知先生却不在京城，抱憾至今，今天总算得偿夙愿。"

司马迁从未听谁如此诚恳地面赞过自己，一时百感交集，竟说不出话来。

刘缓又道："先生不远千里来到河间，必是有什么事？"

司马迁忙答道："在下贸然前来，的确有三件事向王求教。"

"请说。"

"三件事都与王之曾祖河间献王有关。"

"哦？"

"第一件，当年河间献王曾向宫中献书，天禄阁却不见当年献书书目，不知河间王这里可留有这些书目？"

刘缓神色微变，随即答道："我这里也没有。第二件呢？"

"河间献王最后一次进京，曾面圣对策。在下查看档案，却语焉不详，记录有缺。王是否知道当时对策内容？"

刘缓神色越发紧张，问道："我也不知。你问这个做什么？"

"在下职在记史，见史录有缺，心中疑惑……"

"那已是三十几年前的旧事，当今世上，恐怕无人记得了。第三件呢？"

"在下要查阅古文《论语》，河间献王当年曾遍搜古文经书，不知是否藏得有古文《论语》，能否借阅几日？"

刘缓笑了笑，道："惭愧，我仍帮不到你。那些古经当年全都献给宫中了。"

司马迁见刘缓虽然在笑，笑中却透出一丝苦意，而且目光躲闪，神色不安。

想到此前的怀疑，司马迁随即明白：这三十多年来，三代河间王定是受到监视、重压，处境远远艰于其他诸侯王。刘缓即便知道当年内情，也只字不敢提。当年刘德所藏古经，就算留有副本，恐怕也早已毁掉。

他不敢再问，忙起身拜辞。

刘缓神色略缓，似有不舍，但随即道："好不容易得见先生，本该多聚几日，畅叙一番。怎奈我近来身体不适，就不留先生了。"

* * * * * *

朱安世、韩嬉和驩儿乘船到了僰道[1]。

僰道是一座江城，蜀滇黔三地枢纽，岷江与金沙江交汇于此，始汇成万里长江。十几年前汉军平定西南夷，自蜀经滇，远达身毒国[2]，一路商道畅通无阻，南下北上商贾不绝，这里汉夷杂居，律令宽松，正好藏身。

上岸前，朱安世因屡遭围困，怕再出闪失，便和韩嬉商议，在城里僻静处赁一小处宅子，避居一阵子，等风头过去，再带驩儿北上长安。

韩嬉听了，笑着问道："你不去寻你妻儿？"

"等了了驩儿这桩事，我再去寻他们母子。"

"你妻子正在等着你去找呢，你不怕她伤心恼你？"

"她最爱助人，不会恼我。"

"她知不知道你和我在一起呢？"

"应该不知道。"

"她若知道了，也不恼你？"

"这个嘛——她知道我，也应该不会。"

韩嬉原本笑着，闻言脸色微变，但稍纵即逝："好，请你们进柜吧。这次得多在里面憋一阵子，等我赁到房子，才能出来。"

"实在是有劳你了。"

"我做的这些都记在账上呢，到时候要你连本带利一起还。"

"嘿嘿，一定要还，一定会还。"

朱安世和驩儿又裹着锦帛躲进柜里。

一路听韩嬉打点关吏、雇牛车、请人搬箱、问路、寻房、谈价、赁下房子、搬箱进院、打发力夫，关门，等揭开箱子，朱安世和驩儿爬起来时，已经是傍晚。

三人便在这里住下，两间睡房，韩嬉居左边，朱安世和驩儿住右边。

---

1 僰（bó）道：今四川省宜宾市。

2 身（yuān）毒国：印度的古译名之一。《史记·大宛列传》中记载："东南有身毒国。"司马贞索隐引孟康曰："即天竺也，所谓浮图胡也。"

住了几天，发觉这所宅子虽然院子窄小，房舍简陋，但位置选得极好，地处里巷的最角落，一边是一片低坡密林，另一边紧挨的邻舍只住了个聋哑老汉，十分清静，数日不见有人来。就算事情紧急，穿后门出去，钻进林子，也好逃脱。

几个月来，朱安世和驩儿一直提心吊胆，哪怕藏在成都时，也始终不敢大声说笑，又要日夜提防巡捕。住到这里，才总算舒了一口气。

不过，朱安世没料到：在僰道一住，居然便是大半年。

每隔一半个月，韩嬉都出去打探风声，京中有驿报传到各郡，不论水路还是陆路，始终都在严密搜查朱安世和驩儿。

朱安世挂念着妻儿，越等越烦躁。韩嬉却每天里外忙碌，丝毫不见厌怠，反倒整日神采奕奕、喜笑颜开。驩儿也越住越舒心，说起去长安，嘴上虽然不说什么，却看得出来他心里舍不得离开。朱安世见他们这样，不好流露，只得忍耐。

韩嬉将屋内院外清扫得十分整洁，换了干净轻暖被褥，置办了一套精致酒食器皿，每日悉心烹制各样饭食菜肴，竟像是要在这里长久安家一般。

朱安世看在眼里，心中暗暗叫苦。他虽然一向粗疏，但也渐渐看出来：韩嬉之所以一路相随、倾力相助，恐怕是对自己有意。

他不由得想起当年初见韩嬉的情景：那日在长安，朱安世去会老友樊仲子，樊仲子正在宴客，刚进门，朱安世一眼便看到韩嬉，席间尽是男人，唯有韩嬉一个女子，她身穿艳红蝉衣，广袖长裾，粉面乌鬟，在席间嬉笑嗔骂，满座男子无不为之神魂颠倒。

朱安世当时尚年轻，当然也不例外，虽然坐在一边，只是远远看着，却也目不转睛，为之神迷。

此后，朱安世时常见到韩嬉，言谈时，他始终不太敢和韩嬉直视。韩嬉对他，也像对其他男子一般，时热时冷、时亲时疏，花样百出，变幻莫测。起初，朱安世还心存亲近之意，后来见韩嬉与樊仲子分外亲昵，便知难而退，断了念想。

这之后不久，他便遇见了郦袖，自此也就全然忘了韩嬉。

想到天下多少男子爱慕韩嬉，欲求一席同饮而不得，韩嬉居然对自己生情？朱安世无论如何也不敢相信，何况他心中已有郦袖，再没有丝毫余地作他想。

韩嬉似乎觉察了他的心思，不止一次提醒他：“你给我记住，我留下来，并不是为你，我是放心不下驩儿。”

朱安世见她如此，更不敢说破，只能事事小心，只盼是自己猜错。

# 第二十七章
# 御史大夫

直到八月，官府缉捕才渐渐松懈。

韩嬉又乘船去江州查探，去了半个多月才回来，回来时面容苍白、神色委顿，开了门，倚住门框，几乎瘫倒。

朱安世和驩儿慌忙迎上去，将她扶进屋，只见她肩上、臂上、腿上好几处包扎着，渗出血迹。不等他们开口，韩嬉却先忍痛笑道："不妨事，死不了。我已经自己敷了药，养几天就好了。"

朱安世忙问："在哪里受的伤？什么人伤的你？"

"绣衣刺客，在江州。"

"他们又追来了？"

"我把他们引向荆州那边，绕路回来的。他们应该不会往上游追。"

"你还没吃东西吧，我马上去弄。"

朱安世让驩儿守着韩嬉，自己忙钻进厨房。

他向来粗爽，极少自己煮饭，迫不得已要煮时，也只是烧一锅水，肉菜米麦有什么就都一股脑丢进去乱炖，稀里糊涂管饱就成。但韩嬉平日于吃食上本就极挑剔，现在受了伤，更得吃得好。朱安世又不能请人来帮忙，心里念着韩嬉恩情，只得尽力回想郦袖烹饪时的情景，依样模仿，切菜割肉，笨手笨脚忙了一个时辰，累了一身汗，才烹了几样菜、煮了半锅羹。煮出来后，自己先尝尝，比胡乱炖的更加难吃。以韩嬉的脾性，她必定吃不下去。

再难吃，总比饿着好，他硬着头皮端过去，韩嬉见他进来，顾不得伤痛，盯着他直笑。

“嘿嘿，我整不好，你将就着吃一点吧。”朱安世将食盒摆到韩嬉身边。

“闻着很香嘛。”

韩嬉坐起来，拿起调羹，先尝了一口肉羹，闭着眼睛，品了一会儿，而后向朱安世笑着眨了眨眼，一口接一口吃起来，竟吃得十分欢畅。

朱安世很是纳闷，小心问：“你不觉得难吃？”

韩嬉重重点了点头，做个苦脸：“极难吃。”

朱安世大是奇怪：“那你还能吃这么多？”

韩嬉不答，反问：“郦袖有没有吃过你煮的饭菜？”

“没有。”

“这就对了。”

朱安世顿时愣住。

韩嬉停住调羹，正色道：“我给你煮了大半年的饭，你欠我，现在你给我煮，我收账，当然得多吃点。”

朱安世只能笑笑，小心看着她吃罢，收拾了，才和驩儿一起吃，驩儿边吃边皱眉，朱安世自己也几欲呕吐。

自此，朱安世和驩儿悉心照料韩嬉。

朱安世每天勤勤恳恳煮饭，越煮越好，韩嬉每顿都吃得不少，朱安世心里半是快慰、半是忐忑。

静养了两个月，韩嬉的伤全都复原。

她自己下厨房，置办了许多精致菜肴，摆满了一案。满眼美味，朱安世和驩儿都馋得垂涎。

韩嬉皱起眉，做出苦脸道：“被你煮的饭活活折磨了两个月，总算是熬出头了。”

三人一起大笑，而后一起举箸，风卷残云。

吃饱后，三人坐着休息，韩嬉忽然轻叹一声：“在这僰州住了快一年，我们也该启程了。”

******

司马迁拜别河间王刘缓，出门上了马，怅然离开。

离了河间城，取道向南，虽然野外满眼春色，却觉得如同到了寒秋一般。

行了不多时，身后忽然传来一阵疾疾马蹄声，回头一看，是刚才河间王府那位文丞。

那文丞一边疾奔，一边高声叫道：“司马先生，请稍留步！”

司马迁忙停住马，下来等候。

那文丞来到近前，下了马，拱手一拜，言道：“河间王命我前来转告先生，先生问的三件事，都与一个字有关，河间王心有苦衷，不便明说。先生若真想知道，回长安可走河东郡，到霍邑，见到河水，便可找到这个字。”

说罢，那文丞转身告辞，司马迁心中纳闷，上马继续南行，一路思忖，始终不明就里。

卫真道：“这个河间王实在古怪，什么字这么要紧，说不出口？”

司马迁叹道：“推恩令颁布之后，诸侯王不断被离析削弱，动辄灭国，幸存的个个如履薄冰，当然事事都得小心。”

行了几日，到了邯郸，司马迁心想反正也顺路，便转向西路，离了冀州，进入河东郡。

穿过太岳岭霍山峡谷，驻马向西眺望，远处一条大河，河谷平原上，坐落一片小城。除了那条大河，远近山岭间还流出三十几道大小水流，全都聚向河谷低处。

卫真道：“那个文丞说见到河水，就能找到那个字。那条大河是汾水，其他这些小河谁知道叫什么名字？难道是‘汾’字？但‘汾’字平常极难用到，好像没有什么意思……”

司马迁望着那些河流和那座小城，默想了良久，也想不出什么原委来，便驱马出谷，向小城行去。

到了城下，他抬头一看，城门上写着城名：彘县[1]。

司马迁不由得惊呼一声，随即恍然大悟，喃喃道："原来如此，原来如此！"

卫真也抬头念道："彘县？不是叫霍邑吗？"

司马迁解释道："此地因东靠霍山，所以叫霍。西周时，周武王封其弟于此，因境内有条河名叫彘水，所以又名彘。春秋时，此地归晋，复又称为霍邑。汉高祖元年，又在此地设彘县，所以现在就叫这个名字了。"

卫真道："原来如此，颠来倒去几次。不过，主公想起什么了？难道猜出那个字了？"

司马迁笑了笑，反问道："那文丞为何不叫彘县，而要称呼旧名霍邑？其实他已说出了答案。"

"嗯？"卫真挠头想了一阵，"我笨，猜不出来。"

司马迁笑道："此处说话不便，先进城，找地方歇息。"

******

靳产骑马出了朔方城门，立在路上。

望着荒莽平野，他怅然若失，颓丧无比。跋涉两千多里路，居然只是验证了那匈奴百骑长的一句话——姜老儿的确是在朔方被掳走。除此而外，一无所获。

从朔方回湟水至少三千里路，想到路上艰辛，他气闷之极，一鞭重重抽在马臀上，那马吃痛，发足狂奔。

向西奔了几里，他忽然勒住马，心想：岂能就这样白跑一趟？

据那狱吏说，又是绣衣人在追杀姜老儿。这些绣衣人几千里穷追不舍，不是追姜老儿，而是在追那孩童。从朔方到张掖，从张掖到金城，又从金城到扶风，接连几个人为救护那小儿而送命，一个几岁大的孩童有什么重要？那姜老儿本来恐怕是要将小儿送到京畿，只是为逃避绣衣人追

---

1 彘县：今山西省霍州市，位于山西中南部。

杀，才一路绕道，奔到朔方。他是从哪里来的？

常山！

姜老儿原籍冀州常山[1]，去常山定能查到一些线索！

靳产心中重又振奋，忍不住笑起来，拨转马头，取道东南，向常山赶去。

* * * * * *

朱安世三人辗转回到了茂陵，这时已是天汉三年[2]春。

他们扮作一家三口，在僰州雇船，载着两箱锦帛，沿江南下，经江州[3]，到江陵[4]，上岸后买了一辆马车，仍装作行商，由陆路北上。

沿途关口守备果然松了许多，他们进城出城，都无人盘查。那些绣衣刺客也未再出现。

朱安世却丝毫不敢松懈，因为要时刻戒备，故而不太说话；韩嬉也不再嬉笑，整日神情淡淡，若有所思；驩儿本来就安静，见他们两个不言语，就更安静了。朱安世觉着不对，便说些逗趣的话，韩嬉只是略略笑一笑，驩儿也最多咧咧嘴。几次之后，也只得作罢。

就这样，旅途遥遥，一路闷闷，到了京畿。

朱安世怕进长安会被人认出，不敢犯险，故而先赶往茂陵，黄昏时，来到好友郭公仲家。

郭公仲大吃一惊，又见韩嬉随着，更是瞪大了眼睛："你们？快进！"

他一把将三人拉进门，又忙转身吩咐童仆，快把马车赶进院里，将门锁好。

---

1 常山：秦始皇攻占赵国后，设恒山郡，治所在东垣县（今石家庄市东）。西汉时，为避汉文帝刘恒讳而改称常山郡。汉武帝元鼎四年（公元前113年），常山郡郡治移到元氏县（今河北石家庄元氏县西北），隶属冀州刺史部。

2 天汉三年：公元前98年。

3 江州：今重庆地区秦汉时期称为江州。

4 江陵：今湖北省荆州市。

郭公仲生来性直心急，自幼又有些口吃，故而说话一向极简短。

进了厅堂，未等坐下，他便一连串问道：“你？妻儿呢？你们？这孩子？”

朱安世笑着坐下，从头讲起前因后果。

讲到郦袖，郭公仲忽然大叫：“逃了？好！”接着又扭头朝门外喊道，“进来！”

郭公仲的妻子鄂氏从门边露出身子，半低着头，脸含羞愧。

朱安世十分诧异：“郭大哥，嫂嫂？你们这是？”

郭公仲叹了口气，扭头望向妻子，恨恨道：“说！”

鄂氏局促半晌，才小声道：“朱兄弟，我对不住你！”

朱安世越发纳闷：“嫂嫂，究竟怎么一回事？”

鄂氏举袖揩掉泪水，满面委屈：“你逃出长安后，杜周手下刘敢查出你郭大哥和你是故交，就将我们一家五口全都捉到长安，把你大哥和我们母子分开来审。刘敢单独审我，我本不肯说，他把我的孩儿们全都吊起来，先从大的开始鞭打，我知道我一旦说出来，你大哥一定不会轻饶我，我就闭起眼睛、捂住耳朵忍着。开始还能忍得住，后来，他们开始鞭打小儿，那刘敢又让人扳开我的手，不让我蒙耳朵、闭眼睛。小儿哭着喊娘，他才三岁啊！我受不住，只得说出了你在茂陵的旧宅……”鄂氏呜呜哭起来。

朱安世忙劝道：“郭大哥千万不要这样，是我连累了你们，这怎么能责怪嫂嫂？她身为母亲，当然疼惜孩子，何况她也知道我那妻子已经远逃，说出旧宅地址也没有什么妨碍。再说，就算那杜周再狡猾，也休想捉住你弟媳……”

狠劝了一番，郭公仲才消了气，回头瞪了一眼妻子道：“煮饭！”

鄂氏抹着泪，转身出去。

韩嬉笑骂道：“好个郭猴子，在女人面前要什么威风？”说着也起身去厨房帮忙。

朱安世转回正题：“郭大哥，我来茂陵，是求你一件事。”

“说。”

“这孩子得送进长安，交给御史大夫。我身负重罪，那些绣衣刺客认得韩嬉，所以想托大哥送他去。”

“好。”

朱安世转头问坐在一边的驩儿：“驩儿，你认得那御史大夫吗？”

“我不认得。不过娘教会我四个字，让我画在竹简上，交给御史大夫，说他看了就会明白。”

郭公仲听了，忙去找了笔墨和一根空白竹简。

驩儿执笔蘸墨，在竹简上画了四个字符，曲曲弯弯，笔画繁复。

朱安世和郭公仲都是粗人，均不认得。

朱安世忽然想起驩儿每次饭前念诵完，都要用手指在手心里画一番，便问：“你每次在手心里画的就是这几个字？”

驩儿搁下笔，点点头：“嗯。不过——我也不知道这是什么字，我问过娘，她说我不用知道。”

* * * * * *

司马迁和卫真进了彘县城，找了家客店安歇。

吃过夜饭，回到客房，仔细关好门，司马迁才对卫真解释道：“那文丞说的那个字是‘彘’。”

“彘？不是猪吗？这和主公问河间王的三件事有什么关系？”

“你再想想，这个字其实是说一个人……”

“一个人？”卫真低头想了半晌，忽然抬起头、瞪大了眼睛，大叫道，“他？难道是他？！噢……难怪河间王不敢直说出来！”

司马迁点了点头，他知道卫真猜对了：这个人是当今天子刘彻，刘彻乳名叫“彘”。

卫真问道：“但主公问的三件事和这个人有什么关系？”

“我问的三件事其实可以归为一件——古本《论语》。我猜河间献王刘德定是有孔壁《论语》副本，不过，或是被查没，或是自行毁掉，现在河间府中已经没有了孔壁《论语》。刘德最后面见天子，对策时，也一定是引述了孔壁《论语》中的言论，才触怒了天子。”

“但盗走宫中古本《论语》、删改刘德档案的是吕步舒啊。”

“你认出暴胜之时，我也认定主谋者定是吕步舒，但这一阵仔细一想，公孙弘恐怕才是始作俑者。正是他，奏请推行献书之策，广收民间书籍，全都藏入宫中，立五经博士，只重今文经学。公孙弘死后，吕步舒才继任。不过公孙弘、吕步舒等人纵然不愿看到古文经流传世间，也绝没有胆量敢私改史录、盗毁古经。”

“主公是说……他们得到天子授意了？”

“或是授意，或是默许，不得而知。不过，天子虽然尊儒，却不喜儒学中督责君王的言论。”

“所以古本《论语》必得毁掉。”

“嗯。另外，这个‘彘’字不但指天子，更有其他含义。”

“还有什么含义？”

“河间王说我问的三件事都与‘彘’字有关。我猜想，孔壁《论语》中或许有孔子关于彘的论述。”

“孔子论猪？”

司马迁笑起来，摇摇头，解释道：“不是猪，而是彘县这个地方，这里曾发生过一件大事。”

“这个荒僻的小地方能发生什么大事？我怎么从没听说过？”

“正因为这里荒僻，才会发生那件事。西周时，这里是国土边境。西周第十位天子周厉王登基后，横征暴敛、专制独断，又连年兴兵征伐，四境战事不休。国人苦楚，怨言四起，周厉王不听劝谏，反倒派人到处监控，捕杀口出怨言者。国人尽皆钳口，路上无人敢言，只能以目对视。周厉王很是得意，自以为善于弭谤。民愤越积越深，不久，国人终于忍无可忍，起而暴动，驱逐周厉王，推选周公和召公两位贤人共和执政。周厉王则仓皇逃离镐京，渡过黄河，流亡到彘地，最终死于此处。[1]”

“原来这个‘彘’字既指人又指地，还暗含了这样一桩古史。”

“国人暴动、天子流亡、周召共和，是西周大事，孔子不会不论及，

---

1 此段史实参见《国语·周语》《竹书纪年》《史记·周本纪》。

古文《论语》中或许有相关记载。河间献王最后一次进京时，天子正踌躇满志，要兴兵征伐、开疆拓土。刘德恐怕是预感到此后将征战不休，担心天下扰攘、民生困苦，才引用古文《论语》中的话来劝谏天子，天子听了必然恼怒，因而才用言语逼死刘德——”

“天子当然也不愿他人看到、听到、说出这样的言论，所以，古文《论语》不见了。”

司马迁长叹一声：“孔子首先便是教人明辨是非，而齐《论语》中有一句‘民可使由之，不可使知之’，说君王只该下达指令，民只能遵旨行事，而不能让民知道令自何出、是否当行。此句是要万民俯首听命，不得自作主张、妄议是非。这是法家御民之术，孔子恐怕说不出。当然，也有儒生解释说，这句应当断句为‘民可，使由之；民不可，使知之’，民若是对的，就该任由他们行事，民若不对，则该教导，使他们明白对错。若是后者，倒也不错，但这句话极易混淆——”

卫真点头道：“君王当然喜欢前一种解释，百姓则愿意后一种解释，但君王能压服百姓，百姓却管不得君王。所以，这话恐怕只能按前一种解释。”

******

清早，郭公仲带着驩儿去长安。

临出门前，驩儿回头望着朱安世，眼神里有些紧张，又有些不舍。

朱安世笑道：“驩儿不想去？不想去就不去，正好少了麻烦。”

驩儿摇摇头：“娘说我必须去。”

朱安世走过去蹲下，揽住驩儿的小肩膀，笑着道：“你去了之后，就把那东西背给御史大夫听。郭伯伯再去接你回来，咱们就一起离开这里。”

驩儿点点头，跟着郭公仲出门，两人共骑一匹马，赶往长安。

过午，郭公仲独自骑马回来。

朱安世忙迎上前，问道："如何？"

"送到。"

"你见到御史大夫本人了？"

"对。"

"你是先把那支竹简交给门吏，然后御史大夫召你带驩儿进去的？"

"对。"

"他有没有问什么？"

"来历。"

"你怎么说的？"

"不知。"

"然后你就出来了？"

"对。"

"他没说什么时候去接驩儿？"

"三天。"

"有劳郭大哥了。"朱安世悬了一年多的心总算踏实下来。

韩嬉也甚为高兴，和鄂氏一起去料理酒菜，摆好后，几个人坐下饮酒闲聊。

席间，朱安世顺口问道："兒宽这人如何？"

"好人。死了。"

"谁死了？！"朱安世大惊。

"兒宽。"

"你今天见的是谁？！"

"王卿。"

"御史大夫不是兒宽吗？怎么变成王卿了？"

郭公仲忽然呆住，大张着嘴，手中酒盏当的一声掉落在案上，半晌才结结巴巴道："错……错……错了！"

## 第二十八章
# 孔壁论语

离开彘县后，司马迁和卫真沿着汾水，一路南下。

由于心里记挂着妻子，又怕官事积压，所以一路赶得很急。

到河津时，汾水汇入黄河，司马迁在岸边驻马眺望，只见河水浩茫、波浪翻涌，不由得默默念起帛书上那两句“九河枯，日华熄；九江涌，天地黯”，心中也空空茫茫，一片悲凉。

卫真在一旁察觉，便说些高兴话来打岔，拉杂说了一阵，他忽然猜道：“既然‘九河’指地名，又暗含河间献王，那么‘九江’说的也应该是一个地名、一个人，会不会是九江郡？不过九江郡什么人会和《论语》有关呢？”

司马迁被他提醒，猛地想起一人：淮南王刘安！

刘安是汉高祖之孙，封国在九江，号淮南国，刘安为淮南王。他不爱游猎享乐，只好弹琴读书、著文立说。[1]

司马迁想：“九江涌，天地黯”恐怕指的正是淮南王刘安，也唯有刘安才能和刘德相提并论。

当年，河间王刘德和淮南王刘安，一北一南，双星辉映。二人都礼贤下士、大兴文学，门下文士荟萃、学者云集。不过刘德崇仰儒学，刘安则

1 参见《史记·淮南衡山列传》。

信奉道家，主张无为而治、依从自然之道。

不过，二十多年前，刘安却因谋反，畏罪自杀。淮南国被除，恢复为九江郡。

卫真问道："不知道刘德和刘安当年有没有来往？"

司马迁道："两人一个崇儒学，一个尊道家，志趣有所不同。"

卫真道："尊儒未必就不读道经，尊道也未必不读儒经。两个人都爱收藏古书，我猜应该会互通有无。就算他们不来往，两家门客学者也应该会有相识相交的。"

司马迁点点头："两人年纪相仿，刘德比刘安早亡八年。比起其他诸王，这两位迥然超逸，当会有相惜之意。"

卫真又问："刘安当年谋反一案是谁审理的？"

司马迁倒推了一下，不由得一惊："当时公孙弘为丞相，吕步舒是丞相长史，张汤为廷尉，此案正是由吕步舒和张汤两人审理！"

卫真道："这里就有关联了！"

司马迁道："现在还不能遽下结论，等回长安，去查阅一下当年史录，看看能否查出线索。"

* * * * * *

郭公仲后院大门砰地打开。

朱安世牵了匹马，几步拽出大门，翻上马背，扬鞭重重一抽，急急向长安狂奔。

他远征西域四年，回来只在宫中马厩服侍，继而又一路逃亡，哪里会知道四年之间，御史大夫竟换了三任？加之他又从来不屑于理会官府之事，即便听过兒宽的死讯，也如风过耳边，绝不会放在心上。倒是"御史大夫"这个官职与他身世渊源太深，所以牢牢记得。跟赵王孙、韩嬉、郭公仲说起时，也只提官职。想天下只有一位御史大夫，怎么会搞错？驩儿年纪小，更不清楚这些事情，又不爱说话。偏偏郭公仲口吃，向来话语极简短，多说一个字都难，因此他也没有详问。

几下里凑到一起，竟酿成这等大错！

但那老人为何也不知兒宽已死？

他思来想去，猛然记起那老人说话时语带羌音，恐怕那老人常年居住在西域羌胡之地，和内地音信隔绝，所以并不知晓。至于驩儿母亲和几个中途转托之人，都只顾逃亡藏匿，恐怕也没有机会与人谈起朝中官员之事。

朱安世重重“嗐”了一声，不愿再多想，继续加鞭赶路，只盼驩儿此时无恙，哪怕赔上自己的命，也决不顾惜。

一路飞奔，等赶到长安，暮色已深，远远看见城西北角的雍城门已经关闭。他虽然心中焦急，却怕遇到巡夜卫卒，更加碍事，因此沉了沉气，放慢了马速，绕过雍门，沿着西城墙，向南而行。正行着，忽听脑后传来马蹄声，他忙驱马躲到路旁树后。

那马一路小跑，行到近前，昏暗中一看，是郭公仲，他忙迎了出去。

郭公仲低着头，不敢与朱安世对视。方才在家中，发觉出错后，他急愧之下，竟跳起身，抓过墙上挂的剑，抽剑就要自刎，朱安世已先觉察，忙扑过去，夺过了剑。又让韩嬉和郭氏劝住郭公仲，自己才奔了出来。

郭公仲憋了片刻，忽然道：“竹简……字。”

朱安世一愣，随即明白：是了，驩儿母亲说先将那支竹简交给兒宽，竹简上的字符必定是约好的交接暗语。此事十分隐秘，王卿应该不会知晓。既然如此，王卿身为堂堂御史大夫，凭区区一支竹简，怎么会平白召见一介平民？而且还留下了驩儿？看来王卿似乎知情？难道是兒宽死前告诉了王卿？

一转念，朱安世忽又想起绣衣刺客所持符节，随之大惊，那些刺客来路不寻常，幕后主使难道是现任御史大夫王卿？！

无论如何，当务之急，得赶紧把孩子救回来。

他随即断念，对郭公仲道：“郭大哥，眼下不是自怨自责的时候，我们先去把驩儿救回来。王卿既然跟你约定三天后去接驩儿，驩儿此时恐怕还在御史府里。”

郭公仲点点头，攥了攥手中的剑柄：“走！”

两人沿着潏水，经过直城门，来到双凤阙下。

此处城墙内，是未央宫，河对岸，是建章宫。飞阁辇道，凌空数丈，双凤阙承接飞阁，跨城连接两宫。

平日，如果城门关闭，朱安世等人便是从这里溜进城去。

两人将马拴在树丛中，朱安世居前，郭公仲随后，悄悄爬上双凤阙。飞阁上有侍卫巡守，两人在阁外潜伏，等侍卫走远，攀着飞阁辇道底面的木梁，吊在半空，慢慢向东挪，越过城墙。下面城墙与宫墙之间是一条巡道，朱安世取出绳钩，钩死木梁，抓住绳索，蹬着城墙，溜了下去，郭公仲也随后下来。

两人贴着城墙，向北快奔，要到路口时，前面忽然走来一队提灯巡卫。

巡道笔直，一览无余，两边高墙，绝无藏身之处。

两人拔腿就向前跑，疾奔到路口城墙拐角。

长安城是因地而建，西城墙并非一条直线，而是从中间直城门分成南北两段，南段比北段向外多进一丈，因而在路口形成一个拐角。以往，朱安世等人溜进城后，常常会碰到侍卫巡守。因此，设法在这个城墙拐角上偷偷凿出些凹缺，以备急用。

两人都是惯熟了的，朱安世手脚并用，抓蹬着凹缺，急向上爬到两丈高处，郭公仲也随后爬到朱安世脚底。两人紧贴着墙角，一动不动。

巡卫走了过来，转过拐角，继续前行，毫无察觉。等巡卫走远后，两人才慢慢溜了下来，出了拐角，穿过直城门大街，折向东边，沿着桂宫南墙，循着暗影，向前潜行，到了北阙甲第区。郭公仲引路，寻到御史大夫府，从后院翻墙进去。

* * * * * *

司马迁没有料到：才回到长安，便突遭横祸。

若是晚几天回来，也许便能避过这场灾祸？

那日，在未央宫前殿，他话还未讲完，天子便勃然变色，怒喝黄门将他带走下狱。

司马迁遭电掣了一般，顿时蒙住，木然趴伏在地，任由两个黄门拽住自己双臂，倒拖着扯出殿门，交给卫卒，押出宫门，解往牢狱。在宫门外，他听到卫真在一旁大叫“主公”，他犹在震惊，扭过头望着卫真，恍如梦中，竟像是不认得一般。直到走近牢狱圜墙[1]，看见黝黑大门敞开，他被推进去时，才意识到：自己闯了大祸，被下了狱。

他慌乱起来，想挣开，狱吏却扭住他，拖扯到前厅，在他背上重重一摁，他没有防备，一下跪倒在地。抬头一看，正中案前端坐一人，面目森冷，看冠戴，是狱令。旁边另有一人，展卷执笔，应是狱史。

狱史冷喝道：“报上姓名！”

司马迁一愣，一时间竟想不起自己名字来。

“叫什么名字！”狱史猛地提高声音。

司马迁一惊，才忽然记起，低声道：“司马迁。”

狱史提笔记下，又问：“现任何职？”

“太史令。”

“犯了何罪？”

“不知。”

狱令一直漠然看着他，听到这句，忽然咧嘴而笑，笑声阴恻尖厉，其他人也陪着笑起来。

司马迁这时才忽然觉到冤屈愤怒，却说不出话，浑身颤抖。

狱令歇住笑，懒懒道：“押进去。”

狱吏揪起司马迁，推搡着走进旁边一扇门，刚进门，一股霉气恶臭扑鼻而来，里面幽暗阴湿。司马迁顿时恐慌起来，略一迟疑，背上又被重重一推，一个踉跄，几乎跌倒。站稳一看，房间狭长，一条甬道，旁边是一排木栏隔开的囚室，里面隐隐挤满囚犯。

一个狱吏迎上来，手里抱着一套赭色囚衣，冷冷道：“把冠袍脱掉！”

司马迁仍像身在梦中，犹疑了一下，慢慢伸手摘下冠帽，放到身边一

1 圜（yuán）墙：圜同“圆”。汉代拘押官员的牢狱围墙为圆形环围。《释名·释宫室》中说：“狱……又谓之圜土。土筑表墙形，形圜也。”

个木架上。而后去解绶带，手抖个不停，半晌才解开。又脱掉衣袍，只剩下亵衣。

“脱光。”狱吏将囚衣扔到司马迁脚边。

司马迁心中悲郁，抬头望向狱吏，狱吏也盯着他，目光寒铁一般，冷森森不可逼视。

想到自身处境，司马迁顿时黯然自失，不敢争辩，只得转过身，面对着墙壁，迟疑了一会儿，才慢慢解开亵衣，脱得赤条条。只觉得后背狱吏目光冷冰冰如刀一般，心中羞愤欲死，忙抓起地上囚衣套在身上。

狱吏从旁边取过一副木枷铁锁，锁住司马迁手足，套上木枷，而后吩咐道：“跟我走。”说着转身向甬道里面走去。

司马迁跟着狱吏慢慢挪步，脚上铁链沉重，哐啷作响。他转头一看，身旁每间囚室，都挤满囚犯。长安城中原本只有几处牢狱，但这些年来，政苛令繁，囚犯猛增，牢狱也不断增加，已增至二十多座。[1]那些囚犯有的躺着，有的坐着，有的扒着木栏瞪着他，全都蓬头垢面、身形枯瘦。

走到甬道尽头，狱吏取下腰间挂的钥匙，打开旁边一间囚室，转头道：“进去。”

司马迁向里一望，阴暗中，小小囚室竟堆了十几个囚犯，呻吟、咳嗽声此起彼伏。走到门边，司马迁心里有些怕，才一犹豫，身后挨了重重一脚，被狱吏踹了进去。里面囚犯忙往墙边躲靠，空出一块地方。

司马迁生平第一次被人踢，又惊又怒，不由得回头瞪向那狱吏，想要骂，气怒之下，竟张口结舌，一个字骂不出。

“瞪什么？”那狱吏两步冲进来，抬腿朝司马迁狠狠踢过来。

司马迁从没和人动过手脚，哪里知道避让？被狱吏一脚踢中腹部，一阵剧痛，顿时跌倒在地，撞到身后一个囚犯，那囚犯慌忙躲开。那狱吏却不停脚，一边骂一边狠踢。司马迁头上、背上、腰间，一处接一处被踢中，手足被铐，无法躲避，忍不住叫起来：“住手！我是朝中官员！”

狱吏停住脚，忽然笑起来：“你也算官员？这间囚室里，光二千石的

1 《续汉书·百官志二》中记载：“孝武帝以下，置中都官狱二十六所。”

官儿就有三四个，你问问他们，敢不敢在我面前自称官员？”

另一个狱吏也走了进来，手里拎着一根木槌，怪笑道：“他可是堂堂太史令，六百石的大大官儿！”

司马迁又痛又怒又羞又怕，趴在地上，不知道该如何是好。

狱吏又笑道：“在这里，这木槌是丞相，笞板是御史，今天就让木槌丞相教导教导你，打出你的屎来，让你做个太屎令！”

说着，木槌劈头盖脸、冰雹一般向司马迁砸落……

* * * * * *

御史府，院落深阔，楼宇轩昂。

朱安世和郭公仲两人在黑暗中，寻着灯光，透过窗户，一间一间房子地找。

到一间大房外时，郭公仲低声道：“这里！”

朱安世凑近一看，窗内灯烛明亮，有两人据席对坐，其中一个是孩童，低垂着头，一动不动，是驩儿！

朱安世这才长舒一口气，郭公仲也咧嘴笑起来：“活的！”

朱安世又看屋中另一个人，是个中年男子，身穿便服。

郭公仲低声道：“王卿。”

王卿正在问话，驩儿则低着头，一声不吭。

朱安世见四下无人，疾奔几步，蹿进门去。

驩儿听到声音，一抬头，见到朱安世，惊喜无比：“朱叔叔！”

王卿闻声扭头，猛然看到这条陌生大汉闯进来，虽然吃惊，却并不变色，竟仍端坐着，仰头厉声问：“什么人？”

朱安世并不理会，过去拉起驩儿，往外就走。王卿急忙站起身，拦在门口，挺身而立，瞪着朱安世，目光凛然。

“让开！”朱安世喝道。

“你就是朱安世？”王卿毫无惧意。

“正是老子，若不想死，给我让开！”

朱安世伸手就要推开王卿，屋外忽然传来一声惊呼，是个婢女，正端着笔墨要进来。见此情景，手一慌，笔墨掉落在地。那婢女见势不妙，转身就跑，郭公仲已从一旁跳出来，捉住那婢女，蒙住她的嘴，推进了屋中。

郭公仲紧抓那婢女，向朱安世喊道："走！"

朱安世手正停在王卿胸前，又低声喝道："让开！"

王卿却镇定道："我只要一声喊，侍卫立刻就到。"

朱安世一愣：对了，他为什么没有喊叫呼救？

王卿接着又道："朱先生能舍命救这孩子，重义守信，一诺千金，实乃君子侠士，王卿能得一会，三生有幸。"说着竟抬臂向朱安世拱手致礼，神情十分恭肃。

朱安世越发诧异，郭公仲也同样瞪大了眼睛。

王卿见状，忽而笑道："这孩子本该交给兒宽大人，却阴差阳错，到了我这里。是不是？"

朱安世盯着王卿，心中疑惑，并不答言。

王卿望了望驩儿，又道："我先见到那支竹简，便觉得吃惊，这孩子留下来后，说要背诵东西给我听，才念了两句，他忽然察觉，问我是不是兒宽。我说不是，他便不再念了。所以我猜想你们误把我当作了兒宽。不过，幸而找到的是我，若落于旁人之手，这个错就犯得太大了……"

朱安世见他神色泰然、言语诚挚，戒备之心松了一些，却仍不敢轻信，便问道："你想怎样？"

王卿不答反问："你知道这孩子念的是什么吗？"

"不知道。"

"那你为何要救他？"

"救一个孩子，要什么理由？"

王卿点点头，低头沉吟片刻，又道："我可以放你们走，但有一事相求。"

"什么？"

"让这孩子把他背的东西念给我听。"

朱安世看看驩儿，驩儿望着他，眼中惊疑，似有不肯之意。

朱安世便道：“这孩子的母亲嘱咐他，只能念给兒宽一个人听，连我都不成，何况是你？”

王卿道：“那支竹简上写的四个字是‘孔壁论语’，这孩子虽然只念了几句，但我断定他念的正是孔壁《论语》。你们也许不知，孔壁《论语》是当今世上唯一留存的古本《论语》，万万不能失传。”

朱安世道：“我管不了这许多，我只想保这孩子性命。”

王卿忽然怒道：“你以为我是在贪图什么？这古本《论语》难道是什么修仙秘籍、藏宝地图？只要这孩子心里还装着古本《论语》，他便永无宁日。你难道没有见识那些刺客？你能保得了这孩子一世安全？”

朱安世忙问：“你知道那些刺客？他们是谁？”

王卿眼中浮起阴云：“你还是不知道为好。”

看神情，他不但与那些刺客无关，而且深含忧惧，朱安世略略放心。想起这一路上的艰辛危难，知道王卿所言不虚，那些刺客断不会放过驩儿，不由得低头踌躇。

王卿也沉默片刻，忽而俯下身，温声问驩儿：“孩子，你母亲是否对你说过，背诵的这东西比你的性命更重要？”

驩儿迟疑片刻，点了点头。

王卿继续问道：“你母亲之所以让你只念给兒宽一个人，是因为她信任兒宽，怕别人不可靠，但现在兒宽已经过世，若你母亲在这里，你想她会怎么做？”

驩儿咬着嘴唇，摇摇头，小声说：“我不知道。”

王卿笑了一笑，又温声道：“如果有人和兒宽一样可靠可信，你母亲会不会让你念给他听呢？”

驩儿犹豫不决，咬着嘴唇，答不上话来。

正在这时，有人忽然急急奔进来，朱安世和郭公仲急忙拔出刀剑。

## 第二十九章
# 饥不择食

奔进来的是个年轻男子，看衣着是童仆，他见到屋内情形，顿时呆住。

朱安世伸手就要去捉那人，王卿忙劝道："两位不必惊慌。"随即问那童仆，"什么事？"

"直指使者暴胜之率人前来，正在府门外，说是来捉拿逃犯。"

"哦？"王卿大惊，"他有没有说是什么逃犯？"

"没有，但我看见卞幸先生跟随着暴胜之一起来的。"

"卞幸？他怎么会和暴胜之在一起？难道是他泄密？"王卿忙转头对朱安世道，"你们得立即离开，那卞幸是我的门客，今日这孩子来时，他也在一旁，必是他暗中通报了暴胜之。唉——怪我不善识人，误交小人。"

"好！我们就此告别！"朱安世牵着驩儿就要往外走。

王卿忙问："你们是如何进来的？"

"从后院，翻墙。"

"好，我去前面设法拖延，你们还是从原路离开！"

"谢谢王大人！"朱安世拱手道别。

"且慢，我还有几句要说——"王卿回头吩咐童仆，"你快快出去，设法拖住暴胜之，我随后就到！"

童仆答应一声，忙转身向外奔去。

王卿走到朱安世面前，忽然双膝一弯，跪到地上。

朱安世大惊："王大人，你这是？"

王卿恭恭敬敬向朱安世行了一个叩首礼，而后又移动膝盖，向驩儿、郭公仲也各行了一个。

朱安世三人一时不知所措。

王卿站起身，郑重言道："三位，我这一拜，是为仁心道义而拜。古本《论语》一旦失传，后世将再难看到公道之语、大义之言。荆州刺史扶卿曾经得传孔壁《论语》，[1]但可惜学得不全，王卿恳请你们，去荆州找到扶卿，将全本古《论语》传给他。当然，此事我也不能强求，由三位定夺。古本《论语》若能得以流传，自是万世苍生之幸，如果失传，也恐怕是天意如此，唉……好，我的话已经说完，就此别过，请两位速速带这孩子离开！"

说罢，王卿拱手道别，转身出门，大步走向前院。

朱安世和郭公仲带着驩儿，奔到后院，却见墙外有火光闪动。

朱安世爬上墙，探头一看，外面一队骑卫举着火把，排成一列，守住了后街。

* * * * * *

丽日耀长安，一道斜光，自小窗洞射进幽暗牢狱。

等司马迁醒来时，浑身火烧火燎，遍体刺痛无比。

他想睁开眼睛，但左眼被踢肿，右眼也只能睁开一道缝，眼前幽暗中浮现几张憔悴面孔，目光麻木冰冷，形同鬼魅。他知道这些人都是朝中官吏，其中几个他认得的，官位都远远高过他，然而到了这里，却全都连乞丐不如。

他忽然一阵心酸，泪水顿时涌出来，流到脸侧伤口，一阵蜇疼。

他虽非生于豪贵之族，却也是史官世家，自幼便乖觉驯良，只喜读

1 王充在《论衡·正说篇》中说："孔子孙孔安国以教鲁人扶卿。"

书，极少与人口角争执，更无粗蛮之举。成年之后，继任太史令一职，也始终谨守本分、谦恭自持，远避是非、全心攻史，哪里曾遭过这等粗暴对待？尽管他早知当今酷吏横行、牢狱残狠，但此刻才终于明白何为身陷囹圄，何谓身痛心辱。

我做了什么？我说了什么？

他在心里连声问自己，渐渐想起，他是因替李陵游说而获罪。[1]

李陵是名将李广之孙，骁勇善射，敢于赴死。天子派贰师将军李广利率三万骑兵攻打匈奴，命李陵监护粮草辎重，李陵却请缨率部众独自出征，侧翼辅助李广利。天子应允，但因战马不足，只许李陵带五千步卒。

李陵率兵北上大漠，行军一月，遇见三万匈奴骑兵。李陵命士卒以辎重为营，千弩齐发，射死匈奴几千人。喜报传回长安，天子大喜，群臣齐贺。

匈奴大惊，急招八万大军围攻李陵。李陵率士卒且战且退，转战千里，甚至一日数十战，又先后射杀敌军数千人。最后矢尽粮绝，却救兵不至，李陵始终身先士卒，奋力督战，士卒也感于义气，泣血鏖斗。匈奴却怕有伏兵，不敢紧逼。李陵军中有一人叛逃，向匈奴通报军情，匈奴才全力进攻。李陵见再无活路，欲自杀殉国，被部下以赵破奴之事相劝阻。朝中名将赵破奴[2]曾逃亡匈奴，后又归汉，天子并不介意，委以重任，赵破奴屡建军功，被封浞野侯。此后又被匈奴俘虏，再次逃回，天子仍未惩处。

李陵闻言，才断了自杀之念，令士卒全力突围，各自逃亡。匈奴数千骑追击，李陵被捕，投降匈奴。五千步卒只有四百余人逃回汉地。

天子闻讯大怒。群臣为求避祸，纷纷揭露李陵之短。司马迁与李陵平素并无私交，但自幼敬慕李广名将之风，又素闻李陵侍亲至孝、待友信义，与士卒同甘共苦，为国奋不顾身，能得部下忠心死力。这次虽然兵败投降，但五千兵卒，杀敌过万，震慑匈奴，功足以掩过。而且，以李陵为

---

1 参见司马迁《报任安书》及《汉书·司马迁传》《汉书·李陵传》。

2 赵破奴：西汉名将。《史记》："将军赵破奴，故九原人。尝亡入匈奴，已而归汉，为骠骑将军司马。出北地时有功，封为从骠侯。坐酎金失侯。后一岁，为匈河将军，攻胡至匈河水，无功。后二岁，击虏楼兰王，复封为浞野侯。后六岁，为浚稽将军，将二万骑击匈奴左贤王，左贤王与战，兵八万骑围破奴，破奴生为虏所得，遂没其军。居匈奴中十岁，复与其太子安国亡入汉。后坐巫蛊，族。"

人，应该不是真降，心中定然存着逃回报国之念。

那日，天子召群臣商议此事，司马迁仍如惯常，在角落默不作声、执笔记录，那些大臣或唯唯诺诺附和圣意，或义愤填膺痛责李陵，满朝竟没有一人替李陵说一句好话。他越听越气愤，不由得抬起头怒视这群奴颜小人。正巧天子望向他这边，发觉他目光异常，便问道："司马迁，你怎么看？"

司马迁继任太史令已近十年，常在末座，记录天子和群臣廷议朝政。天子极少看他一眼，更难得和他说话。这时突然问他，他心中正在气闷，一时激愤，便忘了妻子叮嘱，脱口而答，据实而言，替李陵辩说。这些话他在心里已反复默想过许多遍，所以不假思索、一气说出，话未说完，忽然被天子一声喝止，而后，便被投到这里。

我说错了吗？没有。

我不该说吗？该。

我秉直而言，天子为何发怒？

天子恼怒，应该不仅是因为李陵，更是为了李广利。李广利是天子宠妃李夫人之兄，天子连番命他出征匈奴，是望李广利能如卫青、霍去病，破军杀敌、建功封侯。而此次出征，李广利大军虽杀敌一万，自己却损折二万，功不及李陵，过却大之。天子之愤，实为迁怒。

司马迁想：就算我错看了李陵，他是真降，我进言有过，但依照律令，也并非大罪，最多不过褫夺官职。这虽然让家族蒙羞，但我并未说违心话，免了官职、做个庶人，倒也少了许多烦恼，正好回乡耕读，清清静静完成史记。更何况，李陵一旦真的逃奔回汉，我就更没有过错了。

司马迁躺在地上，扪心自问，并无愧疚，于是释怀，挣扎着坐起来，见墙边有一点空地，便挪过去，靠墙坐好，闭目休息。

这时，甬道中传来脚步声，继而是锁钥撞击声，囚室中忽然骚动起来。司马迁忙睁开眼，见其他囚犯全都聚到门边，彼此不断争挤。他正在诧异，见一个狱吏提着一只木桶，打开牢门，走了进来，站住脚，扫视一眼，囚犯们一起略往后退了退。狱吏放下木桶，桶中飘出一些热气，一股麦香扑鼻而来，原来是饭。麦香飘在囚室潮腐之气中，异常诱人，司马迁不由得咽了一口唾沫，才发觉自己饿了。

狱吏才转身，那些囚犯便一拥而上，狱吏回头瞪了一眼，囚犯们忙一齐停住。狱吏出去锁好门，转身离开，囚犯们立即围紧木桶，纷纷伸手去抓抢，镣铐哐啷啷一阵乱响。司马迁只在几年前河东遭灾时，曾见过饥民这样争抢食物，没想到这些常日里锦衣玉食的官员竟也如此。抢到饭的，忙不迭往嘴里塞，没抢到的，拼命挤进去伸手乱抓，喉咙中发出野兽般低吼声。

司马迁目瞪口呆，又惊又怜，不忍再看，重又闭起了眼睛。

过不多久，囚室重又安静下来，囚犯们各自缩回原地，只有两个老病者，仍趴在桶边，一个手伸在木桶里摸寻剩下的饭粒，另一个在桶边地下捡拾掉落的残渣。司马迁睁眼瞧见，心里一阵酸辛。

* * * * * *

御史府后墙外，火光闪动，军吏呼喝、马蹄踢踏，前院也传来叫嚷之声。

朱安世左右看看，见左边高墙外隐隐露出树木楼阁，便牵着驩儿道："去那边！"

三人急奔到左墙，朱安世先一纵身攀上墙头，向外一看，一座庭院，应是比邻的官宅。他骑在墙上，郭公仲托起驩儿，朱安世伸手接住，拉了上来，郭公仲随后攀上墙，跳进邻院，朱安世先把驩儿送下去，而后自己也跳了下去。

他略一环望，小声道："前街后街都有把守，得到前面横街才走得掉。"

"走！"郭公仲率先引路。

三人贴着墙，在黑影中潜行，穿过庭院，到了对面院墙，正要翻过去，后面忽然传来一声恶狗嘶吠，一个黑影猛地蹿了过来，郭公仲急忙一刀甩出，那个黑影猛地倒地，一阵呜咽，再无声息。

"快！"郭公仲催道。

三人急忙翻墙过去，小心戒备，继续向前疾奔，幸好再无惊险，一连翻过五座相邻庭院，才终于来到横街，左右一看，街上漆黑寂静，果然没有巡守。

朱安世道："现在出城太危险，得先躲起来，等天明再想办法混出城。"

郭公仲道："老樊。"

"樊大哥？他回长安了？仍住在横门大街？"

"对。"

"好，就去他那里躲一躲。"

横街向北，一条大道直通东、西两市。

三人忙趁着夜黑急急向西市奔去，西市门早已关闭。他们绕到西市拐角，爬上墙边一棵高柳，跳到里面乱草丛中，进到西市，拐过一个街口便是樊仲子的春醴坊。

三人摸到后院，翻墙进去，居室窗口透出灯光，他们走到窗边，朱安世按照规矩，三轻三重，间错着扣了六下。

片刻，一个人开门出来，灯影下，身形魁梧，正是樊仲子。

樊仲子一见他们，低声道："是你们，快进来！"

进了屋，樊仲子妻子迎了上来。

朱安世忙拱手道："大哥、大嫂，又来给你们添麻烦了！"

樊仲子哈哈一笑，声音洪亮："怪道这两天耳朵发烫、脚底发痒，正猜谁要来，没想到是你们！"

三人坐下，樊仲子忙催妻子去打酒切肉。

樊仲子望着驩儿问："这就是那孩子？"

朱安世纳闷道："哦？樊大哥也知道这孩子的事？"

樊仲子笑道："你在扶风事情闹那么大，连减宣都被你害死，聋子都听说了，哈哈。早知这么缠手，就不让你去接这桩事了。"

当初朱安世接驩儿这桩买卖，正是樊仲子引荐。樊仲子父亲与湟水申道曾是故交，申道从天水托人送信给他，求他相助，但并未言明是何事，只说是送货，酬劳五斤黄金。樊仲子当时在忙另一桩事，脱不开手，正在为难，刚巧朱安世正需要回家之资，向樊仲子打问生意，樊仲子便转荐给他，回信申道，约好在扶风交货。

朱安世回想起来，不由得苦笑一声，但也不愿多想，随即道：“因为我，拖累樊大哥几乎受害，实在是——”

樊仲子大笑着打断他：“你又不是不知道我的脾性，三天无事，就会发痒，十天没事，准要生病。何况，我也只是出城避了避而已，你把汗血马还了回来，我也就无碍了。又托人打点了杜周的左丞刘敢，更加没事了。”

“汗血马是韩嬉还回来的，那减宣也是中了韩嬉的计策。”

“嬉娘当时也在扶风？”樊仲子眼睛顿时睁大。

当年樊仲子认得韩嬉时，前妻已经病逝，他和韩嬉十分亲近，众人都以为两人会结成婚姻，谁知后来竟无下文，过了两年，樊仲子续弦，娶了现在的妻子。

朱安世当然知道这段旧事，但不好隐瞒，只得将这一年多和韩嬉同行的事大略说了一遍。

樊仲子不但毫不介意，反倒开怀大笑，连声赞叹：“果然是嬉娘，不愧是嬉娘，也只有她才做得出！”

随后说到赵王孙的死，屋内顿时沉默。

樊仲子眼圈一红，大滴眼泪落下，他长叹口气，抹掉眼泪，感叹道：“可惜老赵，我们这一伙都是粗人，只有他最有学问。今后再听不到他大谈古往英雄豪杰事迹了……唉！不过，说起来，人都要死，老赵为救人仗义而死，也算死得值了。过些年，等我活厌烦了，也去救他百十个人，这样死掉，才叫死得痛快。”

话音刚落，忽然“啪”的一声，大家都惊了一跳。

是郭公仲，他用力一拍木案，脸涨得通红，张着嘴，半晌才吐出几个字：“别……别……忘我……”

樊仲子一愣，随即明白了，哈哈笑道：“放心，我这人最怕孤单，到时候一定约你同去。咱们生前同饮酒，死后同路走！”

“好！”郭公仲重重点头。

朱安世听得热血沸腾，驩儿也张大了眼睛，小脸涨得通红。樊仲子的妻子则在一旁苦笑一下，轻叹了一声。

饮了几巡，朱安世想起王卿，便问道："樊大哥知道御史大夫王卿这个人吗？"

樊仲子道："我只知他原是济南太守，前年延广自杀后，他迁升为御史大夫。你问他做什么？"

朱安世将方才御史大夫府中的经过讲了一遍。

樊仲子望望驩儿，想了想，道："《论语》这些事我也不懂，只有老赵才懂。你现在怎么打算？"

回想起王卿那番言行，朱安世暗暗敬佩，隐隐觉得此事可能真的事关重大。但看看驩儿，瘦小单弱，一双黑眼睛始终藏着惊慌怯意，实在不忍让他再涉险境，便道："我也不知王卿所言是否属实，驩儿这孩子为了这书吃尽了苦头，我只想让驩儿尽快脱离险境。但王卿有句话说得不错，驩儿只要还记着这书，那些刺客恐怕就不会轻易罢手。对了，樊大哥，暴胜之是什么人？"

"暴胜之原来是羽林郎[1]，后来升作光禄大夫。去年山东百姓聚众为盗，攻城夺寨，暴胜之又被任命为直指使者，身穿绣衣、手执斧钺，前往山东逐杀盗贼。朝廷还下了道'沉命法'[2]，盗贼兴起，若当地官吏没有发觉，或就算发觉，逮捕不及时、灭贼不够数，两千石以下的官员都要处死。暴胜之到了山东，不但盗贼，连刺史、郡守、大小官吏，也被诛杀无数。暴胜之因此立了大功，那日他的车马仪队回长安，从我这门前经过时，我正好在楼上，看他坐在车中，鼻孔朝着日头，好不得意，他左脸本来有大片青痣，那天都变成了酱红色——"

"青痣？"朱安世大惊，"是不是左半边脸，从左耳边直到左脸颊

1 羽林郎：汉代宫廷禁卫军。《汉书》："武帝太初元年，初置建章营骑，后更名羽林骑，属光禄勋。又取从军死事之子孙，养羽林官，教以五兵，号羽林孤儿。"

2 《汉书·酷吏传》中记载："散卒失亡，复聚党阻山川，往往而群，无可奈何；于是作沉命法，曰：'群盗起不发觉，发觉而弗捕满品者，二千石以下至小吏主者皆死。'"

中间？”

“你也见过？”

“一路追杀我们的刺客，都穿着绣衣，上面绣着苍鹰，手执长斧。其中一个我曾捉到过，又被他逃了，左脸上就有一大片青痣。我还从刺客身上搜出半个符节。”

“哦？看来那人应该正是暴胜之，他的随从那天穿的正是这种苍青绣衣。但他隶属光禄勋，掌管宫廷宿卫，怎么会千里万里去追杀？”

“光禄勋官长是谁？”

“吕步舒。”

“吕步舒是什么来路？”

“我只知道他是董仲舒的弟子，曾做过当年丞相公孙弘的长史，后来进了光禄勋，便极少听到他了。此事看来确实非同小可，我这里也不安全，明天先将你们送出长安，我们再从长计议。”

# 第三十章
# 御史自杀

长安每面城墙三座门，共有十二座城门。

横门位于城西北端，从西市出城，此门最近，一条直路便到。

第二天一早，樊仲子和郭公仲骑着马，两个童仆赶着一辆牛车，车上摆着散出阵阵酒香的两个大木桶，慢悠悠来到城门下。

城门防卫果然比平日严密了很多，往日只有八个门吏把守，今天增加了两倍，而且京辅都尉[1]田仁居然在亲自督察。

到了门楼下，樊仲子跳下马，笑着拜问田仁，田仁私下和他一向熟络，今天当着吏卒的面却只略略一笑，问道："又出城送酒？"

"去拜望老友，田大人这里看来又有紧要的差事，不敢打扰，改日再拜。"

田仁忽道："稍等，今日上面有严令，所有出城之人都得搜检。老樊见谅！"

樊仲子笑道："哈哈，这有什么？按章办事。"

田仁点点头，向身边一名门吏摆摆手。那门吏走到牛车边，揭开木桶盖，向里望望，又揭开另一个桶，也查看后，回头禀告道："两只桶里都

1 京辅都尉：掌管京畿军事的武官。《史记·田叔列传》中记载："仁以壮勇为卫将军舍人，数从击匈奴，卫将军进言仁为郎中，为二千石丞相长史，失官。后使刺三河，上东巡，仁奏事有辞，上说，奏事称意，拜为京辅都尉。"

装的是酒。”

田仁道：“好，老樊可以走了。”

樊仲子一眼看见田仁身后一张木案上摆着盛水的坛子和两只水碗，便对童仆道：“去取那坛子过来，把酒装满。”

田仁忙道：“老樊多礼了，正在公务之中，不能饮酒。”

“这不是上等酒，不敢进献大人，等忙罢了，犒劳一下军卒。去，装满！”

一个童仆跑过去，将坛子里的水倒掉，抱回来，爬上牛车，揭开桶盖，拿起木勺，从里面舀出酒来，注入水坛中。那酒是金浆醪，在晨光下如金绸一般泻下。

刚舀了两勺，樊仲子叫道：“这桶不好，微有些酸了，舀另一桶。”

那童仆依言揭开另一桶，舀出酒来，将水坛灌满，抱回木案上。

樊仲子这才拜别田仁，驱马赶车，出了城门，一路向东北，到了茂陵郭公仲家。

韩嬉迎了出来，一见樊仲子，伸手在樊仲子胸口戳了一下，笑道：“樊哥哥，不在家里陪嫂嫂，又来这里凑热闹。”

樊仲子也哈哈笑道：“韩嬉妹妹还是这么俏皮不饶人。你来看，樊哥哥给你变个戏法！”

说话间，牛车已经赶进院中，关好大门，郭公仲唤自家两个童仆，和樊仲子的两个童仆，四人合力将一只木桶搬了起来，底下露出一人，缩身蜷坐，是朱安世。童仆又搬起另一只桶，下面是驩儿。

韩嬉见了，又惊又笑，忙过去细看，原来这两只木桶是樊仲子精心特制，专门用来运人。木桶底部凹进去一截，刚好能容一个人缩在里面。将空桶罩住人，再选稠浊的醴醪，灌满木桶，从上面便看不出桶里高出一截。

驩儿坐在桶下倒没觉得怎样，朱安世这一个多时辰却很是憋屈，手脚麻木，头颈酸痛，半天才能活动。

* * * * * *

牢狱之中，渐渐昏暗。

挨到黄昏，司马迁腹中饥火渐渐烧灼起来。

这时他才有些后悔，刚才多少该过去抓一点饭来充饥。看其他人，或躺或坐，各不理睬，若不是有呻吟声、咳嗽声，竟像是在一座坟墓之中。司马迁原本最不喜与不相干的人说话，这时却很想找人说两句话，但看别人都漠不关心的样子，只得闭目忍着。

他忽然格外想念妻子，妻子一定早已得知消息，不知道此刻她焦急成什么样子。他暗暗有些后悔，没有听妻子劝告，逞一时义气，鲁莽进言，未必帮得到李陵，却让自己身陷囹圄。

这牢狱，一旦进来，即便能走得出去，恐怕也得受许多折磨。仅此刻这番煎熬，已是他生平从未经历过的。再看身边这些人，不知道被囚了多久，各个只是勉强尚有人形而已，其实已和残犬病鼠无异。过不了多久，自己也将是这番模样。

他越想越怕，口干舌燥，虚火炽燃，想找口水喝，但遍看囚室，并不见哪里有水。他忍了良久，终于忍不住，碰了碰躺在身边一个囚犯，小心问道："请问哪里有水？"

那人背对着他，并不理睬，司马迁又低声求问两遍，那人才有气无力地说了句："明早。"

司马迁颓然躺倒，身子似筛糠一般，不住颤抖，越颤越凶，见身下铺着些干草，慌忙抓了一把，塞进嘴里，虽然一股霉臭，但嚼起来略有湿气，嚼烂后，竟隐隐有一丝甜。咽下肚去，觉着甚是舒服。他大喜，又抓了一把狠力嚼起来。没多久，竟将身下的干草全都吃尽，这才稍稍缓解了饥渴。

不知道熬了多久，门外甬道又响起脚步声和钥匙撞击声，其他囚犯立即闻声而动，纷纷抢向门边。司马迁也慌忙爬起来，顾不得遍体疼痛，挣着身子凑了过去。

果然是狱吏来送晚饭。

囚犯们等狱吏一走，照旧一拥而上，司马迁在外围挤不进去，便伸长了手臂，从两个囚犯身子中间硬穿进去摸寻，还没够到木桶，身前的囚犯忽然一肘回过来，击中司马迁的眼角，顿时痛彻心扉，他却顾不得痛，一手捂着眼睛，一手继续伸手乱抓。

好不容易抓到一把饭，是温热的，他忙攥紧抽回手，急急塞进嘴中，是粗麦饭，麸皮多过麦粒，十分粗粝，但吃起来竟比世上任何美食都要香甜。他一边急嚼急吞，一边又伸手去抓。

顷刻间，桶里的饭已被抢光，囚犯们也各自散开。

司马迁前后一共只抢到三把，他攥着第三把饭，正要往嘴里送，一眼看到一个老囚半跪在他身边，白发稀疏蓬乱，眼窝幽黑深陷，眼巴巴望着他手里的饭。司马迁心中不忍，迟疑了片刻，狠狠心，把饭递给老囚。老囚忙伸双手一把刨过，送进嘴里，一阵急吞，倏忽吃完，才连声道谢。

司马迁叹着气摇摇头，回到墙边重新坐下。只吃到那点麦饭，非但没有疗饥，反倒更加饿了。

到了夜里，别人都已睡着，他却根本无法入眠。身上疼痛，无论怎么躺，都会压到伤处，疼得狠了，就辗转一下身子，腹中饥饿，又抓些身旁的干草，放进嘴里嚼。折腾大半夜，好不容易才昏昏睡去。

清晨，他被开锁声、镣铐声吵醒，睁眼一看，只见狱吏又提了一只木桶进来。

司马迁以为是早饭，忙爬起来赶过去，隔着前面囚犯，探头一看，桶里不是饭，是水。

这次囚犯们竟没有争抢，两个身强体壮的囚犯先走过去，弯下腰，各自伸手，从桶里捧起水喝。应该是怕抢洒了水，才依次来喝。等那两人喝足之后，另两个才走过去喝。囚室中一共十三个囚犯，按体格强弱轮次。

其他人全喝过后，司马迁才和那个老囚一起过去，桶里水虽不多，但幸好还剩了一些。司马迁早已渴得口舌焦灼，忙捧了一捧喝，只觉得那水流入喉咙，甘美如蜜。两人用手捧了两捧后，水已经到底，再捧不起来，司马迁便提起桶，托住桶底，让老囚用嘴接着，他慢慢倾倒。老囚喝了一些，便接过桶帮司马迁倒水。司马迁张嘴大饮，一气喝尽，总算解了焦渴。

放下桶，两人相视一笑，老囚口中只剩了三颗牙。两人靠墙坐到一处，司马迁低声报了自己姓名，问老囚，老囚也小声答道："万黯。"

司马迁又问："你是为何被拘在这里？"

老囚却不再答言，目光躲闪，神色十分紧张。司马迁迷惑不解，但随即明白：这些年太多人因言获罪，稍一不慎，一旦传到狱吏耳中，恐怕要罪上加罪。

难怪这里死气沉沉，无人说话。

他也不再开口，呆呆坐着，默想心事。

* * * * * *

樊仲子打探到，暴胜之在御史府扑空后，立即遣绣衣使者四处追踪。

朱安世和驩儿便在郭公仲家躲藏。正厅座席下有个暗室，没有外人时，众人就坐在正厅饮酒闲谈，若有人来，便揭开座席，掀起地板，朱安世和驩儿钻下暗室躲避。

一日，樊仲子急急赶回来，进门便道："王卿自杀了！杜周升任御史大夫。[1]"

郭公仲惊道："又？"

樊仲子道："听说廷尉率人到御史府缉拿王卿，进到府中一看，王卿已经服了毒酒，刚死不久。"

朱安世想起那夜王卿言语神情，心想王卿至少也是个正人君子，不免歉疚伤怀："莫非是我们拖累了他？那夜暴胜之得到王卿门客的密报，才去捉拿驩儿，没捉到驩儿，自然知道是王卿放了他。"

韩嬉奇道："这点事也值得自杀？"

樊仲子叹道："这些年接连自杀的丞相、御史大夫，[2]哪个真的罪大恶

---

1 《汉书·百官公卿表》中记载："天汉元年济南太守琅邪王卿为御史大夫，二年有罪自杀。""擢升执金吾杜周为御史大夫。"

2 《汉书·百官公卿表》中记载：汉武帝在位54年，共用13位丞相，只有3人善终，3人被免、3人自杀、3人被斩，1人疯癫而死。18位御史大夫，5人自杀，1人被斩，另有延广结局不明。

极了？只要一言不慎，立遭杀身之祸，哪有常情常理可言？”

朱安世低头想想，道：“据王卿所言，驩儿背诵的古本《论语》非同寻常。那夜王卿放我们走时，应该知道自己必死无疑，他自杀，恐怕是以死谢罪，防止连累家人。临别前，王卿跪下来叩拜我们三个，求我们去荆州找刺史扶卿，把古本《论语》传给他。但驩儿的母亲曾叮嘱只能传给兒宽一个人……”

他望向驩儿，驩儿也正望着他，黑眼睛转了转，咬了咬嘴唇，小声说：“我们可能应该听王卿伯伯的。”

朱安世有些吃惊：“哦？”

驩儿继续道：“王卿伯伯如果把我交出去，就不用死了。他连命都不要，肯定不会说谎骗我们。”

樊仲子赞叹道：“好孩子，说得很好！小小年纪，却能明白人心事理。我也觉着是。”

韩嬉眉梢一扬，道：“既然这古本《论语》这么重要，他们又一直追杀驩儿，咱们就把它抄写下来，到处去送，等传开了，他们就没法子了，也就不用再追杀驩儿了。”

樊仲子猛拍大腿：“好！”

郭公仲却摇头道：“不好。”

樊仲子忙问：“怎么不好？”

“嫁……嫁……”郭公仲一急，顿时口吃。

樊仲子和韩嬉一起问道：“驾什么？驾车？嫁女？”

郭公仲越急越说不出来。

朱安世忙问：“郭大哥，你是不是要说‘嫁祸’？”

“对！”郭公仲忙用力点头。

朱安世道：“郭大哥说得对，他们既然会因这书追杀驩儿，你传给别人，不是嫁祸给别人？”

韩嬉道：“传几部不成，咱们就花钱抄它几千几万部，遍天下去传，我不信他们能杀尽天下人。”

郭公仲又连连摇头。

朱安世继续道："他们无须全杀，只要杀几个，这消息一旦传出去，谁还敢接这书？就算有不怕死的，暴胜之那些人也会像追杀驩儿一样，一个不会放过。"

樊仲子点头道："说得也是。依你看，该怎么才好？"

韩嬉接过来道："那就只有找不怕死的儒生，传给他，他再悄悄传给可靠的弟子，这样一代代暗中传下去，等没有危险了，再公之于世。"

朱安世点头道："我猜驩儿的母亲正是这样想的。她能找到的可靠之人，只有兒宽，所以才叮嘱只能传给兒宽。其实传给谁不重要，重要的是这个人，一要懂《论语》，二要不怕死。"

郭公仲也点头赞同。

樊仲子道："这样的人，还真不好找。死，我倒不怕，可惜我根本不识几个字，更不用说懂这些了。"

朱安世道："王卿能举荐荆州刺史扶卿，应该是信得过这个人。"

樊仲子道："不过是一部书而已，送给我，只能当柴烧，居然闹到要人命？"

韩嬉笑道："你有酒有肉，有自己营生。这些儒生有什么？不都是靠这些经书谋饭吃？我猜这《论语》应该有好几种，一家不服一家，王卿说驩儿背的是孔壁《论语》，恐怕是比别家更贵重些，所以招来忌恨。"

樊仲子笑道："也是，就像我们盗墓，你有你的法子，我有我的门道，但一座墓，你要是先探到了，就没我的饭吃了。但我若先除掉你，宝物就归我了。"

朱安世反驳道："我们虽然为盗，也要义气为重。这些儒生，眼里只有权势利禄，比所有人都要残忍。这些人皮狼心的事我管不到，也懒得管。眼下我只管一件事——无论如何，都要保驩儿平安。至于这《论语》……"

说到这里，朱安世迟疑起来。

他一向最憎儒生。除去身世之恨，仅平生所见儒生的作为，也足以让他厌恶。想农夫种田、工匠做活、商人贩货，哪个不是辛劳谋生？就连自己为盗，也得冒牢狱之险、性命之灾。只有这些儒生，读几篇破书烂文，就为官做吏。最可恨的是，这些儒生嘴上仁义，心藏蛇蝎。为了利禄，做猪做狗；见了百姓，却又如狼似虎。

但想想扶风老人和王卿，两人同样也是儒生出身，但其坦然赴死之气度，又让他不能不肃然生敬。

于是他叹道："若这书真如王卿所言，事关重大，那就跑一趟，去荆州传给扶卿。我倒不是为了什么狗屎儒家。只是听驩儿说，好几个人都为它送了命，我自己亲眼见到的就有两个：一个是扶风那老人家，一个是王卿。不为别的，只为两人这份义气，也该出点力，了却他们的遗愿。"

韩嬉道："要保驩儿平安，只要多加小心，找个僻静角落躲几年，应该就不会有事了。倒是这书有些麻烦，我们都不懂，又不能去问人。"

樊仲子道："我倒记起一个人，名叫庸生，是胶东人，据说学问极高，但为人性子太拗，来长安求学谋职，始终不得重用，住在长安城郊一个破巷子里，替人抄文度日，穷寒得很。我听说之后，想接济他一些钱物，没想到反被他稀奇古怪骂了一顿，哈哈！这人骨头极硬，应该不会乱说话。干脆我去请了他来，咱们转弯抹角打听一下。"

郭公仲一直在听，这时忽然道："快！去！"

* * * * * *

被囚几日后，司马迁身上的伤渐渐好转。

有了气力，又饿怕了，抢饭的时候，他不再辞让，抢到的饭越来越多，至少也能吃个半饱，还能帮那老囚万黯抢一些。

每日，他只记着三件事：早上不要误了喝水，中午和傍晚尽力多抢些饭。其他时候，便昏昏沉沉躺着。

有时，狱吏不高兴，进来拿他们出气。开始司马迁不知情，莫名挨打，心中气恨，神色便会流露出来，结果只会激怒狱吏，打得更重。于是，他渐渐学会了：只要听见狱吏来，就尽快缩到墙角，不动，不抬头，不发出声响。实在躲不开，被踢被打时，也尽量蹲伏在地下，护住头脸，挨几下便无事。[1]

起初他还盼着能早日离开，但狱中囚犯太多，他连审讯都等不来。牢狱苦闷，他日夜渴望见妻子、女儿和卫真，但狱中为防串谋，不许亲友探看。他只好以庄子那句“知其无可奈何而安之若命”来释怀，又以孔子被拘于匡、困于陈蔡，却安仁乐道、弦歌不辍来自励。尽量不再自寻烦恼，安心等候，过了一阵，竟渐渐忘了时日，甚至忘了自己身在囹圄。

一日清晨，甬道墙上小窗洞外，霞光金亮，斜射进囚室。

狱吏又送来水，司马迁最后一个喝，桶里水剩得不多，他便托起木桶直接往嘴里灌。他背对着小窗，霞光正巧照在木桶中，他猛然看到水中映出一张面孔：脸色惨白，眼窝深陷，颧骨高耸，须发蓬散，沾着几根干草，尤其那眼神，像是穷巷中常被殴打的野狗的目光，呆滞中闪过惊怯。

司马迁先是一惊，继而惨然呆住，不敢相信这是自己，幽魂野鬼一般，与囚室中其他囚犯毫无二致。

他慢慢放下桶，木然站着，眼中不由自主流下泪来。

十岁起，他就开始诵习古文，遍读诸子群经；二十岁，随父进京，跟随名儒孔安国、董仲舒学史；之后遍游天下，南涉江淮沅湘，踏访禹穴古迹，北至淮泗齐鲁，观习孔子遗风；三十五岁，任郎中一职，奉使西征巴蜀昆明；三十八岁，继任太史令，博览宫中秘藏书卷。继承父志、豪情满怀，要撰写数千年史记，究天人之际，通古今之变，成一家之言。现在却身陷牢狱，形容枯槁、面无人色，每日只为一饭一饮而拼抢。[2]

他不知道何时能出狱，妻子一介女流，连来狱中探视都不许。亲族中，只有女婿杨敞有个小官职，但是杨敞素来胆小怕事，根本不能指望。至于朋友，只有任安能倾力相救，但他远赴蜀地，恐怕还不知道自己遭难。田仁虽然已经回到长安，天子面前也说得上话，但至今不曾露面，想是怕惹祸上身。其他人本来就交接不多，更何况这次是当面触怒天子，人

1 参见司马迁《报任安书》：“今交手足，受木索，暴肌肤，受榜箠，幽于圜墙之中，当此之时，见狱吏则头抢地，视徒隶则心惕息。何者？积威约之势也。及以至是，言不辱者，所谓强颜耳，曷足贵乎！”

2 参见《史记·太史公自序》《汉书·司马迁传》。

人避之不及，怎么会有人肯替他分辩？

司马迁虽然一向疏于交游，但从未如此孤立无援，像是被举世遗弃了一般，心中一片悲凉。

眼下，他只盼李陵能早日逃回来，这样他便可脱罪。然而李陵会回来吗？何时才能回来？若他十年不回，我便要在这牢狱中苦挨十年？而且，天子之怒并不纯然为李陵，定然不会全然无罪，总要加些罪名。

他越想心越乱，在囚室里走来走去，脚上镣铐不停拖响。

“做什么？！”狱吏闻声赶来，手里握着木槌，隔着木栏向他捣过来。

司马迁胸口被捣中，一阵痛楚，却不闪不避，怒目问道：“何时审讯我？”

“想被审？好，我就来审审你！”狱吏取钥匙开了锁，一把推开门，两步跨进来，挥起木槌就打。

司马迁重重挨了几下，怒气顿时无影无踪，忙蹲下来抱着头，咬牙挨着。那狱吏狠狠敲打了十几槌，又一脚把司马迁踢翻，才骂着离开。

司马迁躺在地上，遍体疼痛，心中气闷，喉咙中发出哽涩之声，又像哭，又像笑。

良久，平静下来后，他才告诫自己：以后再不可这样，你得留着命，你的史记才写了一半。你若这样死掉，连条野狗都不如。

他渐渐振作起来，这囚室中没人说话，很是安静，又无事可做，虽然没有笔墨，却可以打腹稿。于是他便一篇篇在心里细细酝酿，一遍遍默诵，死死记牢。

这样，他又浑然忘记了时日和处境。

# 第三十一章
# 生如草芥

樊仲子果然请了庸生来。

朱安世和驩儿躲在暗室下面，听上面樊仲子恭恭敬敬请庸生入座。郭公仲口不善言，只说了个“请”字。

“不知两位请我来有何贵干？”一个枯涩但刚劲的声音，自然是庸生。

樊仲子赔笑道：“先请庸先生饮几杯酒，我们再慢慢说话。”

庸生道：“饮酒有道，举杯守礼，或敬宾客之尊，或序乡人之德，我一不尊贵，二无宿德，这酒岂能胡乱喝得？”

朱安世听了，不由得皱起眉，他最怕这些迂腐酸语，若在平日听到，恐怕会一拳杵过去。

樊仲子却依然和气赔笑：“先生学问精深，在我们眼里，先生比那些王侯公卿更加尊贵。我们都是粗人，不敢拜先生为师，但有些学问上的事，要向先生讨教，理该先敬先生一杯。”

庸生却道：“宾主行酒礼，岂有女子在座？孔子曰，教之乡饮酒之礼，而孝悌之行立矣。你们果然粗莽不知礼仪。”

樊仲子忙道：“先生教训得是，这是我家一个远亲表妹，向来缺少训导，所以才要向先生请教——你还不快退下！”

朱安世顿时笑起来，正在想韩嬉会气恼得怎样，却听韩嬉笑道：“哎呀，先生哪，小女子生在穷乡僻壤，投奔这里之前，连件像样的衣服都没穿过，哪里知道这些礼数？小女子这就退下，还望先生以后多多教导。”

随后，一阵细碎脚步声，韩嬉去了侧室。

庸生气呼呼道：“毫无礼法，粗陋不堪，这酒你拿开，我不能饮！”

樊仲子仍小心恭敬：“酒不喝，那先生请吃些菜？”

庸生道：“非礼之禄，如何能受？”

樊仲子道：“我听一个故友说，当年人们向孔子拜师，至少要送上一束干肉，我们要向先生求教，这菜肴就当敬献的薄礼吧。”

庸生道：“如此说来，倒也不违礼仪，那我就不客气了。”

随即，一阵稀里呼噜的咀嚼声，想来那庸生许久没有沾过荤腥，吃得忘了他的礼仪。

许久，才听庸生咂着嘴道：“好了，既收了你们的束脩，有什么问题请问吧。”

樊仲子问道：“请问先生《论语》是什么书？”

庸生道：“《论语》乃圣人之言、群经之首，是孔子教授弟子、应对时人之语。后世弟子欲知夫子仁义之道，必要先读《论语》。”

“天子设立五经博士，《论语》是五经之一吗？”

“非也，五经者，《易经》《书经》《诗经》《礼经》《春秋》。”

“既然《论语》是孔夫子圣言，如此重要，为什么不立博士？”

“天有五行，人学五经，此乃天人相应之义。”

“《论语》就不合于天了？”

“胡说！五行之外更有阴阳，五经之外，还有《论语》《孝经》。”

“书还要分阴阳？”

“世间万物莫不分阴阳，何况是圣贤之书？五行归于阴阳，五经总于《论》《孝》。《论语》是尊圣之言，属阳；《孝经》乃敬祖之行，属阴。言行相承、阴阳相合，体天之道、察地之义。春以知仁、秋以见义。地承天，子孝父，星拱月，臣忠君……”

庸生滔滔不绝地讲起来，起初，朱安世还能勉强听懂，后来便如陷进泥沼，听得头昏脑涨、烦懑不堪。樊仲子在上面也半晌不出声，恐怕也是一样。

幸而郭公仲性急，忽然打断道："孔壁！"

庸生终于停住嘴，问道："什么？"

樊仲子忙道："先生讲得太好了！只是我们蠢笨，怕一时领会不了这么多。眼下，我们有一件事向先生请教——"

"何事？"

"古文《论语》是怎么一回事？"

庸生声音陡变，十分诧异："此事你是从哪里听来的？"

樊仲子笑道："有天在路上，我听两个儒生在争论什么古文《论语》、今天的《论语》，我也听不懂，只是觉得纳闷，一本《论语》还要分这么多？"

"非'今天的《论语》'，乃'今文《论语》'。秦灭六国之前，各国文字不一，秦以后才统一为小篆，到我汉朝，隶书盛行，称为'今文'，古文乃是秦以前文字。"

"这么说古文《论语》是秦以前的？"

"正是，秦焚烧典籍，又禁民藏书。百年之间，古文书籍丧失殆尽。经典多是口耳相传，用隶书抄写，故而称为'今文经'，由于年隔久远，加之各家自传，到了今世，一本经便有诸多版本。方才所言今文《论语》便有齐《论语》和鲁《论语》之分，我所学的是齐《论语》[1]。"

"先生没有读过古文《论语》？"

"古文《论语》本已失传，后来在孔子旧宅墙壁之中掘出一部，孔安国将之献入宫中，秘藏至今，未能流传。我来长安，本意正是想学古文《论语》，可惜未能得见。"

樊仲子道："原来宫中也有一部？"

庸生惊问："宫外也有一部？"

樊仲子忙掩饰道："那日我听那两人谈论古文《论语》，他们恐怕有一部吧。"

1 据《论语注疏·解经序》（魏·何晏注，宋·邢昺疏）记载，胶东庸生传齐《论语》，"安昌侯张禹受《鲁论》于夏侯建，又从庸生、王吉受《齐论》，择善而从，号曰《张侯论》，最后而行于汉世。"

“绝无可能，现今世上只有一部。”

“古文《论语》和今文《论语》有什么不同吗？”

“我也不知。不过，应当会有不同。”

“若这古文《论语》传到世上，会怎么样？”

“齐、鲁两种《论语》恐怕便没有容身之地了。”

两人又问了些问题，但庸生没有见过古文《论语》，也回答不出。

郭公仲便让鄂氏添饭，劝庸生又吃了些，命童仆驾车送他回去。

朱安世和驩儿忙爬了上去，韩嬉也从侧室出来。

韩嬉笑道：“这天下要尽是这样的儒生，我们可没法活了。不过呢，这人虽然酸臭，却是个耿直的人，又极想学古文《论语》，不如传给他算了。”

樊仲子忙摇头道：“不好，不好。他已经落魄到这个地步，如果再学了古文《论语》，连命都保不住。我们不能害他。”

郭公仲也道：“是。”

朱安世道：“我们果然猜对了，庸生说古文《论语》一旦传到世上，齐鲁两种《论语》便都要断了生路。那些人之所以追杀驩儿，就是要毁掉古文《论语》。”

韩嬉问道：“传给荆州刺史扶卿，不也会害了他？”

朱安世想了想，道：“王卿举荐扶卿，自然是知道扶卿有办法自保，并且能保住这部书流传下去。不过，庸生说这古文《论语》一直藏在宫中，驩儿的母亲是从哪里得来的？”

樊仲子道：“一定是某人在宫里看了这部书，背下来，偷传出来的。”

朱安世道：“嗯，应当如此。刚才那庸生越讲越玄，我懒得听，就在琢磨一件怪事——既然庸生说《论语》是圣人之言、群经之首，那刘老彘一边极力推崇儒家，一边却又秘藏着这部古经，这就像卖货的商人，一边盼着生意兴旺、卖得越多越好，一边又把最好的货藏起来，生怕人见到买去。这是什么缘故？”

樊仲子也奇道：“的确古怪。”

韩嬉道："这有什么好奇怪？老樊，你是卖酒的，什么酒你会藏着不敢卖？"

樊仲子笑道："当然是最好的酒，留着自己喝嘛！"

郭公仲却道："坏酒。"

朱安世笑道："郭大哥说得对。樊大哥你爱酒胜过爱钱，才会藏起好酒，舍不得卖。嬉娘说的则是不敢卖。酒商卖酒为盈利，好酒能卖好价。就算藏着不卖，也是为卖更高的价，绝不会把酒放酸。倒是坏酒，卖出去会坏了名声，毁了自家生意。"

樊仲子笑着点头道："这倒是，卖酒卖的是个名号。我家酒坊里，酒若没酿好，宁愿倒在沟里，绝不敢卖给人。若不然，'春醴坊'哪里能在长安立得住脚？"

韩嬉笑道："这就对了。现今儒学也不过是谋利禄的生意，刘老彘就是个贩卖儒家的书贩子，他想儒家生意兴旺，断不敢卖劣货。所以呢，我猜那孔壁《论语》必定是一本坏书。"

樊仲子迷惑道："酒坏，容易明白；书坏，怎么解释？"

韩嬉问道："你是经营酒坊，那刘老彘是经营什么？"

未及樊仲子答言，郭公仲大声道："天下！"

韩嬉点头笑道："对。卖坏酒会毁了酒坊生意，坏书便会毁了天下这桩大买卖。"

樊仲子瞪大眼睛："毁了天下？什么书这么厉害？"

朱安世却迅即明白："刘老彘最怕的，是臣民不忠、犯上作乱；最盼的，是全天下人都变成庸生这样的呆子，整天只知道念什么'星拱月，臣忠君'；最恨的，则是我们这些不听命、不服管的人。我猜这孔壁《论语》中必定有大逆不道的话，会危及他刘家的天下。"

樊仲子点头道："应该是这个理，否则也不至于千里万里追杀驩儿。"

韩嬉道："这样一说，我倒好奇了。驩儿，你先给我们念一下，让我们听听看，到底是什么了不得的话？"

驩儿迟疑了一下，刚要开口念，郭公仲大声喝道："莫！"

众人吓了一跳。

韩嬉笑道："怎么了？郭猴子？又不是念催命的符咒，瞧你吓得脸都变了。"

朱安世却顿时明白，忙道："为了这部书，葬送了好几条性命，郭大哥的儿女就在隔壁屋里，万一听了，出去不小心说漏了嘴，被别人听到，祸就大了。"

樊仲子也道："对，对，对！我常喝醉，醉后管不住自己的嘴，胡乱说出来，可就糟了。"

韩嬉笑着"呸"了一声，便也作罢。

朱安世道："我刚才话还没说完。坏书和坏酒还不一样，坏酒人人都会说坏，但书就未必。刘老彘觉着坏的，其实定是好的。于他刘家不利的，定会利于天下。所以，这书非但不是坏书，反倒该是——"

"好书！"其他三人异口同声道。

驩儿本来一直默默听着，有些惊怕，这时也小脸通红，眼睛放亮。

朱安世点头道："既然刘老彘怕这书被人读，那这事我偏偏得去做成！我就带驩儿去一趟荆州，找到那扶卿，传给他！"

* * * * * *

囚室中十一个囚犯被一起押出，再也没有回来。

司马迁才猛然察觉：冬天到了。

汉律规定，冬季行重刑，那十一个囚犯定是牵涉到同一桩案子，一起被斩。

现在只剩司马迁和老囚万黯，饭倒是没有人抢了，两人每顿都能吃饱。不过，甬道墙上那个窗洞毫无遮挡，天越来越冷，风径直吹进来，狱吏却只扔了条薄被给他们。两人白天冷得坐不住，不停在囚室中转圈。到了夜里，合盖一条被子，背抵背，互相驱寒。起初还能睡得着，到了深冬，时常被冻醒，只得起来跑两圈，等血跑暖了再躺下。继而手脚都生了冻疮，连走路都生痛。其他囚室中人多，夜里镣铐声更加响亮，此起彼伏。狱吏若被吵到，进来挥棒就打，囚犯们只得撕下衣襟拴住脚镣，提着慢慢走动。

司马迁冻得睡不着时，便不停默诵《诗经》里那些温暖的句子，如“桃之夭夭，灼灼其华”“七月流火、八月萑苇”等，但读来读去，才发觉《诗经》三百篇，真正喜乐之诗竟如此之少。人生于世，悲愁远多过欢愉，生死操纵于人手，却丝毫无力挣脱……越想越灰心，不但身子寒冷，心里也渐渐结冰，一线求生之念随之散去，索性一动不动，任由自己冻僵，慢慢失去知觉……

恍然间，他睁开眼，竟回到故里，而且满眼春光明媚，遍野桃花灼灼。他在桃树下读书，一枝桃花轻轻伸到书简上，挡住了文字。抬头一看，是妻子，青春姣好，明眸流波，朝他嘻嘻笑着。他卷起书简，牵着妻子，两人在桃林中并肩漫步，细语言笑，直到黄昏，才携手归家。

进了门，却听见仆人在哭，他忙奔进去，见父亲躺在病榻之上，气息奄奄。听到他的足音，父亲猛地睁开眼，指着他厉声骂道：“你生如草芥，死如蝼蚁，白活一场，一无所值！怎么还有颜面来见我？”他忙跪在床边哭道：“儿也想生得慷慨、死得壮伟，只是无辜受罪、身陷绝境，无可奈何……”

正在痛哭，他忽然被摇醒，是万黯，老人用被子紧紧裹住他，不住地替他揉搓手脚。他这才发觉寒冷彻骨，像沉在冰湖之中，身子颤抖，牙关咯咯敲击。等稍稍缓过来一些，万黯又尽力扶起他，搀着慢慢在囚室里走动。良久，身子才渐渐回暖，算是捡回了一条性命。

他万分感念，连声道谢。

黑暗中，老人低声笑道：“我这条老命亏得有你，才多活了这几个月。”停了停，老人又道，“人得有个愿念，再冷再苦，才能活得下去。你有没有什么愿念？”

司马迁打着冷战道：“有。我想和妻儿重聚，不想死得如此不值！”

老人压低声音笑叹道：“我也是，我想再抱抱我的孙儿，还有主公的孙儿。公子就是我从小服侍大的，两个小孙儿也是我看着生的。分别时，他们还在襁褓里，现在恐怕都能跑了。对了，有件事一直不方便告诉你——我主公你认得，是兒宽。”

“兒宽？！”司马迁大惊，“你就是最后留在兒宽旧宅那两个老仆人中的一个？”

“对，我们两兄弟留下来等主公的弟子，要等的没等来，却来了几个绣衣人，砍死了我弟，将我捉到京城，关在这里，已经三年多了。”

“你要等的是不是简卿？”

“哦？你怎么知道？”

“我只是猜测，去年我曾偶遇简卿，他好像有什么急事，匆匆说了几句话就道别了。”

老人低头默想，自言自语道：“不知道他等的人等到没有？”

司马迁猜想简卿定是受了兒宽嘱托，等待一个重要之人，但见老人不再言语，不好细问，便和老人继续在囚室中一圈一圈慢走。

眼看要挨过寒冬，万黯却死了。

司马迁凌晨被冻醒，觉得背后老人的身体像冰块一样，忙爬起来看，老人已经冻得僵硬，毫无鼻息。

看着狱吏将老人尸体抬走，久未有过的悲愤又寒泉一般喷涌而起，司马迁浑身颤抖，却不是因为天寒。他不停在囚室中转圈疾走，心中反复念着《春秋左传》中的一个词：困兽犹斗。

兽濒死尚且不失斗志，何况人乎？

只是如今我困在这里，即便要斗，又和谁去斗？

愤懑良久，他忽然想到：天子要你死，狱吏要你死，你却不能让自己死。尽力不死，便是斗！只要不死，便是赢！

他顿觉豁然振奋，一股热血充溢全身。自此，他不再让自己消沉自伤，尽力吃饭，尽力在囚室中行走活动，心心念念，全在史记，一句一句，一段一段，细细斟酌，反复默诵，全然忘记身外一切。

有一天，他无意中望向甬道窗洞外，远处一丛树竟隐隐现出绿意。虽然天气犹寒，但毕竟春天已至，他不由得咧嘴一笑，身心随之舒畅。

不过才舒畅了十几天，就有几个囚犯先后被关到这间囚室，皆是朝中官员。

囚室中顿时挤闹起来，这几人初来乍到，叹的、骂的、哭的、叫的，各个不同，被狱吏痛打了几顿后，才渐渐安静下来。起初他们也不懂得争水抢饭，到后来渐渐地一个比一个凶。不过由于司马迁先到，整日又沉默不言，他们都有些忌惮，不约而同总是让司马迁占先。司马迁也不谦让，吃过喝过，便坐到角落，继续默想他的史记。

直到春末，司马迁才被审讯。

狱吏押着他到了前厅，在门前庭院中跪下。

他抬头一看，中间案后坐着的竟是光禄勋吕步舒！

吕步舒浓密白眉下一双鹰眼盯着司马迁，犹如秃鹫俯视半死的田鼠。

司马迁大惊：怎么会是他来审讯？

还未及细想，左边光禄丞问道："是你上报石渠阁古本《论语》失窃？"

司马迁一愣，我因李陵入狱，不问李陵之事，却为何要问《论语》？但此刻不容多想，只得答道："是。"

光禄丞又问："你确曾在石渠阁中见过古本《论语》？"

"是。"

"为何石渠阁书目上没有此书？"

"原本有，不知为何，后来却不见了。"

"你是说有人删改石渠阁书目？"

"是。"

"谁改的？"

"不知道。"

"前年，你妻子去已故长陵圆郎家做什么？"

司马迁一震，这事也被他们察觉？他慌忙抬起头，吕步舒仍盯着他，目光冰冷，像一只利爪，逼向他，要攫出他的心一般。

他忙定定神，答道："他们两家是故交，只是去探访。"

光禄丞又问："你去千乘和河间做什么？"

司马迁惊得说不出话，半晌才回过神，道："游学访友，请教学问。"

"可是请教古文《论语》？"

司马迁迟疑片刻，才道：“是去请教古史。”

“你是不是说过吕大人窃走了古本《论语》？”

“没有！”司马迁看吕步舒的目光更加阴冷。

光禄丞声音陡然升高：“你是不是还说过，皇上也牵涉其中？”

司马迁大惊，忙矢口否认：“没有！”

“真的没有？”

“没有！”

“今之天子不如古之天子，皇上将天下当作私产，这话是谁说的？”

司马迁浑身冰冷，垂下头，再说不出一个字。

这些私底下的言语行事，只有妻子和卫真知道，吕步舒是从何得知？

唯一可能是：妻子或卫真也已下狱，受不了严刑，招认了这些事。

静默片刻，吕步舒才第一次开口说话，声音冰冷阴涩：“可以了，押下去。”

# 第三十二章
# **南下荆州**

直到年底，京畿一带的搜寻戒备才渐渐放松。

朱安世告别郭公仲和樊仲子，带着驩儿离开茂陵，启程南下。

两人穿着半旧民服，驾了辆旧车，载了些杂货，扮作贩货的小商贩，慢慢前行。

一直躲在郭公仲家，两人都憋闷至极，行在大路上，天高地阔，胸怀大畅。

近十个月来，朱安世无日无夜不在思念妻儿，心想只要到了荆州，了结了这件事，就能专心去寻找妻儿，找到后，一家人寻个僻静地方，从此再不惹是生非，一心一意，安静度日。

他扭头看看驩儿，驩儿正望着路边一家竹篱农户，院子里一个农家汉子正在劈柴，一个少年在一边捡拾砍好的柴棍，抱到墙根码到柴垛上。一个农妇端了一盆水，从屋里走出来，脚下一绊，摔倒在地上，盆子滚到一边，水泼了一地。少年忙跑过去扶，不料也滑倒在地，跌到了农妇怀里。两人倒在一处，居然一起笑起来，那农家汉子也停住斧头，望着他们哈哈大笑。

驩儿看着，也跟着咯咯笑起来。

朱安世不由得也随着笑了，但随即，猛然想起郦袖当年所言的“安安稳稳过活”，看这一家农人如此和乐，心里一阵羡慕惆怅。

再看驩儿，这么久以来，驩儿始终静静的，不言不语。即便说话，也小心翼翼，即便笑，也只微微一笑。现在笑出了声，才现出孩童该有的模样。

自从知道驩儿背诵的是世上唯一的古本《论语》，朱安世心中越发疼惜，不知道他父母是什么样的人，天大的秘密竟让这样一个孩子承担！等这事一了，定要让驩儿过孩童该过的日子。

郦袖若见了驩儿，也一定会疼爱这孩子。

续儿是个有豪气的孩子，也自会喜欢驩儿。

驩儿又和善，两个孩子在一处，定会玩得很好……

行了几日，到了南阳冠军县[1]。

县城不大，街市上行人也稀稀落落。

朱安世驾车缓缓前行，寻找客店，迎面走来一个货郎，担着一个货架，大声叫卖。朱安世本没在意，但一扭头，见驩儿盯着那货架，眼里透着羡慕。

他忙叫住货郎，货郎走过来，满面堆笑，殷勤奉承。

朱安世一眼看见架上有一只木雕漆虎，黑底黄纹，斑斓活跳。

他心里猛地一刺：当年和儿子分别时，正是答应给儿子买一只这样的漆虎。几年来，他一直记在心里，在成都空宅中，他见到续儿床头挂着一只相似的，是郦袖替他补偿了儿子。不知道续儿还记不记得这件事？

货郎连声询问，他忙回过神，扭头让驩儿随便选。驩儿摇头说不要，眼角余光却仍停在货架上，朱安世顺着他的目光一看，驩儿竟也盯着那只漆虎。朱安世不再问，让货郎将那只木雕漆虎拿过来，问过价，付了钱，将漆虎递给驩儿。

驩儿仍不肯要，朱安世故意生气道：“钱都付了，拿着！”

“谢谢朱叔叔。”驩儿小心接过，握在手里，用指尖轻轻抚摩着。

“喜欢吗？”

---

1 冠军县：汉武帝因霍去病功冠诸军，封侯于此，始名冠军。故城位于今河南省邓州市张村镇冠军村。

"嗯！"驩儿点点头，却低垂着眼睛，似乎想起什么心事。

"怎么了？"

"我娘原来答应给我买一个，后来忙着赶路，再没见到卖这个的……"

朱安世一听，心里更加不是滋味，却不知能说些什么，叹了口气，吆喝一声，振臂驱马，继续向前。

走了不远，找到一家客店。

朱安世停好车，便带着驩儿到前堂坐下，点了几样菜，又让打一壶酒。

店家赔笑道："客官，实在抱歉，刚颁布了'榷酒酤[1]'令，小店没有酒了。"

朱安世问："什么缺酒孤？"

店家笑着解释："榷是路上设的木障栏那个'榷'，这'榷酒酤'令颁下来后，民间再不许私自酿酒、卖酒，只能由官家专卖。唉——先是算缗[2]和告缗[3]、盐铁官营，现在又来管到酒——真是吃完了肉，又来刮骨头。我大清早就赶到县里新设的官家酒市去买酒，谁知那里已经排满了人，我排了好一阵子，又担心店里的生意，等不及，只得空手回来了。实在是抱歉。"

朱安世听了心想：樊仲子的酒坊恐怕也已经被关闭了。张口要骂，但还是忍住，只道："不关你的事，那就快上饭菜。"

---

1 榷酒酤（què jiǔ gū）：汉武帝为解决财政困难，而实行的酒类专卖制度。《广雅·释室》中说："独木之桥曰榷。"《汉书·武帝纪》中记载："（天汉）三年春二月……初榷酒酤。"颜师古注引韦昭曰："谓禁民酤酿，独官开置，如道路设木为榷，独取利也。"

2 算缗（mín）：汉武帝为解决国用不足，于元狩四年（公元前119年）所施行的税法。凡工商业者都要申报财产，每二缗（2000钱）征一算（120钱），税率6%。隐瞒不报或呈报不实者，没收全部财产，罚戍边一年。

3 告缗：为杜绝商人隐匿"算缗"，元鼎三年（公元前114年）武帝又下令"告缗"，有揭发者，奖励所没资产的一半。《汉书·食货志》中记载："中产以上大抵皆遇告。杜周治之，狱少反者。乃分遣御史、廷尉、正监往往即治郡国缗钱。得民财物以亿计，奴婢以千万数，田大县数百顷，小县百余顷，商贾中家以上，大抵破。"

店家连声答应着，刚离开，驩儿忽然叫道："韩婶婶！"

朱安世忙抬头，只见一个女子笑吟吟走进门来，身形袅娜，容色娇俏，是韩嬉。

几个月前韩嬉就离开了茂陵，却不想在这里遇见。

"嬉娘？你怎么也到了这里？"朱安世忙站起身。

"真是巧，我刚才还在想会不会遇见你们呢。"韩嬉笑着过来坐下，伸手轻抚驩儿的头顶，"驩儿还好吗？"

"嗯！"驩儿眼睛发亮，笑着用力点点头。

朱安世忙又叫店家多加了几个菜，才问道："你这是要去哪里？"

"长沙。"

"去长沙做什么？"

"嫁人。"

"嫁人？"朱安世一愣，"嫁什么人？"

"我嫁谁，你很关心？"韩嬉笑盯他。

"嘿嘿——只是有些好奇。"朱安世心想：哪里有女子单身一人、千里迢迢，自己跑到男方家里去嫁人的？

"光是好奇？不关心？"

"嘿嘿，当然也关心，毕竟——"

"毕竟什么？"

朱安世一时语塞，想了想才道："毕竟相识这么久，你又帮了我那么多忙。"

韩嬉微微一笑，略一沉吟，道："是这样啊，那我就不必要告诉你了。另外，我做那些事并不是帮你，是放债，一笔一笔你都得还给我。"

"嘿嘿，那是当然。你要什么？尽管说！我拼了命也要给你找来。"

"其他的我还没想到，首先，你得尽快把那匣子还给我。"

* * * * * *

靳产一路急行，不到十天，便到了常山郡。

常山治所在元氏县，他进了城，求见郡守，郡守见是执金吾杜周的急命，自然也不敢怠慢，忙吩咐长史尽力协助靳产查案。

长史陪同靳产出城，到姜志故里槐阳乡，找到乡长一查户籍，姜志果然有个伯父，名叫姜德。

姜德是个儒生，曾经为河间王刘德门客。刘德死后，归乡耕读，在本地颇有名望。四年前，姜德犯事逃走，不知所终。因为时隔几年，当时原委，乡长已记不太清。

长史又带靳产回城去查当年刑狱簿录，果然有姜德一案档案——

姜德当年罪名是藏匿逃犯。那逃犯是一个年轻妇人，捕吏得令，趁夜去槐阳乡捉拿时，见夜色中一个妇人身影从前门溜出，急急向村外奔去。捕吏忙追上去，到了村外，见那妇人跑到一棵大树影下，不再动弹。赶过去一看，那妇人竟用匕首插在胸口，人已经死了。举火照看她脸面，不是本地之人，定是那犯妇。

捕吏又回到姜家，见合家男女老幼都在，只少了姜德一人。问他家人，说是出门访友去了。郡守因为犯妇已死，便结了案。

靳产见簿录上只记了那犯妇姓朱，来自何处、所犯何罪则不见记录。便问道："那犯妇是什么人？因何被追捕？"

长史又去找当年缉捕逃犯的文牒，却没有找到，于是道："想是当时已结了案，文牒留之无用，便销毁了。"

"那姜德家人现在还在吗？"

"他的妻小当年都被黥了面[1]，充作了官奴，男子在砖窑，女子在织坊。"

"能否让在下盘问一下姜德的家人？最好是女人。"

"好说。"

长史吩咐下去，不多时，小吏带来了一个年轻妇人。那妇人身穿破旧粗布衣，身形枯瘦，面颊上深印着墨痕。

小吏禀告说："这是姜德的儿媳冯氏。"

---

1 黥（qíng）面：又称黥刑，在犯人的脸上或额头上刺字，再染墨，作为受刑人的标志。《说文解字》中注："黥，墨刑在面也。"

靳产盯着那妇人看了半晌，才开口问道："你有没有儿女？"

冯氏低头小声答道："有。"

"几个？"

"三个。"

"他们现在哪里？"

"两个女孩儿在郡守府里做奴婢，一个男孩儿随他父亲在砖窑做活。"

"你想让他们活，还是死？"

"大人……"冯氏猛地抬起头，满眼惊恐，随后"扑通"跪倒，不住地在地上磕头，"求大人开恩！求大人开恩！"

"好，既然你不想他们死，就老老实实答我的话。"

"犯妇不敢隐瞒半个字！求大人开恩！"

"四年前有个妇人躲到了你家里，她是谁？"

冯氏跪在地下，迟疑起来。

靳产冷哼了一声，道："不说？好，就先从你小女儿开始——"

"我说！我说！"冯氏忙喊道，"那妇人姓朱，是临淮太守孔安国的儿媳。"

"哦？你还知道什么？都说出来！"靳产顿时睁大眼睛，心怦怦跳响。

"那朱氏是我公公夜里偷偷接到家中来的，还带着四五岁大一个孩子。我公公没说她的姓名、来历，也不许我们问，只让我们好好待客。出事那天傍晚，我丈夫急忙从城里回来，他探听到有人上报消息给府吏，说我家窝藏了一个异乡妇人。刚好郡守得到缉捕公文，要捉拿一个女逃犯。郡守便命人来我们家捉拿逃犯，捕吏已经部署好，只等天一黑就来。我公公一听，慌忙跑到朱氏屋里，进去不多久，他们两个竟争吵起来。我心里好奇，便凑到窗下偷听，听了半天才勉强听懂一些，原来我公公让朱氏带着孩子快逃，朱氏却跪下来恳求我公公带那孩子去长安，送到御史大夫府，还说什么'这部经书比孩子的命更要紧'……"

靳产忙问："什么经书？"

"那朱氏没有说。不过，她提到临淮太守，还说孔家只剩这孩子一支根苗，所以犯妇才猜到，她应该是临淮太守孔安国的儿媳。她说她一个妇道人家，保不住孩子的命。我公公听了才答应，就带着那孩子从后门出去，骑了马悄悄逃走了……”

******

荆州、长沙正好一条路，朱安世、韩嬉、驩儿三人再次同行。

朱安世怕走急了惹人注目，便有意放慢行速，并不急着赶路，三人一路说说笑笑，甚是开心。

驩儿时刻都握着那只木雕漆虎，喜欢得不得了。

三个多月后，才到了荆州府江陵，此时已经春风清暖、桃李初绽。

韩嬉先去打听，刺史扶卿不在江陵，去了江夏等地巡查。

朱安世道：“江夏在东，长沙在南，我们就此告别。”

韩嬉略一迟疑，随即道：“既然都到了这里，我就先陪你们去了了这桩事。”

“你的亲事怎么能耽搁？”

韩嬉并不看他，轻抚驩儿的头发，随口道：“你不必操那么多心。”

“嘿嘿——”朱安世不好再说。

于是三人又向东赶去，到了江夏，扶卿却又已离开，北上巡查去了，一直追到襄阳，才终于赶到。

韩嬉打问到扶卿在驿馆中歇宿，便道：“这事得尽量避开眼目，我们还是夜里偷偷去见他。”

朱安世点头道：“我也这样想，而且也得防备那人未必可信。”

两人先找了间客店，住进去休息，仔细商议了一番。

韩嬉去找来根竹简，问店家借了笔墨，又让驩儿写了“孔壁论语”那四个古字。

到了夜里，朱安世背着驩儿，与韩嬉悄悄从后窗跳出去，避开巡夜的更卒，一路来到驿馆。按照商议好的，韩嬉去前院，朱安世带着驩儿去后院。

朱安世到了后院墙外，用腰带束紧背上的驩儿，见左右无人，用绳钩一搭，攀上墙头，翻身跳下，躲在墙根黑影里等着。

不多时，隐隐见前院冒起火光，随后有人大叫："马厩着火啦！"

这是他们约定好的，韩嬉到驿馆前院，在马厩放火，引开驿馆中的其他人。

很快，后院几个房间里奔出十几个人，全都向前院奔去，后院顿时悄无声息。

朱安世继续偷望，见一个小吏匆忙跑过来，到中间那间正房门前，朝里恭声道："扶卿大人，前院着火了。"

里面传来一个声音："火势如何？"

"不算太大，众人正在扑灭。"

"好，你也赶紧去帮帮手。"

小吏答应一声，又急急向前院奔去，随即房门吱呀一声打开，一个人走出来，站在檐下向前院张望。

朱安世见院中无人，便牵着驩儿走过去。走到近前，那人才发觉，吓了一跳，厉声问道："什么人？"

"你无须惊慌，在下是受王卿所托，有事前来相告。"

"哪个王卿？"

"御史大夫王卿。"

"哦？御史大夫王卿去年不是已经过世？"

"对。他临死前托付，让在下务必将一样东西交给你。"

"什么东西？"

朱安世将那支竹简递给扶卿，扶卿满脸狐疑，接过去，就着屋内射出的灯光，仔细一看，顿时变色："这东西现在哪里？"

"这孩子记在心里。王卿让我带这孩子来背诵给你。"

扶卿向驩儿望去，十分惊异，随即望望左右，忙道："先进去再说！"

刚进到屋中，扶卿立即关起门，朱安世四处扫视，屋内并无他人。

在灯光下，才看清扶卿的容貌，略弓着背，皮肤暗黄，胡须稀疏，眉间簇着几道皱纹。

扶卿又盯着驩儿仔细打量了片刻，问道："你真的会背古文《论语》？”

驩儿点点头。

“你名叫孔驩，是不是？”

驩儿露出困惑的神情，朱安世更是诧异：“你认得这孩子？”

扶卿摇头道：“我没有见过，但除了他，世上还有谁能得传孔壁《论语》？”

朱安世震惊无比，但随即恍然大悟：这古本《论语》出自孔子旧宅，孔安国将它献入宫中之前，必定是读过，甚而抄写过副本。这是他祖上遗留，比任何珍宝都贵重，自然不愿让经书就此消亡。外人他不敢传，但自家子孙必定是要传的。驩儿如此年幼，就能背诵，又姓孔，当然该是孔子后裔！

想到此处，再看看驩儿，他仍不敢相信，这个与自己朝夕相处三年的可怜孩子竟是声名显赫、堂堂孔家的子孙！

一时间心乱如麻，他忙定定神，问道：“孔驩是孔安国什么人？”

“孙子。”

“孔安国现在在哪里？”

“早已过世。”

“什么时候？”

“九年前。”

“孔驩的父亲呢？”

“他父亲名叫孔印，也是同年死去。孔安国合家遇难，同日亡故。”

“哦？什么缘故？”

“中毒。”

“因为古文《论语》？”

扶卿蹙眉不答，神色忧惧。

驩儿则睁大了眼睛，望着扶卿，满眼惊惶。

朱安世随即大致明白了：孔安国私藏古本《论语》一事定是被人泄露告密，遭到其他官吏谗言陷害。他全家同日而亡，或是被人投毒，或是孔安国畏罪自杀，甚至是刘老彘亲自下旨，将他全家毒杀。只有驩儿的母亲带着他侥幸逃脱，定是孔安国临终遗命，驩儿母亲才将古文《论语》传给驩儿。

他记起此行的目的，便不再多想，问扶卿："现在就让驩儿把古本《论语》念给你听？"

扶卿犹疑了片刻，咳嗽了一声，才道："王卿大人恐怕是看高了我，我不过是一个官秩六百石的小官，哪里能担负如此重任？"

朱安世见他目光躲闪，似有隐情，猛然想起王卿临别时所言："扶卿曾得传古本《论语》，只是不全。"

传他古本《论语》的自然是孔安国，孔安国遇害，扶卿却未受牵连，反倒能升任刺史。前年在槐里闲谈时，赵王孙曾说过，天子为增强监管天下之力，新设了刺史一职位，这一官职看似低微，却是皇帝耳目，可以监察二千石太守。孔安国遇害，即便与扶卿无关，他至少也是个怯懦偷生之徒。

朱安世心中不由得生出鄙憎，牵着驩儿道："既然如此，打扰了。"

扶卿却问道："你要带这孩子去哪里？"

朱安世冷笑一声："你问这个做什么？去告密？"

扶卿脸顿时涨红，又咳嗽了一声："孔安国是我老师，于我有授业之恩，我岂能做这种事？"

"那你想怎样？"

"我猜你是那个盗汗血马的朱安世。"

"是我。怎样？"

"你自己本就身负重罪，带着他，更是罪上加罪。和这孩子相比，汗血马不值一提。而且这孩子跟着你也不安全。"

朱安世忍不住笑起来："我的事无须你管。这孩子跟着谁安全？你？"

"我也难保他安全，但是有个人很可靠。"

"谁？"

"这孩子的伯祖父。"

"孔家还有亲族？"

"当然，孔家声望贯天，怎么可能全都断绝？孔子第十一代孙有兄弟两人，长子延年，次子安国。孔安国这一支如今已绝，圣人之族现在只剩孔延年这一支嫡系，天子定不会轻易加罪。孔延年如今仍在鲁县故里。将这孩子送交孔延年，或可保住这孩子性命。”

“好，多谢提议。”

朱安世转身就走，刚到门边，门外传来脚步声，朱安世大惊，忙扭头瞪住扶卿，准备动手将他胁持。扶卿却朝他摇摇头，指了指门后，示意朱安世躲起来。朱安世心中犹疑，但想能不闹开最好，扶卿若有诈，再胁迫不迟，便牵着驩儿躲到门后。

这时，外面那人已走到门边，站住脚，恭声道：“禀告大人，火已扑灭。”

扶卿上前去开门，朱安世忙掣刀在手，扶卿又摆摆手，然后打开了门。朱安世紧盯着他，只要稍微不妥，便立即动手。

扶卿并未出去，只站在门内，问道：“可伤到人了？”

“没有，只有一匹马身上被燎伤。”

“好，你退下吧。我这就睡了，不需要侍候。”

“是。”那人转身离去。

扶卿仍站在门边，看四下无人，才道：“你们可以走了。”

“多谢！”朱安世牵着驩儿向外就走。

“我还有一句话。”

“请讲。”

“请放心，今夜之事，我绝不会吐露半个字。你们也多保重，记住，知道这孩子身世的人，越少越好。”

“多谢。”

朱安世带着驩儿，仍从后院翻墙出去，韩嬉正在墙根等候。

## 第三十三章

# 游侠遗孤

司马迁被定了死罪，罪名是“诬上”。[1]

为李陵开脱，就算李陵真降，也只是庇护罪臣，至多受笞刑、去官职、谪往边塞，诬蔑天子却是罪无可赦。

到冬季行刑，还有半年。他不知道还能否见妻子一面，更无论儿女。至于史记，后半部则只能留在心底，与身俱灭。

司马迁呆坐在囚室最角落，不吃不喝，如一堆粪土一般。去年，他虽然也曾数次想到自尽，但此刻才真切看到死亡，如黑冷无底之崖，就在前方，只要走过去，一步迈出，便将瞬间坠落，从此湮没。

不能！不能如此！

想到平生之志就此灰灭，司马迁猛地跳起来，奔向囚室外面，一连踩到两个囚犯，几乎被绊倒，却无暇顾及，踉跄几步，挣跳着来到门边，抓着木栏，向外高喊：“给我笔墨竹简！我要笔墨竹简！”

一连喊了数声，狱吏气冲冲赶来，厉声喝道：“死贼囚！叫什么？”

“我要笔墨竹简，请给我笔墨竹简！我不能平白死去！求求你！”司马迁跪下身子，不住叩头哀求。

“住嘴！”狱吏打开锁冲进来，举起手中的木槌劈头就打。

---

1 参见司马迁《报任安书》：“因为诬上，卒从吏议。”

其他囚犯吓得全都缩到囚室里面，司马迁却不避不让，仍旧跪伏在地，苦苦哀求："请给我笔墨竹简，求求你！"

狱吏越发恼怒，下手更狠，一阵乱打，司马迁顿时昏了过去。

等他醒来，肩背剧痛，头顶被敲破，血流了一脸，流进嘴里，一股咸涩。他彻底灰心绝念，挣扎着爬到囚室角落，其他囚犯慌忙让开。他躺下来，不再动弹。回想自年少起，便胸怀壮志、纵览群书，自负举世无匹，矢志要写下古今第一史篇。而如今，却躺在这里哀哀等死。他忽然觉得自己竟如此愚蠢，不由得笑起来，笑声如同寒风泣鸦，惊得其他囚犯全都悚然侧目。

笑过之后，心中无限悲凉，却也随之释然，不再惊慌恐惧，事已如此，惧有何用？不甘有何用？

******

回到客店，朱安世坐下便开始喝酒。

韩嬉在一旁连声催问，他却思绪翻涌，一时间竟不知从何讲起。

"到底怎么一回事？快说啊！"韩嬉一把夺过朱安世手中酒盏。

"驩儿是孔家子孙……"

"哪个孔家？"

"孔子。"

"孔子？"韩嬉也大惊。

朱安世将前后经过大致讲了一遍。

言罢，不由得向驩儿望去，驩儿一直坐在一边，低着头，抱着那只漆虎轻轻抚弄，案上灯光只照到他的肩头，看不清神情。

想想孔家，再想想自己身世，朱安世不由得苦笑一声。

他的父亲名叫郭解，曾是名满天下的豪侠。当年，王侯公卿、俊贤豪杰无不争相与他结交。朱安世五岁时，有个儒生宴请宾客，座中有人赞誉郭解，那儒生反驳说郭解"专以奸犯公法，何谓贤？"不久，那儒生便被人杀死，舌头被割掉。官府因此追究郭解，郭解却毫不知情，司案的官吏便上奏郭解无罪。然而时任御史大夫的公孙弘却言："郭解虽不知情，但此罪甚于郭解亲自杀之，罪当大逆不道。"于是下令族灭了郭家。[1]

朱安世虽然被家中一个仆人偷偷救走，却从此孤苦伶仃，受尽艰辛。

父母亲族行刑那天，他偷偷躲在人群里。几十位亲人都穿着囚衣，被捆绑着跪成几排。他的三个堂兄弟、两个堂姐妹，年纪都和他相仿，也跪在亲人中间。大人们都低着头，一动不动，但那几个孩子看到刽子手手中明晃晃的刀，都哭喊起来。他爹郭解顿时大声喝骂："哭什么？郭家子孙，不许堕了志气！"那几个孩子不敢再哭出声，低着头呜咽抽泣。监斩官一声令下，十几个刽子手一起挥刀，他吓得忙闭上眼睛，但至今忘不了刀砍过脖颈的噗噗声、人头落地的咚咚声，还有围观者一阵接一阵混杂的惊叫声、哀叹声、哄笑声……

从幼年起，他便恨极儒家、儒生，刻苦习武，要杀公孙弘报仇，然而没等他长大，公孙弘已先病死。此事成为他一生大憾，因此立誓：只要见到儒生，离他一丈，他必骂之；离他五尺，他必唾之；离他三尺，他必踢之。

哪能料到，他竟会为了救儒家鼻祖孔子后裔，舍下妻儿，四处逃亡，数番遇险，几度受伤。现在又为了一部儒家的破书，千里奔波，徒费心力！

想起这些，他顿时有些心灰。

韩嬉问道："你怎么打算？"

朱安世低头寻思：若驩儿是个孤儿，我自然该带他走，好好养大。但既然他亲族仍在，又是天下闻名、举世仰慕的赫赫孔家，而我只是个犯了重罪的盗贼，又何必再多事？至于古文《论语》，本出自他家祖宗，就只该属于他家，还找谁去传？

想通之后，他心下豁然，又抬起头向驩儿望去，驩儿也正抬起头望向他，黑亮的眼中目光游移，像在犹豫不决。

朱安世有些纳闷，却见驩儿爬起身走过来，到案前，抓起酒壶，斟满了两杯酒，先端起一杯，恭恭敬敬递给朱安世。朱安世一愣，忙伸手接过。驩儿又端起另一杯，送到韩嬉面前。

1 参见《史记·游侠列传》。

朱安世和韩嬉面面相觑，都觉得诧异。

驩儿却微微一笑，忽然跪在朱安世面前："朱叔叔，你为了救我，走了这么远的路，受了这么多伤，吃了这么多苦，还几次差点送命，这些我全都牢牢记在心里。我不能再拖累你，我想去伯祖父家。我现在年纪小，报答不了你。我一定努力学本事，长大后再报答朱叔叔。"

说完，驩儿伏下身子，连磕了几个头。

朱安世听驩儿话语诚恳，看他神情认真，心中一热，几乎落泪，见他跪地磕头，忙跳起身，过去抓住驩儿，大声道："驩儿，你没拖累我！"

"要没有朱叔叔，我早就死了。为了我，你连婶婶和郭续都没去找。"驩儿仍笑着，黑亮的眼中却闪出泪光。

朱安世忙道："我是见你乖，是个好孩子，才满心愿意这样做。我也正要和你商议这事，你伯祖父家声名显赫，比我这盗贼要强过千万倍。不过你要说实话，你是真想去伯祖父家，还是怕拖累我？"

"我真心想去。"

"在朱叔叔面前不许说谎！"

"我没说谎，我真的想去。我是孔家子孙，就该回孔家去。"驩儿斩钉截铁。

朱安世不知道再该说些什么，揽住驩儿，长声叹气。

韩嬉在一旁道："驩儿是孔家后裔，回孔家自然是正理，的确要比跟着你好。"

"照理来说，虽是如此，但——"朱安世心头有些乱，看着驩儿，更是拿不定主意。

韩嬉笑道："你舍不得驩儿？"

朱安世嘿嘿笑了笑，伸手抚摩着驩儿的小肩膀，心中五味杂陈。

驩儿用手背抹掉眼泪，眨了眨眼，也微微笑着。

韩嬉又道："你先别忙着舍不得，我想那孔家还未必愿意收留驩儿呢。"

朱安世点头道："说得是。我先带驩儿去探一探，他们若有半点不情愿，我立刻就带驩儿走！"

* * * * * *

靳产迫不及待，急急赶往长安。

不枉他几千里跋涉，终于查明事情原委，而且算得上是一个天大的隐情——那小儿居然是孔子后裔！

他读了这些年的儒经，没想到有朝一日居然能和孔子后人牵涉到一起，既觉诧异，又感荣耀，更是禁不住满心得意。虽然此事还有些疑团：那些绣衣人是什么来头？为什么要追杀孔家后人？那朱氏所说的经书又是什么？不过他也仅仅是好奇，并不如何挂念，能查出那小儿的身份，就已足矣。

远远望见长安，巍然屹立于青天白云之下。

他大张着嘴，不由得呵呵笑起来。一路笑着，来到城墙下，抬头仰望，见城门宏阔，城墙巍然，他瞪大了眼，惊叹半晌，才小心迈步，走进城门。这是他生平第一次到帝都，进了城，只见城楼如山、街道如川，往来的行人个个衣锦着绣、神色悠然，他目眩神迷，气不敢出。

一路小心打问，辗转来到执金吾府寺门前，看到那轩昂门户，他顿时有些心虚气促。大门外立着几个门吏，衣着鲜亮，神情倨傲。他停住脚，掸了掸身上的灰，鼓了鼓勇气，才小心走过去，向其中一个门吏赔笑道："麻烦这位小哥——"

那门吏目光一扫，冷喝道："谁是你的小哥？"

靳产知机，忙赔笑道歉，同时从怀中取出一小串铜钱，递过去道："劳烦老兄，替在下通报一下，在下是湟水靳产靳产，有要事禀告执金吾大人。"

门吏斜瞅了一眼，撇嘴道："果然是湟水来的，黄金比河水还多，一出手就这么一大串钱，要砸死我们这些小县城里的村人！"

靳产忍住气，继续赔着笑，又取出收到的急报，展开给那门吏看："这是执金吾发往湟水的急报，在下就是来禀报这件事的。"

门吏扯过去一看，才不再奚落，一把抓过那串铜钱，揣在怀里，说声"等着！"转身进了大门。

靳产候在门外，惴惴不安，半晌，那门吏才回转来，身后跟着一个年轻文吏，那文吏出来问道：“你就是湟水靳产？随我来。”

靳产忙跟了进去，沿着侧道，穿长廊，过庭院，来到一间侧室，脱履进去，里面坐着一位文丞。

那文吏道：“这是执金吾左丞刘敢大人。”

靳产忙伏地跪拜，刘敢只微微点头，随即问道：“你是从湟水赶来？”

“卑职是从冀州常山来的。”

“哦？”

“收到执金吾大人发来的急报后，卑职火急查办，为追查线索，从湟水赶到金城，金城奔赴张掖，又从张掖转到朔方，最后在常山，终于查明了真相。”

“哦？很好！你查到了些什么？”

靳产忙取出一卷锦书，这是他在常山写就，详细记述了自己一路追查详情。

那文吏接过锦书交给刘敢，刘敢展开细读，良久读罢，面露喜色，点头道：“很好！很好！实在是辛苦你啦。”

靳产听了，心中大喜，竟一时语塞，弓背垂首，只知不住地点头。

刘敢又微微笑道：“你这功劳不小，我会如实禀报执金吾大人，你先去歇息歇息——”接着，他又转头吩咐那文吏，“你带靳靳产去客房，好生款待！”

靳产俯身叩首，连声拜谢，而后才爬起来，随那文吏出去，曲曲折折，穿过回廊，来到一座僻静小院。童仆打开一间房舍，毕恭毕敬请靳产进去安歇，文吏又吩咐那童仆留下，小心侍候，这才拜辞而去。

靳产见这院落清静、陈设雅洁，随眼一看，处处都透出富贵之气，不由得连连感叹。童仆打了水来，请他盥洗，靳产看那铜盆澄黄铮亮，盆壁上刻镂着兰花草虫细致纹样，虽然内盛的只是清水，也似比常日的水清亮精贵许多。他知道哪怕这童仆，也是见惯了达官显贵的，因此举手投足格外小心，生怕露怯，遭他耻笑。

洗过脸，他刚坐下，方才那文吏又转了回来，身后跟着两个婢女，一个端食盘，一个捧酒具。

“这是刘敢大人吩咐的，给靳靳产洗尘。些许酒食，不成敬意，晚间刘敢大人要亲自宴请靳靳产，请靳靳产先润润喉。”

靳产忙站起身，连连道谢。

两个婢女将酒食摆放到案上，小心退下，文吏说了声“请慢用”，随即转身离开，那个童仆也跟了出去，轻手带好了门。

屋内无人，靳产这才长出一口气，松了松肩背，坐下来，笑着打量案上酒食。虽说只是几样小菜，却鲜亮精巧、香味馥郁。便是那套匙箸杯盘，也都精致无比，从未见过。

他轻手抓起那只形如朱雀的铜酒壶，把玩一番，才斟了些酒在同样形如朱雀的酒爵里。酒水从雀嘴流下，澄澈晶亮，浓香扑鼻。他端起酒爵，先闭眼深嗅，一阵眩醉，迷离半晌，才张口饮下，嗯……果然是执金吾家的酒，如此醇香，好酒，好酒！一爵饮尽，他又斟一爵，连饮了三爵，这才拿起两根玉箸，夹了一块胭脂一般红艳的肉放进嘴里，细细咀嚼，有些酸甜，又有些辛辣，不知是什么酱料制成，从未尝过这等滋味，竟是好吃之极！

正在细品，腹中忽然一阵绞痛，随即心头烦恶，全身抽搐！

他猛地倒在地下，胸口如同刀子乱戳，又似烈火在烧，先是忍不住呻吟，继而痛叫起来。

毒？酒里有毒！

他心中一阵翻江倒海，随即一道闪亮：孔家！朱氏被缉捕，官府无簿录！那部经书！孔壁古文？刘敢下毒，独揽功劳？怕事情泄露？

他忽然明白：自己一脚踩进了一座鬼沼，有来无回。也忽然记起当年老父劝告的一句话——“贫寒苦人心，富贵夺人命。”

然而，为时已晚，他已如死狗一般趴在地下，眼珠暴突，嘴角流沫，只剩几口残喘……

* * * * * *

到鲁县时，已是盛夏。

这一路，驩儿像是变了个人，笑得多了，话也多了。

朱安世心里纳闷，想是即将分别，这孩子珍惜聚时，他也便一起尽量说笑。

韩嬉见他们两个开心，兴致更高，途中只要见到有吃食卖，便买一大堆来，三个人在车上一路吃得不停嘴，都胖了不少。

驩儿断断续续讲起自己的娘、这几年的经历、到过的地方：

他娘带着他从临淮逃出来，那时驩儿才三岁多。他们沿着海岸曲曲折折一路向北，途中搭海船到琅琊，又过泰山、济南，进入冀州，前后近两年，才绕到常山。这一路，官府一直在追捕，绣衣刺客也不断袭击，好几个人为救助他们母子而丧命。常山之前的地名，驩儿都不太记得，是朱安世按地理大致猜测出来的。

在常山，他娘找到一个叫姜德的人。在姜德家才住了几天，捕吏就追了来，他娘从前门引开捕吏，姜德带着他从后门逃走，一路向北。驩儿从此再没见过他的娘。逃到北地，一老一少被关进牢狱，又被匈奴掳走，押到营中为奴，随军喂马，不时要受匈奴斥骂鞭打。

两年后，汉军和匈奴交战，匈奴大败，姜德和驩儿被汉军救回。军中有个屯长恰巧是姜德的侄子，名叫姜志，他认出姜德，便将他们收留在身边。姜德本已年迈，又受了风寒，不久病故。临终前，他嘱咐姜志送驩儿到金城，交给故友楚致贺。

绣衣刺客不知道从哪里听到消息，赶到张掖。姜志带着驩儿避开刺客，逃往金城，找到楚致贺。绣衣刺客也尾随而至，姜志拦住绣衣刺客，楚致贺带着驩儿逃走。不久，绣衣刺客就追了来，楚致贺把驩儿藏到一个驿亭朋友家，自己引开了绣衣刺客。

过了几天，申道从湟水赶来，接走了驩儿，带着他一路躲开追杀，绕路赶往长安，直到扶风见到朱安世……

朱安世驾着车，将驩儿这些断续经历串起来，细细寻思。

他自己虽然自幼也尝尽艰辛，但比起驩儿，则算是很平顺了。正在感慨，忽然发觉其中有一事奇怪，忙扭头问驩儿："你娘当年都到了泰山，离鲁县很近，没去你伯祖父家吗？”

驩儿坐在车沿上，低着头，将那木雕漆虎放在膝盖上，让它奔爬翻滚，玩得正高兴。天气炎热，汗滴从他额头一颗一颗滚落，他都浑然不觉，也没有听见问话。

朱安世又问了一遍，他才抬头应了句：“没有。”

朱安世纳闷道：“你娘为何不去孔家，反倒去投奔他人？”

驩儿仍玩耍着漆虎：“我也不知道。”

韩嬉听见，在一旁道：“驩儿他娘当时正在被缉捕，或许是怕连累到孔家，所以没去找。”

朱安世觉得在理，点点头，继续驾车赶路。

行到一个小集镇，朱安世想起一件事，便停车去买了几个鸡蛋、一把干艾草、一块蜡。回到车上，用刀尖在鸡蛋顶上轻轻戳开一个小孔，用嘴吸尽蛋汁，然后将蛋壳放在太阳下烘烤。

韩嬉和驩儿都很好奇，他却笑而不答。

离了集镇，又行了一段路，赤日炎炎，热得受不了，他们便将车停到路边，坐在一棵大树下乘凉歇息。

朱安世笑着对驩儿说：“看朱叔叔给你变个小戏法。”

说着拿过一个蛋壳，取出水囊，对着蛋壳小孔，注入了少许水，又点燃艾草，塞进蛋壳，将蜡烤软，封住小孔，然后放到太阳地里。

朱安世坐下来，笑道：“好，仔细瞧着！”

三个人都盯着那蛋壳，过了半晌，那蛋壳忽然微微晃动起来，接着，竟慢慢飘了起来，一直升到一尺多高，才落了下来，摔到地上，磕破了。

驩儿惊喜无比，韩嬉也连声怪叫，朱安世见戏法奏效，哈哈大笑。

这是他当年被捕前学到的，那日他去长安，在街上遇到一个旧识的术士，这术士曾是淮南王刘安的门客。朱安世请他喝酒，那术士喝得痛快了，便教了他这个小戏法。[1]朱安世当即就想：回家照样子做给儿子郭续

1 《淮南万毕术》中记载了一项“艾火令鸡子飞”的游戏。注释中说：“取鸡子去其汁，燃艾火内空卵中，疾风高举自飞去。”这是世界上最早的“热气球”原理记录。

看，儿子看了一定欢喜。

谁知喝完酒，回家路上，他醉得迷迷糊糊，被捕吏捉住，关进牢狱，不久就随军西征，这戏法也就一直没有机会演给儿子看。

现在看到驩儿高兴，他很是欣慰，便教驩儿自己做，驩儿玩得无比开心，一个接一个，把十几个鸡蛋玩罢，还意犹未尽。

******

杜周终于升任御史大夫。

这一天，他已经望了十几年。

当年，在御史大夫张汤门下为丞时，他便暗暗立下志愿，此生定要挣到这个官位。

于是，他处处效仿张汤，并处处要胜过张汤：张汤执法严苛，他就执法酷烈；张汤依照儒家古义断案，他则深知那些儒经不过是责下之词、御民之术，皇帝喜怒才是生杀之柄，于是他便尽力揣测天子之意断案；张汤得罪同僚，被陷害枉死，他便尽量谨慎少语，不给人留任何把柄；张汤当年因严审陈皇后巫蛊一案，[1]得天子器重，他便时刻留意当今卫皇后，查出皇后侄儿违纪便毫不留情……[2]

十几年来，他铁了心，诛杀了十数万人，流的血几可汇成一片湖，才一步步升到廷尉，却稍一不慎，便被罢官，跌回尘埃。所幸又被重新起用，任了执金吾。从此，他行事越发小心，一丝一毫不敢懈怠。哪知却偏偏遇到盗马贼朱安世，让他又一次险些栽倒。幸而朱安世送回了汗血马，否则，他早已成了沟中一具腐尸。朱安世至今虽未捉到，但案子却牵连出两大玄机：朱安世身边那孩童竟是孔安国之孙；而追杀这孩童的绣衣刺

1 巫蛊：汉代盛行的一种巫术。当时人认为请巫师将桐木偶人埋于地下，施以诅咒，被诅咒者即有灾难。据《汉书·外戚传》记载，汉武帝时期曾发生两次重大巫蛊之祸，第一次为皇后陈阿娇，因为失宠，找巫师诅咒受宠嫔妃，被察觉后被废，牵连被诛者三百余人。

2 《史记·酷吏列传》中记载：“捕治桑弘羊、卫皇后昆弟子刻深，天子以为尽力无私，迁为御史大夫。”

客，竟是光禄勋吕步舒派遣。

当年孔安国全家暴毙，杜周正任御史中丞，临淮郡将案情呈报上来，他也曾上奏御史和天子。但天子毫不在意，他便也就不愿经心，因此随手批回，不再去管。没想到孔安国竟还有一个孙子存活，更没想到吕步舒会暗中派刺客追杀这孩童。

这小儿究竟有什么玄奥？

他想来想去，只找到一条头绪：当年孔安国全家被毒死恐怕另有隐情，而这隐情与吕步舒定然有极大关联。

吕步舒向来深藏不露，当年因审讯淮南王刘安谋反一案，大得天子赞赏，被选入光禄寺为大夫。光禄寺原名郎中令，本来只是宫廷宿卫官署。当今天子继位后，见丞相总管百僚、独揽官吏任免权，心中不乐，便改郎中令为光禄寺，扩充职任，征选能臣，聚集在自己身边，作为内朝近臣，直接受皇帝诏命行事，光禄寺因此权势日盛。

杜周一向对光禄寺深为忌惮，因此不敢深查吕步舒，心想暂且留下个线头，暗中留意即可，以备后用。

谁知吕步舒反倒跳出来帮了他的忙。王卿意外自杀，杜周忙命刘敢去探问内情，刘敢从御史府一个仆人口中得知：王卿藏匿了一个孩童，吕步舒命光禄大夫暴胜之前去捉拿，王卿放走孩童，自己畏罪自杀。巧的是，刘敢还查探出，那孩童正是朱安世在扶风救走的那小儿。

想到朱安世，杜周竟已不知是该恨还是该谢。朱安世让他束手无策，更当众羞辱他，但若不是朱安世，王卿便不会死，御史大夫这个官位便不会腾出来。

无论如何，他终于升为御史大夫，位列三公，监察百官。

他命左右人都退下，等门关好，取过新赐的冠服，换上朝服，系好青色绶带，从绶囊中取出银印，赏玩了一番，才装回去挂在腰间，又端起三梁进贤冠，[1]走到铜镜前，仔细戴端正。而后对着镜子，抬颔，扭头，振

1 《汉书·百官公卿表》中记载：“御史大夫……位上卿，银印青绶。”《后汉书·舆服志》中记载：“进贤冠，古缁布冠也，文儒者之服也。前高七寸，后高三寸，长八寸。公侯三梁。”

臂，转身，走动，虽稍有些不自在，而且身形太瘦，稍显孱弱，不过毕竟是三公冠冕，气度自然威严。

他站定身子，朝着镜子咧开嘴，想笑一笑，虽然心底十分欢欣，却发现，这么多年来，自己已经不会笑了。

# 第三十四章
## 孔府泪别

一路慢行，到了鲁县。

朱安世先找了间客店，和驩儿躲在客房里，韩嬉去孔府探口风。

驩儿握着那只木雕漆虎，坐在案边，一直低着头，不言不语。

朱安世知道驩儿是舍不得离开自己，朝夕相处、共患难三年多，他又何尝舍得驩儿？他和自己儿子郭续在一起也不过三年多。

在途中，他又反复思量，驩儿的娘不来投奔孔家，其中必有原因。除了韩嬉所言怕牵连遗祸给孔家，也可能是孔延年胆小怕事，又或者他们兄弟一向不合。如果真是这样，孔延年未必肯收留驩儿。他不收留，我正好多个乖儿子。

想到这里，朱安世不由得笑起来，过去坐到驩儿身边，揽着他的小肩膀，温声道："你们孔家是天下最有名望的世家大族，你回到孔家，才能出人头地……"

驩儿一动不动，默默听着。

"你先去他家住住看，过一阵子，朱叔叔回来看你，你若过得不好，朱叔叔就带你离开。"

"嗯。"驩儿轻声答应。

"其实，你伯祖父未必肯收留你，这样就更好办了，我们——"

朱安世话未说完，吱呀一声，门忽然被推开。

韩嬉回来了，身后跟着一位中年男子，儒冠儒袍，形貌俊逸，一派儒风。韩嬉道：“这位是驩儿的伯父，他是来接驩儿的。”

朱安世和驩儿一起站起来。

那男子注视了驩儿一眼，走到朱安世近前，拱手而拜，彬彬有礼，言道：“这位可是朱先生？在下孔霸[1]。朱先生跋涉千里、冒险护送驩儿，此恩此德，粉身难报，孔家世代铭记先生大义。”

朱安世不懂也不耐这些礼仪，直接问道：“你愿意接驩儿回去？”

孔霸道：“驩儿是我孔家血脉，当然该由孔家抚养教导。”

朱安世本盼着孔霸能推拒，没想到他竟一口应承，顿觉有些失落，低头看驩儿，驩儿黯然垂头，似乎也是一样。但话已出口，不好再说什么，便道：“这孩子吃了不少苦，望你们能善待他。”

孔霸微微一笑：“感谢朱先生如此爱惜鄙侄，请朱先生放心，驩儿是我侄儿，怎会不爱？”

朱安世见他言语诚挚，才放了心，扭头对驩儿道：“驩儿，来拜见你伯父。”

驩儿怯生生走到孔霸面前，低低叫了声“伯父”。

孔霸微笑点头，又对朱安世道：“朱先生能否移贵步到寒舍一叙，家父也盼望能当面向朱先生致谢。”

朱安世道：“这就免了吧，我是朝廷通缉要犯，不好到你府上。”

孔霸略一沉吟，道：“在下备了一份薄礼，原想等朱先生到寒舍时再敬奉，如此说来，请先生稍待片刻，在下这就回去取来。”

朱安世微有些恼：“这就更不必了，我岂是为了贪你的钱财而来？”

孔霸忙赔礼道：“在下绝非此意，只是感戴先生大恩，聊表寸心而已。”

朱安世道：“你能好好看顾这个孩子，比送我黄金万两更好。这县城

---

1 孔霸：孔延年之子，孔子十二代孙。孔霸少有奇才，西汉昭帝时征为博士，宣帝时为太中大夫，授皇太子经。元帝时赐爵关内侯，封褒成君，欲升为丞相，孔霸再三辞让而罢。谥号“烈君”。参见《汉书·孔光传》。（注：《史记》中记孔霸为孔子十二代孙，《汉书》中则记为十三代孙）

小，你不能在这里久留，让人看到你和我会面不好。”

孔霸面现难色，随即又微笑着拱手致礼，道：“在下这便告辞，先生大恩，只能待来日再报。”随后又对驩儿道，“孩儿，跟我走吧。”

驩儿点点头，先走到韩嬉面前，跪下磕了三个头，又走到朱安世面前，恭恭敬敬跪下来，重重磕了三个头，道：“朱叔叔，我走了。你要多保重，早点找到婶婶和郭续。”说着，眼中泪花闪动。他忙用手背抹掉泪水，站起来，走到案边，抓起那只木雕漆虎，抱在怀里，道：“朱叔叔，我把它拿走了。”

“拿去，拿去！”碍于孔霸，朱安世不好多说什么，只能尽力笑着点头。

孔霸第三次拱手致礼，说了声“后会有期”，转身出门。

驩儿跟着走出去，脚刚踏出门，又回过头，圆圆的黑眼睛，望着朱安世涩涩一笑，这才转身离开，小鞋子踏地的声响渐渐消失于廊上。

* * * * * *

御史府书房内，杜周在暗影中独坐，一动不动。

心中涌起一个念头，让他嘴角不由自主微微抽搐：除掉吕步舒。

自从他升任御史大夫以来，吕步舒几次当众嘲讽折辱他，他处处容让，从未还击，这点小忿还不足以激怒他。他真正担心的是：丞相一职。

现任丞相公孙贺是卫皇后姊夫，卫氏亲族中，前有卫青、后有霍去病、现有公孙贺，都曾屡立战功，是天下第一显赫之族。然而，当今天子在继位之初，窦太后把持朝政，让他抑郁数年，因此他深恨皇后外戚权势过重。天子眼下虽然器重卫氏亲族，日后必定会借机剪除。对此，卫皇后、公孙贺也都心知肚明、忧惧不安。几年前，天子封公孙贺为丞相时，公孙贺不但不喜，反倒大惧，当即叩头大哭，哀告请辞，天子不许，只得无奈任职。[1]

1 参见《汉书·公孙贺传》。

杜周料定，公孙贺迟早将被天子问罪，自己距离丞相，只有一步之遥。然而看吕步舒之势，似乎也志在必得。

吕步舒身为宿儒，又是内臣，占尽天时地利。眼下吕步舒唯一留下的把柄是孔安国之孙。但王卿死后，那小儿下落不明，至今追查不到，杜周也始终猜不透其中真正隐情。再加上刘敢升任执金吾，已经离他而去，杜周顿时少了臂膀，行事只能越发小心。如无必胜之策，绝不能贸然妄动。

* * * * * *

四月，天子大赦天下。

死罪赎钱五十万，就可罪减一等。

司马迁初闻消息，惊喜万分，但随即便颓然丧气：他年俸只有六百石，为官十年，俸禄总共也不足百万钱。[1]两年前遣送两个儿子时，已经将家中所有积蓄荡尽，哪里有财力自赎?

狱令见他沮丧，脸上露出古怪笑容，道："没钱？还有一个法子可免死罪，只是不知道你愿不愿意——"

司马迁瞿然一惊，他知道狱令说什么：腐刑[2]。

死罪者，受腐刑可以免死。

司马迁跪在庭中，心中翻江倒海，堂堂男儿，一旦接受腐刑，将从此身负屈辱、永无超脱之日。他怎能以一副刑后残躯，苟活于人世?

于是，他抬起头，要断然拒绝，话未出口，耳边忽然响起梦中父亲的话："生如草芥，死如蝼蚁。白活一场，一无所值。"

他缓缓低下头，心里反复告诉自己：若能保得这条残命，便可了却平生之志，完成史记、无憾此生。

他满头大汗，牙关咬得咯咯响，双手紧攥，手掌几乎掐出血来，拼尽力气，才终于低声道："我愿受——"

---

1 据《汉书·贡禹传》中"秩八百石，俸钱月九千二百"换算，司马迁年俸六百石约为八万钱。

2 腐刑：宫刑。阉割生殖器的酷刑。

后面“腐刑”二字他至死也说不出口。

*******

深夜，鲁县客店。

店客大多都已安睡，韩嬉仍点着灯，在房中等候。

朱安世推门进去，见案上已斟好了酒，他感激一笑，走过去坐下。

韩嬉一边递过酒盏，一边问：“还是那样？”

朱安世又笑一笑，点点头，心中却不是滋味，接过酒盏，一饮而尽。

他不放心驩儿，并未立即离开，又在鲁县住了三天，每天夜里，都偷偷潜入孔家查探。

每次去，都见驩儿穿着小儒袍，戴着小儒冠，和孔家其他几个子弟按大小，在院子里排好队。童仆婢女们也都齐齐排在后面，孔霸和妻子领头，一行人轻步走进正屋。屋子正中坐着一位儒服老者，清瘦端严，旁边一位深衣老妇，慈和安详，当是孔延年和妻子。

孔霸夫妇在老夫妇面前跪下，少年及仆役们跟着齐刷刷跪倒，众人一起叩头。孔霸恭声道：“请父亲、母亲安寝。”两个老者一起起身，孔霸妻子忙上前搀扶婆婆，护侍公婆进入内间。

半晌，孔霸夫妻才退出来，这时，子弟及仆役才一起站起身。仍是孔霸夫妻领头，众人又排着队，跟随两夫妻走到西边侧屋。孔霸和妻子坐下，子弟们又依次给孔霸夫妇磕头。

孔霸挨个训一句话，训驩儿的是“不学礼，不成人”。

驩儿小声答一句：“侄儿谨记。”

拜完之后，少年们才小心退下，各自回房。

自始至终，人人恭肃，除脚步声外，再无其他声响。

朱安世只听说过儒家这“晨昏定省[1]”的礼法，初次亲眼目睹，而且

1 晨昏定省：《礼记·曲礼上》中记载：“凡为人子之礼，冬温而夏清，昏定而晨省。”为人子女的礼节，冬天让父母暖和，夏天让父母凉快；晚上（昏时：22点左右）服侍就寝，早上（晨时：5点左右）省视问安。

夜夜如此，看得心烦气闷，暗暗皱眉。再看驩儿，夹在孔家子弟中间，拘谨茫然，手足无措，像野林中一只雏鸟忽被关进了鸡圈。

朱安世怕拘困坏了驩儿，第一夜就想带他走。但又一想，自己野生野长，虽然痛快，却总非正道。驩儿性子安静，又是孔家嫡孙，这才是他该有的尊贵，过些日子，恐怕便会习惯了。

孔延年父子倒也没有薄待驩儿，驩儿的宿处与孔家其他子弟一样，都在后院一排房舍，一人一间。驩儿随着其他子弟一起走到后院，朱安世躲在暗影里悄悄跟行。几个少年各自进房，朱安世躲到驩儿屋后窗外偷望，见驩儿敲打火镰，点亮油灯。孔家虽是望族，但房舍器具并不奢华。屋子不大，只有一张床，一领席，一架书案，一个藤箱。床头摆着那只漆虎，案上只有灯台、笔墨和习字石板。

驩儿站在席子上，不断抬臂、低头、跪下、叩首，嘴里念着“祖父晨安”“孙儿谨记”之类的话，看来是在练习孔霸教他的各种礼。练到深夜，才停下来，从床头拿过那只漆虎，坐在灯下，让漆虎在案上奔跑翻跳。

前两夜，朱安世都没让驩儿知道，明早他就要动身离开，于是轻轻叩了叩窗户。

驩儿听到，猛地抬眼，目光闪亮，小声道：“朱叔叔？！”随即便爬起身，飞快跑到窗边。这时正是暑夏，窗户洞开，朱安世轻身翻跳进屋，驩儿一把将他抱住：“我就知道！”

“小声点，隔壁有人。”朱安世笑着轻轻“嘘”了一声，牵着驩儿，也没有脱鞋，一起坐到席子上。

驩儿一直睁大眼睛望着朱安世，目光闪动，兴奋异常。

朱安世笑着问：“你这两天过得如何？”

驩儿略一迟疑，随即道：“伯祖父、伯父待我都很好。”

“你那些堂兄弟有没有欺负你？”

“他们也都很好。”

“你愿意一直住在这里？”

驩儿又迟疑一下，随即点点头：“嗯。”

“实话？”

“实话。”

“嗯，这样我也就放心了。我明天就走了——”

驩儿黑亮的圆眼睛忽地暗下来。

朱安世笑着拍拍他的小肩膀：“我去寻续儿和他娘。找到之后，一定会来看你。你先在这里住着，如果不好，我就接你走。”

驩儿点点头，神情仍旧郁郁。

“我不能久留，被你伯父看到就不好了。”

“嗯。”驩儿咬着下唇，眼中泛出泪来。

朱安世也心中难舍，却只能笑着道：“你比我还懂事，我就不教你什么了。你要好好的，等我来看你。”

说着他站起身，驩儿也忙站起来，朱安世又笑着拍了拍驩儿的小肩膀：“我走了。”

驩儿点点头，勉强笑着，眼中泪珠却大滴滚落。

朱安世忙用手替他擦掉眼泪，尽力笑着：“好孩子，莫哭，我们又不是见不到了。朱叔叔走了，你要看顾好自己，平日多笑一笑——”

说着，朱安世也眼睛发热，不敢再留，转身翻出后窗，左右看看，漆黑无人，便轻步走到墙边，一纵身，翻上墙头。再回头，见驩儿瘦小身影立在窗前，正望着自己，背对灯影，虽看不清神情，却感觉得出孩子仍在流泪。

朱安世一阵难过，眼眶顿湿，他叹了口气，黑暗中，笑着朝驩儿摆摆手，拇指在唇髭上一划，随即转身跳下墙。

******

司马迁一步步登上台阶，慢慢走出蚕室[1]。

蚕室在地下，新受腐刑之人，要静养百日，稍受风寒，必将致命。因

1 蚕室：本指养蚕的处所，后引用为受宫刑的牢狱。《汉书》颜师古注：“凡养蚕者欲其温早成，故为蚕室，畜火以置之。而新腐刑亦有中风之患，须入密室，乃得以全，因呼为蚕室耳。”

此蚕室密不透风，常年煨着火，昼夜温热。出了蚕室门，一阵寒意扑面袭来，司马迁不禁打了个冷战。

小黄门引他出去，他一转头，见宫刑室的门半开着，行刑木台上，已经换了一张新布，四边用来固缚手脚的木桩上，铁环绳索空悬，旁边柜中摆满刀具盆盏。当日给他施刑的刑人正背对着门，在洗手，水声哗哗作响。

听到这声音，司马迁心顿时抽搐、身子簌簌发抖，猛然想起那对干瘦的手，那张阴沉的脸，那双漠然的眼，以及行刑那日，自己如同猪羊一般，被剥得赤条条，捆死在刑台之上，撕心裂肺、痛不欲生……

他的心中揪痛，不敢也不能再想，狠咬了一下舌尖，让自己痛醒，随即忙低头两步撞出门去。匆匆离了蚕室，走出大门。

眼前豁然敞开，只见大街之上行人往来，个个坦然自若，即便面带愁容，也绝无羞愧之色。只有他，身残形秽，就算有衣衫蔽体，也依旧无地自容。更何况，这三个月来，颔下胡须逐渐掉落，如今已经净光，这样一张溜光的脸，如同一个散着光芒的“耻”字，罩在脸上，引人注目耻笑。

他低头疾走，不敢看身边行人，一路上如贼一般，好不容易，才走到自家门前。他停住脚，怯怯抬眼，见家宅门庭依然，只是有些萧索，心中陡然涌起一阵凄怆。门扇虚掩着，他犹疑良久，始终不敢伸手推门。正在忐忑，门忽然打开，是卫真。

“主公？主公！主母！主公回来了！”

卫真瞪大了眼，惊呼起来，随即扑通跪倒在地，连连磕头，泪水奔涌：“主公终于回来了，终于回来了！主母这一年多日夜焦心，眼泪就没干过。我隔几天就去一次牢狱，可他们不让我探看主公，使尽钱财，说尽好话，也不让我进去见主公一面。主公要回来，他们竟也不说一声，好让我去接……”

司马迁呆立在门口，见卫真如此，心头一暖，泪水顿时滚落。

卫真忙擦掉眼泪，掩着哭腔，笑着自责：“该死，主公回来，天大的喜事，我怎么哭起来了？”说着忙站起来，紧紧扶住司马迁，搀着往里走，边走边连声念叨，“太好了！太好了！真是太好了……”

刚走进院中，柳夫人迎面赶出门来。司马迁顿时站住脚，见妻子容色憔悴，鬓边遍泛白霜，也是满眼泪水，惊愕莫名。

夫妻二人对视片刻，竟像是隔世重逢，悲欣惶惑。柳夫人忙用衣袖拭泪，抬脚赶过来，伸出了手，司马迁也伸出手，要去握，但随即心中羞惭，又遽然收了回去，垂下了头。柳夫人过来一把抓住他的手，哭道：“你总算回来了！”

司马迁虽然心中感激，却不敢直视妻子。

柳夫人仍紧紧抓着他的双手，流着泪道：“无论你怎么样，我都是你妻，你连我也要见外吗？何况，这事从头到尾你没有一丝一毫的错！你无辜入狱，吃了那么多苦，如今总算保住性命，回到了家，就该开开心心，不要再去想那些事。卫真在一旁，我也要直说，你我已经是老夫老妻，而且也早已有了子嗣。你受了刑，虽然是一场大难，但毕竟保住了一条性命。我原以为这辈子再也见不到你，如今你我夫妻能得团聚，我已经心怀感激，你也千万不要再多虑……”

司马迁一直低着头，默默听着，虽仍不敢直视妻子，手指却不由得微微伸开，小心握住妻子的手。

******

杜周苦思数日，却始终想不出良策。正当他焦躁不已，各地刺史回京述职，一个名字让他心中一动：扶卿。

扶卿是孔安国的弟子，据刘敢从常山郡得到的信报说，孔安国儿媳朱氏死前曾提及一部经书，要送到长安，交给兒宽。孔家的经书，自然应当是儒经，其中最贵重的，无疑是当年孔壁所现的古文经书。这些古文经书早已献入宫中，杜周一直有些好奇，升任御史大夫后，还特意找来石渠、天禄阁书目，查找过这些古经，但遍寻不到。他有些纳闷，但此事与己无关，便也没去细想深究。

现在看来，此事十分古怪：什么人敢从宫中盗走古书？而且连御史兰台书目都敢删改？御史大夫掌管国家图册典籍，几年间，兒宽、延广、王卿三任御史接连死去，难道与此事有关？

他细细思忖，天子以儒学选官取士，天下各派儒家，齐派最盛。齐学擅长随俗应变、创制新说，但遇到古文经书，不免气短。因此，齐学恨惧古文经书，是自然之理。

吕步舒师出董仲舒，又追随公孙弘，是当今齐学砥柱。他身任光禄勋，掌管内朝，恐怕也只有他能盗毁宫中古文经书。

但古文经书和孔家那遗孤又有什么关联？

吕步舒为何一定要杀死那小儿？

杜周猛然想起：在扶风时，那小儿吃饭前，嘴里念念有词，念完之后才肯吃东西。

难道他念的是孔壁古文经书？

定然如此，也只能如此！

孔安国弟子中，现在只有司马迁和扶卿两人。司马迁人虽在长安，但这一两年一直关押狱中，又刚受了宫刑，定然不会藏匿那小儿。扶卿为人胆小怕事，应该也不敢庇护那小儿，但或许会知道些音讯。

于是，杜周命书吏单独将扶卿叫进来。

扶卿进来刚刚叩拜罢，杜周劈头便问：“孔安国有个孙子还活着，你可知道？”

扶卿闻言猛地一颤，杜周见状，知道自己猜对，便冷眼直直逼视扶卿。

扶卿忙低下头，嗫嚅半晌，才道：“……知道。”

“这小儿现在哪里？”

扶卿满头渗汗，挣扎良久，低声道：“鲁县孔府。”

******

清晨，霞光照进鲁县客店的窗户。

朱安世才起身，就听见叩门声，开门一看，是韩嬉。

“我先走了——”韩嬉立在霞光中，浑身上下罩着红晕。

朱安世笑着问：“去长沙成亲？”

韩嬉笑而不答，仍注视着他，目光也如霞光一般迷离。

半晌，她才开口道："你不欠我的债了。"

朱安世一愣。

韩嬉浅浅一笑："你欠我那些债，我折成了一年的时日，要你陪我一年。到今天，前前后后，你陪了我一年多了，算起来我还赚了。"

朱安世不知道该说什么，只能勉强赔笑。

韩嬉倚着门框，转开目光，斜望着屋角，出了一会儿神，而后自言自语般悠悠道："有些东西，你如果心里真想要，就立刻去要，直接去要，不要绕一点弯——"

朱安世不知道她在说什么，见韩嬉望着半空，像是走了魂一样。

韩嬉继续轻声说着："我一直以为自己比其他女子都敢说敢要，可是碰到最好的东西，我却变成最蠢的一个。那年第一次见到你，你从门外走进来，第一眼就望向我，当时我并没有在意，所有男人走进那间屋子，第一眼望见的都一定是我。你坐下来后，我才开始留意你。其他男人都想方设法要和我多说一句话、多饮一杯酒，你却没有，你坐在最角落，一直没有走过来。刚开始，我只是纳闷，以为你并不喜欢我，可是我随即就发现，你其实一直在偷眼望我。我立刻明白：别人都只贪一时的欢乐，能得多少算多少。你却不一样，你要么不要，要么就全要，而且一要就要一辈子。我一直在找的就是这样一个人。可是，我傻就傻在这里，我没有直接要，而是绕着弯，想试试你，我故意和樊大哥亲热，和其他人说笑，想看看你会如何。谁知道，你竟走了。等我发觉自己错了时，你已经有了郦袖——唉……"

韩嬉转过头，望向朱安世，涩然一笑，神情寂寞，如绝壁上一棵孤零零的草。

朱安世惊愕万分，绝没料到竟是这样！更不知道能说什么、能做什么。

韩嬉又微微一笑，道："我只是想说一说，你听过就忘掉它。你我的账已经清了。我唯一后悔的是，当时在僰道，没料到后来还有这一大段时日，早知道，我就不那么心急了。"

朱安世不知道她在说什么，越发纳闷。

韩嬉仍笑着，目光流波："你知道那次我是怎么受的伤吗？"

"你不是说是绣衣刺客？"

韩嬉含笑摇头："在江州，我确实遇到了他们，他们也确实想捉我。不过，轻轻巧巧，就被我甩开了，他们根本没伤到我。"

"那是什么人伤的你？"

"没有谁，是我自己。"

朱安世瞪大了眼睛。

韩嬉仍淡淡笑着："当时我以为离开僰道，把驩儿送到长安，你就要走了，再就休想让你陪我。而且，我也想看看，如果我受了伤，你会怎么样。所以我找了个闲汉，花钱让他砍我。他以为我疯了，我又加了一倍的钱，给了他二两金子，他才下了手。不过，说起来也算值得，那两个多月，你服侍我服侍得很好，比我预料的要好得多。"

朱安世大张着嘴呆住，看着韩嬉若无其事的样子，只能以为她在说胡话。

"时候不早了，我该走了。你自己当心，路上少喝酒，早日找到妻儿——"

韩嬉笑着抿了抿嘴，最后望了朱安世一眼，随即转身出门而去，细碎的脚步声很快消失。

朱安世仍呆在原地，做梦一般。

忽然，门外韩嬉又露出半张脸，望着他笑道："对了，有件事忘了说了，那匣子我也不要了，你让郦袖留着吧。"

* * * * * *

妻子百般惜护，卫真诚心诚意。

司马迁心中羞耻愤恨才渐渐散去一些。

然而，更大的真相又重重将他击倒。

过了两天，柳夫人才小心道："今年年初，伍德夫妇一起悄悄走了，不知道去了哪里。"

“难怪我们私底下说的话，还有《论语》一事，吕步舒都知道得清清楚楚。竟是伍德泄的密！”司马迁既怒又悲，要骂却骂不出口，气闷良久，只能付之于一声长叹。

柳夫人又吞吞吐吐道：“还有……还有一件事。”

“什么？”

柳夫人面露难色，不敢启齿。

“究竟什么事？”

“你写的史书……”

“怎么了？！”

“那些书简全都……被抄检走了。”

“什么？！那些书简都埋在枣树下，又从没人知道……伍德？！”

柳夫人凄然点头：“伍德走后第二天，光禄寺的人忽然冲进门来，直奔到后院，到枣树下，把那些书简挖了出来，全都搬走了……”

司马迁顿时呆住，眼睛直瞪着，天地顿时漆黑。日夜辛劳、殚精竭虑，十年心血就这样毁于一旦。

他忍辱含垢、屈身受刑，也全是为了这部史记。然而，然而……

半晌，他胸口猛地一痛，喷出一口鲜血，随即一头栽倒，昏死过去。

# 第三十五章
# 淮南疑案

半个多月，司马迁才渐渐平复。

他方始明白：自己所获诬上之罪，并非仅仅由于李陵，更肇祸于古本《论语》及自己所写史记。

不幸中的万幸，汉家天子中，他只写了高祖、惠帝与文帝，景帝及当今天子这两父子本纪尚未敢落笔。否则，罪可诛九族，受十遭腐刑也活不得命。

事已至此，已无可奈何。书简虽然被抄没，文章却都大略记得，只得再度辛劳，将那半部重新写一遍，狱中打的腹稿，也得尽快抄录出来。

只是，一旦再被发觉，就再也休想活命。

他正在忧心不已，宫中黄门忽然前来宣诏："赐封司马迁为中书令，即刻进宫觐见！"

司马迁大惊：他从未听说过"中书令"这一官职，而且，自己乃刑余苟活之人，天子为何不褫夺旧职，反倒要封赐新职？

不容细想，他忙更衣冠戴，卫真驾车，急急进宫。

下了车，步入未央宫宫门时，司马迁感慨万千，他没有想到今生还能再次走进这宫门。一路上，门尉、官吏、宫人见到他，目光都似有些异样，司马迁一直低着头，加快脚步，不敢看任何人。尤其是见到黄门，心中立即刺痛。他不断默念"未央"二字，"未央"是尚未过半之意，源自《诗经·庭燎》："夜其何如？夜未央，庭燎之光。"当年萧何营建长乐、未央二宫，命名是寄寓"长久安乐、永无终止"。

而对司马迁来说，此后生途却真如漆黑之夜，远未过半，漫漫无止，不知何时才能终了。

进了前殿，他一眼看见天子斜靠在玉案后，近旁只有几个黄门躬身侍立，不见其他朝臣。天子在读一卷书简，殿中空荡寂静，只听得见竹简翻动的声响。

司马迁伏身叩拜。

天子抬起眼，慢悠悠道："你来了，身体可复原了？"声调温和，像是在问询小小风寒之症。

司马迁一听，如同一只兽爪在心间刮弄，一股怒火顿时腾起，几乎要站起身冲过去，夺一把剑刺死面前这人——这随意杀人、伤人、辱人、残人之人。

但是，他不能。

他只能强忍耻辱，低首垂目，小声答道："罪臣残躯，不敢劳圣上挂怀。"

"很好。你知道我在读什么？"

"罪臣不知。"

"你著的史记。"

司马迁大惊，忙抬起眼，望向天子手中那卷竹简，但隔得远，看不清。

"大胆，你竟敢将高祖写得如此不堪！"天子声音陡然升高，殿堂之内回声瓮响。

司马迁俯伏于地，不敢动，更不敢回言。

"不过，这篇《吕后本纪》很好，嗯，很好！"天子声气忽然缓和，放下竹简，脸上竟露出笑意，"想不到司马相如之后，又有个姓司马的能写出这等文章，而且比司马相如更敢言、更有见识。"

司马迁虽然吃惊，但并不意外：天子喜怒任意，且向来极爱文辞，也善褒奖才士能臣。

天子又道："我尤爱这篇《吕后本纪》，你不写惠帝本纪，却写吕后本纪，[1]用意很深。惠帝在位只有七年，虽为天子，却徒有其名，权力尽由吕后把持，吕氏外戚权倾朝野，几乎夺取我刘家天下。这教训后世断不能忘。”

司马迁没想到天子竟能看透自己写史的用意，不由得叹服，但也越发惊骇。

“我想了个新官职，叫中书令[2]，专门替我草拟传宣诏命、上奏封事。你既有这文笔见地，就由你来做吧。”

司马迁忙叩拜辞让：“罪臣刑余之人，不敢有玷朝廷。”

“不用多说，已经定了。还有，这半部史记你可以拿回去，继续写。景帝和我的《本纪》写好之后，我还要看。”

******

从东到西，从南到北，朱安世走了几千里路。

他寻遍了所有能想到的地方，却始终不见郦袖母子踪迹。

转眼间，过了一年多，他又找回到鲁地，心里记挂着驩儿，便奔去鲁县。到了孔府，只见门户轩昂，院宇深阔，比前次在夜里看的更加庄重气派。心想：果然是孔家，驩儿跟着我，哪里能住这等地方、享这等尊贵？

他向门吏报了自己姓名，门吏进去通报，过了半晌，出来道：“抱歉，我家主公出门访友去了。”

朱安世看门吏神色不对，疑道：“你整天看门，主人在不在家，还要进去通报了才知道？”

那门吏顿时沉下脸道：“我知不知道干你何事？告诉你了，主公不在家中，你走吧！”

---

1 《史记》中的“本纪”是帝王传记，西汉第二代皇帝是汉惠帝，但《史记》中并没有《惠帝本纪》，代之以《吕后本纪》。

2 《初学记·职官部》中记载：“中书令，汉武所置。出纳帝命，掌尚书奏事。”司马迁是历史上第一位中书令。《汉书·司马迁传》中记载：“迁既被刑之后，为中书令，尊宠任职。”

朱安世又道："我不是来见你主公，是来看望你主公的侄儿孔驩。"

那门吏鼻子一哼，道："这是孔府，岂是你想见谁就见谁？"

朱安世怒道："就是皇宫，我也想进就进！"

"你这盗马贼，我家主公施恩，才没叫官府来捉拿你，你竟敢这样撒野！"

那门吏回头大声叫唤，几个仆役从院中奔出，各个手执棍棒。

朱安世一见大怒，料定其中必有古怪，心中焦躁起来，便不再客气，一把拽住那门吏衣领，顺手一甩，将他摔到台阶下，随后抬步跨进门槛。那几个仆役见状，一起涌过来，挥棒就打。朱安世抬腿踢翻一个，挥拳打倒一个，又夺过一根木棒，连舞几棍，将余下的几个全都打翻在地。

他扔掉木棍，大步走进院中，一边走一边高声叫道："驩儿！驩儿！"

又有几个男女仆役奔出来，朱安世毫不理睬，继续走向正厅。那几人见他这般气势，都不敢靠近。刚到正厅，只见两个奴婢扶着一位老者迎了出来，那老者年过六旬，身穿儒服，须发皆白。

朱安世前次夜探时见过，便停住脚问道："你是孔延年？"

老者微微颔首："正是老朽。"

"我是来看驩儿的。"

"驩儿不在这里。"

"哦？他去了哪里？！"

"长安。"

"他去长安做什么？"

孔延年神色微变，面带愧色，犹豫片刻，才答道："御史大夫杜周传令，命我将驩儿送到长安——"

******

司马迁将史记书简搬回了家。

现在这些史简不必再掩藏，卫真乐呵呵地将它们一卷卷整齐排放在书架上，司马迁坐在一边，呆望着，心绪如潮。

命运如此翻覆，让他有些不知所措。升任中书令，于他非但不是喜事，倒像是嘲弄，就如打残一条狗，而后丢给它一块肉。狗或许会忘记旧痛，安享那块肉，但人呢？何况天子连丢给他两块肉，官位高升是一块，续写史记是另一块。纵使他不屑第一块，那第二块呢？

他觉得自己真如那条残狗，嗅望着地上的肉，怕鞭子棍棒，不敢去碰那肉，但腹中饥饿，又舍不得弃之离去。

柳夫人轻步走过来，司马迁忙假意展开一卷书看。柳夫人略停一停，注视了片刻，随后转身走到书架边，伸手轻抚那些史简，轻声感叹道："十年心血总算没有白费，终于又都回来了。谁能想到这半架书简，竟装着几千年古史。多少圣王暴君、贤良奸佞，全都成了白骨，化作了土，魂却全都聚在这些书简里。还有一半世事风云、豪杰英雄等着被收藏到这里。当今世上，读书写文的人无数，却唯有你能完成得了这桩伟业，我能为你之妻，替你碾墨洗笔，在万千女子中，也算无上之福了。"

司马迁知道妻子看破了自己的心事，在宽慰自己，暖意如春水般融化了他心底坚冰。而且妻子这番言语，绝不是泛泛空言，能完成史记，就算被残受辱，又算得了什么？

他长舒一口气，一年多来第一次露出点笑容，向妻子诚恳道："我知道了，我不会再自寻烦恼，定会完成史记！"

司马迁展开一卷空白竹简，挽袖执笔，蘸饱了墨，开始书写。

柳夫人走到案边，跪坐下来道："墨不够了，我来碾！"说着从墨盒中抓了一撮墨粒放到砚台中。

"主母，让我来！"卫真赶过来，拿起研石碾起墨粒，边碾边和柳夫人相视偷笑。

在狱中时，司马迁腹稿已经熟拟了不少，文句流水般涌泻而出。他已经很久没有这般畅快，聚精会神，下笔如飞，全然忘记了周遭一切。

然而当他写到淮南王刘安时，忽然停住笔。

柳夫人正提着壶轻手给他斟水，卫真也正忙着调墨，见他抬起头，两人都停住了手，一起望向他，却都不敢出声。

司马迁转头问卫真："你还记不记得淮南王刘安一事？"

卫真忙道："记得，那次回京的路上咱们提到过他。"

司马迁低头沉思片刻，淮南王档案在宫中，不过父亲或许会留下些评述，于是便起身到父亲藏书书柜前，找到元狩年间的记录，抽出一卷正要查看，卫真凑过来道："主公是找刘安的记录吗？去年我没事时，已经找过了，在这里——"他抽出另一卷，展开竹简，指着道，"我都查过了，只有这一句。"

司马迁一看，上面那句写着：

> 淮南王谋反，唯见雷被、伍被、刘建三人状辞，事可疑，惜无从察证。

卫真问道："这三个人是什么人？"

司马迁答道："雷被、伍被二人均是淮南王门客，当年刘安门客数千，其中有八位最具才华，号称'八公'，雷、伍二人都位列其中。后来，雷被触怒刘安太子刘迁，便赴京状告刘迁，天子下旨削夺了刘安两县封地。刘安心中不平，与伍被等人谋划反叛，谁知伍被又背弃刘安，告发反情。"

"刘建呢？"

"刘建是刘安之孙，其父是刘安长子，却不得宠，未能立得世子。刘建心中忌恨，便也赴京状告伯父刘迁。天子命吕步舒执斧钺，赴淮南查办，刘安畏罪自杀，王后、太子及数千人牵连被斩，淮南国从此灭除。"

"当年给刘安定的什么罪？"

"我记得是'阴结宾客，拊循百姓，为叛逆事'。[1]"

柳夫人纳闷道："刘安是否叛逆我不知道，但'阴结宾客'怎么也成了罪？不但这些诸侯王、满朝官员，就连民间豪族，只要稍有财力，都在

1 参见《史记·淮南王列传》。

召聚门客。像当今太子，天子还专门为他建博望苑，让他广结宾客。”

卫真问道：“‘拊循百姓’指什么？”

司马迁道：“‘拊循’是安抚惜护之意。”

柳夫人奇道：“这就更没道理了，刘安既然在一方为王，就该安抚惜护国中百姓，这居然也成了罪？记得小时候，经常听我父亲盛赞刘安，说他德才兼善、礼贤下士，为政又清俭仁慈，当时淮南国政和民安、百姓殷富，刘安也因此清誉远播。”

司马迁道：“他恐怕正是被这盛名所累。当时天子正在行‘推恩令’，就是要分割削弱诸侯实力。河间王刘德死后，诸侯王中，刘安声望最高，淮南国是天下学术中心，而且天子独尊儒术，刘安却奉行道家自然之法。他就算无罪，也不可能长存。我父亲说此事可疑，恐怕也是出于此。兒宽所留帛书上那句‘九江涌，天地黯’，指的定是淮南王刘安。”

柳夫人道：“哦？刘安也和古文《论语》有关联？”

司马迁道：“我在狱中时曾细想这事，刘安虽然尊奉道家，但并未否弃儒家，相反，他门下也有当时名儒。刘安和门客所著《淮南鸿烈》，虽言天道，但本于仁义，更言道‘民者，国之本也，国者，君之本也’，以民为本，而君为末，这等语句我只在《孟子》中读到过，孟子曾言‘民为贵，社稷次之，君为轻’。我想孟子、刘安这些语句恐怕正是源自古本《论语》。”

柳夫人叹道：“这种话，也正是当今天子最不愿听到的。”

司马迁道：“河间王刘德知道天子不愿他传习古经，但他爱书如命，知道自己子孙保不住这些古经，死前恐怕将古文《论语》等古书转托给了刘安。而当年到淮南查办此案的是张汤和吕步舒，刘安家中尽被抄没，这些古经也不知下落。”

柳夫人道：“这么说来，古文《论语》恐怕真的绝迹了。”

司马迁道：“兒宽帛书上还有两句密语，前一句‘鼎淮间，师道亡’，不知道该如何解释，但看来也是悲叹亡失之意，倒是最后一句‘啼婴处，文脉悬’，似乎还有一线生机。”

******

孔霸亲自将孔驩带到长安，献给杜周。[1]

杜周看那小儿站在孔霸身侧两步远，显然是有意隔开，手里紧握着一只木雕漆虎。小儿略高了一些，但极瘦，一双眼睛倒仍又黑又圆，只是神情变得孤冷，碰到杜周的目光，不但不避，反倒回逼过来，冷剑一般。

杜周微觉不快，转头问孔霸："什么人送他去的鲁县？"

"朱安世。"

"他背诵的是什么经书？"

"他不肯说，卑职也不知道。"

"孩子留下，你回去吧。"

杜周命人将孔驩押到后院看牢，自己独坐在书房，思忖下一步计策。他又重新查看当年案卷，孔安国满门亡故，被疑是儿媳朱氏施毒。当时廷尉下了通牒，缉捕朱氏。吕步舒却又暗中派遣刺客追杀朱氏母子。看来朱氏定是被诬陷，幕后主使应该正是吕步舒。不过，当年孔门一案天子便不介意，如今旧事重提，天子更不会挂怀。

天子最恨什么？

天子最不喜臣子有异议，他独尊儒术，吕步舒却不但盗毁宫中儒经，更毒杀孔子后裔，是公然违逆圣意，与儒为敌。

对，只有这一条才致命！

杜周盘算已定，仔细斟酌，写了一篇奏文，又反复默读，没有一字不妥，这才将奏文连同那片断锦封好，命人押了孔驩，进宫面圣。

******

司马迁升任中书令，时常陪侍在天子左右。

---

1 孔安国献书一般认为是汉景帝末年，《汉书·艺文志》却记为"武帝末……安国献之。遭巫蛊事，未列于学官"。荀悦《汉纪》认为"武帝时孔安国献之"，清代汉学家阎若璩怀疑"天汉后安国死已久，或其家子孙献之"。

他打定主意，只遵命行事，不多说一句话。虽然日日如履薄冰，但处处小心，倒也安然无事。

他抽空去了天禄阁，查到淮南王档案，发现天子在此事中迥异常态——

雷被状告刘安，公卿大臣奏请缉捕淮南王治罪，天子不许。

公卿大臣上奏刘安阻挠雷被从军击匈奴，应判弃市死罪，天子不许。

公卿大臣奏请废刘安王位，天子不许。

公卿大臣奏请削夺其五县封地，天子只诏令削夺二县。

刘建状告淮南王太子刘迁谋反，天子才命吕步舒与张汤赴淮南查案。

吕步舒拘捕刘迁，上奏天子，天子却令公孙弘与诸侯王商议。

诸侯王、列侯等四十三人认定刘安父子大逆不道，应诛杀不赦，天子却不许。

伍被又状告刘安谋反，天子派宗正赴淮南查验，刘安闻讯自刎。

司马迁无比诧异：天子登基四十余年来，多少王侯公卿只因一点小错，便被弃市灭族。刘安谋反，天大之罪，天子却居然容让至此！自始至终，宽大仁慈、处处施恩。

他又从头细读，着意看吕步舒查办此案经过，吕步舒持斧钺到淮南之后，依照“春秋大义”审问，独断专行，处斩数千人，遇事从不奏请，结案之后，才上奏天子，天子无不称是。

司马迁恍然大悟：当时天子正在逐步削夺各诸侯王权势，因怕诸侯抗拒，便假借“推恩”之令，允许诸王将封地分给子弟，如同令人分饼而食、碎石成沙。淮南王刘安威望素著，此时如果下诏诛杀刘安，诸侯必定人人自危、聚议兴乱。因此，他才以退为进，处处宽待刘安，将生杀之权尽交与大臣诸侯。实则借大臣王侯之力，步步紧逼，直至刘安被迫自杀。

这与当年河间王刘德之死，其实并无二致。

至于叛乱，即便刘安本无谋反之意，到后来为求自保，恐怕也会逼而欲反。只是反心才起，性命已丧。

天禄阁中本就寂静阴冷，想到此，司马迁更是寒从背起，不敢久留，匆忙离开。

* * * * * *

黄门介寇趁夜偷偷来到杜周府中。

杜周正坐在案前写字，见到介寇，心底一颤。

今早，他将孔驩带入宫中，等群臣散去，他独自留下，密奏天子，说查到有人盗窃宫中经籍，追杀孔子后人。

天子听了，并不如何在意，只问是谁。

他小心答说："吕步舒。"

"哦？"天子抬起眼，这才有些诧异，静默了片刻，随即沉声道，"奏本和那小儿留下，我要亲自查问。"

杜周只能躬身退下。

回来后，他心中一直忐忑，始终猜不透天子心意，忙使人传信给介寇，让他在宫中随时打探动静。

介寇进门跪下磕头，杜周停住笔，却不放下，虽然心中急切难耐，仍旧冷沉着脸问："如何？"

"大人走后，皇上立即召见了吕步舒。"

"哦？"

"皇上跟吕步舒说了什么，小人不知，不过皇上把那小儿交给了吕步舒，让他带走了。"

杜周闻言，顿时呆住。

嘴角中风了一般，不停抽搐。手里那支笔像着了魔，在竹简上一圈一圈用力涂抹。

介寇小声问："大人？"

杜周略回过神，咬着牙道："下去。"

介寇忙退出书房，杜周仍呆在那里，手抖个不停，攥着笔，不住乱画。咔的一声，笔杆竟被杵断，竹刺扎进手掌，一阵刺痛，他才醒过来——吕步舒是受天子指使！

孔安国将孔壁古经献入宫中，天子却不立博士，也未教传习。相反，齐派儒学大行其道。为何？

孔孟古儒，不慕权势富贵，不避天子诸侯，只讲道义，不通世故。孔壁古经，必定有许多言语不合天子之意。而齐派今文儒学，为谋私利，尽以天子喜好为旨归，阿附圣意，满嘴忠顺。虽同是儒经，天子当然厌古爱今，断不容古文儒经传播于世。

吕步舒盗毁宫中古经，是天子指使；吕步舒偷改兰台书目，是天子指使；吕步舒毒杀孔安国一家，是天子指使；吕步舒逼死延广、王卿，是天子指使；吕步舒追杀孔驩，是天子指使……若没有天子指使，吕步舒哪里有这胆量？哪敢如此肆无忌惮？

接下来，吕步舒要逼死我杜周，也将是天子指使。

杜周啊杜周，你名叫杜周，杜绝疏漏，事事周密，却居然没有察觉，这摆在眼前天大的祸端！

他取过帕子，慢慢擦掉手掌上的血，又缓缓卷起那卷被涂抹得一片乌黑的竹简，嘴角一咧，竟笑了起来。

这丝毫怨不得别人，他口中喃喃念起《论语》中那句“天作孽，犹可违；自作孽，不可活”。当年，你家中只有一匹病马，凑不齐一吊铜钱。到如今，你位列三公，子孙尊显，家产巨万。算起来，此生并未虚过。眼下，闯了这灭顶之祸，绝无生理。事已至此，只能替儿孙着想，将罪一人担起，不要遗祸亲族。

想到此，他起身到书柜边，从最内侧取出一个锦盒，打开锁，揭开盖，里面是一个小瓷瓶，七根胡须。

七根胡须是他这一生所犯的七桩错，他一根根拈起那七根胡须，一桩桩回想当年情景，不由得又笑起来。回味罢，才叹着气，用汗巾将它们包好，揣在怀中。而后，他展开一方白锦，另取了一支笔，饱蘸了墨，在上面写下一句话：

对外只说病死。

写完，搁下笔，他拿起那个瓷瓶，里面是鸩酒，已经存了多年。他拔开瓶塞，一股刺鼻之气冲出，幸好未干。

这时，书房外传来妻子和仆妇说笑的声音，杜周嘴角一扯，最后又笑了笑，一仰脖，饮下了鸩酒。[1]

******

未央宫，御书房。

司马迁支开小黄门，又抽取那些旧年锦书简册，一卷卷打开细看。

身任中书令，有一处便宜，可以查看历年大臣密奏。

许多密奏是大臣背着史官呈报给天子，因此司马迁原来无从知晓。现在所有奏书都由他掌管，其中有些便是密奏。这些密奏都收藏在御书房中，不曾销毁。

司马迁无事时便来御书房查看陈年密奏，越看越惊心，往昔诸多疑团豁然开朗，更有不少事情他从未料及。其中阴狠诡诈，让他寒毛倒竖，不敢再看，却又忍不住不看。

今天，他又展开一封锦书密函，见落款是吕步舒，随即一眼扫到“孔壁论语”四字！司马迁大惊，忙细读奏文：扶卿在临淮跟从孔安国学习孔壁《论语》，其中有诸多违逆之语，扶卿心中惧怕，上报给吕步舒。

看到密奏上有“临淮”二字，司马迁猛然醒悟：兒宽帛书中的“鼎淮间，师道亡”之“淮”正是临淮，而“鼎”字则是元鼎年[2]！

元鼎年间，孔安国正在临淮任太守！[3]

在任上时，孔安国全家男女老幼同日而亡。据当时刑狱勘查，孔安国全家是中毒而死。在点检尸首时，独少了孔安国的儿媳朱氏。因此，官府怀疑朱氏施毒，当年曾下了通牒，四处缉捕朱氏，后来却不了了之，再无下文。

司马迁当年听闻这噩耗，曾痛惜不已。此刻却不免心中起疑，再一看

1 《汉书·武帝纪》中记载，（太始）二年，御史大夫杜周卒。

2 元鼎：汉武帝的第五个年号，公元前116—前111年。

3 孔安国生卒年至今不详，众说纷纭。《史记》载其官至临淮太守，据《汉书·地理志》，临淮郡初置于汉武帝元狩六年（公元前117年），因此有一种观点认为孔安国卒于元鼎年间，本文从此说。

扶卿那封密奏落款日期，与孔安国过世竟是同一年！

他心中一寒：这定然不是巧合！

兒宽是孔安国弟子，经书中所写“鼎淮间，师道亡”正是在说这一隐情。看来孔安国合家猝死绝非由于一个不贞妇人，恐怕另有原因，而幕后指使可能正是吕步舒！吕步舒这样做，定是因为得了扶卿密报，杀人毁书，断绝孔安国家人继续传授孔壁《论语》！

* * * * * *

朱安世马不停蹄赶往长安。

起先，他还唾骂孔延年父子，骂累之后，猛地想起一件事：去年，在赶往鲁县的路上，驩儿讲起自己经历，朱安世曾问他是否到过鲁县伯父家，连问了两遍，驩儿才说没有。

驩儿当时在说谎！他到过鲁县、见过伯祖伯父！

朱安世猛地勒住马，张着嘴，瞪着眼，眼珠几乎鼓出眼眶，手里紧攥的皮缰绳吱吱绞响。

我当时的猜测是对的！孔延年是驩儿亲伯祖父，驩儿母亲当年逃亡，要投奔的第一个地方便该是鲁县孔府。他母亲逃离临淮后一路北上，从琅琊过泰山，不正是想去鲁县！驩儿母亲一定是到了孔府，孔延年父子因为惧祸，不愿接纳，驩儿母亲不得已，才又逃往常山。

这孩子！他一定是听扶卿说跟着我会让我罪上加罪，不愿意拖累我，所以才说谎！

朱安世悔恨欲死，现在驩儿生死未知，就算活着，也免不了苦楚折磨。他再顾不上疼惜马儿，狠狠挥鞭，拼命疾赶。

到了长安，他绕到西北面的横门。横门距西市最近，进出城的人最多。朱安世下了马，挨着几个客商，低下头，避开门吏，混进城，赶往樊仲子家。

# 第三十六章
# 孔氏遗孤

司马迁将孔安国灭门一事告诉柳夫人和卫真，二人都惊骇不已。

三人正在感慨，忽听到有人敲门，卫真忙出去看。

门外一个苍老的声音问："小哥，我来求见司马迁大人，能不能请他到我家里去一趟？"

"你是什么人？要我主公去你家做什么？"

司马迁和柳夫人听到，一起站到屋门边去看，暮色中，门外站着一位老者，衣着简朴，神色局促。

"我家有个人快死了，他想见司马迁大人。"

"什么人？"

"他名叫简卿，是我的侄儿。"

司马迁忙趿鞋出去，走到院门前："是兒宽的弟子简卿？"

"是。"

"他快死了？"

"是，他得了重病，恐怕挨不过今晚。他说有件事一定要托付司马迁大人。"

"好！我们马上去。"

司马迁忙命卫真驾车，载着老人，让他指路，一起赶到城北民宅区，穿过几条巷子，来到一座小院落前。

这时天已昏黑，老人引着司马迁推门进去，走入堂屋，点了盏油灯，擎灯照路，带司马迁进到旁边内房。房里除了一床一柜外，别无他物。老人举灯照向床头，旧被子下，露出一张脸，面色蜡黄，双眼紧闭，喘息急促。若不仔细辨认，根本认不出是简卿。

老人凑近唤道："卿儿，司马迁大人来了。"

连唤了几声，简卿才睁开眼。

司马迁忙走到床边，轻声道："简卿，是我，司马迁。"

"司马先生，谢谢你能来，"简卿尽力露出一丝笑容，气喘吁吁，断断续续道，"除了你，我再想不到可以信谁……老师留给我的遗命，我已无力完成，只好向司马先生求助，还望……"

司马迁忙道："是不是关于孔壁《论语》？"

"是……你怎么知道？"

"兒宽留给延广一封帛书，延广临死前，又传给了我。"

"这样就再好不过……老师临终时接到一封信，是他的故友……说救了孔安国的孙子，要送到长安……让老师庇护……"

"孔安国的孙子？"司马迁立即想到帛书上最后一句"啼婴处，文脉悬"。

"那孩子名叫孔驩，会背诵孔壁《论语》……我在长安等了几年，却没等到……"

"你要我做什么？"

"设法找到那孩子，否则……"

"好！我定会尽力而为！"

"从道不从君，从义不从父……"

"什么？"

"这是孔壁《论语》中的一句……一定找到那孩……"

简卿呼吸陡然急促，身子拼力一挣，喉咙中发出一声怪响，随即大张着嘴，不再动弹。

"卿儿！"老人大叫着去摇动他，简卿却纹丝不动。

司马迁伸手探了探简卿的鼻息，黯然道："他已经去了。"

* * * * * *

朱安世混入长安，避开眼目，来到樊仲子后院小巷，轻轻敲门。

正巧樊仲子亲自来开门，见到他，忙一把扯进去，关好门，才哈哈笑道："嬉娘说你过一阵子一定会来，没想到你今天就到了。"

"韩嬉也来了？"

"她到了有几天了。"

"樊大哥，我是为驩儿来的。"

"我知道，嬉娘也是为那孩子来的。十几天前，她去鲁县探望那孩子，却发现孩子已经不在孔府，她暗地里打听，才知道孩子已被送往长安，她急忙追了过来。"

"是杜周。"

"嗯。杜周两天前刚死了。"

"死了？怎么死的？"

"据他家人说是得了暴病。但我觉得此事可疑。"

"樊哥哥也会贪功啦？"门边忽然响起一个女子清亮的声音，是韩嬉。

朱安世忙站起身，见韩嬉衣衫翠绿，如嫩柳枝一般走了进来。

樊仲子笑道："哈哈，想偷抢一次功劳，偏偏被你逮到。杜周的死因，是嬉娘先起疑的。"

韩嬉一眼看见朱安世，顿时收起笑容，只浅浅含笑，轻声道："你来了。"

想起前次临别时她所说的那些话，朱安世有些手足无措，但又感念她先于自己为驩儿奔走，便点点头，诚恳一笑。

三人落座，韩嬉和樊仲子又说笑了几句，但目光不时投向朱安世，朱安世赔着笑，始终不太敢与她对视。心里又挂念着驩儿，有些坐立不安。

"说正题吧——"韩嬉似乎体察到他的心意，收起笑，坐正了身子，"杜周是饮鸩自杀，我从他家一个老仆妇那里探到，杜周尸身衣服抓得稀烂，全身乌青，脑壳裂开，脑浆迸了一地。"

樊仲子咋舌道："他升了御史大夫才三年，正风光，为什么要自杀？"

韩嬉道："我怀疑与驩儿有关，他才将驩儿送入宫中——"

"驩儿被送入宫中？！"朱安世失声叫道。

韩嬉点点头，望着朱安世，满眼歉疚、疼惜。

樊仲子忙道："刚才正要告诉你这件事，嬉娘正是为这事四处打探。"

朱安世低下头，心中越发焦躁担忧。

驩儿如果在杜周府宅中，要救还不算太难，此番囚在宫中，事情就极难办了。

他静默半晌，心中浮起一串疑问，于是抬头问道："追杀驩儿的是光禄寺的人，杜周似乎并未染指，而且他曾在扶风盘问过驩儿，看来并不知情，他为何要捉拿驩儿？又为何要送入宫中？是送到光禄寺？还是直接交给刘老彘？难道刘老彘也知道驩儿的事？如果知道，刘老彘该奖赏杜周才对，杜周为何要自杀？"

韩嬉轻叹一声，道："这些事情我还没打问清楚。不过刚刚探听到一件事，杜周临死那夜，宫里有个黄门去过他府上，那黄门才走，杜周就死了。"

朱安世问道："难道是刘老彘派那黄门赐的毒酒？"

韩嬉摇摇头："不是，那黄门名叫介寇，是天子近侍苏文手下。原先犯了事，曾落到杜周手里，杜周饶了他。他去见杜周是私会，并没有赐酒宣诏。"

樊仲子道："这么说来，他是杜周埋在宫中的暗线，他见杜周，应当是去通风报信，不知道他说了什么，杜周正是为此自杀。"

朱安世恨道："这些臭狗无论做什么事，无非为了两点，或者邀功求荣，或者铲除政敌。"

韩嬉点头道："看来杜周查出了驩儿的隐情，借这桩事，既可以打压吕步舒，又能立功，所以才从孔府逼要驩儿，当作罪证，用来弹劾吕步舒。吕步舒却反戈一击，倒把杜周逼到死路。"

朱安世愁道："这样一来，事情就棘手了。"

樊仲子问道："哦？为什么？"

朱安世担忧道："不管刘老彘之前知不知道驩儿的事，现在一定是知道了。去年我们曾议论过，驩儿所背那部古书对刘老彘不利，他一旦知道，一定会毁掉——"

樊仲子叫道："那不是书，是个活生生的孩子！"

朱安世心乱无比，但尽力沉住气道："驩儿命在旦夕，当务之急，必须得尽快查出驩儿被囚在哪里。"

韩嬉歉然道："我这两天就是在四处打听驩儿的下落，杜周把驩儿送进宫中，没有带出来，现在应该是被囚在宫里，但到底在何处，我还没打探到。不过，我怀疑有一个人应该知道——"

朱安世沉声道："吕步舒。"

* * * * * *

司马迁原以为古本《论语》已经绝迹于世，如今，兒宽帛书密语全都解开，孔安国尚有后嗣侥幸存活，而孔壁《论语》竟藏于一个小小孩童心中，让人既喜且忧。

柳夫人听了，叹息良久："不知道这孩子现在哪里？"

司马迁叹道："兒宽得信到现在，已经五六年，那孩子是否还活着，都未可知。"

正说着，卫真回来了。

司马迁忙问："事情料理得如何？"

卫真答道："买了副中等棺椁，简卿尸身也帮着那老丈装殓好了，我又照主公吩咐，雇了个可靠的人，送简卿灵柩回乡安葬。那人已经启程出城了。"

司马迁点点头，叹惋道："简卿不负师命，这几年一直在长安守候，最终客死长安，实在令人生敬。"

卫真道："他临死说的那句话是什么意思？"

司马迁道："从道不从君，从义不从父——据简卿说，这是孔壁《论语》中的一句话。我记得似曾见过这句话，特意去天禄阁翻检了一番，果然在荀子的一篇残卷中找到了，荀子就曾引述过这句话，的确是出自先秦《论语》。[1]”

卫真喜道：“荀子是战国大儒，他引用的《论语》必定不假。”

司马迁点头道：“这话我们以前也曾谈及，只是没说得如此透彻。道义如同大路，人遵之而行，才是正途。如今却倒转过来，只看人，不看路。不管君父走的是正途还是歧路，臣子都唯命是从，全然不敢分辩是非对错，却不知，道义为重，君父为轻。董仲舒当年曾对我言：孔子知言之不用，道之不行，才愤而著《春秋》，‘贬天子，退诸侯，讨大夫，以达王事’[2]。孔子既然能在《春秋》中‘贬天子’，《论语》中便也应该有这等语句。”

卫真吐了吐舌头：“若我是天子，听了这些话，怕也会毁掉古文《论语》。”

司马迁叹道：“在狱中，我才想起一件事，想当初，文帝崇尚黄老之学，却还设有《论语》《孟子》博士，[3]到了本朝，天子独兴儒学，却废去这两经博士。”

卫真问道：“为什么连孟子也要废去呢？”

司马迁道：“孟子刚正敢言，曾言‘民为贵，社稷次之，君为轻’，更说汤武以臣的身份诛杀桀纣，并非篡逆弑君，而是依仁据义，诛杀暴虐独夫。孟子此论正合于‘从道不从君’之理。”

卫真叹道：“荀子更难得听人提及。”

柳夫人道：“若把儒学比作一间屋子，孔子、孟子、荀子便是这屋子

---

1 《荀子·子道篇》中说：“《传》曰：‘从道不从君，从义不从父。’”《传》在战国秦汉一般指《论语》，司马迁在《史记》多处引文中就将《论语》称为“传”。

2 《史记·太史公自序》中说：“孔子知言之不用，道之不行也，是非二百四十二年之中，以为天下仪表，贬天子，退诸侯，讨大夫，以达王事而已矣。”东汉班固在《汉书》中转引此段，但删除了“贬天子”。

3 东汉赵岐《孟子题辞》：“孝文皇帝欲广游学之路，《论语》《孝经》《孟子》《尔雅》皆置博士，后罢传记博士，独立五经而已。”

的正主，有他们在，谁敢胡说？只有把他们赶走了，当今的儒生才好放开手脚、胡作非为。”

司马迁道：“我担心的正是这一点，就算天子不毁古文《论语》，朝中得势官吏也都除之才能后快。如今，唯一留存孔壁《论语》的又是一个孩童……”

卫真道：“那夜在石渠阁秘道中，我偷听到暴胜之和吕步舒对话，说要除掉扶风城里的一个孩子，难道那孩子就是孔安国的孙子孔驩？”

司马迁道：“当时那孩子在扶风闹得满城风雨，到处传说他是个妖童，后来不知所终，据说是被盗汗血马的朱安世救走。任安赴蜀地之前，曾说朱安世也许会去成都。至今再没有听到消息，但愿朱安世能带那孩子安然脱险。我这就写封信给任安打问一下。”

卫真道：“不如我再去那秘道探听一次，说不准能知道那孩子的下落。”

柳夫人忙道：“再不许去！你们偷入秘道后，多次说起，伍德恐怕也听到了，说不准已经密报给吕步舒了。”

卫真想了想道：“我们好像没在伍德面前谈起过这事。”

柳夫人急道：“不管伍德知不知道，那秘道都不许再去！”

* * * * * *

朱安世悄悄溜到一带高墙下，见左右无人，纵身翻过墙去。

这里是吕步舒府邸后院，时过午夜，院里漆黑寂静。之前，韩嬉已经打探清楚吕步舒宅中格局，朱安世轻步潜行，穿过花径，绕过一排仆役房舍，来到府邸中间的院落，吕步舒的寝处就在正房。

朱安世来到窗下，轻轻撬开窗户，翻身跳进房中。伏在墙角，就着微弱的月光，张眼细看，见左侧有张床，床上传来女子呼吸声，轻细绵长，睡得很熟，应该是婢女。对面墙上一扇门，紧闭着，这房间分内外两室，吕步舒应该是在内室安歇。

朱安世蹑足走过去，伸手轻推，门没有闩，应手开启，发出吱呀一声。他忙停手屏息，房内依然寂静，没人察觉，他这才又轻轻推开一道缝，伸手扳紧门扇边缘，慢慢打开，门枢虽仍有声响，但极轻。

走进去后，朱安世轻手将门关好。内室更加漆黑，他稍待片刻，眼睛渐渐能够辨物，依稀看见床在正对面，便伸手拔出匕首，轻步走到床边，隔着帐子侧耳细听。里面有两个人的气息，一粗一细，细的应是女子，睡在床外侧。粗的自然是吕步舒。

朱安世伸手掀开帐子，倒转匕首，循着声音，对准那女子的脖颈，迅力一击，那女子应手昏死过去。朱安世爬上床，凑近一看，吕步舒微张着嘴，睡得正沉。朱安世一腾身，坐压住吕步舒胸口，同时伸出左手，一把捂住他的嘴，右手匕首逼住他的喉部。

吕步舒猛地惊醒，扭动身子，手足乱挣。

“别乱动，不许喊！”

吕步舒顿时停住。

“孔驩现在哪里？”朱安世右手用匕首抵紧吕步舒咽喉，同时松开左手。

吕步舒闻言，身子忽然松弛，低声问道：“你是朱安世？”

朱安世一惊，但无暇多想，继续问道：“快说，孔驩在哪里？”

“我料定你要来。那小儿在建章宫，囚在太液池渐台之上。”

吕步舒声音阴沉、傲慢，朱安世听得心里发瘆，几乎一刀割断他的喉咙，但随即想到救驩儿要紧，不能再惹麻烦，便一肘将吕步舒击晕。

* * * * * *

办完宫中差事，司马迁又来到石渠阁。

卫真早上就得了吩咐，已经在阁外等候，两人一起走进阁中。

司马迁现在身份不同，书监段建忙出来侍候，无比殷勤小心。司马迁素来不喜这等逢迎，便要过他手中灯盏，命他将书柜钥匙交给卫真，让他先退下。段建再三躬身致礼后，才轻步离去。

司马迁是来查询孟子、荀子档案，看看能否再多找出些古文《论语》

的遗文。走过星历书柜时，他不由得望向那个藏有秘道的铜柜，转头一看，卫真也正看着那里。想起妻子的告诫，司马迁咳嗽一声，继续前行，走到儒学一列，卫真也忙跟了过来。找到所需书简后，卫真将它们抱到案上，安放好灯盏。

司马迁坐下来，展卷细读。

良久，读得肩颈酸痛，便抬起头舒展腰身，却忽然发觉卫真不在身边。左右一望，均不见人影，连唤几声，也不见答应。倒是段建从外面颠颠赶进来，小心问道："中书大人，有何吩咐？"

司马迁忙道："哦，不是唤你，我是在唤卫真，他拿错了书，刚去换了。你还是下去吧，有事我会让卫真去唤你。"

段建忙躬身答应着，斜眼向书柜那边望了望，似乎起疑，但随即转身离开。

等段建出了书库后，司马迁才起身走向星历书柜，幽暗中，果然见秦宫星历书柜门环上，锁头斜挂，显然已被打开。他忙走过去，拉开门一看，里面是空的，只有一串钥匙落在书柜角落。

卫真偷偷下了秘道！

司马迁又气又急，却无可奈何，在柜边守了一会儿，又怕段建回来，便取出那串钥匙，到书案边，另点了一盏灯，走过去放到儒学书柜上，而后才回坐在案边，装作读书，但哪里能读得进一个字？

半个时辰，一个时辰，始终听不见声响。

这时，已过酉时，司马迁腹中饥饿，虚汗直冒，却只能继续等。

过了半晌，段建和一个小黄门一起走进来，小黄门手里端着一个食盒。段建躬身道："已经过了晚饭时辰，卑职怕大人饥饿，就自作主张，备了些酒饭。"

司马迁沉住气道："有劳你了，放下吧，我这里有卫真，不用你们侍候，你也该去用饭了。"

小黄门放下食盒，段建往儒学书柜处的灯光望了一眼，躬身行礼，便带着小黄门一起出去了。

又过了一个多时辰，仍不见卫真回来。

四下漆黑，书库中只有远近两盏灯光遥遥相映。

司马迁心急如焚，不停跑到那个书柜边，探头进去倾听，却始终毫无声息，只听得到自己的呼吸声和肠胃阵阵蠕动声。

实在忍无可忍，他蹑足走到书库门边，偷眼窥探外面，见段建寝室窗上映着灯光，但看不到影动，也听不到人声，想来是睡着了。于是他壮着胆子走到那个铜柜前，在黑暗中摸索着，拉开底面的铜板，小心爬进去，踩着梯子，一步步摸下去，到了洞底，越发漆黑，如同跌进一口墨井。

司马迁伸手慢慢探着，寻找洞口，然而，一圈摸过来，周边都是硬壁，哪里有什么通道！

他顿时惊出一身冷汗，心咚咚狂跳。挨次又上下探摸了一圈，这洞里的确没有通道口！

只是，洞中其他地方都是土壁，只有一面，触手之处，像是木板。

漆黑中，难知究竟，他忙爬上梯子，钻出铜柜，刚站起身要走，脚下一绊，扑倒在地。他顾不得痛，慌忙爬起来，奔到案边取了灯盏，侧耳一听，书库外仍无动静。这时也管不得许多，擎着灯，赶回书柜，又钻进去爬下梯子。

擎灯一照，洞里真的没有通道，只是有一面洞壁上，是一块木板，六尺多高，两尺多宽。仔细一照，木板四周有缝，边缘是个木框，原来是一扇门！他忙用力推，门从里面闩住了，只略略有些翕动，根本推不开。

难道是卫真闩的门？

卫真为什么要闩门？

如果不是卫真，是谁闩的门？

司马迁越想越怕，浑身陡生寒栗。

他呆了半晌，无计可施，又怕段建察觉，只得重新爬上去，掩起柜门，回到书案边，继续等候。

然而，直到天亮，卫真也没有回来。

天子早朝要议事，司马迁只得锁住那个铜柜，先去前殿应卯。直到中午，他才得空，又急急赶回石渠阁，支走段建，打开柜门，掀起铜板，卫真不在下面。他忙又爬下去探看，那扇木门仍紧紧关闭，推不开。敲击，里面也没有应答。

接连几天，司马迁不断回到石渠阁，却始终不见卫真。他心急如焚，整日坐卧不安，却又无计可施。

卫真啊卫真，你究竟去了哪里？到底发生了什么？

# 第三十七章
# **太液铜莲**

郭公仲大声嚷道："不……不……成！"

他刚从茂陵赶过来，听朱安世说要去建章宫救驩儿，顿时直起身子，顾不得结巴，连声劝阻。

樊仲子也道："吕步舒那老枭肯告诉你驩儿的下落，是张开网子，就等你自己去投！"

朱安世却已定下主意，沉声道："他当时若不说，就得死。"

韩嬉也满眼忧色，轻声道："按理说，吕步舒今天该满长安搜捕你，可现在街上一点动静都看不到。"

樊仲子劝道："的确太冒险，那建章宫，千门万户，骑着马疾驰，一天才能游遍。太液池名虽为池，其实极广，有数百亩，纵横都有三四里，那渐台建在湖心，只能坐船过去。而且驩儿也未必真关在那里。"

朱安世盯着手中的酒盏，静默片刻，才道："这事倘若我不知道，也就罢了。既然驩儿还活着，又知道囚在哪里，我怎么可能坐视不管？"说着举盏仰脖，一口灌下。

其他三人均不好再说，屋内顿时安静下来。

良久，韩嬉忽然道："好，我跟你一起去！"

郭公仲也嚷道："我！"

樊仲子跟着道："我也去！"

朱安世忙道：“你们这番情义，朱安世粉身难报。但私闯皇宫，是灭族之罪，这事由我而起，也该由我一个人去了账。”

樊仲子哈哈笑起来：“这些年，你为我们做的犯险杀头的事难道少了？再说，就算不为你，单为那孩子，我们也该出手，我生平最见不得这种凌虐孩童的事！”

郭仲子叫道：“对！”

韩嬉笑道：“这事大家都有份儿，谁都别想躲。不过，就这样莽莽撞撞冲进去，非但救不了驩儿，自己的性命也要白白送掉。这事得好好安排一下。”

朱安世见三人如此慷慨，心头滚热：“朱安世能有你们几位朋友，此生大幸，死而无憾。既然如此，我就不再推辞。现在驩儿命在旦夕，事情紧急，拖延不得。嬉娘说得对，不能莽撞乱闯，这事我已大致想好，现在既然有了帮手，就分派一下差事——”

樊仲子道：“好，你安排，我们听命行事。”

朱安世笑了笑，道：“你们听听看有什么不妥的地方。首先，得清楚建章宫里的地形，樊大哥，你门路最宽，这事得你来做。”

樊仲子笑道：“这个容易！我认得一个当年修建章宫的工匠头。不过，这算不得事，我闲散了几年，你得给我个要紧事做做。”

朱安世道：“你在宫外照应，给我们安排退路。”

樊仲子气道：“让我坐等？这算什么事？”

韩嬉笑道：“这个最要紧，一旦救出驩儿，整个京畿必定会紧追严搜。若不安排好退路，就算救出驩儿，也是白辛苦。再说你身体肥胖，连墙头都爬不上去，跟着也是累赘。”

樊仲子哈哈笑道：“就听你们的！我保管大家安全离开长安就是！”

朱安世又对郭公仲道：“渐台在太液池中央，只能游水过去，郭大哥，你水性不好，不能去。”

郭公仲瞪眼嚷道：“我……做……做……”

朱安世道：“皇宫比不得其他地方，禁卫森严，轻易进不去。你身手快，就替我们引开宫卫，等我们要出来时，再设法引开追兵，帮我们逃出宫。”

韩嬉道：“这事也极关键，不然进不去，也出不来。”

郭公仲点头道：“成！”

朱安世又道：“我和嬉娘去太液池救驩儿，到时候，由我引开渐台上禁卫，嬉娘带驩儿出来。”

韩嬉道：“好！”

樊仲子忽然笑起来：“哈哈，说了这些，原来是把我和老郭两人支开，你们两个好去游湖。”

朱安世一听，顿时涨红了脸，韩嬉也脸色微红，一拳打向樊仲子肩头，笑骂道：“樊坛子！”

******

司马迁刚走进建章前殿，一个小黄门迎了上来：“天子在凉风台，召中书令前去。”

司马迁听了，便让小黄门引路，下了建章前殿，绕过奇华、承华二殿，来到婆娑宫后，见前面有一座阙门。这门贯通建章宫南北两区：南为宫区，有殿宇二十六座；北为苑区，有太液池、凉风台。

出了阙门，眼界顿开：左边太液池，清波浩渺、山影苍碧；右边凉风台，巍然高耸、檐接流云，其上传来鼓乐之声。司马迁抬头仰望，隐隐见凉风台上舞影翩跹，天子正在观赏乐舞。

来到凉风台下，司马迁拾阶而上，天子近侍苏文正走下来，见到他，奇道：“中书大人？你来做什么？皇上今天并没有召你啊。”

司马迁一愣，回头看那传诏引路的小黄门，却见那小黄门已经转身走远。莫非是传错了？他只得转身，原路返回，纳闷之余，倒也心中暗喜，每次面见天子，他都局促不安。今日又多出一天空闲，正好回家写史。

要到阙门时，忽见一个黄门提着一个食盒走出门来，身形步态极其熟稔，司马迁心中一震，忙仔细一瞧：卫真！

司马迁心头剧跳，猛地站住，再走不动。卫真一抬眼，也看到了他，也是身子一颤，停住脚，呆在那里。

两人相隔几十步，却像隔了几十年。

半晌，卫真才慢慢走过来，步履畏怯，像是在怕什么。等走近些，司马迁才看清，卫真唇上颔下原本有些髭须，现在却光溜溜一根都不见。

“卫真？”司马迁恍如遭到电掣。

卫真畏畏缩缩走到近前，低着头，始终不敢抬眼。

“卫真，你？”司马迁心抽痛起来。

卫真仍低着头，身子颤抖，眼中落下大滴泪珠，砸在靴面上。

“卫真，你这是怎么了？”

司马迁伸出手要去揽，卫真却往后一缩，忽然跪倒在地，放下食盒，重重磕了三个头，而后抓起食盒，埋着头，从司马迁身侧匆忙疾步走过。司马迁忙回转身，见卫真提着食盒，急急向前走去，一直走到太液池边，渐渐消失在水岸树影深处。

过了许久，太液池上出现一只小船，划向水中央，船上一人划桨，一人站立，人影隐约，看不清那站立的是不是卫真。

******

樊仲子在长安城外、建章宫西有一处田庄。

朱安世四人早早赶出城去，避开眼目，分头进庄。

樊仲子已找来建章宫地图，四人展开那地图，仔细商讨进宫计策。

天黑后，四人各自去换夜行衣，韩嬉最后换好，从内室出来，只见她全身黑色，窄袖、紧腰、束腿、黑靴，再加上一头乌鬟，如一株墨菊，越发显得俊俏秀逸。樊仲子连声赞叹，郭公仲高声叫好，朱安世也眼前一亮、心中暗赞。

四人牵马出庄，马蹄均已用羊皮羊毛包裹，行走无声。今夜正巧天有乌云，月暗星稀，四野昏黑。四人乘着夜色来到建章宫西北侧，郭公仲按约定先下马，说了声“石鱼”，转身疾步走向宫墙。

朱安世三人继续北行了一小段路后，也下了马，墙内便是太液池，距渐台最近。樊仲子将四匹马的缰绳挽在一起，低声嘱咐一声“小心”，随后牵马隐入旁边树丛中。

朱安世向上张望，墙头每隔几十步便有一个卫卒挑灯执械，来回巡守。静待片刻，墙头忽然传来呼叫声，灯光纷纷向南移动，自然是郭公仲在南头故意暴露了行迹。

“好，走！”朱安世低声说着，疾步奔至墙角，韩嬉随后跟来。两人各自取出绳钩，用力向上一抛，钩定后，一起攥紧绳子，蹬墙向上攀行，朱安世才到墙顶，韩嬉也已到达。朱安世这是第一次见韩嬉做这些事，暗暗惊叹。两人攀在墙边，收好绳钩，向内偷望。只见附近宫卫都急急向南赶过去，不远处一个尉官大声叫嚷，喝令其他宫卫补好空缺。乘近前留下空当，两人迅即翻身越过墙堞，跳下行道，几步急行，又越过对面墙堞，钩住墙砖，溜下宫墙。

脚底是一片草丛，眼前不远处一条甬道，甬道外一片浓黑。仍是几十步一个宫卫挑灯巡守，另有一队宫卫急急向南赶去。

朱安世、韩嬉伏在草中，等近前那个宫卫走开，急忙蹑足前奔，穿过草野，走了不多远，脚下开始松软，到了水边沙地，两人放轻脚步，向前慢行，脚下渐渐湿滑，草也多起来，已到了水边。两人轻步探入水中，才走了十几步，忽然碰到一团团毛茸湿滑的东西。

随即，一阵惊鸣声，震耳骇心！

是水鸟！不知有多少只，纷纷扑腾惊飞，朱安世和韩嬉慌忙俯身趴下来。

附近那个宫卫立即提灯赶过来，不远处几个也先后奔来，一起向这边觑望。两人低伏身子，丝毫不敢动。幸而那些鸟渐渐飞落，咕咕鸣叫扑腾一阵，重又安静下来。那几个宫卫张望半晌，见无异常，才回身又去甬道上巡查。

月亮透出乌云，微洒了些光下来，朱安世睁大眼睛尽力张望，隐约辨出前面一片浅草湾地，是禽鸟栖息之所，水面黑压压伏满了水鸟。左边一片水面水鸟要少很多。于是他以手语示意韩嬉，随后慢慢站起身，低弯着腰，小心避开水鸟，在草丛中轻步向左边走去，韩嬉紧随在他身后。

行了几十步，见水面没有了禽鸟黑影，两人才慢慢探进水中。等水要没至脖颈时，两人相视点头，一起深吸一口气，俯身钻进水里，向前潜游，游了百十步之后，等气用尽，才触手示意，一起探出头。

四周尽是黑茫茫的水，远处亮着几盏灯光，应该正是渐台。

两人便轻轻划水，尽量不发出声响，缓速向渐台游去。游了许久，渐渐接近灯光，也能隐约辨认出水面上矗立一座楼台。

眼看要游到渐台，前面忽然现出一团团黑影，朱安世怕又是水鸟，忙伸手去拉韩嬉，韩嬉也已发觉。两人轻轻游近，仔细一看，不是水鸟，而是莲花，一朵朵漂满水面。现在才初夏，怎么会有莲花？

朱安世伸手一摸，花瓣坚硬，竟是铜片。而且，花心中轻轻发出铃铛响声。

他大吃一惊，又轻手摸那花心，里面一根细铜杆，顶上缀着一个铜铃。再摸下面，莲花底座是个木盘，盘下一根细绳垂在水中，他潜入水底，顺着绳子往下摸，细绳竟有一丈多长，低端拴了一个小铜球。

朱安世浮上水面，再放眼一望：眼前这铜莲花，密密麻麻，不知道有几千几万，将渐台团团围住。若想靠近渐台而不触碰铜莲铃铛、不惊动上面的宫卫，除非能飞。

他扭头望向韩嬉，韩嬉正摸着面前一朵铜莲花，虽然漆黑中看不见神情，但应该一样吃惊灰心。

两人在水中静默半晌，朱安世不死心，绕着渐台游了一周，见那铜莲花将渐台整整围了一圈，没有一点空隙。

朱安世心中愤郁，却也无可奈何，只得听从韩嬉，游到太液池北岸，岸边有一条巨石凿就的大鱼，宽五尺，长两丈，他们爬上石鱼，郭公仲已甩开宫卫，在那里等候。三人一起设法逃出了建章宫。

* * * * * *

司马迁回到家中，想了许久，才告诉妻子：“我见到卫真了。”

“他还活着？在哪里？”柳夫人正在收拾碗盏，一惊，手里的碗几乎跌落。

“建章宫。”

“他怎么会在那里？”柳夫人忙放下碗盏。

“不清楚——”司马迁将前后经过细细说了一遍。

“他也……”柳夫人不由得看了一眼司马迁光光的下巴，又忙转开脸，瘫坐在席上，怔怔落下泪来。

司马迁眼眶也湿起来，忙转头望向窗外，暮色晚风中，那棵枣树如一团浓墨，涂抹在夜幕。

栽种这棵枣树时，司马迁才满二十，刚到冠岁，卫真则还是个孩子。

那天才立春，司马迁在执锹挖土，卫真跑去提水，那桶高过他的腰际，他用胳膊费力挽着，一路磕绊，泼泼洒洒，好不容易才挪到土坑边。脚下土松，一不小心，连桶带人栽进坑里。司马迁忙拉起他，问他伤到没有，他满身满脸是泥，却笑呵呵地说：“差点把我也种下去……”

“我早说了，再不许去那秘道……”柳夫人呜呜哭起来。

司马迁用衣袖拭掉眼角泪水，内疚道：“怨我，我该盯紧一些。那天进到石渠阁，我其实察觉卫真想下秘道，却没有喝止他。”

“一定是吕步舒，他可能料定你们会再去那秘道。他为什么要这么狠？”

“吕步舒这样做，是想折辱我、恐吓我。前几日，我见到了杜周的奏文，杜周也知道了孔驩和孔壁《论语》，他想借此弹劾吕步舒，自己却反倒死了。如今，世上知道这个秘密的，恐怕只有我和卫真了。吕步舒一定会设法除掉我，只是尚未抓住我的把柄。他让卫真在宫里做黄门，是为了好监管，更是为了警示我。今天天子并没有召我，小黄门却引我去了凉风台，回来又偏偏遇到卫真，这定是吕步舒有意安排。”

“我们该怎么办呢？”

“能怎么办？我早有死志，怕他做什么？眼下唯有尽快完成史记。只是苦了卫真……”

* * * * * *

夜闯建章宫，无功而返，一连几日，朱安世焦躁难安。

四个人商议了许多办法，却都行不通。最后，韩嬉言道："看来，只有找宫里的人，才能救出驩儿。但找谁呢？"

朱安世闻言，猛地想起一人：任安。

他与任安相契、情谊深厚，是忘年之交。任安当年是大将军卫青的门客，卫青之姊是当今皇后，其子刘据又是太子，如今卫青虽然已死，但任安与太子因有渊源，仍有过往。或许能托任安，求太子和卫皇后搭救驩儿。眼前无路，不管行与不行，都得试试。朱安世念头一动，马上起身要去找任安。

樊仲子忙拦住道："你是朝廷重犯，大白天，怎么能冒冒失失就这样闯出去？你去见任安，若被人看见，任安都要受连累。那任安我虽然没有结交过，但我与他的朋友田仁十分熟，我去请那任安到这里来。"

樊仲子去了半天，果然请了任安来。

任安一见朱安世，几步奔过来，捉住他双手，不住感叹："你这莽头，居然还活着！三年前我被派往益州做刺史，杜周还命我去成都捉你。我一路担心，谁知到了成都，你居然已经逃了，哈哈！我才回长安一个多月，居然在这里见到你！"

朱安世见任安一片赤诚，心中感激，忙连声道谢。等落座后，他才说道："任大哥，今天请你来，是有件急事求你——"他将驩儿的事简要说了一遍。

任安听后为难道："这事恐怕不好办，渐台是天子祭神引仙的地方，若没有天子授意，吕步舒怎么敢把个孩子囚在那里？"

朱安世问道："有件事我始终未想明白，那刘老彘既然不愿孔壁《论语》传出去，为什么不杀掉驩儿，把他囚在那里做什么？"

任安叹道："你这莽性子丝毫不改，天子若听见你这样称呼他，得将你碾成肉酱。我是头次听说孔壁《论语》，天子行事向来诡谲莫测，我也猜不透。"

朱安世忙求告道："任大哥，我实在无法，才请了你来，你和太子一向亲熟，能否向太子求情，救救那孩子？"

任安道："太子心地仁厚，卫皇后也是个大善人。我去跟太子说说试试。我看你心里焦躁，我这就去，等这事了了，我们再慢慢喝酒畅叙。"

过了几天，任安再次来访。

一见朱安世，他就摇头道："这事太子也不敢插手。"

朱安世本来满心期待，闻言，顿时垂下头。

"不过，太子倒是指了一条路——"

"什么路？"朱安世忙抬起头。

"太子对这事很是挂怀。一来，他不忍心见一个小孩子受苦遭罪；二来，他一向诚心学儒，听说那孩子会背诵孔壁《论语》，十分惊喜。他说天子之所以要囚禁那孩子，是怕孔壁《论语》传到世上。只要设法把那孩子背的《论语》抄出来，四处传开，天子自然不会再为难那孩子。只要你能弄到孔壁《论语》，他一定帮你将它传开。"

朱安世一听，顿时振奋起来，以太子威望，将孔壁《论语》传布于世，自然无人能阻拦，世人也会看重此书。

但随即，他又沮丧起来："孔壁《论语》驩儿记在心里，救不出驩儿，怎么抄得到《论语》？"

任安笑道："有一个人抄得到。"

"谁？"

"这个人叫卫真。太子为这事，专门跑到宫里去求卫皇后，卫皇后听了，也于心不忍，就派身边亲信去暗暗打探。孩子果然囚在太液池渐台上，日夜都有宫卫把守，任何人不得接近那孩子。但一个人除外，这个人就是卫真，他不久前遭了事，被净了身，做了小黄门，专门给那孩子送饭，每天送一次。"

"这个卫真会帮我们？"

"嗯，这个卫真我再熟悉不过，他原是我一位至交好友的书童。"

第三十八章
# 自残毁容

司马迁正在灯下写史，忽听到外面有人敲门。

新来的仆人开了门，是一个女子的声音。

柳夫人迎了出去，不一时，引了一个女子走进书房，司马迁抬头一看，那女子弯眉杏眼、容颜秀媚，从来不曾见过。

女子走到书案前，恭恭敬敬行过礼，道："小女子名叫韩嬉，深夜冒昧来访，是受任安先生之托，有件紧要的事，来请司马先生过去商议。"

司马迁忙搁下笔，直起身问道："任安？他为何不亲自来？"

韩嬉道："此事须格外小心，因为事关孔壁《论语》。"

司马迁大惊："孔壁《论语》？你是什么人？"

韩嬉轻轻一笑："我是朱安世的朋友。"

司马迁不由得站起身："盗汗血马的那位朱安世？好，我跟你去！"

韩嬉道："我已经备了车来，请司马先生便装出行。"

司马迁依言换了便服，出门一看，果然有两辆民用轺车停在门外，车上各有一个车夫。

韩嬉乘前面一辆，他上了后面一辆，两车在夜色中驶过安门大街，转道雍门大街，到西市外民宅区，穿进一条巷子，来到一座院落后门停下。韩嬉请司马迁下了车，走到门前，三轻三重间隔着敲了六下门，一个魁梧汉子开了门。

韩嫱请司马迁进去，院中三个人站着迎候，其中一人连赶两步，迎上前来，口中唤道："司马老弟！" 正是任安。

任安回长安后，仍任北军使者护军，两人因为各自公务繁忙，只见过一面。

任安引司马迁进屋，房里点着几盏油灯，甚是亮堂，任安这才一一介绍那几人，胖壮大汉是樊仲子，清瘦的中年人是郭公仲，而那个开门的魁梧汉子则是朱安世。三人都是当世名侠，司马迁闻名钦慕已久，没想到今夜能一起得见，心中甚是欢喜。他年轻时曾亲见过郭解，近年又耳闻朱安世种种事迹，所以着意打量朱安世，郭解生得瘦小精悍，没想到其子却如此雄壮豪猛，一见就知是个慷慨重诺的豪侠，不由得替郭解欣慰。

诸人落座，任安道："大家都是朋友，不必客套，这就商议正事吧——"他将事情向司马迁简述了一遍。

司马迁听后，沉思半晌，才开口道："这几日，我也一直试图探听孔驩的下落。卫真自幼就跟随我，若是以往，他一定会舍命相助。不过，他被吕步舒囚禁多时，又遭了酷刑，那日我在建章宫见到他，他连一个字都不跟我讲，不知道是心里羞惭，还是受了吕步舒严命。"

任安叹道："卫真我知道，这孩子心极诚。你因追查古文《论语》而受刑，却没死，反倒升了中书令，吕步舒一定不甘心。他让卫真给孔驩送饭，就是设下陷阱，等你去跳。卫真恐怕知道吕步舒在暗中监视，担心你受害，才不敢和你说话。"

司马迁道："若是如此，就更难办了。卫真就算能从孔驩那里得到孔壁《论语》，为防我受害，他也不肯传给我。"

任安道："这个我们已经商议过，卫真是唯一能接近孔驩的人，他只听你的话，只要你能说服他出力相助，我们再另想办法将经书弄出宫来。"

司马迁点点头，沉思对策。

朱安世一直默坐在一边注视，发觉司马迁眉目间始终郁郁不欢，此刻又神情犹疑，似乎有畏难之意。看他唇上颔下没有一根胡须，就算原本是个热忱果敢之人，遭过宫刑惨祸之后，恐怕也再不敢挺身犯险。

朱安世从来不会服软，更不会低声下气求人，然而，眼下驩儿生死全系于此人，他心中急切，顾不得自家颜面，猛地起身走到司马迁面前，重重跪下，咚咚叩首，正声求道："司马先生，驩儿是个仁善的孩子，一心只想别人，连猛虎死了，他都要伤心几天。他自幼逃难，从来没过几天安宁日子，实在可怜，朱安世恳请先生，出力救那孩子一把！"

司马迁忙起身扶起朱安世："朱兄弟，快快请起！没有你们，我自己也一定会尽力去救那孩子。何况孔壁《论语》一旦被毁，民贵君轻之大义也将随之沦丧。我就算忍心不管那孩子，也不能坐视古道消亡。我已经想好，我自己不便出面劝说卫真，我写一封书信，你们设法偷偷传给他，我想卫真读了这信，一定会全心相助。"

"多谢司马先生！"朱安世闻言大喜，感激之极，又要叩头，司马迁极力劝止，他才起身归座。

任安笑道："这样一来，此事大致成了。太子还打听到，建章宫御厨房刚死了个屠宰禽畜的庖宰。要接近卫真，御厨房最便宜，卫真每天都要去那里领取饭食。宫中膳食归食官令管，[1]属皇后宫官，太子可设法选派一个人去顶这个缺。不过，此人必须十足可信、可靠，而且敢去、愿去才成，否则事情一旦泄露，恐怕连皇后、太子都要遭殃。但仓促之间，又找不到这样一个合适的人——"

朱安世大喜："宰羊杀鸡我在行，能不能求太子让我混到宫里去顶这个差？"

任安摇头道："你不成。"

"为什么？"

"宫中庖宰得是净过身的人。"

* * * * * *

一连半个多月，太子始终未找到合适之人。

---

1 《汉书·百官公卿表》中记载："詹事……掌皇后、太子家，有丞。属官有……食官令长丞。诸宦官皆属焉。"

御厨房却缺不得人手，已经催要了数遍，食官令为奉承太子，一再推延。但再拖下去，既无道理，也势必会令人生疑。众人都很焦急，朱安世尤其焦躁难耐。

一个念头在他心底不时冒出，但都被他压住，根本不敢去想。

司马迁写好给卫真的书信，趁夜送了过来，朱安世一见司马迁，那个念头重又冒了出来。他知道司马迁为完成史记而忍辱受刑，心中十分敬重。然而……

深夜，他辗转难寐，爬起来，在屋中走来走去。

想着驩儿孤零零被囚在太液池水中央那渐台之上，他心痛万分，那孩子自小就受尽磨难，现在又遭这等噩运，孤苦无依，只能等死。

想到“孤苦无依”，朱安世越发难过，不禁想起自己幼年经历。他全家被捕，一个仆人带着他侥幸逃走。那仆人牵着他奔了一夜，天快亮时，逃到一个岔路口，那仆人说：“孩子，我不能再和你一起走了。你父亲当年救过我一命，现在我救了你，这恩算是报了。现在到处都在追捕我们两个，我们在一起，谁都逃不掉、活不了。我们就从这里分开吧，你自己当心——”那仆人拍了拍他的小肩膀，叹口气，然后转身，头也不回，朝左边那条路走去。

当时，天才蒙蒙亮，又有晨雾，很快就不见了那仆人身影。

那年，他五岁。孤零零站在路口，天很冷，他不停地哆嗦，睁大了眼睛，四周雾茫茫，不知道该怎么办。心里害怕之极，却哭不出来。

不久，身后忽然隐隐有人声传来，他才慌忙往右边那条路跑去。他已经记不清当时是怎么活下来的，只记得自己不停地跑，跑累了就钻到草丛里睡，睡醒了又继续跑，跑了不知道有多久、有多远。饿了，能找到什么就吃什么，野果、草籽、草根，甚而生吃老鼠、草虫……后来，走到集镇上，他开始讨饭、偷窃，整天被追、被打，到处游荡，直到遇见一个盗贼，愿意收留他，才算有了依靠……

若说“孤苦无依”，没有谁比他更明白、更清楚。

当年他还能四处跑，现在，驩儿被关在渐台石室之中，比他幼年更加可怜。

他心里一阵阵痛悔，为何要把驩儿交给孔家？当时为何不多想一想？我和当年那个丢下我的仆人有什么分别？

烦乱中，那个念头忽又冒了出来——净身，入宫去救驩儿。

这个念头太过骇人，他顿时害怕慌乱起来。但想到驩儿，却又无法不去想。

眼下，太子设的这条计，是救驩儿的唯一可行之路，一旦断绝，再要寻其他办法，必定千难万难，但净身……

是他一念之差，害得驩儿被囚，理该由他去救驩儿，但净身……

若是用他的脑袋来换驩儿，他一咬牙，也就能舍了这条性命，但净身……

他想起郦袖，郦袖若知道这事，会怎样想、怎样做？

郦袖心地极善，见驩儿受难，必定不会坐视不顾，会和他一起尽力去救，但郦袖能答应他净身吗？

一旦净了身，不男不女，从此再也休想在人前抬起头，就连郦袖母子，也再无颜面去见。

他猛然想起一个人——幼年时，茂陵街坊上住着一个宫里出来的老黄门。儿童们常聚在一起，跟在那老黄门后面，一起大声唱童谣："上面光光下面无，听是牝鸡看是牡……"起初那老黄门还骂两句，后来只得装作听不见。他家人羞愧难当，悄悄搬离了茂陵，不知躲去了哪里。当年，朱安世也混在孩童堆里，叫得响，唱得欢。

一旦自己净了身，自然也和那黄门一样，他或许受得了那屈辱，郦袖呢？续儿呢？

可是，我若不去做，谁来救驩儿？如何救驩儿？

当时在扶风，驩儿从府寺独自逃到军营后，躲在那块大石背面，见到我，就说知道我一定会去找他。那夜在孔家，我轻轻叩窗，驩儿一听就认出是我，也说"我就知道"。现在，他也一定在等我，等朱叔叔去救他……

司马迁能为一部书忍受宫刑，为了驩儿，我为什么不能？

他又想起五岁那年，和父母诀别时，母亲让他长大做个农人，而父亲则声色俱厉对他说："我不管你这辈子做什么，你爱做什么，就做什么，但哪怕死，你也得记住一个字——信！说过的话，必须做到！你若是敢失信于人，就不是我郭解的儿子，连猪狗都不如！记住没有？信！”

活到今天，他虽然任性莽撞、胡作非为，但答应别人的事，都一一办到，从未失信于人。在扶风，他答应那位老人，要保驩儿平安，而现在驩儿却被囚禁于深宫。那位老人家都能舍弃性命救驩儿，我为什么不能？我怎么忍心失信于老人、失信于驩儿？

但是，净身……

我做不到，真的做不到！

黑暗中，他缩在床边，垂着头，狠力抓着头发，心乱到极点，几欲发狂，竟忍不住失声哽咽。

* * * * * *

第二天一早，任安就来报信——

“不成了。御厨房又在紧催，食官令也再等不及。太子只得在自己宫中选了个庖宰，答应明早就送进宫。”

众人听了，尽皆默然。朱安世通夜未眠，本就憔悴，听了这话，顿时垂下头，更加委顿。

韩嬉见朱安世失魂落魄，忙安慰道：“这个法子不成，总有其他办法。”

郭公仲却摇摇头，道：“没有。”

韩嬉反问：“怎么会没有？这又不是登天，总有路子可走。”

樊仲子叹口气道：“再怎么想办法，也只有两条路：一条是直接到渐台去救孩子，咱们已经试过，有铜莲花拦着，更不用说上面的宫卫，行不通；另一条是让卫真偷传《论语》，但又找不到人进宫和他接手。除此而外，还能有什么办法？总不能冲进宫去抢。何况皇帝老儿喜怒无常，驩儿的性命……唉！”

几个人又默不作声，屋子顿时静下来。

朱安世心里翻腾不息，盯着墙角，思绪如麻。

墙角是一架木橱，上面摆着各样瓶罐器物，靠里贴着木板，竖放着一块白石板，是习字板。望着这习字板，朱安世猛地又想起儿子郭续。在茂陵，续儿就开始用习字板练字，成都的宅子中，也有这样一块习字板，续儿已经能写很多字，已经远远胜过自己。郦袖不但教续儿习字，也教他读书。朱安世自己虽然厌烦读书，看儿子习字诵文，却很欢喜，望续儿成人后，能做个知书达理的文雅君子。

那日，朱安世向司马迁请教《论语》，司马迁说《论语》是儒家必修之书、启蒙之经，凡天下读书之人，自幼及老，都得终身诵习。孔壁《论语》司马迁也未读过，只偶然得悉古本《论语》中的一句“从道不从君，从义不从父”，另有半句，或许也出自孔壁《论语》——“天下者，非君之天下，乃民之天下……”

朱安世虽不读书，这两句一听也立即明白，这正与他猜测相符。刘老彘最怕的便是这等话，他独尊儒术，是要全天下人都忠心效命于他，为奴为婢、做牛做马，哪里能容得下这种话在民间传习？

尤其是那日见到庸生之后，朱安世才知道，读书未必都能谋得利禄，反倒会戕毒人心，尤其是老实本分之人，读了书，如同受了巫咒蛊惑一般，痴傻木呆，只知守死理，丝毫不通人情、不懂事理。

这等巫蛊之力，不但慑人耳目，更浸入骨髓。那日刘老彘试骑汗血马时的森然威仪，至今仍让朱安世不寒而栗，而孔家“晨昏定省”的礼仪更是让人僵如木偶、形似傀儡。

今世儒生，一面教人恪守礼仪、死忠死孝，一面坐视暴君荼毒、酷吏肆虐。谋得权势，就横行霸道、助纣为虐，谋不到利禄，则只能俯首听命、任人宰割。

郦袖教续儿读书，必定也会诵习《论语》，而今本《论语》却已不见“从道不从君，从义不从父”这些道理。续儿年纪还小，很多道理若不告诉他，他可能到老都不会知晓。就如我，若不是当年父亲严厉教导我一个“信”字，我哪里会知道人该重诺守信？

念及此，朱安世心中猛地一震：我不只要救驩儿，更要救孔壁《论语》。不为他人，单为了续儿，也该拼尽性命、全力营救！

就算找不到郦袖母子，若能救出孔壁《论语》，纵使不见，只要儿子能读到孔壁《论语》，明白道义、不受巫蛊，做一个顶天立地的汉子，我也算尽了一番心力，没有枉为人父。

于是，他不再迟疑，抬起头，正声道："我去。"

几个人都望向他，都极诧异。

朱安世鼓了鼓气，一字一字道："我净身进宫。"

"什么？"几个人一起惊呼。

朱安世又重复了一遍："我净身进宫。"

郭公仲嚷道："不……成！"

朱安世话说出口，顿时轻松了许多，他转头问道："有什么不成？"

几个人见他这样，都说不出话来。

良久，任安才道："就算你愿意，也来不及。净身之后，至少要静养百日。太子明天就得送庖宰进宫。"

朱安世道："我体格壮实，要不了那么久。太子先派自己的庖宰去对付一阵，到时候那人装病出来，再换我进去。"

樊仲子道："谁都成，偏偏你不成。你曾在大宛厩里养马，不少人见过你，又盗过汗血马，你一进去，怕就会被人认出来。"

朱安世略一想，道："这个更好办，当年豫让为行刺赵襄子，漆身吞炭。[1]我只要用烙铁在脸上烙几下就成了。"

诸人见他这样，都惊得说不出话来。

* * * * * *

一个多月后，朱安世进了建章宫。

太子找了一个宫中出来的老刀手给他净了身。

朱安世只想到了宫刑之耻，没有料到宫刑之痛。他生平曾受伤无数，

1 豫让：春秋时期著名刺客。为报答知遇之恩，"漆身为厉（癞），吞炭为哑"刺杀仇人，未果自杀。"士为知己者死"就出自其口。参见《史记·刺客列传》。

但所有大大小小的伤痛合在一起，也不及净身时的痛彻骨髓，但他咬牙挺了过来。净身之后，他一不小心，受了风寒，几乎死去。昏迷垂危中，凭着心底一念，竟挣回了性命。他拼命进食，不到一个月，伤口竟大致愈合，体力也迅速恢复。

他又不顾阻拦，亲自烧红了铁钳，在脸上连烫了几处，一阵嗞嗞之声，满屋焦臭。

樊仲子、郭公仲在一旁惊得咬牙蹙眉，韩嬉更是泪如泉涌。

他却竟不觉得有多痛，反倒分外畅快。对着镜子，看着自己焦煳的烂脸，怔了许久，心里默默对自己言道：那个男儿好汉已死，世间再无朱安世……

太子派一个文丞送朱安世从侧门进了宫，到执事黄门处登记入册。

执事黄门见朱安世满脸疮疤，而且唇上腮下，髭须雄密，十分惊诧。太子文丞忙在旁解释说才净身不久，疮疤是在厨房不小心烫伤。执事黄门走到朱安世面前，伸出手探向他的下身，朱安世一阵羞愤，提拳就要打——

自净身以来，樊、郭、韩诸人都尽力回避不提，庄中童仆，樊仲子也全都严令过，故而从没有人在他面前稍露惊异之色。纵使这样，见众人待自己事事小心，不像常日那般随意，朱安世已经倍感羞耻。现在，这执事黄门竟公然伸手，来验他身体！

拳头刚刚挥起，他猛然惊醒：你忘了自己是来做什么的？

那执事黄门见他抬手，顿时喝问："你要做什么？！"

朱安世忙将手放至头顶，装作挠头痒，那执事黄门这才继续伸手，在他身下一阵摸弄，朱安世只有咬牙强忍。

执事黄门验过身，才命一个小黄门带朱安世到庖厨。

庖厨设在建章宫宫区之南、婆娑宫后。宫中四处都以阁道连通，沿着阁道走了半个多时辰才到。途中，朱安世见到处殿阁巍峨，雕金砌玉，富丽奢华远胜未央宫，看得头晕眼花、胸闷气窒，不由得一阵阵厌恶气愤。到了庖厨，也是一大座院落，门阙轩昂。进了门，只见到处门套门，不知道有多少重，宫人黄门端着碗盏，捧着盘盒，来去匆忙，全都神色肃然。

小黄门引着朱安世进到一间大房，去见厨监。厨监见了朱安世的脸，又是一番惊诧。朱安世只得低头躬身，恭恭敬敬解释了一遍。厨监听了才不言语，唤手下一个小黄门带朱安世到屠宰苑。

屠宰苑在庖厨之后，周遭都是禽畜圈舍，里面鸡鸣鸭叫、羊咩狗吠，中间一片空地，几排宰杀台，板上地下浸满血迹。

朱安世拜见了屠长，又解释了一遍自己的疮疤和髭须。屠长指给他院北靠里一间小房做居室，又吩咐了一遍每日差事。

朱安世便在这里安顿下来。

每日屠宰禽畜，事虽不轻，但足以应付。

没两天，他便摸清了周遭地理：屠宰苑旁边有座门，是庖厨的后门，门外不远处有一道墙，隔开宫区和苑区，墙外便是苑区。出了庖厨后门，左边几百步，便是通向太液池苑区的阙门。驩儿就囚在那边。

其他庖宰宫女见朱安世相貌丑恶，都避着他。这正合他的心意，每日他只闷头做事，做完事就坐在一边休息。不多说一个字，不多行半步路。只有一个清洗禽畜的宫女，其他人都唤她阿绣，被黥过面。她不时望着他笑一笑，有时还走过来说一两句话，朱安世也只点点头，不愿多言。

他一直暗中留意，寻找卫真。

正如太子打探到的，每日午时，果然有一个身形清瘦、短眉小眼的黄门从后门进来，穿到前面厨房，不久提着一个食盒回来，从后门出去。一个时辰后，他又提着食盒回来，送还到厨房。他来回行走，都要经过屠宰苑靠路边的羊圈，羊圈用木栏围成，站在羊圈里，隔着木栏便能和他说话递物。

看相貌举止，这人正是卫真。

一连观察几日，朱安世确信无疑后，等到午时，估计卫真快来时，他从靴底抽出藏好的锦书，卷成一个小团，瞅空溜出后门。向左边一看，卫真果然低着头走了过来，且喜路上无人。等卫真走过身边时，朱安世低声道："卫真，司马迁先生给你的信。"说着迅速将锦团塞到卫真手中。

卫真一惊，但还是接了过去，攥在手心，低着头进门去厨房取食盒。

朱安世走进羊圈里，假意喂羊，等着卫真。不多时，卫真提了食盒出来，像平日一样一直低着头，走过羊圈时，也未向里看一眼。朱安世知道他还没有读那封信，当然不会怎样，但心中却难免忐忑。

## 第三十九章

# 秘传论语

朱安世到鸡圈里偷了一个鸡蛋。

夜里睡觉时，在鸡蛋顶上戳了一个小孔，将里面的汁液吸尽，又从衣缝里取出藏好的艾草，塞进蛋壳中，然后小心藏起来。

来之前，他想到一件事：驩儿从未见过卫真，绝不会将《论语》背给卫真听。这世上，驩儿恐怕只信朱安世一人。得找一件只有朱安世和驩儿才知道的信物，让卫真拿给驩儿看，驩儿才会相信卫真。朱安世想来想去，幸亏韩嬉提醒，才想到去鲁县途中，他做给驩儿的会飞的鸡蛋壳。

想到那日驩儿开心的样子，朱安世不由得又难过起来，又不知道卫真读了信后会如何。一夜辗转难眠，好不容易才挨到天亮。

第二天中午，朱安世揣好那个蛋壳，等卫真进到厨房领取食盒时，忙溜到后门外等候。不久卫真提着食盒出来，他抬头看到朱安世，有些惊慌，忙向左右扫视，随即又低下头，不敢看朱安世，也并不停步。朱安世不知道他的心思，但已无暇猜测，等卫真走过，忙将那个蛋壳递给他。卫真稍一犹豫，接过蛋壳，迅速缩进袖子里，急急走了。

回去之后，朱安世烦乱难安，毫无心思做事，杀鸡时割伤了自己的手都浑然不觉。那个阿绣在旁边拔毛清洗，扭头看到他的手在流血，大声提醒他，他才察觉。

估计卫真快要回来送还食盒，朱安世赶忙把最后几只鸡胡乱杀完，便又钻进羊圈等候。

当时众人商议，就算驩儿愿意背诵，卫真愿意出力，但宫卫森严，卫真送饭时，必有卫卒在附近监看，两人至多只能低声说一两句话，而且必须得方便抄写传送。所以每次驩儿只念一句，卫真也容易记住，再随身藏带一小块白绢和木炭，在途中瞅空写下来，送还食盒时，将绢揉成小团扔进羊圈，再由朱安世捡起来藏好，得空传带出宫。

这些司马迁都仔细写在信中。

朱安世在羊圈里左磨右蹭，好不容易才看到卫真走进后门，他忙走到木栏边，抓住一只羊假装查看，眼睛却一直盯着卫真。然而，卫真像往常一样，低着头匆匆走过，像是根本没有看到朱安世，更没有任何举动。

望着卫真走进厨房，随后转身不见，朱安世顿时呆住。这几天，他的髭须已经开始脱落，他强迫自己不去管、不去想，只在心里反复告诉自己：你在做应该做、必须做、只能做的事。

但这事成败却完全系于卫真，看来卫真不愿或者不敢做，如此一来，种种辛苦伤痛将只是一场徒劳。

“你在那里做什么？”屠长忽然走过来，尖声问道。

朱安世被惊醒，但心烦意乱，勉强应付了一句：“这羊好像生病了。”

“哦？”屠长推开圈门，走了过来，抓住那只羊，边查看边咕哝，说了些什么，朱安世一个字都没有听进去。

这时，卫真提着食盒走了出来，仍旧低着头，不朝朱安世望一眼，朱安世却直直盯着他。

这时，屠长站起身道：“果然病了，今日天子要宴请西域使者，就先把这头羊杀了，让那些西戎吃病羊！”

朱安世嘴里胡乱应着，眼睛却始终不离卫真，屠长见朱安世神情异常，顺着他的目光，也望向卫真，朱安世忙收回目光，答应了一声，站起来，吆喝着，将那羊往外赶，羊撞到屠长，屠长才忙避开，随即转身出圈。

朱安世一边赶羊，一边仍用眼角余光回望。卫真走到他身后，脚步似乎略顿了一下，朱安世心顿时狂跳起来，忙回眼去看，眼前一闪，一小团白色物体从卫真袖中弹出，飞进羊圈，落在圈边羊粪之中！

朱安世心跳如鼓，生平从未如此紧张过。他忙扫视四周，屠长正背对着他走出羊圈门，其他庖宰宫女，大半都在埋头干活，少数几个坐在廊下歇息说话，没有一个人看他。他赶忙退到圈边，连着羊粪，一把将那一小团白绢抓在手里，紧紧攥着，像是攥住了自己的魂一般。

出了羊圈，趁着回身关圈门，他才迅速捡出绢团，扔掉羊粪，又装作提靴，将绢团塞进了靴筒里。

一下午，那绢团一直紧贴在脚腕边，让他无比欢喜。直到傍晚，回到自己房里，关好门，他才急忙取了出来，展开一看，绢带宽一寸，长五六寸，上面写了一行字，字迹十分潦草，显然是卫真仓促中慌忙写就。

朱安世只是幼年粗学过一点文字，后来郦袖又教他认了一些。绢上一共三十二个字，有四五个字他都不认得，不过，其中一句“有朋自远方来，不亦乐乎”他全都认得。这些字是出自驩儿之口，读着就像见到了驩儿，老友重逢一般，他连念了几遍，越念越乐，不由得嘿嘿笑起来。

白绢上的字是用木炭写成，由于被揉搓，一些笔画已经被模糊，有的地方又被羊粪染污，过些时日，恐怕就难辨认了。

幸好韩嬉心细，早已想到这一点。几天前，朱安世已从屠长那里偷了些墨粒，他碾碎了几颗，调了一点墨汁，用一根细树枝蘸着墨汁，一笔一画，将那些字仔细描画一遍。

他从来没写过字，三十二个字全部描完后，竟累出一身汗，手指僵住伸不开。

等字迹晾干后，他才小心卷好，塞进床脚砖下挖好的一个小洞里，盖好砖，才躺倒在床上，心想，这辈子第一次描这么多字，总算给续儿抄了一句《论语》，郦袖母子读到，会不会“不亦乐乎”？

想到郦袖母子，再想想自己，一时间心潮翻涌，竟“不亦悲乎”起来。

第二天，卫真又偷扔了一个绢团在羊圈里。

朱安世又避开眼目捡起来，回去用细树枝蘸墨描画过后，藏在床下的洞里。

此后，卫真每天都来传递一句《论语》，除非有时朱安世正好被差事缠住，赶不到羊圈，或者羊圈里还有其他人，卫真经过时，便不投掷，第二天等朱安世独自在羊圈时才丢给他。

朱安世渐渐安下了心，一句一句慢慢积攒。

每隔一阵，他就乘人不备，溜到苑区，藏在太液池边的树丛中，眺望水中央的渐台。其上果然有几十个人影来回走动，应该是宫卫，日夜如此，从来没有空歇。渐台上楼阁错落，也不知道驩儿被囚在哪一间。

有时，他忍不住想再次泅水过去，救出驩儿，但又立刻提醒自己，一旦失手，只会坏事。于是，只能强逼自己，耐住性子。

有天，他去鸡圈捉鸡，见一只鸡伸着头颈，去啄墙角一只蟋蟀。他立即想到驩儿，驩儿一个人被囚在渐台，一定寂寞难挨，不知道那只木雕漆虎还在不在他身边。想到此，他忙赶开那鸡，捉住那只蟋蟀，用草秆编了一个小笼子，把蟋蟀装进去。等卫真来取食盒的时候，溜到门外等着。

见卫真出来，擦身时，他忙将小笼子递给卫真，小声道："给那孩子，多谢你。"

卫真接过笼子，一愣，虽然他每天传送《论语》，但始终低着头，从来不看朱安世，今天他却抬起眼望过来。朱安世这才看清他的目光：慌乱、惊怯、悲郁、恓惶、悔疚、犹疑……说不清有多少伤心在其中，像是被猫撕咬戏玩却无力逃脱的小鼠一般，一碰到朱安世的目光，立即躲闪开，微微点了点头，便拿着蟋蟀匆匆走了。

朱安世知道卫真是为追查孔壁《论语》下落，不慎被捕受刑，望着他瘦削背影，心中涌起一阵同病相怜之悲，不由得长长叹了一声。

此后，朱安世想方设法找寻各种虫子，螳螂、蚱蜢、萤火虫、蝴蝶、瓢虫……偷偷交给卫真，送去给驩儿解闷。秋后，昆虫没有了，他就自己动手，用泥捏、用木雕、用草编，将自己幼时的玩物、给儿子郭续买过的玩具，都一一仿着做出来。虽然手法笨拙，做得难看，为便于藏递，又得尽量小巧，因此十分粗劣，但毕竟比没有好。

本来这皇宫让人窒闷，自他开始动手做这些玩物，竟越来越着迷，浑然忘了周遭。

有时他也不免想，自己做了一场父亲，对续儿都不曾如此倾力倾心，心中一阵愧疚，只能暗暗立誓：一定将《论语》全部抄到，传给续儿。

* * * * * *

转眼，已是春天。

朱安世进宫已经半年，《论语》一共传了一百二十多句。

来之前，司马迁曾说整部孔壁《论语》至少有六百句。朱安世算了一下，全部传完，恐怕得到明年了。他本来就性子躁，一想这还要这么久，便有些沉不住气。

但一想，驩儿其实比他苦得多，就连卫真，处境也比他艰难。半年来，卫真连头都没好好抬起过，更不用说见他笑。比起他们两个，自己还有什么道理急躁?

于是，他又耐下性子，踏实做活，尽量不犯一点错，不多说一个字，就连苑区太液池边，也不再偷偷去了，好让自己能在这里平安留到《论语》传完。

屠长见他做事勤快、手脚利落，便很少说他。其他人见他始终板着一张疤脸，也都不来招惹。

倒是那个阿绣，在一起做活时，总是在一边说个不停。朱安世虽然极少答言，但每日闷着，有个人在身旁说笑，毕竟好过些。他也大致知道了阿绣的身世——阿绣也是茂陵人，一个小商户家的女儿，几年前，她父母犯了事被问斩，她则被强征进宫，派在阳石公主宫中做绣女。一次无意中撞见公主与丞相之子私通，被公主挑了个错，遭了罚，脸上被黥了墨字，贬到这里来做粗活。

朱安世见她身世堪怜，性格又好，虽不多和她说话，平日能帮时也会帮一点。

却没想到，阿绣竟一直在偷偷窥探他的举动。

有一天，朱安世扛着宰好的羊，送到前面厨房。回来时，见屠宰苑里的人全都站在院子中，分男女站成两排，屠长立在最前面，所有人都神色不安。再一看，却见厨监背着手立在廊下，神情冷肃。

屠长见朱安世回来，朝他撇嘴示意，朱安世忙过去站到男屠一排。

院北一间居室传来翻箱倒柜之声，朱安世偷眼一看，只见有几个黄门在里面搜查。他大吃一惊，不知道发生了什么事。那几个黄门搜完出来，似乎什么都没找到，又进了隔壁居室继续搜查。朱安世见他们连床板都要掀开，更加惊惧。下一个居室就轮到他的，他急得火燎，却只能站在这里眼睁睁地看。

进宫之前，众人商议时，曾想让太子再找个宫里人，每隔几个月就到屠宰苑来取走绢带。朱安世却怕找的人不可靠，多一个人牵扯进来便多一分危险，便否决了这个想法，众人也都赞同。这时，朱安世才懊悔之极，心里连声痛骂自己。

过了一会儿，那几个黄门又空手而出，随即转身进了朱安世的居室，由于那居室在最里侧，看不见屋内，只听见里面不断传出开柜、敲墙、扔东西的声音，朱安世的心随之咚咚直跳，手心里全是汗。之后，猛听到咣吱一声，是床板被掀开的声音！心猛地一撞，他不由得打了个寒战，随后，屋里竟响起撬砖块的声音，完了……朱安世闭起眼睛，像是在等死一般。

屋里声音忽然停歇，朱安世忙睁开眼睛，那几个黄门走了出来，看神色，他们似乎并未发觉什么。朱安世不敢相信，仍睁大眼睛盯着，见其中一个走到厨监面前，低声禀告，听不清在说什么。厨监点点头，手一摆，随即转身离开，其他几个黄门也一起跟了出去。

朱安世正在惊疑，屠长忽然高声道："前面厨房连丢了几只金碗、玉盏，我说屠宰苑没人敢做这等事，厨监不信。你们总算没给我丢脸，好了，都去把自己房里东西收拾一下，赶快出来干活！"

大家散开，各自回屋，朱安世忙跑进自己房里，见床板被掀翻在一边，床下藏绢带的那块砖也被撬开丢在一边，露出下面那个洞，他两步跨过去，伸手一摸，洞里一无所有！

朱安世顿时傻住，一屁股坐在地上，靠着墙，头不停地撞向墙面，一下接一下，咚，咚，咚，咚……

"你怎么了？你在做什么？"阿绣忽然走进门来。

朱安世停下来，木然看着她。

阿绣走到近前，从怀里掏出一个麻布袋子："你是不是在找这个？"

她伸手从里面抓出几条白绢带，上面用炭和墨写满了字。

朱安世忙一把抓过来，一根根细看，正是！正是！正是卫真传给他的孔壁《论语》！

他又从阿绣手中一把抢过那个麻布小袋，抓出里面的其他绢带，都是！都是！都在这里！

狂喜之后，他才猛然清醒，一把揪住阿绣衣领，瞪着眼睛问道："你从哪里拿到的？"

阿绣惊恐无比："我……我就是从……这个洞里拿的……"

"你怎么知道藏在这里？"

"我……我见你平常死死关着门，觉得好奇，就，就趴在窗子外面……"

朱安世背上一阵发寒，手不由得松了。

阿绣吓得流下泪来："你放心，我谁都没说，我不是有意要拿……刚才我从前面厨房回来，经过厨监的房间，无意中听到里面吩咐，要来屠宰苑搜查，我忙跑回来给你报信，可是你又不在，我不知道你藏的是什么东西，但一定很宝贵，万一被搜走……我怕等不及，就偷偷跑进来，替你……"

"你为什么要这么做？"

"我小时候见过你。你是我们的大恩人。"

"什么？"

"我十二岁那年，我家住在茂陵一个破巷子里，家里一直很穷，我穿的衣裳从来认不出原来的颜色。有天夜里，我被梦惊醒，听到外面有响动，赶忙扒到窗边往外偷偷瞧，看见有个人站在院墙上，往院子里扔了个东西，随后就跳下墙走了。第二天我娘开门出去，发现地上有个小锦袋，上面绣着四个字'袖仙送福'，里面装着一颗大珠子，又圆又光又亮，一看就知道是极贵重的宝珠。我爹娘欢喜得了不得，后来听说整个巷子里每家都得了一个。我爹就拿去卖了，得了些本钱，才开了间绣店。那天晚上月亮很亮，我虽然没看清那个人的脸，但他的身影动作记得清清楚楚，刺绣一样绣在心里。他临跳下墙前，还用大拇指在嘴唇上划了一下。你第一天来这里，我先看到的是你的背影，一见就记起来，你就是那个人。后来我还发现，你时常喜欢用大拇指在唇上划一下。所以，更相信你就是那个人。是不是？”

朱安世惊得嘴眼大张，不敢相信世间竟有这等奇缘。因为郦袖当年一句话，随手做了件善事，隔了十几年，竟在这里得到回报。

他的髭须早已落尽，但心绪波动时，仍改不掉用拇指在唇上一划的习惯。这时，他又忍不住伸出拇指，但随即察觉，忙缩了回去。

阿绣却看在眼里，笑起来，又问：“你就是那个人，是不是？”

朱安世也嘿嘿一笑，这才点头承认。

过了一阵，朱安世才知道阿绣并不识字，他才更加放心了。

而且阿绣还出了个主意，她说：“这些散碎的白绢不好藏，也容易丢，万一被搜去，就什么都没有了。这几天，我一直在想，既然这些东西这么宝贵，你要是不怕疼，我倒是有个主意。”

“什么主意？”

“把这些字刺在你身上，走到哪里都丢不掉。就像我脸上被黥的这些字一样。”阿绣指了指自己的面颊道，“刻在身上，有衣服遮着，别人看不见。”

“你会刺字？”

“嗯，我被黥面的时候，知道了怎么在肉上刺字。不过，那些行刑的人才不管你疼不疼，用刀子又划又刻，其实用绣花针轻轻刺，我想不会那么疼。”

“你不识字，怎么刺呢？”

“这没什么，就像刺绣一样，并不用识字，只要照着样子，一笔一画描摹上去就成。”

朱安世想了想，这些绢带其实原本可以分批让太子派人偷偷送出宫去，但他始终不放心其他人。如果刺在身上，等于多备了一份，到时候也好携带出宫，便答应道：“是个好法子，只是要辛苦你了。”

“好久没刺绣，心里还怪想的，正好拿你的肉皮解解馋，呵呵。”

“而且还不能被别人察觉。”

“这里所有人闲下来都在互相串门聊天，我们小心一些就是了。就算看见，就说是在给你身上刺青，也能遮掩过去。”

## 第四十章
# 人皮刺字

阿绣知道要刻六百多句，至少一万五千字，便琢磨了几天，想出了一个法子。

她在地上画了张草图，演给朱安世看："在你双臂、双腿、前胸、后背，各绘两条蛇，把那些字当蛇身上的花纹来刺，一条蛇大约分八十句，将字刺得极小，每一句绘成一条花纹。"

她先从朱安世左臂开始，一字一字刺上去。她手法轻灵，果然并不如何刺痛。每刺好一句，便用墨汁涂抹，擦净后一看，一句话连缀成一条乌青的花纹，若不凑近仔细瞧，根本看不出来是字。这样，就算脱了衣服查看，也不必太担心。

朱安世看后大喜，不由得嘿嘿直笑。

于是，只要得空，阿绣就帮朱安世把《论语》一句句刺在皮肤上。

* * * * * *

直到第三年年末，孔壁《论语》才终于全部传完。

那天，卫真照旧又丢了一个绢团，朱安世偷偷捡起来，回到房里，小心打开，头前仍是"子曰"两个字，又一句《论语》。等绢带完全展开，却发现里面还另夹着一小片白绢，一不留神飘落到地下，朱安世忙拾起来一看，上面写了一个字：

完

看到这个字，朱安世顿时长长呼出一口气，压在心头的那座山忽地消失，不由得嘿嘿笑了起来。

这是事先约定好的——司马迁在信中写明，等全部传完，卫真就在一片绢上单独写一个“完”字。

“完”这个字朱安世本来不认得，还是韩嬉教他：“完”字上面一个屋顶，下面是个人。这个人头上扎着一条绢带，张开双臂，伸了个懒腰，说明事情做完，迈开两条腿，表示准备出门往外跑。

朱安世正笑个不住，忽听到屠长在外面唤他。他忙藏起绢团，走出门去。屠长命他赶紧杀十只鸡，厨房等着用。他便去鸡圈抓了鸡，提到屠宰台上，提起刀准备动手宰杀时，不由得又嘿嘿笑起来。

阿绣在一旁听到，忙问：“什么好事？这么开心？”

朱安世见左右无人，低声道：“完了。”

“什么完了？”

“全部传完了，今天是最后一句。”

“太好了！”

朱安世又嘿嘿笑了起来。

笑完之后，他忽然觉得心里有些空落落的。

生平第一次如此耗尽心血做一件事情，每天等着盼着，现在事情终于完了，反倒有些不知所措。

他抬起头，望向墙外太液池的方向。心里一算，从第一次见驩儿到现在已经七年，驩儿今年已经十四岁，再不是个孩童，而是个少年郎了。不知道驩儿现在有多高，相貌变了没有？常年囚在石室里，一定又瘦又苍白。

随即，他又想到郦袖和儿子，分别已经十一年，不知道郦袖现在如何，儿子郭续和驩儿同岁，也已经长成个少年郎，不知道他是否还记得我这个父亲？现在，我已是这般残丑模样，还能去见他们吗？他们见了我，一定会害怕、厌恶……

他一阵难过，不敢再想，按紧手底的那只鸡，狠狠一刀剁下去。

过了两天。

阿绣把最后一句刺在朱安世背上，涂过墨，擦拭干净，叹了一口气，道："好了，终于完工了。"

朱安世全身已经刺满了字，胸背腿臂上盘着八条青黑长蛇，蛇身上纹理细密宛转，看起来杀气腾腾。

"你要走了。"阿绣微微笑着，眼中却隐隐流露羡慕不舍，脸颊上的黥印越发显得刺眼。

朱安世已经想好："等我出去后，见到太子，一定求他救你出宫。"

"多谢你！"阿绣笑着叹了口气，"可是，我出去做什么呢？当年我爹娘被人揭发告缗，被斩了头，家早被抄没了，也没有其他亲人。外面又危险，我在这里已经好多年了，一切都熟悉，倒还安心些。"

"你不想嫁人吗？"

"看到我这张脸，谁敢要我呢？"

朱安世看着阿绣，不知道再说什么好。

******

半夜，朱安世悄悄溜进婆娑宫。

太子事先已在婆娑宫找了个宫女做内应，朱安世按照商议好的，撕了一条布带，打了三个结，钻到侧院，将布带拴在左边第一间寝室门上。

第二天夜里，他又摸到那间寝室外，见窗台上果然放着一个小瓶子，便取了回去。

瓶子里是天仙踯躅酒，喝了可致人昏死，朱安世在扶风时曾逼那黄门诏使御夫喝过。

朱安世私下里向阿绣道了别，将那包写着孔壁《论语》的绢带托付给阿绣，让她藏埋在自己房内。白天做活时，他偷偷取出那瓶天仙踯躅酒，一口灌下，将空瓶交给阿绣，随即倒在屠宰台边，人事不知。

等他醒来时，躺在一张床上，韩嬉、樊仲子、郭公仲站在床边。

“醒！”郭公仲大叫。

“你个死鬼！”樊仲子笑着在他腿上重重拍了一掌。

韩嬉则望着他，微微含笑，眼中竟闪着泪光。

朱安世忙爬起身，头一阵晕眩，韩嬉上前扶住，轻轻让他躺好，柔声道：“还是这么急性子。”

朱安世嘿嘿一笑，问道：“这是在太子府？”

韩嬉点点头：“嗯，是博望苑，太子招待门客的地方。你的‘尸首’也是太子派人从宫中运出来的。”

朱安世忙道：“太子现在哪里？《论语》在我身上。”

郭公仲道：“没……见。”

樊仲子补道：“我刚才已经搜过你身上了，没见到什么《论语》啊。”

朱安世伸手解开衣襟，敞露出胸膛刺青花纹，笑道：“在这里。”

三人一起凑近来看，一起惊呼：“居然是字！”

朱安世将阿绣刺字的事说了一遍，三人听了，连声赞叹。

过了半晌，朱安世才下了床，但头依然发晕，便斜靠在案边，四个人对坐，畅叙离情。

正说得高兴，一个中年男子走了进来，衣冠华贵、气度雍容，朱安世一看便知是太子刘据，便撑起身子要站起来。

太子忙摆手道：“朱先生不必多礼，你身体还没有复原。”说着，他坐到正席，询问了一番，之后道，“我已经叫人准备好笔墨简帛，事不宜迟，现在就让他们开始抄录孔壁《论语》吧。”

“好！”

太子传命下去，不一时，三位儒生进来，宫人铺展竹简、安置笔墨。

朱安世脱下衣裳，先露出左臂，给那三位儒生解释先后次序，儒生们便看一句，抄一句。

整整花了三天，朱安世身上所刺《论语》才全部抄录完。

太子大喜，一边命人继续誊写，准备将副本传送给全国各地儒生经师，一边召集博望苑中的儒生们一起参研孔壁《论语》，并使人在长安城中到处传言，说无意中得到孔壁《论语》副本。

儒士们与《齐论语》《鲁论语》逐字逐句对照，发现孔壁《论语》篇次有所不同，内文差异共有六百四十多字[1]。

朱安世他们都不懂经学，念着驩儿安危，便求太子遣人去宫中打探消息。没过两天，太子得到内报，天子和吕步舒都听到了传闻。大家都欢喜无比，等着下一个喜讯。

然而一连几天，宫中并无动静，据说卫真每天仍照旧在给驩儿送饭。

朱安世心里焦急，便恳求太子去天子面前替驩儿求情，太子却面露难色："孔驩被囚一事，并未向外面透露，我若去说情，父皇定会问我从何处得知，更会怀疑孔壁《论语》外泄与我有关，一旦追查起来，母后都会受到牵连。你不要太心急，现在孔壁《论语》已经传了出来，再囚禁孔驩已经毫无必要。父皇巡游才回来，恐怕还顾不上这点事，再等几日，应该就会释放那孔驩了。此外——我本想让你常住在博望苑，但眼下孔壁《论语》泄出，那吕步舒定会追查此事，一旦发现你在这里……"

"我知道，我们这就走。"朱安世忙答道。

他见太子有避祸之心，恐怕不会再尽力救驩儿，自己身体已残，再顾不得什么尊严屈辱，双膝跪地，重重向太子叩了三个头，恳求道："驩儿那孩子身世可怜，太子一向仁善，朱安世恳请太子施恩，救救那孩子。朱安世虽然已经是半条废人，但日后只要有用到朱安世的地方，朱安世就算做牛做狗、粉身碎骨，也会报答太子之恩！"

"快快起来，我一定尽力！"

* * * * * *

四人拜别太子，樊仲子仍用酒桶藏好朱安世，运回到长安城外田庄

1 东汉经学家桓谭（前？—公元56年）《新论》："《古论语》与《齐》《鲁》文异六百四十余字。"

上。朱安世躲在庄里，其他三人每天都去打探消息，一连数日，仍然毫无结果。

太子也似乎开始有意回避，太子府门吏越来越冷淡，既不许他们进，也不去通报。

好在还有任安和司马迁，两人和他们一样焦急。尤其是司马迁，他刚刚陪侍天子巡游北地回来，听韩嬉说了情形，便时刻留心查探，但自始至终，天子从未谈及过孔驩，吕步舒也一直托病未曾上朝。由于没有时机，他也去不了太液池那边，见不到卫真。

朱安世心里躁闷，却无计可施，每天只能以酒度日。

虽说古本《论语》已经盗出，刘彘、吕步舒已经不必再杀驩儿，驩儿性命多少算是安全了些。然而，刘彘并非常人，从来赏罚无度，喜怒无常。此举恐怕反倒会激怒刘彘，那么驩儿就越发危险了。

朱安世思来想去，只有一个办法可以真正救得了驩儿：刺杀刘彘。

一切祸患皆来自刘彘，杀了刘彘，自然就能救得了驩儿，也算为天下人除掉最大之害。

想到行刺，他顿时悔恨万分，将手中一只酒盏捏得凹瘪。那年举手之间，他就可杀死刘彘，如果那日得手，现今太子继位，就不会有后来这些祸事。当日自己却临阵犹疑，错失良机。

但悔之已晚，多思无益。既然这是一条可行之策，再想就是。他振奋起来，抛掉那只瘪酒盏，不再饮酒，回到房中，用冷水痛快洗了把脸，让自己沉下心，细细思忖起来。

其一，行刺刘彘，得抱必死之心，你可愿意去死？

他略略一想，随即惨然一笑。自己唯一挂念的无非是妻儿，但现在身体已残，再算不得男人，又有何颜面去见他们母子？就算他们母子愿意接纳，世人之讥、邻舍之嘲，又怎么避开？我岂能让他们为我蒙羞含辱？除非躲到深山之中，但郦袖愿意吗？就算郦袖愿意，续儿怎么办？他最爱热闹，一会儿没有玩伴就受不得，岂能让他小小年纪与世隔绝？所以，不见最好，不见最好……

想到从此不见，他心里一阵伤痛。

但事已至此，又可奈何？好在我盗出了孔壁《论语》，太子已在四处散播，郦袖若能教续儿读这部书，也算是见到了我。这副残躯，活着只是耻辱，用来换驩儿一命，正好用得其所。

他又继续往下想——

其二，此次行刺，再不可能如上次那般轻巧，你能否得手？

刘彘虽然戒备森严，但未必时刻护卫围拥，必定会有松懈之时。何况还有幸识得司马迁先生，他日常在刘彘身边，必定知道刘彘起居行程。只要他身边侍卫不上百人，我便有得手之机。

至于能否成功，一半在我，一半靠天，我只能尽力而为，若驩儿命该不死，我便能得手。

其三，不论能否得手，行刺都是万死之罪，丝毫不能牵连他人。

首先是郦袖母子，朝廷必会满天下缉捕他们，不过郦袖向来心思细密，连我都找不到他们母子，朝廷恐怕也难查出他们下落。

其次便是樊仲子、郭公仲、韩嬉这些好友。他们若知道，必定又会挺身相助。所以这次不能透露半个字。

## 第四十一章

# 宫中刺客

朱安世琢磨了一夜，终于想定了两句话。

第二天他背着樊仲子等人，找到庄子上的管家。那管家粗通文墨，朱安世向他请教几个字，一个一个都仔细学会记牢后，便讨要了笔墨，躲进自己屋中。

他关好门，先研好了墨粒，浓浓调了些墨汁。而后从床头取过一只木盒，里面一卷白帛。这是离开博望苑时，太子命人誊抄好赠给他的孔壁《论语》。他取出那卷《论语》，展开最后一张白帛，见最末一句后面还有几寸空余，心想：足够了。

他拿起笔，照着郦袖教他的样子握好，先蘸着水在几案面上练习。写了十几遍后，觉着已经纯熟，才向墨汁中浓浓蘸了一蘸，又在砚台边沿上将笔毫仔细捋顺抹尖。而后，坐得端端正正，深吸了一口气，提笔在那片空余白帛上，一个字，一个字，慢慢写下那两句话，又落上自己的姓名。

虽然练了许多遍，书写时，手却一直抖个不住，几个字写得歪歪斜斜、笨笨拙拙。他越看越不中意，但又不好涂改，只能这样了。这样或者更好，郦袖知道我字写得丑，写好了反倒认不得了。儿子现在字写得那么好，见了一定会笑我，笑就笑吧，你爹就是这么笨，你能比爹强，爹欢喜得很。

他坐在案前，盯着那白帛，一字一字，一遍一遍，默念着，自己笑一阵，叹一阵，而后怔怔呆住，鼻子一酸，眼睛一热，竟落下泪来。

这时门忽然叩响，随后是韩嬉的声音：“青天白日，一个人关在屋子里，做什么呢？大伙儿在等你去喝酒呢。”

他忙两把擦干眼睛，随口应了一声“我这就来！”同时急急卷起白帛，放回盒子，盖好盒盖，藏到枕头内侧，这才起身出去。

晚饭时，朱安世畅饮谈笑，韩嬉三人望着他，全都有些惊异纳闷。

他心想：等他们察觉，我已是死人了，这是与朋友们最后一次饮酒，当得尽兴。于是假托说愁烦无益，不如开怀畅饮，而后好好寻思救人之策。三人听了，方始放心。朱安世感念三人待已之恩，尽心敬了几轮酒。

吃饱喝足后，他装作大醉，跌跌撞撞回到自己房间，蒙头便睡。

睡到半夜，他睁眼醒来，起身用壶里冷水抹了把脸，换上夜行黑衣，背好夜行包。因想着倘若刘彘离得远，得飞掷兵刃刺他，便弃刀不用，取下墙上所挂一把好剑，随身佩好。

临出门，他又回头望了一眼枕畔那只木盒，他怕樊、郭、韩嬉三人察觉，故而没敢提及。不过他们都知道这《论语》是他留给自己儿子的，自己死后，他们定会找到郦袖母子，将《论语》交给郦袖。不必担心。

他转身轻轻开门，翻墙出院，向长安奔去。

奔到双凤阙下，他攀上飞阁，越过城墙，滑入城中，避开路上巡卫，穿街过巷，来到司马迁宅前。

翻墙进去，见北面一扇窗还亮着灯。过去一看，房内一人在灯下执笔写文，正是司马迁。

他轻叩窗棂，低声唤道：“司马先生，我是朱安世。”

司马迁听到声响，先是一惊，随即辨出他的声音，忙开门让他进去。

“司马先生，请恕我深夜惊扰，我是来问一件事，问完就走。”

“什么事？”

“天子现在哪里？”

“你问这个做什么？”

“先生最好不要问，你只须告诉我便可。”

“建章宫。”

“明日早朝什么时辰？”

“卯时。”

“罢朝后呢？”

“天子要去上林苑游猎。”

“骑队在哪里等候？”

“玉堂之南。”

“好，多谢！告辞！”朱安世转身出门。

司马迁追上来问：“朱兄弟，暂停一步，你究竟意欲何为？而且，我也有事问你，那孔壁《论语》——”

朱安世心中有事，更怕牵连到司马迁，因此并不答言，快步出门，纵身跳上墙头，翻身跃下，原路返回。

他又爬上飞阁，攀着辇道下的横木，躲过上面巡卫，凌空攀行半里多，越过城墙，来到建章宫，溜下飞阁石柱，躲进草木丛中。

这时已经是凌晨，天子早朝在建章前殿。上次进宫营救驩儿前，他曾细细查看过建章宫地图，从他藏身处向西直行一里多路，到宫区中央便是建章前殿。正南对着玉堂，前殿与玉堂之间，则是中龙华门。

朱安世知道刘彘寝处必定守卫森严，故而没有打问。行刺只能在途中，正巧刘彘罢朝后要去上林苑，必定是下建章前殿，走中央大道，穿中龙华门，过玉堂，出建章南门。既然骑队在玉堂之南等候，自前殿到玉堂，途中只有常备护卫。

于是，他避开巡守，一路潜行，来到南端的鼓簧宫。又沿着宫墙折向西面，趁着天色昏蒙，一路躲避，到达南区中央的玉堂。

堂下有间黄门寝室门虚掩着，他推门溜了进去，房内无人，应该是应卯去了，正好藏身。

他透过窗户，查看地形，见北面一座门阙，巍然轩昂，是中龙华门。通过此门，一条青玉大道，直达建章前殿。宫中人行走，都是沿着周边阁道，宫殿之间场阔数里，空空荡荡，根本无处藏身。他窥望良久，抬头看到中龙华门，忽然想出一个主意，趁天色未亮，离了玉堂，悄悄行至中龙华门下。

中龙华门门檐距地有两三丈高，朱安世取出绳钩，向上用力一抛，钩住檐角，随后猱身上攀，不多时，攀到门顶。顶上四角飞檐，檐脊各有一条木雕漆金的飞龙，龙身径长两尺余，刚好能遮住身子。他便蹑足来到左边两条檐脊交会处，缩身伏在凹角里，四处一望，周围宫殿在几十丈之外，若不细看，应不会有人发觉。

他趴伏在那里观望，半晌，晨曦微露，天色渐亮，隐约遥见建章前殿高台上，黄门宫女往来急行，应该是快要早朝了。果然，不多时，就见许多官员陆续由阁道登上殿侧台阶，依次从大殿边门进去。

他抬头向西北遥望，越过宫殿高墙，那边是太液池，能依稀望见青峰耸立、白雾蒸腾，水中央隐现一座楼台，是渐台，驩儿正在那里，被囚在石室之中。

他默默道：驩儿，朱叔叔来救你了。

过不多时，只见一队宫卫护着一辆金碧辉煌的八马车驾，行至中央台阶之下，马头朝南停好，宫卫分作两列，整齐侍立于车驾两侧，各个手持长戟，笔直竖立，纹丝不动。

朱安世心道：是了，刘彘的车驾。

他数了一下宫卫数目，共六十四人。倒也不是太难对付。

又过了半个多时辰，那些官员陆续退出，随后，只见一队宫人黄门从前殿正门出来，中间有四个黄门扛着一架伞盖木榻，木榻上隐约坐着个人，自然是刘彘。

朱安世不由得握紧剑柄，睁大眼睛细看。

连宫女黄门一共二十四人，护着木榻缓缓走下前殿数百级长阶，来到车驾边。两个黄门搀下刘彘，另一个黄门已经跪伏在车边，刘彘踩着地下黄门，上到车中。车驾缓缓启动。宫卫分作两部，三十二人前导，三十二人殿后，二十四个黄门宫人护侍车驾两侧。

这时朝阳升起，霞光照射建章宫千门万户，到处金光闪耀。地下青玉砖也镀上一层金箔，大道流金，似是登仙之路。那车驾彩幡飘扬、金辉熠熠，真如神龙骖驾、玉虬仙舟。

朱安世被那光芒刺到眼睛，猛然发觉一事，心里暗叫：不好！

方才，他寻思行刺之策，本想趁刘龑车驾穿过门下时，自己拽住绳索，从空而降，刺穿车顶，直击刘龑。然而此刻看车身映射光芒，才知那是一辆铜车，车顶车壁都是铜制，根本无法刺穿，只能从车门下手。而车门在左侧，门边有两个黄门紧紧护侍，只有先除掉黄门，才能刺杀刘龑。前导、殿后的宫卫，距离车驾最近的只有十几步，片刻之间就能赶到，行动必须极快。

他拔出长剑，在衣襟上割下一条布带，缠在左掌上。又抓起身边的绳钩，将铁钩用力钉在檐顶木梁上，拽了几拽，确认钩牢后，他略想一想，再也没有什么可预备，于是向刘龑车驾望去。仪队距离中龙华门只有七八丈远，已可辨认出最前宫卫的面容。车驾前悬挂着锦帘，看不到车中。

是时候了，朱安世长呼一口气。

血气顿时上涌，心又开始剧跳。但只是激奋，丝毫没有畏怯。

相反，他从未觉得自己如此庄重肃然、雄武有力。

他右手持剑，左手攥紧绳索，目不转睛盯视车驾，随时准备腾身跳下。七丈、六丈、五丈、四丈、三丈……

忽然，左边响起一声嚷叫："停！停下来！"

四下里本来一片寂静，这声音尖厉无比，穿刺耳鼓，回荡在殿阁之间，惊起四周殿顶的宿鸟，扑啦啦，向空中乱飞。

朱安世忙扭头望去，只见一个黄门从左侧宫殿中奔出，向车驾急急奔过去，边奔边扯嗓大喊。

仪队前列侍卫长听到叫声，忙举臂一摆，仪队车驾顿时停下。

朱安世大惊，再一望，只见左侧宫殿又奔出十几人，都是黄门，随后，一队宫卫也冲了出来，全都手执长戟，向车驾疾奔。

不好！定是有人见到我藏在这里，行踪暴露了！

他急忙定神，心中闪念：自己如果现在下去，相距还有两丈多，完全能在报信之人到达前先赶到，但必须先冲过前面三十二名宫卫。而且，就算闯得过第一阵，还有几十名黄门宫女，更有殿后的宫卫。得再厮杀一番，才能接近车门。

这第二关过得去吗？

他望望那车驾，心底知道：绝难冲得过。

但不论如何，自己行迹已经暴露，如果现在不动手，刘彘遭了这一回，必定会加倍警戒，再想刺杀，根本无望。反正自己早已想好要死，何必多虑？冲下去就是了！就算刺不到刘彘，也该死个痛快！

他不再多想，抓紧绳索，腾身站起，正要抬腿跃下，忽然想到驩儿。

我这一死固然痛快了当，但我死之后，谁来救那可怜的孩子？

他又向车驾望去，宫卫们仍持戟严待，那报信的黄门还在奔跑呼叫，他身后其他黄门和宫卫也疾奔不止。而那车上，锦帘依然垂挂，刘彘就坐在里面。

他犹豫片刻，随即清醒：虽然自己只剩一副残躯，活着只有耻辱，却也不该如此轻弃，驩儿还在等我去救。死有何难？生才不易。我不能为求一时痛快，就这样莽撞死掉。

主意一定，他随即向玉堂望去，那边依然寂静无人，看来警报还未传开，只要奔到那里，左右都有花木草丛，未必逃不掉。

于是他抓住绳索，一跃而下，从门檐凌空坠向地面，片刻之间，脚已着地。再看车驾那边，宫卫们已经发觉，并纷纷挺戟朝自己奔来。这时，剑已无用，反倒惹眼，他振臂一甩，将手中长剑掷向前方，长剑划空而起，飞向车驾。[1]

他随即转身，一路疾奔，奔到玉堂下，顺着旁边小道，跑到玉堂后面阁道，向左右一看，两边各有一队宫卫奔来，而正前方，则是一道宫门，自然有门值把守。正在犹豫，耳侧忽然有人叫："这边！"

转头一看，是个宫女，再一细看，竟是韩嬉！

韩嬉躲在一块巨石后，身穿宫女衣裳。他忙跑过去，韩嬉说了声"跟我来！"随即转身钻进旁边阁道下面，他忙跟了过去，也俯身钻进去。阁道离地三尺悬空而建，韩嬉带着他伏地爬行了一段，上面响起一阵急重的脚步声。二人忙停住，等脚步声远去，才钻出阁道，躲进旁边树丛中，穿石绕树，向东跑了一阵，来到一处石洞前。韩嬉从石洞中取出一包东西，

---

1 《资治通鉴·汉纪十四》中记载："（征和元年）上居建章宫，见一男子带剑入中龙华门，疑其异人，命收之。男子捐剑走，逐之弗获。"

是黄门衣冠，她转身递给朱安世：“快换上！”朱安世忙将外衣脱下，塞进那个石洞，随后换上黄门衣冠。

韩嬉又带着他前行一段路，前面现出一道墙壁，到了墙角下，见草丛中一块石头上放着一个木托盘，上摆着一套酒具，旁边还有一个食盒。

“你提食盒。”韩嬉向他微微一笑，随即俯身端起托盘。

朱安世忙提起食盒，两人沿着宫墙来到阁道，上了阁道，放慢脚步，向北边走去。

一路上不时有宫卫持戟密搜急查，看到他们，却都没有起疑。两人行至飞阁辇道附近，趁左右无人，跳下阁道，躲进飞阁下面的草丛中。

朱安世等四下无人，才小声问道：“你怎么来了？”

韩嬉浅浅一笑：“这还用问？”

朱安世心中一阵温暖，一阵愧疚，说不出话。

两人一直等到天黑，不远处忽然一阵叫嚷骚动，附近巡守的宫卫闻声，纷纷赶了过去。

韩嬉轻声道：“是郭大哥，我们走！”

两人急忙攀上飞阁，越过宫墙，溜下墙头，急走了不多远，林子边，一个人牵着四匹马等候在那里，是樊仲子。

******

驩儿始终没被释放。

四人日夜商议对策，寻找时机。

朱安世虽然时刻担忧驩儿，却不再焦躁。他能逃出建章宫实属不易，这条性命得自三位朋友的舍身相救，只有救出驩儿，这副残躯才用得其所，才对得住朋友，也不枉自己残身毁容、抛妻舍子，辛苦这一场。

只是经他一闹，宫中戒备越发森严，百般思量，也未找到营救之策。

一天黄昏，四人正在商议，司马迁忽然来到庄上。

他穿着便服，独自一人骑马来的，神色甚是惶急。进了门，也不坐，见到朱安世，便急急道：“朱兄弟，你得尽快离开这里！建章宫御厨房搜查失物，从一个宫女床底砖块下面搜出一包绢带，上面写满了字——”

朱安世猛地叫道：“阿绣？”

司马迁点点头，叹口气道：“厨监将阿绣姑娘和绢带一起交给了光禄寺，今早吕步舒来向天子奏报，说阿绣和你串通，盗传《论语》，又说那日刺客携剑独闯建章宫时，有个小黄门隔着窗看到了那刺客，满脸尽是疮疤，吕步舒断定那刺客正是你。天子大怒，立即下命通缉你。明天定然会四处大搜，京畿之内都不安全，你赶快离开这里！”

朱安世忙问：“阿绣怎么样了？”

司马迁黯然摇头：“吕步舒没有讲，但阿绣姑娘恐怕已遭不测。吕步舒已经在继续追查，定然又将是一场血雨腥风。诸位也都要小心，最好一起远远逃走。”

司马迁说完，便立即告辞，匆匆离去。

想起阿绣，朱安世心中伤怀，怔怔道：“是我害了她……”

果然，长安、扶风、冯翊三地巡卫骑士尽被调集，大闭城门，四处严搜。[1]

樊仲子忙将朱安世藏到后院谷仓下的暗室中，平日大家就在这暗室里议事，倒也暂时安全。

躲了两天，仆人忽然从外面打开秘窗报说：“任安大人来了。”

樊仲子忙命仆人请任安进来，任安也是一身便服、一脸惶急，一见朱安世，也急急道：“朱兄弟，你得马上离开这里！”

朱安世未及答言，樊仲子已先问道：“他们追查到这里了？”

任安点头道：“丞相公孙贺要来捉拿朱兄弟。”

樊仲子奇道：“公孙贺？关他什么事情？他夹杂进来做什么？”

任安道：“公孙贺的儿子公孙敬声擅自挪用军饷一千九百万，被发觉，下了狱。公孙贺救子无路，见天子正极力追捕朱兄弟，便恳求天子，捉了朱兄弟，来赎儿子之罪，天子应允了。”

樊仲子道：“他想捉就捉吗？三辅骑士到我庄上来搜过，都没能

1 《汉书·武帝纪》中记载：“（征和元年）冬十一月，发三辅骑士大搜上林，闭长安城门索，十一日乃解。”

找到。”

韩嬉在一旁却提醒道：“太子知道。”

任安点头道：“太子门下有一位书吏和我私交甚厚，十分敬重朱兄弟，两个多时辰前，他来给我报急信，说公孙贺去求太子，让太子说出朱兄弟下落——”

郭公仲忙问：“说……说了？”

任安道：“太子并没有立即答应，只含糊说一定尽力相助。但公孙贺毕竟是他的姨父，公孙敬声是他表弟，若不是怕受牵连，他怎么会避亲救疏？而且卫皇后也知情，一定会逼他说出朱兄弟的下落。你们藏身之处，早晚会泄露出去。所以，赶紧离开此地，远远逃走！”

朱安世一直在听，想的却不是逃，他听到“公孙敬声”，猛然想起阿绣——阿绣当初不正是因为无意中撞破公孙敬声和阳石公主奸情，才被公主寻事处罚？与公主私通，此罪极大，甚至会祸及丞相全族。这一阵他日夜寻思营救驩儿之计，苦无出路，此刻心头一亮，忙问道：“如果有人告发丞相罪行，天子会不会亲自听审？”

任安一愣：“应该会。你问这个做什么？”

朱安世不答，却道：“赵王孙大哥曾讲过，说刘彘最恨外戚势力庞大，他断言卫皇后及公孙贺迟早要被剪除。”

任安道：“嗯。这话倒也没错。不过，太子立位已久，又是长子，天子对其一向钟爱，而且天子年事已高，恐怕不会再新立太子。”

朱安世道：“刘彘就算饶过皇后、太子，至少不会放过公孙贺。公孙敬声为恶已久、臭名昭著，长安城哪个不知？现在才来惩治，恐怕是刘彘觉得时候到了。先除儿子，再灭老子。我猜刘彘现在正在找公孙贺的把柄。公孙贺要捉我赎罪，正中刘彘下怀。我盗了汗血马，又进宫行刺，刘彘定是要将我碎尸万段才解气。公孙贺若是能捉住我，正好遂了他的意，若捉不住，也正好给公孙贺定罪。无论如何，公孙贺这次是躲不掉了。倘若这时有人再告发公孙贺，刘彘就更加如愿了。任大哥，若是要告发丞相，该走什么途径？”

任安更加疑惑，但还是答道：“要告丞相，最便捷的路子，是先向内朝官上书，事关丞相，内朝官必不敢阻拦隐瞒，会直接上报天子。”

“吕步舒？”

“对。”

朱安世笑道：“那就好！我去见公孙贺。”

众人大惊，齐望着他，不明所以。

朱安世将阿绣旧事讲述一遍，随后道：“公孙贺父子已是死人，我就用这点秽事，借他们父子的命，还有我的命，来换刘彘的命。只要在一丈之内，我就能设法杀掉刘彘。”

郭公仲大叫道：“……蠢！”

樊仲子和任安也忙一起劝阻，朱安世却充耳不闻，始终笑着在心里盘算。

韩嬉一直望着朱安世，没有说话，半晌才轻声道：“你们不用再劝了。”

诸人一起望向她，韩嬉注视着朱安世，叹息道：“你们让他去吧，这样他才能安心。”说着，竟流下泪来。

* * * * * *

朱安世从枕畔取过那个装着孔壁《论语》的木盒，坐了下来，打开盒盖，抽出匕首，从头顶割了一把头发，挽成一束，放到帛书之上，盖好盒盖，端端正正摆到几案中央。

一抬头，却见韩嬉站在门边，呆呆望着他。

朱安世咧嘴一笑：“你来得正好，我有件事情得再劳烦你。”

韩嬉勉强回了一笑，轻步走过来，端坐在他的对面。

朱安世看她这一遭清瘦了不少，回想这几年，韩嬉诸多恩情，此生再难回报，心中涌起一阵歉疚，一时间，说不出话来。

“你不是说有事托付？”韩嬉轻声问。

“噢——”朱安世忙回过神，从案上拿起那只木盒，手指摩挲着盒面，笑了笑，“这是孔壁《论语》，我儿子郭续在读书习字，我想留给他。”

“这是你千辛万苦盗出来的，你儿子读了，一定会感念你这个父亲。”

“我要求你的正是这桩事，你能否替我找到郦袖母子，将这东西交给他们？本来我想托付樊大哥或郭大哥，但我妻子藏身太隐秘，连我都找不到，他们两个就更难找到。你聪慧过人，比我妻子只会强，不会弱，恐怕只有你，才能找见他们母子。”

韩嬉点点头，眼圈微红：“好，放心，我一定办到。”

朱安世嘿嘿笑笑，又深叹了一口气：“你这些恩情，我是没办法回报了。”

韩嬉凄然一笑：“等我们都做了鬼，我一定要赶在她之前找到你，到时候你再慢慢回报——”说着泪水顿时涌了出来。

## 第四十二章

# 壮志未酬

朱安世戴上钳钛，坐进囚车。

公孙贺奉旨将他押进建章宫，[1]宫门外，一队执戈宫卫已经在等候。

朱安世下了囚车，两个宫卫一左一右押着他，其他宫卫前后护从，从侧门进宫，沿着阁道曲曲折折向宫区西面行去。望着四处殿宇楼阁，朱安世心里笑叹：又回来了。及至见到玉堂、中龙华门和建章前殿时，更是无限感慨。不由得望向太液池方向，心里默默道：驩儿，朱叔叔来救你了。上苍保佑，但愿这次能救得成。

下了阁道，穿进一道高墙深巷，走到一个僻静院落，四面都是青石矮屋，铁门小窗。宫卫将他推进其中一间，紧锁了门，随即离开。朱安世踮着脚，从小窗向外张望，见只有两个宫卫在外看守，都背对着门，便趁机从嘴里取出一小圈细丝——韩嬉赠给他的丝锯。

樊仲子将他捆起来，载到长安，前往丞相府，交给公孙贺，他预先将这丝锯藏在嘴里。

正如他所料，公孙贺急于将他上交天子，只简略盘问了他几句，他始终闭着嘴，一言不发。

---

1 《资治通鉴·汉纪十四》中记载："是时诏捕阳陵大侠朱安世甚急，贺自请逐捕安世以赎敬声罪，上许之。后果得安世。"

这时，已时近黄昏。

来之前，他们已商议好：午时，将他交给公孙贺。等公孙贺上报、遣送，几番来回，大致也已过申时。要受审，至少也得明天，一夜时间，足够锯断镣铐。

他靠着墙，坐在地下，闭起眼睛，养精蓄锐。

过了半晌，天昏黑时，门外一阵锁响，一个黄门进来，将一碗麦饭放到地上，随即出去又锁起了门。他捧起那只大碗，心想，现在是吃一顿就少一顿了，便用手抓着，大把大把往嘴里送，不一时，便吃得干干净净，一粒不剩。腹饱神足，他才扯直丝锯，开始锯镣铐。

门外仍有宫卫把守，虽然天黑看不见里面，但夜里寂静，极易听见声响。他两脚分开、手臂力挺，将铁链绷紧，而后只动手腕，先锯脚镣。他在栈道山岭上曾用过这丝锯，已掌握了些技巧。在樊仲子庄上，又戴着钳钛演练了几日，锯断了几副。现在锯起来，便驾轻就熟。起初，丝锯还在铁链上打滑，没多久，锯出一条凹缝，丝锯陷在里面，便不太费力了。

他锯锯停停，一个多时辰后，黑暗中用手一摸，脚链中间一环已经被锯了十之七八，到时候用力一挣，便能扯断。

歇了一会儿，他又开始锯手镣，手镣就要难一些，不好使力，又极易发出响声。他按之前演练的，左肘拐起，将左边那根铁链抵在膝上，绷紧，而后翻动手腕，锯脖颈部位的第一环。

近两个时辰，左手镣才锯好，他稍歇了歇，继续锯右手镣。

等右手镣也锯好，已是凌晨，天色微微发亮。

他从墙角抓了些泥土，就着微光，将三处锯缝全都填抹好，又仔细检查一遍，丝毫看不出痕迹，这才躺下休息。

一阵锁响，是送早饭的黄门。

朱安世被惊醒，忙跳起身，朝那黄门叫道："你去禀报吕步舒，我要上书，我要告丞相公孙贺！我知道他所犯的滔天大罪！"

那黄门本来放下碗就要走，听见他喊，一愣，回身望着他，满脸惊异。

朱安世又叫道："听见没有？我要告公孙贺，他儿子淫秽公主，他本人罪大恶极。你快去禀告吕步舒！”

那黄门瞪大了眼，惶然点点头，而后出去了。朱安世忙走到窗边探头，见那黄门小跑着匆匆走出院门，看样子是去上报了。朱安世这才放心，端起地上的大碗，仍是粗麦饭，还冒着热气，晨光照射其上，浅黄润亮，煞是悦目。

这恐怕是最后一顿饭了。

朱安世用手指撮了一小团，放进嘴里，慢慢嚼，细细品，满嘴麦香，还竟有一丝回甜。他不由得笑着叹口气，这些年，自己糟蹋了多少好东西？无论吃什么，从来都是胡吃乱嚼，哪里好好品尝过滋味？

这碗饭，他吃得极慢，很久，才吃罢。

他放下碗，坐到地下，将脸迎向小窗，在晨光中闭起眼，深吸暮秋凉气，只觉得胸怀如洗、身心俱净。父母给他取名“安世”，是望他能安稳一世，然而一生之中，他竟从未这样安安静静坐过片刻。

正在惬意，又是一阵锁响。

清静被扰，他微有些恼，睁开眼一看，进来的是个黄门令丞，身后紧随两个宫卫。

“你说要上告丞相？”黄门令丞尖声问道。

朱安世点点头。

“你要告他什么？”

“他的罪太多，就是伐尽南山之竹，也写不尽。”[1]

“你可有真凭实据？”

“有。”

“果真有？”

“当然。”

“你为何要告他？”

1 《资治通鉴·汉纪十四》中记载：“安世笑曰：‘丞相祸及宗矣！’遂从狱中上书，告：‘敬声与阳石公主私通；上且上甘泉，使巫当驰道埋偶人，祝诅上，有恶言。’”

"他捉了我，我岂能让他逍遥？"

那黄门令丞盯着他，他也回盯过去。

半晌，那黄门令丞道："好，我去禀报吕大人。"说着转身锁门而去。

成了，朱安世暗暗道。

他忙又在心里演练行刺刘彘的种种情形和对策。

过了一阵，那黄门令丞又回来了："吕大人已经上奏皇上，皇上要亲自审问你。"

"哦？"朱安世心中大喜。

"将他押走！"

两个宫卫过来，揪起他，架着便拖向外面。

朱安世听之任之，来到院中，两个宫卫却没有走向院外，而是折向旁边另一间大石室。朱安世心中纳闷，却不及想，已经被拖了进去。

这间石室没有窗户，里面十分昏暗，墙上挂着几盏油灯，中间一张木台，台边一个木架，上面摆着锤锯刀斧，到处血迹斑斑。旁边立着几个汉子，各个精壮凶悍。

朱安世大惊，心中正急想对策，那几个壮汉已经迎了上来，从卫卒手中接过他。抓住他的手足，抬起四肢，将他按到木台上。接着，打开他的镣铐，将他的手足绑在台角的四根木桩铁环上。

朱安世见势不对，想要挣扎，但哪里能挣得开？

那黄门令丞走过来，阴恻恻望着他，尖声道："要见皇上，得先去掉你的杀气。"随后一摆手，转身出去。

一个汉子从木架上拿了把铁锤，走到朱安世腿边，举起铁锤向他的左腿砸下！

咔嚓一声，骨头断裂。朱安世撕心裂肺惨吼起来，剧痛钻心，全身急剧抽搐，几乎昏死过去。

那汉子又一次挥起铁锤，又砸向他的右腿，又是咔嚓一声，朱安世顿时疼昏过去……

不知道过了多久，他被剧痛疼醒。

全身上下到处疼得如同被锯、被烧一般，却丝毫动弹不得，他忍不住又痛叫起来，但嘴里也剧痛无比，声音含糊，竟说不清字句，反倒喷出一口血。他又痛又急，又惊又慌，顿时又昏死过去。

就这样，数度痛醒又昏死，他才稍稍清醒过来。嘴里空荡荡，才知道舌头竟已被割掉，已经不能说话。他费力抬起头，看见双臂双腿血肉模糊，四肢都被砸断。

他曾以为自己已是个废人，这时才真正知道什么叫废人。

除了头颈，身体已是一块死肉，瘫在木台上，动不了分毫，像是他在屠宰苑宰杀过的那些牲畜一般。泪珠不由自主从眼角滚落。他连哀求别人杀死自己都已经做不到，只能在嘴里含混念叨：死，死，死……

有人走过来，在他腿上、臂上的伤口处涂抹药膏，又用布条包扎。之后，扳开他的嘴，将药粉灌进他口中。

自始至终，他都只能听之任之。不知道又过了多久，疼痛才渐渐缓和，但他的心也渐渐麻木，觉得自己已经死了。

又有人过来，搬动他的身子，给他套了件衣服，将他抬起来，放到一个木榻上，木榻上竖着块木板，他们让他背靠木板，保持坐姿，又用一根布带拦腰扎紧，以防他倒下。

其中一人道："皇上要见你。"

随后四个人抬起木榻，向外走去。

他只有脖颈和眼睛能动，但他呆呆靠着，直直睁着眼睛，眨都不眨。

那四人抬着他，沿着阁道急速行走，曲曲折折，来到宫区最北端，行到婆娑宫后，经过屠宰苑，里面传来鸡鸭羊犬的叫声。木架继续前行，经过门阙，来到苑区。左边便是太液池，水面茫茫，渐台寂寂。

木榻转向右边，来到凉风台下。放慢速度，缓缓登上台阶，这长阶又高又陡，像是登天一般。到了台顶，整个建章宫铺展在眼底。向东，未央宫、长安城，一览无余。但他仍然连眼珠都不转。

木榻穿过长廊，进到一座殿堂，放了下来。

殿堂里一片寂静，中央高悬着纱帐，里面隐隐现出一张几案，后面榻上坐着一人，应该正是当今天子。帐外立着一个官员，枯瘦矮小，形如老鹫，是吕步舒。旁边候着几个黄门。

这时已是深秋，台顶秋风浩荡，一阵阵寒意在殿堂中流荡，不时拂动帐前的青纱，偶尔会露出天子的身脸。虽然他正对着天子，而且相隔不到五尺，他却视而不见。

“朱安世，你还认得我吗？”吕步舒忽然开口问道。

听到自己的名字，朱安世茫然转头，木然望向吕步舒。

吕步舒笑道：“我还得谢你，那夜你跳到我床上，用刀逼住我，却没有杀我。”

朱安世并没有听见他在说什么，只觉得眼前这人可憎得很，不由得微微皱眉。

吕步舒又道：“为了一部《论语》耗费了我多年心血，若不是你，这事早就该了结了。不过，也得谢你，若没有你，此事收场也不会这般圆满——”说着他手指着左边的太液池，满脸得意，笑问道，“你一直以为孔驩被囚在渐台上，是不是？哼哼……渐台是天子迎神之所，怎么可能把个罪臣孽子囚在那里！”

“孔驩”两个字，像是一根刺在心里一蜇，朱安世上身不由得一颤。

“你认得这个吧！”吕步舒举起一样东西。

一只木雕漆虎，黑底黄纹，色彩昏沉，已经陈旧。

看到这只漆虎，朱安世上身剧烈颤抖起来，嘴里含糊喊道：驩儿！

一瞬间，当年的一幕幕在他心中迭相闪现：扶风、栈道、成都、长安、冠军县、货郎、驩儿又黑又圆的眼睛、抱着漆虎时的笑脸、荆州、鲁县、孔府后院、夜里那扇窗、驩儿瘦小的身影……

吕步舒摆弄着那只漆虎，笑道：“你为了那小儿，连皇上都敢刺杀。皇上说，为了犒赏你，在你死前，有件事该让你知道——”

朱安世瞪大了眼睛，死死盯着那只漆虎，忽然清醒过来，想起了自己是谁，自己为何而来。

吕步舒缓缓道：“那小儿其实早已死了。四年前，杜周将他带进宫，第二天，他就被处死了……”

吕步舒森然一笑，将那只漆虎随手一丢，摔在朱安世脚边，啪的一声，漆虎碎裂成几块。

一片碎屑飞溅起来，击中朱安世左眼，眼泪顿时涌出。

他浑身剧颤，头不住摇晃，双眼几乎瞪出血来，喉咙中发出兽一般的悲号怒嘶。随后，他张开嘴，拼力一挣，向几尺外帷帐内的刘彘咬去，木榻翻倒，他重重栽伏于地，却仍伸着脖颈，向刘彘不住嘶吼……

第四十三章

# 茂陵棺椁

整整一年，长安城不知死了多少人。

自去年冬天，朱安世在西市被斩，血光便像瘟疫一般四处漫延。

先是丞相公孙贺被灭族，接着天子以清查巫蛊为名，重用佞臣江充、黄门苏文，宫里宫外满城大搜，两位公主相继被处死，数万人被杀。最终祸及皇后、太子。卫皇后畏而自杀，太子宫中据说搜出木偶和帛书，帛书上有不道之语。太子被逼起兵，杀死江充，城中混战，又是数万人死亡。血流入河沟，红染数里。[1]

太子逃亡，最终被捕自杀。门值田仁因为放走太子，被腰斩。御史大夫暴胜之因为失察，畏罪自杀。就连吕步舒，也被问罪诛戮。[2]太子曾向任安调兵，任安拒绝，天子认定任安坐观成败，任安也被判死刑，冬季即将问斩。

耳闻目睹这一切，司马迁心中惨痛，却无能为力，只能一笔一笔载入

1 这一事件史称“巫蛊之祸”。《汉书·武五子传》中记载：“是时，上春秋高，意多所恶，以为左右皆为蛊道祝诅，穷治其事。丞相公孙贺父子，阳石、诸邑公主，及皇后弟子长平侯卫伉皆坐诛。”《前汉纪》中记载：“巫蛊之祸，始自朱安世，成于江充……死者数万人。莫敢讼其冤……太子因而驱四市人合数万人。逢丞相，合战五六日，死者数万人，流血入沟中。”

2 《盐铁论》中记载：“吕步舒弄口而见戮。”

史记。

朱安世一案，他也牵连其中，迟早会被追查出来，命在旦夕，他无暇多想，唯有赶在死前，昼夜拼力，完成史记。

只有一件事，让他迷惑不已：朱安世从宫中盗出孔壁《论语》后，韩嬉曾将副本送来一份给他，他搬出齐鲁两种《论语》对照，发觉并没有多大差异，既不见长陵圆郎所留残简中那句“天下者，非君之天下，乃民之天下”，也不见简卿临终所言的“从道不从君，从义不从父”，更不见其他贬天子、责君父之语。

那夜，朱安世深夜突访，他要询问盗经详情，朱安世却匆匆告别，谁知那一面竟成永诀。他又在宫中四处打探卫真和孔驩的下落，却听不到丝毫音讯。

有一天，他去石渠阁查阅档案，经过孔子书柜，心中一动，便过去打开查看，竟赫然看到孔壁《论语》古简。忙展开细读，简上所用文字确是古字，但内文与朱安世所盗的《论语》完全相同。

他怅然若失，难道是自己猜测有误？

但随即生疑：既然如此，吕步舒先前为何要盗走孔壁《论语》？而且还偷改藏书目录？既然已经盗走，为何又要放回来？

他慢慢卷起那卷竹简，却忽然发现穿皮绳的小孔内壁与外面看起来有些不同：竹简表面古旧污朽、内壁却很新鲜。凑近细看，发觉这竹简其实只是看起来像古简。这种仿古手段司马迁以前就曾见过，是用烟熏、泥染、土埋等法子，将新简做出古旧的模样，但穿绳之孔太细，不好动手脚，所以难免露出破绽。

这孔壁《论语》是假的！

既然这部古简是假的，那么朱安世盗的那部也是假的！吕步舒是在借朱安世之力，以假替真，将假孔壁《论语》流布于世上！

一时间，司马迁惊怒悲愤之极：吕步舒心机如此可怖！朱安世为了救孔驩而盗经，为进宫而净身毁容，最后连性命都搭上，盗出来的竟是一部假《论语》！

他又猛地想起卫真，这假《论语》是卫真传给朱安世，他所传《论语》不是从孔驩口中得来，而是受吕步舒之命！吕步舒让卫真给孔驩送饭，只不过是设下钓钩，用来诱骗蒙蔽我和朱安世。

卫真啊卫真，你为何要这么做？

司马迁心中悲伤，不敢深想，匆匆离开了石渠阁。

回到家中，他将此事告诉了柳夫人，柳夫人听后也惊骇无比，不禁落泪。

******

史记只剩最后一篇——《孔子列传》。

这几年，司马迁一直在等待孔壁《论语》，然而现在孔驩不知去向，恐怕早已遇害，此生再也无望见到《论语》全文。

他满腔悲愤，心想：后世纵使不知《论语》真面目，但必须知道这一真相。

于是他奋笔疾书，将真相全部书之于文，终于完成《孔子列传》。

写罢最后一个字，天色微亮，已是清晨。他搁下笔，吹灭灯，直起身子，望着案上竹简，万千滋味一起涌上心头，一时间难辨悲喜。不由得喃喃念起兒宽帛书上的那六句：

星辰下，书卷空
高陵上，文学燔
九河枯，日华熄
九江涌，天地黯
鼎淮间，师道亡
啼婴处，文脉悬

尤其是读到“啼婴处，文脉悬”，更是喟叹不已，呆坐半晌，万千感慨最终化作一声深叹，消散于清寒之中。

正要起身，远处忽然传来一声鸡鸣，他心中一动：人心郁暗，世道昏乱，孔子一片仁心，不正是这世间的一声鸡鸣？雄鸡不会因世人昏睡，便不鸣叫。仁人志士，又何尝会因为天下无道，便杜口噤声？孔子一生寂寞，但为传扬仁义，明知其不可为，却不遗余力而为之。

痴吗？傻吗？的确是。但世间若没有了这一点痴傻，人心还能剩下什么？

人可死，魂不可灭。他精神一振，生出一念，忙抓起书刀[1]，将卷首《孔子列传》的“列传”二字削刮去，重新提笔蘸墨，写下“世家”二字。

他写史记，是以人为纲，独创了纪传体，将史上人物按身份分为“本纪”“世家”“列传”三类。《本纪》记帝王，《世家》记王侯，《列传》则记载古今名臣名士、特出人物。孔子家世低微，故而一直分在《列传》中。但此刻想来，孔子虽不是王侯，但孔子之重，重过历代所有王侯。世间少一位王侯，并无损失，但世间若没有了仁义，则暗无天日。

* * * * * *

史记完成，只剩下最后一件事：如何留传？

古史部分倒还好，天子也曾看过。但当代之史，不少都是隐秘丑闻，尤其景帝及当今天子本纪，他毫无避讳，秉笔直书，一旦被天子看到，必会被焚毁。

他能托付的人，只有女儿女婿，女儿司马英颇具胆识，自不会推托，但女婿杨敞胆小怕事，只要看到当今天子本纪，就断然不敢收留史记。就算他敢，一旦被察觉，也必将祸及全族。孔壁《论语》之祸已经令人惨痛，再不能为了史记，又祸害亲人、伤及无辜。但如果不能公之于世，写史记又有何用？

司马迁思前想后，始终想不出一个妥善之策。

幸好柳夫人想到一个主意：抄一份副本，将该避讳的地方全部删去，再交给女儿女婿，这样，至少大部分史记能得以留传。至于正本，万万不

1 书刀：又称“削”，书写修改工具。秦汉时期文字书写于竹简，有误则用刀削去重写。

能托人收藏，找个隐秘的地方，埋藏起来，以待后世之人发掘。

这个法子两全其美，很是妥当。但正本藏在哪里好？

藏的地方既不能太显著，也不能太荒僻。太显著，易被当世人发现，则仍然难逃被毁之运；太荒僻，则恐怕永世都不会被人发现。最好是刘氏王朝覆灭之后，再被发现，到那时，则不用再怕触怒朝廷。但什么地方能保证这一点？

夫妻两个一边思索商议，司马迁一边抓紧抄写史记副本，边抄边删改。

景帝及当今天子本纪，全部删去。[1]

河间献王刘德，只留下刘德好儒学一句，藏书、献书及死因全部删去。[2]

淮南王刘安，有意记得极其详细，文中处处自相矛盾[3]。

游侠列传中，朱安世段落本来篇幅最多，只有狠下心，全部删除。赵王孙、樊仲子、郭公仲只录其名，事迹全都删去。[4]

孔子第十一代孙中，孔延年为嫡长子，删去其子孙名姓，以为讽戒。[5]

孔安国、孔驩经历全部删除，只留下一句“安国生卬，卬生驩”。[6]

想到孔壁《论语》就此湮灭，他心中实在不甘，再三思忖，又提笔在孔安国处添了一句“至临淮太守，早卒”。孔安国死时已年过六旬，用“早卒”二字，暗示他死于非命。[7]

1 世传《史记》有缺失，班固言“十篇有录无书”（《汉书·艺文志》）。其中包括《孝景本纪》和《孝武本纪》。唐人司马贞《史记索隐》指出：“《景纪》取班书补之，《武纪》专取《封禅书》”，其中《孝景本纪》是从《汉书》摘补，《武帝本纪》由《史记·封禅书》中截取。

2 世传《史记》关于河间献王刘德只有简略一句：“好儒学，被服造次必于儒者。山东诸儒多从之游。”（《史记·五宗世家》）

3 参见《史记·淮南衡山列传》。

4 参见《史记·游侠列传》。

5 《史记·孔子世家》中第十一代孙，记录次子孔安国子孙姓名，却未记录嫡长子孔延年子孙姓名。

6 参见《史记·孔子世家》。

7 孔安国生卒年为历史悬案，至今未解。司马迁《史记·孔子世家》中记载孔安国“早卒”，然而《孔子家语后序》与《孔子世家谱》则称孔安国“年六十卒”。而且孔安国既已有孙，当不算“早卒”。

至于孔壁《论语》，只在《仲尼弟子列传》篇末提及“孔氏古文”，写了一句：“论言弟子籍，出孔氏古文近是。余以弟子名姓文字悉取论语弟子问并次为篇，疑者阙焉。[1]”

副本抄完删罢，司马迁连声喟叹：疑者阙焉，疑者阙焉。

如果史记正本不幸消失，这些空缺之处，不知道后世之人能否起疑、思索、明白？

******

司马迁唤来女儿女婿，将史记副本托付给他们。

女婿杨敞面露难色，司马迁细细给他解释，这份副本中毫无违逆不敬之语，杨敞听后才放心，命仆人将简册全都搬到车上，等到天黑，悄悄载回家中。[2]

送走女儿女婿，司马迁和妻子继续商议史记正本的藏处，正在为难，韩嬉来了。

韩嬉身穿素服，头上不戴钗环，面上也不施脂粉，如秋风秋霜中一株素菊。明天是朱安世周年祭日，韩嬉是来取司马迁为朱安世所作祭文，明日到墓前去焚。柳夫人忙请韩嬉入座，三人谈起朱安世，又不禁叹惋悲慨，韩嬉眼中顿时泛起泪光。

司马迁叹道：“朱安世为孔子后裔和孔壁《论语》而献身，虽然最终人书俱灭，但我想一部《论语》不过‘仁义’二字，朱兄弟这番豪情义气，足以抵得上半部论语。”

一番感慨之后，司马迁言及自己心事，韩嬉听了，略想一想，道：“我倒是想到一个好地方。”

“哦？什么地方？”

“这地方有五处可选，地方倒是好挑，难的是怎么把书藏到那里。这

---

1 见《史记·仲尼弟子列传》，大意为：讲述孔子弟子的书籍，孔家所传古文经最接近真实，我摘取《论语·弟子问》中语句依次编写成篇，可疑之处，只能空缺。

2 《史记》后来正是由司马迁外孙、杨敞之子杨恽传播于世。

件事我办不到，得请人来办，该选哪一处得由办事的人来定，而且这事越隐秘越好，我不知道最好。但我可以帮先生找来能办这事的人。”

司马迁夫妇越听越迷惑。

韩嬉又道：“我要找的人先生其实也认得——樊仲子和郭公仲。这两人，先生应该信得过吧？”

“他们二位？当然信得过。只是我这史记和孔壁《论语》一样，一旦不慎，又是一场杀身灭族之祸，怎好牵连他们？”

“这一点先生倒不必过虑。先生书中不但有朱安世的事迹，还写到了他们两位和赵王孙。仅为此，赴汤蹈火他们也一定乐意去做。此事不能拖延，明天他们也要去祭奠朱安世，我约他们一起来，取了书，尽快去藏。”

第二天傍晚，韩嬉果然带来樊仲子和郭公仲，驾了一辆车，趁夜将史记正本偷偷载走。[1]

******

一连几日，司马迁夫妇惴惴不安。

正在焦急，韩嬉来了，她的双眼哭得通红。

柳夫人忙上前牵住她的手，连声询问。

韩嬉言未出口，泪珠便滚了下来：“樊仲子和郭公仲一起自杀了……”

“啊？！”司马迁夫妇一同惊呼。

韩嬉流泪道：“他们临死前，让我来转告先生，说那书按照说定的地方，已经藏妥当。他们一死，世上就只有先生一人知道藏书之处，先生可以放心了。”

司马迁夫妇惊痛至极，一起恸哭。

又过了几日，司马迁正在宫中查阅古简，近侍的小黄门忽然跑进来悄

1 司马迁在《史记·太史公自序》及《报任安书》中均言《史记》有正副两本，正本“藏之名山，副在京师”。正本下落，至今未明。

声说：“宫里捉到了一个刺客，是一个美貌女子，她装作宫女，意欲行刺天子，被侍卫发觉，乱戟刺死——”

司马迁一惊，竹简掉落，散乱一地。

他一猜便知，那美貌女子定是韩嬉……

## 第四十四章
# 天理不灭

司马迁早早起来，穿戴整齐，走进书房，打开墙角的柜子，在里面翻找。

“你是在找这个？”身后忽然传来柳夫人的声音。

司马迁转头一看，柳夫人站在门边，神情悲戚，伸着右臂，手里拿着一个小瓷瓶。

司马迁一愣，随即歉然一笑，答道：“是。”

那是一瓶鸩酒。

昨天，任安被处斩。任安临死前，司马迁曾写了封书信，托人递进牢狱，传给任安，向挚友倾吐心中悲郁，并告知任安史记已经完成。任安死后，这封书信被搜出，呈报给了天子。

司马迁知道：自己死期已到。今天上朝，恐怕再回不来。

他不能再受任何屈辱，所以才来找这鸩酒。却不想柳夫人已经察觉。

他望着妻子，不知道该说什么好，夫妻两个怔怔对视良久，冬日寒冷，两个人都颤抖。

许久，他才轻声道：“这次逃不过了。”

“我知道。”柳夫人眼圈顿时红了，她擦掉眼泪，悲问道，“但你为什么要背着我？”

“我是——怕你伤心。”

“你不说，我只有更伤心。”

“等我死后，你先去女儿那里，然后慢慢找寻儿子。”

“你死了，我还能活吗？”

司马迁望着妻子，一阵悲恸，再说不出话来。

柳夫人走近他，将瓷瓶塞进他手中，随后从怀里又拿出另一个小瓷瓶：“我已经分了一半。过了午时，你若没回来，我就喝下它，我们一起走。”

“你不能这么做！”

“为什么？”

司马迁答不上来。他一把将妻子揽在怀中，两人都已冻僵，身子紧贴，才渐渐有了些暖意。

良久，司马迁才低声道：“时候不早了，我得走了。”

柳夫人伸手替他将鬓发抿顺，柔声道：“我很知足。”说着，眼圈又红了。

司马迁鼻子一酸，眼泪也滴了下来，他重重点点头，又用力抱了一下妻子，而后低头举步就走。

* * * * * *

天冷，天子在未央宫温室殿。

来到殿门前，司马迁从怀中取出那个小瓷瓶，捏在手心，而后，振振衣襟，昂起头，并不脱靴，直接走了进去，一阵热气混杂着馥郁香意，扑面而来。

小黄门见司马迁竟然穿靴进殿，大惊，司马迁并不理睬，昂然前行，殿中其他黄门见了，均面面相觑。

大殿正中一座方铜炉，燃着炭火，靠里悬挂一张锦帐，半边撩起，里面是一张暖榻，天子正斜靠着绣枕，手里展开一方锦书，正在读。

司马迁走至铜炉前，停住脚，隔着铜炉，望向天子——这个名叫刘彻、时年六十六岁、双眼深陷、目光幽暗火烫的人。他所读锦书恐怕正是自己写给任安的书信。

天子听到皮靴踏地的声音，抬起头，看到司马迁，微微一愣，随即懒洋洋道："你来了？"

司马迁不答言，也不叩拜。

这一生，他第一次挺直腰身，立在天子面前，并且他站着，是俯视。

刘彻竟不以为意，放下手中的锦书，又望向司马迁，目光越发烧灼："你的史书完成了？我猜副本里没有我的本纪，该删的你也都删净了。那正本现在已经藏了起来。"

司马迁闻言，不由得微微一笑。

他知道刘彻定会满天下去搜寻史记正本，而且志在必得。但是，天下有一个地方刘彻绝不会去搜：他的陵墓棺椁。

刘彻继位不久，便开始修建自己的陵墓——茂陵。十几年前，樊仲子和郭公仲便开始挖掘地洞，潜入茂陵墓室，查看地形，预作准备，等待天子一死，就开始盗取其中财宝。他们得知司马迁期望史记能在刘家王朝覆亡后再被发觉，便立即想到了茂陵。两人将史记正本偷偷运入茂陵地洞，又挖了一条地道通到棺椁正下方几尺处，将史记简卷装进一只铁箱，放在那里，又将那条地道用土封死。

刘彻怎么会想到，他死之后，会睡在史记之上？

刘彻看司马迁笑，嘴角轻轻一撇："孔壁《论语》我能以假乱真，让你们盗出去传到世上，你的史书……哼！"

司马迁心中一刺，随即正声道："你虽毁了孔壁《论语》，却毁不掉天理公义。人可以杀，书可以毁，但只要人心不灭，公道便永世长存。孔子也不过是以自己之口讲天下之理。"

刘彻猛地笑起来："小儿之语！"

司马迁道："善，不论老者，还是小儿，人人都爱；恶，不论七十，还是七岁，人人都不爱。这就是天理公义。我尊你敬你，你喜；我辱你骂你，你不喜。这也是天理公义。小儿不教就懂，老人虽老不忘，这是天理公义。千年之前，人愿被人爱；千年之后，人仍愿被人爱，这也是天理公义。这些，你可毁得掉？"

刘彻冷笑一下，漫不经心道："哪里要我劳神去毁？我只要放下钓饵，自然有人争抢着来替我毁。公孙弘是这样，吕步舒也是这样，张汤、杜周、减宣，各个都是这样。过不了几十年，只要有利禄，天下人都会这样。"

司马迁立即道："你只见到这些人，你见不到天下无数人怨你、憎你。朱安世执剑独闯建章宫，他刺杀你，不是为自己，是为孔驩、为天理公义。此后更会有张安世、李安世、司马安世执剑来杀你，同样不是为自己，是为天理公义！"

刘彻脸色阴沉下来："看来你今天要做司马安世？"

司马迁摇摇头："不需我杀你，我也杀不了你，但天会杀你。你几十年苦苦求长生，求到了吗？"

刘彻闻言，顿时变色，坐起身子道："这天下是我的，我虽不能长生，但我刘家子孙生生不息，这天下也将永为我刘家之天下。"

司马迁忍不住笑起来："禹之夏、汤之商，如今在哪里？姬姓之周、嬴姓之秦，如今在哪里？"

刘彻忽然得意道："你拿他们来和我比？哼哼！他们哪里懂御人之道？我威之以刑、诱之以利、劝之以学、导之以忠孝。从里到外、从情到理、从爱到怕、从生到死，尽都被我掌控驯服，谁逃得出？"

司马迁又笑道："你为钳制人心，独尊儒术，忘了这世间还有其他学问，你难道没有听过庄子之言：'盗其国，所盗者岂独其国邪？并与其圣知之法而盗之。'你能创制这御人之术，别人难道不能借你之道，夺你天下？"

刘彻竟然高声赞道："好！你说了这么多，独有这句说得好！这两年我也正在寻思这件事。以你看来，该当如何？"

司马迁道："你贪得天下，人也贪得天下。只要这天下由你独占，必会有人来盗来夺。"

刘彻问道："如此说来，此事不可解？"

司马迁道："天下者，非君之天下，乃民之天下。把天下还给天下，谁能夺之？"

刘彻大笑："你劝我退位？哼哼，就算我答应，这天下该让给谁？"

司马迁道："天下公器，无人该得。一国之主，乃是民心所寄、众望所归。既为一国之主，便该尽国主之责，勤政爱民、劝业兴利。而非占尽天下之财、独享天下之乐。"

"我若不乐意呢？"

"你不乐意，天下人也不乐意。"

"他们不乐意，我便杀！"

"嬴政也只懂得杀。"

刘彻沉吟半晌，笑道："说得不错。看来我是得改一改了。不过，你必须死。"

"我知道。"

"我不能让你这么容易死。"

司马迁举起手中的瓷瓶，拔开塞子，送到嘴边，直视刘彻道："不需你费心，我之生不由你，我之死也不能由你。"

刘彻一怔，随即点头："好！好！不错！不错！只是我不爱见死人，我答应你，让你自己回家去死。"

司马迁放下手，道："多谢。"

刘彻道："你离开之前，最后替我写一篇诏书，我留着预备用。名字我已经想好，就叫《罪己诏》。我已经活不了几年，的确如你所说，民怨太盛，下一代皇帝不好做。我就悔一下罪，让天下人心里舒服些。"[1]

******

离开未央宫时，太阳已经高悬头顶，眼看就到正午。

马已被抽打着疾奔欲狂，司马迁却仍嫌太慢，连声催促。

好不容易赶到家门，司马迁立刻跳下车子，到门前狠命敲门，仆人刚

1 据《资治通鉴》记载，征和四年（公元前89年），汉武帝颁布《轮台罪己诏》，三月，见群臣，自言"朕即位以来，所为狂悖，使天下愁苦，不可追悔。自今事有伤害百姓，糜费天下者，悉罢之。"

打开门，司马迁便立即问道：“夫人在哪里？夫人可还活着？”

仆人满脸惶惑，司马迁一把推开他，奔进门，冲向正房，却见柳夫人迎了出来。

司马迁顾不得仆人在旁，一把抓住柳夫人的手，连声道：“太好了！太好了！”

柳夫人也喜极而泣：“我几乎要走了，但又怕你会赶回来……”

司马迁转头吩咐仆人不许打扰，而后，紧牵着柳夫人的手，走进屋中，一起坐下，彼此注视，都悲喜莫名。

司马迁伸臂揽住柳夫人，两人相偎相依，并肩而坐。

不知不觉，坐到了傍晚，天色渐渐黑下来。

司马迁温声道：“时候到了。”

柳夫人轻声应道：“嗯。”

两人坐直身子，各自取出小瓷瓶，一起拔开塞子。对望一眼，黑暗中面容模糊，但彼此目光都满含缱绻、毫无惧意。

瓷瓶轻轻对碰，一声轻微但清亮的鸣响。

二人一起举瓶，一起仰头喝尽，一起将瓶子放到案上。

而后，手紧紧握住、身子紧紧依偎在一起……[1]

---

1 司马迁死于何时何因，至今仍是历史悬案。

## 尾声

# 汝心安否？

五凤元年[1]，春。黄昏，一个青年男子独自立在驿馆客房门边，抬头望着庭中那棵槐树。

这青年名叫郭梵，新近被征选为博士弟子，正要进京从学。槐树刚发新绿，树枝间有个鸟巢，巢里小雀吱喳啼叫。望着那鸟巢，青年不由得笑了笑：祖母和父亲都最爱槐树，搬了几次家，都要在院中种一棵槐树。幼年时，父亲还曾捉些小虫子，背起他，爬到树上，去喂小雀仔……

正在沉想，驿馆门外忽然一阵吵嚷。

一个苍老尖细的声音道："我听说又有博士弟子要进京，小哥你开开恩，就让我进去跟他说几句。"

门值骂道："又是你那些疯话，哪个耐烦听？"

"这真真实实，没有半个字假，古文《论语》真的是一部假书！"

郭梵听到"古文《论语》"，心里一动，不由得走向院门边，门外是一个老汉，六十多岁，穿着件短破葛衣，一双烂麻鞋，白发蓬乱，浑身肮脏，唇上颔下并无一根胡须，郭梵这才明白门值为何唤他"老秃鸡"。

郭梵问那门值："他说什么？"

门值忙解释道："这老儿原是宫里黄门，有些疯癫。一年前来到这

1 五凤：汉宣帝第五个年号，五凤元年为公元前57年。

里，只要见到儒生，就上去说古文《论语》是一部假书！”

郭梵又向那老汉望去，老汉虽然破烂穷寒，但神色并不呆痴愚拙，看得出曾读过书。正好自己也客中寂寞，便道：“你随我进来，给我讲讲听。”

门值劝道：“郭先生，这人满嘴胡话——”

“我知道。”郭梵打断了门值，唤老汉一起进到自己客房。

刚坐下，老汉便道：“古文《论语》真的是假书！”

郭梵微微一笑，示意老汉继续。

老汉咂着嘴讲起来：“那还是太始二年，到今年，已经三十八年了。那天主公带我去石渠阁——”

“石渠阁？未央宫石渠阁？”郭梵一惊，石渠、天禄两阁是天下读书人梦寐之地，他已渴慕多年，如今做了博士弟子，终于可以去两阁读古经真卷。

老汉点点头：“我偷偷钻下那条密道，被吕步舒捉住，他们把我押到蚕室……”老汉忽然停住，双眼苍老浑浊，满是怨恨痛楚。

郭梵听他说什么“密道”，以为真是疯话，但看他神情，又似乎不假。等老人稍稍平复，他和声问道：“接下来呢？”

老人用手背擦了擦老泪：“吕步舒拿出一个玉佩给我看，那是主公的家传玉佩！是主公临别前传给两个公子的。吕步舒说：‘我命你做什么，你就做什么。稍有违抗，我先杀了司马迁两个儿子，再杀了他们夫妻！’”

郭梵只隐约听说过吕步舒，是前朝重臣，而司马迁，他则钦慕已久。面前这老汉的主公竟是司马迁！不知是真是假。他极欲往下听，便没有开口打断。

那老汉叹了口气：“我原来是个孤儿，是主公主母救了我的性命，养我成人，我怎么敢忘恩？怎么敢违抗吕步舒？他命我每天去御厨房领食盒，到太液池渐台一间石室，将饭倒进室内一口井里。起初，我不知道这是做什么。后来，屠宰苑有个满脸疮疤的人，那人名叫朱安世，他偷传给我一封主公的绢书，让我从渐台被囚的孩子孔驩那里，每天偷传一句孔壁

《论语》。可是渐台没有那孩子啊？吕步舒搜走了那封信，每天给我一句《论语》，让我传给朱安世。朱安世毫不知情，还让我偷送小玩物给孔驩，我不敢说破，只能接着，那些玩物都丢在渐台石室的墙角，三年下来，堆了一大堆。我愧对主公，也对不住朱安世，这桩事压在我心里，压了几十年……”

老汉竟呜咽哭起来。

郭梵听到“朱安世”三个字，心中一动：父亲去世后，他整理遗物，发现柜中藏着一个木盒，盒中是一束头发、一部帛书《论语》。他很纳闷，通读了一遍，并没有什么稀奇。只是读到最后一章，见空白处歪歪斜斜写着几个字：

永思吾妻

永念吾儿

郭安世

字迹稚拙，如同孩童所写，但看文句和落款，又似是郭家先祖。郭梵从未见过祖父，幼时曾问过祖母和父亲，但他们顿时沉下脸，不许自己多嘴，他也就再未敢问过。现在听到“朱安世”这个名字，他又猛然想起一件事：父亲教他习字，写到“朱”字，总要缺一撇，他后来发觉，问过父亲，父亲说这是避讳，纪念一位先人。至于哪位先人，父亲却不说。

郭梵正在思忆，那老汉擦干眼泪，颤巍巍站起身，来到郭梵案前，跪了下来：“大人，孔壁古文《论语》真的是假的，你是博士弟子，求你把这件事告诉别的博士、儒生，让天下人都知道这件事。”说着，老汉咚咚咚磕起头来。

郭梵忙站起身，劝止道：“老人家，万莫这样！”

老人眼中又流下浊泪，哀求道：“你若是不答应，我就磕到死，我已经活不了多久，这事若是传不出去，我就是死了做鬼，也不得安宁！”

郭梵不知道该如何对答，但祖母、父亲一直教他敬老怜贫，他忙扶起老人，含糊答应道：“好，到了长安，我尽力而为。”

老汉重又俯身跪下，重重叩头："感谢恩公，感谢恩公……"

郭梵连番劝止，老汉才爬起来，满口仍在道谢，弓着背，告别而去。

郭梵站在门边，望着老汉苍老背影，心中惶惑：看老人言语真切悲痛，父亲又藏着那帛书《论语》，此事难道是真的？但无凭无据，自己又好不容易得选博士弟子，贸然向人说这事，不但要遭人耻笑，恐怕还会断送仕进之途[1]……

思忖良久，他哑然失笑：就算真的又如何？不过是一部书而已，何况已经消亡？

于是，他回身进屋歇息，独坐片刻，心里终还是放不下，又从囊中取出父亲所藏的那部帛书《论语》，点灯诵读。读至其中一段对话，心中一动，不由得抬起头，望着窗外苍茫暮色、怔怔出神——

"于汝安乎？"

"安。"

"汝安，则为之。"

（全文完）

1 郭梵为游侠郭解之曾孙，后官至蜀郡太守。参见《后汉书·郭伋传》。

西汉末年，帝师张禹（？—前5）根据《鲁论语》，参照《齐论语》，重新编定《论语》，号为《张侯论》，为儒生尊奉，风行于世，《齐论语》《古论语》大半失传；

东汉末年，经学大师郑玄（127—200）以《鲁论语》为底本，参考《齐论语》《古论语》，编校《论语注》，世称“郑玄本”，三家差别就此泯灭；

三国时期，何晏（？—249）等人著《论语集解》，为汉以来《论语》集大成著作，是现传最古《论语》完整注本。

本文故事基于推测
历史真相留待考证

骗子骗的不光是钱，他们也收割着
善良、同情、热心、诚信等美好的东西。
——常书欣
反骗案中案
常书欣 著
《余罪》作者
64场精密骗局、58种设局手法、9种诈骗话术、5个连环套，
全面揭秘网络诈骗，教你防范最新骗局。
反骗案中案
常书欣 著

# 激发个人成长

多年以来，千千万万有经验的读者，都会定期查看熊猫君家的最新书目，挑选满足自己成长需求的新书。

读客图书以“激发个人成长”为使命，在以下三个方面为您精选优质图书：

## 1. 精神成长

熊猫君家精彩绝伦的小说文库和人文类图书，帮助你成为永远充满梦想、勇气和爱的人！

## 2. 知识结构成长

熊猫君家的历史类、社科类图书，帮助你了解从宇宙诞生、文明演变直至今日世界之形成的方方面面。

## 3. 工作技能成长

熊猫君家的经管类、家教类图书，指引你更好地工作、更有效率地生活，减少人生中的烦恼。

每一本读客图书都轻松好读，精彩绝伦，充满无穷阅读乐趣！